草根情愫

张新平　著

河南文艺出版社
· 郑州 ·

图书在版编目(CIP)数据

草根情愫/张新平著. —郑州:河南文艺出版社,2021.1(2022.10 重印)

ISBN 978-7-5559-1077-0

Ⅰ.①草… Ⅱ.①张… Ⅲ.①散文集-中国-当代 Ⅳ.①I267

中国版本图书馆 CIP 数据核字(2020)第 236955 号

策　　划　杨　莉　张　阳
责任编辑　张　阳
责任校对　梁　晓
书籍设计　吴　月
封面题字　王绶青
插　　图　王伟宾

出版发行　河南文艺出版社
本社地址　郑州市郑东新区祥盛街 27 号 C 座 5 楼
邮政编码　450018
承印单位　河南新华印刷集团有限公司
经销单位　新华书店
纸张规格　700 毫米×1000 毫米　1/16
印　　张　27.75
字　　数　381 000
版　　次　2021 年 1 月第 1 版
印　　次　2022 年 10 月第 2 次印刷
定　　价　58.00 元

印厂地址　郑州市经五路 12 号
邮政编码　450002　　电话 0371-65957864

作者 张新平

序

卫辉是我的家乡，这是一块有着深厚历史积淀的文化热土。早在春秋时期，汲地的民歌民谣就已盛行乡里，不少内容被收入《诗经·卫风》。汉代汲令崔瑗的诗，宋代贺铸的词，元代王恽的诗文，明代毛麟之的随笔，清代李中节的散曲，民国李时灿的散文等，都在中国文学史上留下浓墨重彩的一笔，成为经久不衰的传诵经典。新中国成立后，这种人文传统和文化基因的遗传，随着社会的不断进步而越发显得得天独厚，赋诗作文更加蔚然成风，并涌现出像刘知侠、尹雪曼等一批文学大家。我们都是喝卫河水长大的，对家乡有着一种特殊的情感。虽说我不是经常回卫辉，但我一直在关注着家乡的发展变化，也在注视着卫辉的文化生态。这些年卫辉的文学创作势头依然很旺，一大批文学新人在茁壮成长，创作队伍呈现出一派勃勃生机。而在这拨人当中，新平的散文写作尤为引人注目。

新平是我的学生。我们两家过去都在桥北街住，都以门前那棵著名的大槐树而自豪。新平和我大儿子晓蒙是同学，他经常到家里来玩，打小就给我留下很懂事的印象。他中学毕业后，先是在县教育局工作，喜欢看书，时常到我那儿借书看，从那时起他就悄悄地搞起了创作，不光写诗，也写小说和散文。我那个时候已经调离卫辉，不经常回来，但每次一回家他总是把自己写的东西拿给我看，我提出修改意见后他再回去重写，非常执着。后来他调到了市委宣传部新闻科，转向写通讯报道，写报告文学，又历练了他的政治敏感，人也更加成熟，当时在国内各大报刊上经常能见到他发表的文章。再后来，他又调到市公安局办公室，里里外外更是得心应手，不久便与人合著了《警魂》一书，反响很大。这些年我是看着他一步一步成长起来的，无论环境如何改变，无论工作再苦再累，他始终是干一行爱一行，更难能可贵的是不忘初心，笔耕不辍。他始终没有放下过手中的笔，即使走上领导岗位以后也是同样如此。忙完了一天的工作回到家，他把读书写作当成最好的休息方式，当别人都在喝酒打牌的时候，他却在灯下伏案爬格，他的文章大都是熬夜熬出来的，属于名副其实的“夜余作家”。有时当他从创作的亢奋和疲惫中抬起头，天已经大亮了，他简单地吃口饭，擦把脸，又投入到繁忙的工作之中。也可能与他的工作性质有关吧，我注意到，他在这个时候开始以写散文为主了，其间发表了大量的散文作品，刻画出一个又一个性格鲜明、血肉丰满的“草根”人物形象，他也因此当选为新乡市作协副主席，这为古城卫辉赢得了很大的荣誉。

我这辈子主要跟诗歌打交道，散文写得不是太多，但我喜欢看。不少人觉得散文门槛低，谁都可以抬手一试，其实不然。依我的经验，真要把散文写好写美并不容易。这是因为，它不光要求作者要有深厚的文学功力和真挚的情感，还要有悲天悯人的大情怀和精神指向上的领悟。我所看好的散文品质，重在风骨，重在思想。有没有真情实感的灌注，有没有精神气质，是区分文章品位的重要尺度。就像人一样，一旦没有了精气神，无异于行尸走肉。看来新平是深谙其中三昧的，他的散文看似信手拈来，实则是他至真性情的真实流露，感情炽热、饱满又不哗众取宠，语言质朴、内敛又有所节制，他只想把亲人的事说给亲人，把朋友的事说给朋友，把自己的事说给自己。因为这些人和事都曾出现在他的生活里，都曾有力地撞击过他，并在他的心灵深处留下了痕迹。他在写作的时候就像在跟朋友聊天，推心置腹，无拘无束，不少作品甚至是一挥而就，一气呵成。像是一个厨师在炒豆芽儿，用的是极普通的食材，却为读者烹饪出可口的味道。

新平除了具有敏锐的艺术感觉和新异地看待事物的眼光之外，还非常自觉地把聚焦点调试到对民生问题的关注上，有意识地将笔端延伸到社会底层，让生活中的小人物走上大舞台，且叙述凝练，人物传神，内蕴丰富，显现了其特有的创作个性。与那种居高临下的审视不同，新平在对人物命运的体察以及精神层面的深入开掘上是真诚而独到的，也是极具典型意义的。无论是《自己打造饭碗》中的老顺，《兄弟走好》中的金福生，《一人饭店》中的王肃反，还是《“忘年交”老赵》中的赵云林，以及《“怪才”赵海波》《“神话”的主人》《是是非非说会亮》《志广，你听》，等等，在写这些人物的时候，我们完全可以想象得出新平当时脸上的表情和眼里的泪花，与其说他是在解读生活，不如说是在拷问自己的灵魂。读这些文章，我们的心灵会随之净化，思想会随之升华，泪水会随之流淌。这些人都不是命运的宠儿，都没有盘根错节的社会背景，但他们有情义，有血性，有尊严，有担当，为了不给社会和组织增添负担，他们勒紧腰带，咬紧牙关，一点一滴地在挤压着自身的终极能量，普通劳动者身上那种生活的信念折射出人性的光芒。

《走出大山的裴春亮》是新平散文作品中的一篇力作，文章发表后国内多家报刊转载，热心的读者争相传阅，这为他带来了不小的声誉。他知道，文学是负有时代使命的，那么，怎样才能站在精神的高度，既告诉人们一个富而思源、境界高远的主人公，让读者感到真实可敬，又能让裴春亮的所思所想、所作所为，赋予人们更多的启示意义，这是他下笔之前想得最多的一个问题。虽然他也用了不少笔墨描写了主人公多灾多难的童年，创业之初的艰辛，以及他致富后所做出的“一人富不算富，全村人富了才叫富”的惊人壮举，但更为出彩的是，他深刻地呈现出了主人公是在用一种与时代进程相吻合的“裴寨模式”和“裴春亮效应”，去为社会主义新农村建设而“求解”的赤子情怀，并向全社会提出了治理农村基层究竟需要什么样的新村干部这样一个大命题。这就使其作品具备了题旨显豁、充满思辨张力的镜像品质，让人读后遐想万端，思接千里。

就艺术风格而言，新平散文写作的表现形式是多样的，叙述对象不同，他的套路和节奏也不同。《别了，顺城关》是写景的，他用近乎诗一般的语言和不无浪漫的色彩，向我们描绘了一个小渔村的生存、消亡乃至新生。文中的情与景是交融的，心与物是默契的，人与自然是和谐的，这些都构成了其作品耐读耐嚼的元素。《夜访“梅花山庄”》在这方面也具有代表性，他同样在景物的描写上花了不少心思。既不太实，又不太虚，心随景动，情随景生，既有悠远的神思，又有旷达的意境，室内有梅，户外有花，月下有树，小溪有水，读者不知不觉便跟着他跌入了世外桃源。

新平散文大都水到而渠成，自然而紧凑，很便于阅读。他以思想容量见长，很有代入感。读他的文章，会有一种归乡的喜悦，思绪会随着他的文字渐行渐远，直到停泊在那棵大槐树下。他笔下的那些人物包括场景，有的我熟悉，有的不熟悉，无不承载着我的乡愁，这也正是我要向读者朋友推荐这些文章的原因。

新平的《草根情愫》一书，既是他一段路程的回眸，也是他新征程的起点。期待着他在创作道路上越走越远，更上层楼。同时我也坚信，凭着他对生活真诚的爱，对世情敏感的心，对文化的坚守与勤奋，他一定会为家乡人民奉献出更多更好的精神食粮。

王绶青

2018年1月于郑州

目 录
contents

辑一 青春无悔

辑二　岁月如歌

辑三　亲情永恒

辑四　警察故事

辑五　布衣本色

辑六　战友情深

辑七　杂感随笔

辑一

青春无悔

走出大山的裴春亮

天底下最高的是山，
比山还高的是天，
比天更高的是人的境界。
——题记

一

据说，在远古洪荒时代，咆哮而凶猛的黄河经常被阻塞在龙门，造成灾难，幸有大禹疏而导之，才使人民幸福生存下来。其实，早在大禹之前，就有一个强悍的部落，一直在与经久不息的洪水不屈不挠地搏斗着，这个部落的首领叫共工，他才真正是我国第一个治水的英雄。不同的是，共工采取的是堵的办法，没能解决水的正常出路，所以他失败了。但后人正是借鉴了他的失败，才最终走向成功。

这个部落就居住在地处中原北部山区的辉县（也为共城），共工治水与天斗与地斗永不服输的精神，成为辉县人民无不引以自豪的宝贵财富。十白年来，这些共工氏的后裔与穷山恶水的顽强抗争从未停止过，这种薪火相传的品质也使得一代代太行儿女穷且弥坚。特别是 20 世纪六七十年代，一部《辉县人民干得好》的纪录片一炮打响，辉县人民重整河山的壮举，更成为无数人心中挥之不去的英雄印记。

辉县有个裴寨，村子很小，小得在辉县市地图上只有一点点。但是，在这个村子的命运幸运地和一个叫裴春亮的村委会主任联系在一起后，它的知名度迅速崛起在太行山脉的制高点，令无数个中国人为之瞩目。

裴寨，地处太行山脉丘陵地带，十年九旱，全村不足六百口人，只有六百余亩薄田荒地，人均年收入仅仅千元左右。村里人大部分住的还是土坯房，一座座土坯房看上去就像一个个停摆多年的破钟，历经岁月的沧桑和风雨的剥蚀，破得让人揪心，仿佛轻轻一咳嗽，房顶上的梁檩就会化成灰尘掉下来。村子里的路更是坑坑洼洼，晴天一坑土，雨天一洼水。进得村来让人感到一种凄凉。翻开裴寨村的历史字典只能查到一个字：苦。

村子东头有口古井，距今已有三百多年历史了，井里的水并不好喝，又咸又涩，喝久了牙还会发黄。然而，裴寨人全靠着它滋润，多少岁月中，它养育了裴寨村的祖祖辈辈，在村民心目中是一处最圣洁、最神秘的生命之泉，因为它是裴寨村的唯一。

就在这口井西边不远处，便是裴春亮的家了。当年，裴春亮一家七口，就拥挤在又窄又小的三间西屋里。如今，这三间土坯房房顶早已坍塌，只留下残墙断壁，成为那个特殊年代令人难以忘怀的历史物证。

裴春亮长得不算高大，看上去很匀称也很秀气，文静中带着儒雅，目光里透着刚毅；衣着干净得体，时尚又不张扬，让人看不出他是从大山里走出的山里娃；他说起话来慢声细语，嗓门不高，讲快了甚至还略带一点口吃。

和裴春亮交谈能让人放松，因为他很平易近人，平易得能让人忘记他身上那一个个五光十色的光环和荣誉，让人一点也感受不到他是“中国十大杰出青年”“中国十大杰出青年农民”称号的获得者，有全国人大代表等不同寻常的身份。难怪李克强总理称赞他：你的品位不俗，境界很高，当之无愧是基层干部的楷模。

而裴春亮却这样说自己：对革命前辈来说，我只是一个接力火炬的传递手而已。如果没有改革开放的机遇，没有党和国家的富民政策，也就没有我裴春亮的今天。

二

裴春亮生于1972年3月，他的第一声啼哭清脆而又响亮。他的降生并没有给他贫寒的家庭带来太多的欢笑和喜悦，但听着儿子响亮的哭声，对未来充满信心的父亲似乎看到了小儿子能在这个乍暖还寒的季节里，给这个家庭带来好运，为此，父亲为他起了一个承载着全家人殷切期盼的名字：春亮。

春亮兄妹五个，他是老小。村里穷，他家里更穷。在他童年的记忆里，他几乎没有穿过鞋。不是不想穿，而是没有鞋可穿，就连身上的衣服也是三个哥哥轮穿下来的。春亮清楚地记得，他九岁那年的冬天，已上三年级的他还光着脚去上学，放学的时候天又下起大雪，小伙伴们要去家给他拿鞋，他坚决不让，而是光着脚一溜烟跑回了家。小伙伴们哪里知道，春亮是无鞋让他们拿呀！他更不愿让母亲为此而伤感。然而，也就在这一天，他到家后，拿出前后露洞、扔在床下的哥哥的一双旧鞋，试了又试，比了又比。这是他长这么大头一次穿鞋，他觉得还是穿鞋好，很舒服，很暖和，他不想让小伙伴们再看到他无鞋可穿。

春亮很懂事，他从上学第一天开始就不让母亲操心，他知道母亲很累，为了这个家的生存，她老人家手脚从没有闲过。一天清晨，天刚亮，他就不声不响去上早自习，到了学校，发现同学们看他的眼神都有些异样，并且背着他窃窃私语，他虽疑惑却没放在心上，放学回家的路上，他更感到异常，好多人都像在议论着什么，见他走过来又把声音压得很低。这时，他突然有了一种不祥的预感。当他距家还有一段距离时，就听到从家里方向传出一片哭声，他急忙向家里跑去，只见小小的院落里挤满了人，母亲哭得像疯了一样，不停地撕扯着头发，趴在地上痛哭，乡亲们都在拼命地拉她劝她，但根本无济于事。原来是十七岁的三哥在煤矿上出了事故，永远地离开了他们。顿时，春亮明白了一切，冲过人群，一把抱住了母亲，眼泪也哗哗地倾泻而下。三哥死得太惨了，只有十七岁啊！在十分贫穷的裴寨，不是在无法生存的情况下，人们是不会轻易下煤窑的，大家都知道下煤窑是一种清早穿鞋，晚上不知脱不脱鞋的活儿。而三哥为了这个贫寒的家，十六岁就下了煤窑，想挣钱贴补家里。儿是娘身上掉下的肉啊！母亲有些神经错乱了，整日寻死觅活。春亮害怕母亲发生意外，就辍学在家，陪伴照顾着母亲。就这样过了半年，母亲才从恍惚的世界里渐渐恢复过来。看到母亲好转，整日提心吊胆的春亮才偷偷松了一口气。

为了减轻家里负担，他便跑到一个砖场当了一个摞土坯的小工。他想用自己的一双手赶快挣些钱改变家里的生活状况，让父母亲不再为子女们的生活发愁，更快地忘记丧子的悲痛；他更想让哥哥们都能早日娶上媳妇，改变一下家里的面貌。他不顾身单力薄，每天起早贪黑，干着成年人的体力活儿，摆坯、推车，从不惜力，干完了自己的活儿，还去帮别人推车摆坯。老板对他很满意，别人干一个月三十块钱工资，却给他四十块钱工资，他感到很满足。但他害怕碰见同学们，因为他内心多么企盼上学呀！有好几次，他趁休息的时候悄悄来到学校墙外，听着从里面传出的读书声，他的嘴唇差点就咬出血来。

正应了古人那句话："天将降大任于是人也，必先苦其心志，劳其筋骨，饿其体肤，空乏其身。"仿佛命运之神有意要磨砺他的意志似的，在短短的三年里，他家中接二连三遭遇变故。二哥在拉白灰的路上突遇车祸，车毁人亡。这突如其来的天灾人祸，让裴春亮一家又沉浸在巨大的悲痛之中。整个春节，全家人没踏出过家门一步，那悲那痛有谁能体会？没过多久，他的大哥由于伤心过度又突发脑溢血，瘫卧在床。真是屋漏偏逢连夜雨，船迟又遇打头风，接连不断的灾祸让其全家的精神已到崩溃的边缘，一家人整日胆战心惊，仿佛有一双看不见的魔手在冥冥之中左右着全家人的命运。就在这当口儿，不堪家庭重负的大嫂悄然离家出走，留下两个年幼的侄女；绝望的二嫂也改嫁他乡，留下一个三岁的侄儿。极度悲伤的母亲看着支离破碎的家庭抑郁成疾，患上了食道癌。已经一贫如洗的全家人，从哪儿拿钱给母亲看病呀！年幼的裴春亮不得不过早扛起家庭的重担，他东拼西凑，借一分是一分，找一毛是一毛，他要为生自己养自己经受了人间很多磨难的母亲看病治病。哪料到，看似身体强壮的老父亲也承受不了这一次次要命的打击，病倒在床，从此大小便失禁，生活不能自理。此刻，还是一位少年的裴春亮在这个家庭里不得不成为一个顶天立地的男子汉，他既要养活三个侄子侄女，照料他的大哥，还要侍候病入膏肓的父母。每一顿饭都得他亲自做，每一分钱他都要亲自找。就在他十六岁这一年，父亲还是带着对家人的眷恋撒手人寰。可怜的老父亲虽然辛劳了一辈子，可入土前别说棺材备不起，就连遮身蔽体的寿衣也置办不了。小小年纪的裴春亮难为得哭天天不灵，喊地地不应，世上就有这样压成堆的难事来折磨人吗？他完全到了走投无路的绝地，在万般无奈的情况下，裴春亮想到了村领导，不得不身穿重孝来到了支书家，进门扑腾一声跪在支书面前，接着就照地上磕了个响头，沙哑着喉咙哭喊道："大哥，俺爹辛劳一生，如今死了连口棺材都没有呀！俺对不住他老人家呀！"

春亮和支书虽是同辈，但支书年长许多，从小看着春亮长大，知道他孝顺、懂事，目睹此景早也动了感情，忙拉起他说道："春亮，不要哭了，天塌下来还有大家。你家的困难大伙儿都知道，你爹辛辛苦苦了一辈子，村里乡亲不会把老人软埋了。集体还有两棵大桐树，先给你爹做口棺材。"

在这个穷村子里，那两棵桐树可是村里的宝贝疙瘩，然而，全村的父老乡亲没有一个反对这个动议，并且还这家一块、那家五毛地凑钱为老人置办了寿衣。就这样，经过全村人的接济，老人家终于被装殓齐整入了棺材。此时此刻，裴春亮已经无法用语言来表达自己的心情，只是跪在父亲的灵堂前失声痛哭，他趴在地上，紧握着拳头暗暗发誓道："受人滴水之恩，当以涌泉相报，我裴春亮有了出头之日，一定报答父老乡亲！"

三

裴春亮真正意义上的事业打拼之路，应该从他学电机维修、电气焊那一刻算起，这是他人生道路上的一次关键选择。

在此之前，他本人也没有想到自己今后的路究竟能走多远。他当初只有一个简单的想法：这穷山恶水的苦日子，啥时候是个尽头呀。要学门手艺，有了手艺才能走出大山，才能谋生立命，才能养活这个家庭。

他永远不会忘记，为去安阳一家技工学校学习，他在砖场苦苦干了两个月，挣下八十块钱，高兴却也发愁地在昏暗煤油灯下数了又数，看了又看，就这还不够交学费。在他一筹莫展的时候，了解他心思的宗亲裴龙旺拿出五十块钱，帮他凑够了学费。他感激得无以言表，比自己年长，但是晚辈的裴龙旺家也是穷得叮当响，这五十块钱很可能就是他全家人的家当。他更忘不了，临走那天，母亲半夜就起床，不顾虚弱的病体，坚持自己生火和面，为他打了一大包烧饼，装了一大瓶的干咸菜，对他千叮咛万嘱咐，一定要学成归来。然后，母亲含着眼泪，沿着走出大山的崎岖小路，送了一程又一程。他深知自己已经是母亲唯一的希望了。

到了安阳技校，一百二十块钱的学费一交，加上花掉的路费，钱已所剩无几。学校还要收食宿费，怎么办？他就拿出山里人的实在，硬着头皮找到老师说：老师，我带有干粮，不吃学校的饭，只要有个雨淋不着的地方能睡就行，我还可以帮学校干些杂活，来顶住宿费行吗？老师看着眼前这个山里娃一副憨厚朴实的模样以及真心实意来学习的神态，有些感动，相信这不是装出来的，破天荒地点头应允下来。这位好心的老师哪会想到，他这一点头，决定了一个人的命运，也为一个将在神州大地产生影响的人从此铺下了成功的基石。

两年后，裴春亮学成归来，在村里转了两圈后，在村西头的路边看中了两间门面房，租了下来，打出了修电机和电气焊的第一块招牌，从而实现了以技谋生的愿望。

时间不长，埋头苦干的小伙儿就赢来了一位有心姑娘的好感。一个和他同样吃苦能干、落落大方的姑娘，在和他语言不多的交流中，走进了他的生活。回忆起当初他们结婚时的情景，妻子张晓红至今仍不免唏嘘："春亮家穷得别说家用电器了，当时连个手电筒都没有。就在那仅有的三间破屋里结了婚，四处透气，冬冷夏热，连个蚊帐都没有。夏天任凭蚊虫叮咬，冬天就找个硬纸箱撕开往窗户上一钉，春夏秋冬就这样过去了。"尽管生活很苦，但她心里很踏实，她说嫁给裴春亮是她一生中最幸福的选择，她图的是他这个人的品质：心地善良，吃苦能干，待人忠厚。

裴春亮不但具备他妻子所评价的品质，还是一个心很细的人，有一种能与各种人打交道的能力。在开门市修理电机的时候，他就注意到，上门的不少主顾是附近一些企业老板，脑子灵活的他很快便捕捉到一个信息：这些老板常为一些很不起眼的小五金、电料供应不及时而苦恼，专程去买划不来，没有这些小玩意儿又往往影响生产。于是裴春亮东挪西借又在临街开了一家五金电料门市部。因为他的活干得快，质量有保证，价位又低，不少企业主无论是用料还是修理，都过来找他。生意一天天红火起来，他的手头也渐渐有了一点积蓄，不出一年就把原来的三间破房拆了，盖起了当时在全乡数一数二的新房。

在一般人看来，没有远大目标的人，才会热衷于去干一些琐碎小事；然而，懂得从小事干起的人，并不等于没有远大目标。裴春亮就这样从小事干起，从不起眼的行当起家，从最苦的逆境中奋斗，只要他认为投资小见利快的行当，他什么都敢去尝试。他还开过理发店、照相馆。在他眼里，事情本无大小，关键是去干，去把它干好。他所处的张村乡境内煤炭储量丰富，国家放开政策的一刹那，采煤小矿应运而生，裴春亮看准时机马上转行，又做起为周边企业供应煤柱、道轨、钢丝绳等大型设备及原材料生意。那一刻，他就想着要把事业做得再大些，钱赚得再多些。

此刻的裴春亮像一只羽毛渐丰、昂首欲飞的雄鹰，在牢牢抓住当前机遇的同时，又在洞察着周围的演变。裴寨村处于张村乡的咽喉部位，过往行人多，做生意的也多，可在这方圆几公里之内竟然没有一家像模像样的饭店，好多跑运输的司机为拉一车货常常要饥肠辘辘地忍受好几个小时。在路边开店的他常常能听到此类抱怨。为此，他又看到了商机，就与妻子商量，在自己五金电料门市部旁边，盖起了五间门面开起饭店，他摇身一变又当上了酒店老板。他还给酒店起了一个文绉绉的名字：得帝德。有人称，这名字的由来是他灵感突至，妙手天成。实际上他为此颇费了一番心思。成就大事者必先有德，做帝王将相如此，做生意同样如此，要想立于不败之地，必须以德取胜。

正如裴春亮所预见的，“得帝德”一开张即顾客盈门，火爆异常，很快在这一带名声大震。这个时候的裴春亮已今非昔比，昔日穷得揭不开锅的裴春亮，在全乡第一个安装了私人电话，第一个看上了十八英寸美乐大彩电，第一个骑上了长江 250 摩托车。这三个如今看似不起眼的“第一”，在当时让他成为全乡名人。

20 世纪 90 年代中期，已经具有商业头脑的裴春亮，又发现山上到处都是的花岗岩大理石在大城市成了热门货，于是把家里这一大摊儿交给妻子，只身一人跑到北京，在西直门租了一间门市，又当起了专门推销大理石的业务员。当时，通州区有个规模较大的石料市场，为及时掌握市场变化，他几乎每天要乘公共汽车往返奔波于两地之间，有时谈业务耽误了上车，他就睡在路边的水泥管道里，说是将就一夜，实则为省住宿费，为此还被大雨淋得发过高烧。但他也因此祸而得福。他在医院输液期间认识了同病房一位病友，是海淀区政府分管煤炭行业的领导。尽管是一面之交，但彼此都留下了很好的印象。有一天，他赶路去谈生意，突然看见有个人像是在冲他招手，他走近一看，原来是在医院认识的那位病友。他的车在上桥时出了故障，进不得也退不得，正当他无计可施时，看到了正路过的裴春亮。裴春亮二话没说就让病友坐上车扶住方向盘，他在后面帮他推，一直推了二里多路，才在路边找到一家维修门市部。昔日的病友看着眼前上下湿透的裴春亮十分感动，很用心地问了他的情况和联系方法后，两人就匆匆告辞了。哪想到事后不久，这位病友就主动联系他，帮他做成了第一桩对他来说很大的生意，一下就净挣了九万多元，同时被厂家一次性又奖励八万元。这桶金极大地激发了他干事经商的热情，同时也让他认识到，要干大事就要有好的平台。

四年以后，裴春亮从北京撤了回来。妻子告诉他，裴寨村唯一一家集体的煤矿停产了，此刻煤炭行业陷入低谷。裴春亮听说后又做了一件让人不可思议的事。当别人对煤炭行业躲得远远的时候，他却凑了四十五万元作为押金，郑重地接手了村里的煤矿，这在当时可是一笔重金。好多人都认为裴春亮大脑进水了，挣了两个钱就烧得拿钱打水漂儿，好了伤疤忘了疼。然而，又有谁能看出这正是他的过人之处。他又看准了这是他将要干大事的新平台，他坚信煤炭行业度过低潮期只是时间问题。第二天，他带着妻子就把家安到了矿上。当时条件很艰苦，他把家中的大立柜拉来，将一间十平方米的小屋一分为二，里面是办公室兼卧室，外面是会计室兼磅房。新的创业就这样拉开了序幕。裴春亮每天和工人们一块下井，一块干活，一块吃饭，回到家常常累得筋疲力尽，顾不上洗脸就倒头便睡，蚊子跳蚤都难把他咬醒。经过半年多的惨淡经营，形势果然如其所料发生了变化，市场行情峰回路转，煤价一路飙升。

四

裴春亮富了。但富起来的裴春亮并没有忘记在父亲灵前的誓言和母亲临终前那沉甸甸的教诲："人，不能没有良心……"对此，他心里早有谋划和熟虑：虽然说幸福离不开财富，但拥有财富并不等于拥有幸福；自己过去没有被贫穷压垮，今天更不能被财富打垮。他决定用财富去播种幸福，在给别人创造幸福的同时，才能使自己真正感受到幸福和快乐。

开始，他总是以各种方式设法报答那些帮助过自己、对自己有恩的人，再后来他主动关注那些曾经为村里做过贡献但本人依然很穷的人，到最后他慷慨解囊帮助那些因天灾人祸而陷入绝境的人。他从当初用财富报答有恩于自己的乡亲，逐步上升为用财富无私地奉献社会，这一信念转变逐渐成为裴春亮的最终追求。他曾先后掏出一百九十万元，资助了三十九户贫困家庭，救助了二十八名农村失学儿童，帮助了十三名贫困山区的大学生。同时，他还为村里购买了旋耕机、收割机，供全村乡亲免费使用，又拓宽村前的涵洞，重新铺路架桥，还改造了多年危房的校舍，安装了村中的路灯、文化广场的健身器材等。中秋和春节，裴春亮还带着钱、礼品去登门看望村中的老党员和生活困难的群众。裴春亮富了，没忘乡亲，而是在不停地感恩。

一次偶然的机会，裴春亮得知在自己煤矿打工的白永亮竟是一名在读的中国人民大学的学生，他很震惊，百思不得其解，一位名牌大学生为何到这充满危险的矿井下劳动？于是，他让人将白永亮喊到办公室要问个究竟："你为什么大学不上，到这儿来打工？"白永亮告诉他，娘得了癌症，但为了他和弟弟的学业，爹把所有在亲戚朋友处所借到的钱供他们上学，却无法给母亲去看病，他于心不忍，时刻担心爹为了他们兄弟俩而延误给母亲治病，于是，他决定休学出来打工，来减轻家庭负担。一席话听得裴春亮鼻子发酸。他联想到自己，多么相似的生活经历，自己当初不也是为了母亲没有钱看病才弃学打工的吗？他没有任何犹豫，拿出两万元现金交到白永亮手里，语重心长地说："你要好好上学，今后你家有什么困难我全包了，千万不能荒废了学业。"裴春亮还放心不下，又亲自开车把白永亮送到了家中，直到白永亮高兴地返回学校，他的心境才稍微平静了一些。他又把白永亮的父亲安排到了自己的煤矿上班。他这一系列的举动，让这个濒临破碎的家庭又逐渐焕发了生机。2005 年，白永亮的弟弟以优异的成绩被中国传媒大学录取，裴春亮听说后再次拿出一万元为其预交了学费，使其顺利入学。

村党支部书记裴清泽说："像这样的善举裴春亮做了很多，郭现妞家三个孩子上学，都因为交不起学费而辍学，春亮闻知后，先后拿出四万多元为孩子们交了学费。这几年，村里大部分人家都受到过春亮的资助。他富了但没有忘记穷乡亲，把全村人都当成了他的家人。"

裴春亮没有豪言壮语，以自己的实际行动赢得了乡亲们的赞誉和组织上的认可。2003 年，裴春亮当选为辉县市第十届政协委员。2004 年，他又被推选为新乡市第十届人大代表。路是脚走出来的，历史是自己撰写出来的，裴春亮在用行动书写着自己的历史篇章。

五

2005 年 4 月 20 日，在裴寨村村委会的院里，出现了多年都少见的一幕：全村在家能走动的成年人基本上都来了，每个人脸上都挂着一种忐忑不安的期待。

自 1998 年以来，村里几次换届选举，村委主任候选人都未能达到法定票数，因为根深蒂固的派性矛盾，一次次选举都是不欢而散。人们也一直憋闷着、混沌着。

其实，他们心里早有一个再合适不过的人选，就是裴春亮。但裴春亮十年前就从村里搬了出去，成了当地名人。人家在外边干得风生水起，咋能回家自找苦吃，来蹚这浑水？不少人心里都这么认为。因为很多人私下听说，村支部书记裴清泽曾带着副支书裴泉海等上门找过他，让他出山，但他拒绝了。

村支书裴清泽证实说："确有此事。上级有个精神，要求注意在退伍军人、回乡青年、外出务工经商人员中选拔村干部，支部一班人都想到了裴春亮。"

裴春亮确实拒绝了。他不是不惦念村中的乡亲们，而是担心力不从心，撑起一个家和一个企业容易，撑起一个村就不太容易，特别是撑起一个乱了多年的穷困村就更难了。干不好，愧对父老乡亲。

山里人是执着的。第一次请他没有成功，村里人就另生高招，选了二十多位"民意代表"，浩浩荡荡直奔春亮家。进屋刚一坐下，大伙儿就直奔主题，你一言我一语"围攻"起裴春亮。说得裴春亮只有招架之功，没有还口之力。他只好微笑着抽烟目视着大家。这时，一位须发皆白的老党员将了他一军："春亮，你忘本了吧？你自己富了就不管乡亲们了！"

这下子裴春亮"毛"了，不能不开口了，他有些激动地说："不是不管老少爷们儿，我是怕能力有限，没有村委工作经验，更怕不能为村里带来实实在在的实惠。干砸了，我咋有脸再去面对乡亲们呢？我是想多办几个企业，多挣些钱财，直接送给乡亲们呀！"

"你只管领着大家干，我们给你当后台！就是有了失误，我们也不怨你。"

裴春亮还是摇摇头，没有答应。

但村民们这次铁了心，不答应就坐着不走，就这样从晚上一直坐到第二天凌晨，乡亲们看着春亮依然心事重重没有答应，有些于心不忍了，不得不心存不甘地离去。

这一夜，裴春亮却没合眼。他想了很多很多，一边是日益壮大的事业，一边是乡亲们的信任与厚爱，他陷入了两难之中。他的脑海里又一次浮现出自己穷困潦倒时乡亲们帮助他的场景，又一次闪现出村支书俯身拉他起来的一刹那，又一次回想起母亲临终前对他说的那些话。他流泪了，望着夜色中的星空，看着渐渐发白的东方，他调整了思路，他没有理由让乡亲们失望，他要破釜沉舟，决定出山，并且，干就要干出个名堂。

此刻，家里的电话响了，是从上海打来的，是先前说好的一个合作项目等他去谈。他匆匆起程了。

乡亲们得知此消息后，认为他是有意避开。反正村民们这回较上劲了，心都很齐。结果是裴春亮在缺席的情况下，仍以几乎是满票被选为裴寨村村委会主任。

张村乡乡长方永生第一时间拨通了裴春亮的手机，把这个消息通报给他，并让他抓紧时间回村。裴春亮手握话筒，半天说不出话，他感到自己的手在颤抖，他感到心中涌进了一股暖流，乡亲们的真情厚爱深深感动了他。什么都能放弃，乡亲们的真情实感却不能亵渎呀。他当晚就飞了回来。一进家门，裴春亮更是大吃一惊：村支书、村民组长、德高望重的老党员、光屁股一块长大的哥们儿，这么多人齐刷刷地站在自家客厅里。一名老党员看着愣在那儿的裴春亮，一把拉住他的手说："不要再推了，乡亲们都在想你呀!"那一刻，他再也控制不住自己的情感，止不住的热泪夺眶而出。

上任那一天，裴春亮是在噼噼啪啪的鞭炮声和咚咚锵锵的锣鼓声中，在众人的簇拥下，走进了村里唯一的一间办公室的：一张破桌，一张破椅，桌上放着一个破喇叭。贫穷，本在他的想象之中，但寒碜到如此地步，却在他的意料之外。他的"就职演说"很简短，三句话：第一，感谢；第二，尽职；第三，苦干加巧干，共同致富。他随口问了一句："村里还有多少钱?"村支书裴清泽回答："没有一分钱了。不过也无外债。"

如果说当初裴春亮满脑袋想的都是报恩乡亲的话，那么，此时此刻的裴春亮又明显感觉到，在他的肩头还压着一份沉甸甸的社会责任。

他知道，三个臭皮匠胜过一个诸葛亮，要想成就一番事业，仅靠他一个人的力量是远远不够的。他要集众人之力、众人之智慧来成就共同的事业，他把从小与自己一块长大的裴龙德、裴孟群、裴天喜等村里几个精明能干的年轻人，召集在一起畅谈自己的设想和裴寨的未来，达成共识后，他便提议让这几个人进入村委会协助工作。大家对这几个人都知根知底，认为人品和能力都不错，一致说行。裴春亮又连夜召集老干部、老党员、村民组长、妇女主任，并请前后两任村支书到场，共商裴寨村发展大计。就这样裴春亮踏上了既是村委会主任又是企业老板双重身份的征程。

没有办公室，裴春亮拿出一万余元把乡邮政所闲置的一座空房改造成了村两委办公室；为了从根本上改变村里的贫困面貌和提高村民们的整体素质，他首先从教育抓起，设立了奖学金，凡考上高中、中专、大学的学生，均能获得他资助的两千元到一万元数额不等的奖学金等，以此激发大家多学文化、多学知识的热情。

要致富，先修路。裴春亮同样认可这一经典思路。为了打通村里和山外的交通，彻底改变裴寨村长期以来“有项目，没出路”的尴尬现状，裴春亮携村领导班子规划了一条宽二十五米、长达五百米、直通山外的柏油路。他率先出资一百五十万元，用于工程前期施工。他的举动激发了全村人的热情，乡亲们也纷纷出力、出钱，一百三十五户家庭两天内筹集了五万余元。钱数尽管不多，但对裴春亮触动很大，这是穷怕了的乡亲们拿出的血汗钱呀！它不仅代表着群众的信赖和拥护，而且表达出了乡亲们对裴寨村美好明天的由衷向往和迫切愿望。那一刻，裴春亮突然觉得自己的心和乡亲们的心是紧紧联系在一起的。破土那天，人们扶老携幼全家出动，全村人都来到路口亲眼见证这一旷古未有的壮举。有些上了年纪的老太太执意点起了香烛，对天长揖，虔诚地祈祷着开工大吉，祈祷着好人一生平安。当这条路竣工时，裴春亮执意提名这条路为“众鑫路”，寓含全体村民同心共同致富之意。

路修通不久，村里人就发现裴春亮经常一个人在村口的那座荒山上转悠。不少人就开始猜测，春亮一定又在琢磨下一个事儿了。是啊，春亮正按着他的设想一步步去兑现。他想让全村乡亲人人过上痛痛快快的舒心生活，然而裴寨太穷了，底子太薄了，用什么办法才能以最快的速度达成呢？一连几天，他陷入苦苦的思索之中。

一个农村娃，他深知农村人的心思，一辈子的梦想就两样，一是给孩子盖房，二是给孩子娶媳妇，好多人一辈子活到头都无法实现这两个梦想，裴寨村更是如此。至今，村里一半以上的村民还住着五十多年前盖的土坯房，不少已经成了危房，谁家的姑娘愿意嫁到这穷地方呢？栽下梧桐树，自有凤凰来，改变乡亲们的居住环境成了他的心事。

村里的事情乡亲们说了算，裴春亮请乡亲们一块儿参与讨论，他和村支部、村委会成员共同参与。然而，多个碰头会上，事情议是议了，说也说了，改变现状是大家做梦都企盼的愿望，但怎么去实现，苦无良策。众人的眼睛又盯在了裴春亮身上。裴春亮告诉大家，他连日来在脑海中谋划了一个设想，就是要在这荒山僻野，建一个裴寨新村，让全村人都住上别墅。大伙儿听了，表情与其说是喜，不如说是惊。全村一百五十户人家，如果全部拆旧屋盖新房，让老百姓自己负担是负担不起呀！那么，这一大笔钱从何而来？此刻，所有人的目光再次齐刷刷地聚焦在裴春亮身上。这些目光是复杂的，既有渴望，又有怀疑，既有欣慰，又有忧虑。

裴春亮神情凝重地说出了一句所有在场人都意想不到的话：他个人拿出三千万元，来实现大家梦寐以求的愿望，在村外的荒山上建设一个一百六十栋的别墅群——裴寨新村。

消息传开，整个村子里沸腾了。

三千万？无异于天文数字，村里人想都不敢想。

亲朋好友有人劝他："春亮，这可不是闹着玩的，感恩也要理性啊。不要一时激动，把身家性命都贴进去，说是三千万，还有许多配套资金啊。"他坦然地淡淡一笑说："我计算过了，只要我的企业正常运转，从中拿出三千万元建设新村，应该能承受住。让全村人住上新房，这是我多年的意愿。我曾深受其苦呀。"

回到家，妻子也抱怨他做过头了：一句话，几千万扔了出去，咱们的钱可不是大风刮来的，咱们遭了多少罪受了多少苦，是分分厘厘算着、抠着，挣来的心血钱呀！

晚上，万籁俱寂时，他躺在妻子身边开始了他的"忆苦思甜"："咱挣钱是为了啥？如今该有的咱都有了，钱存到银行只是个数字。再说咱一家富了，只能富几口，全村人富了，富的是几百口，全社会都富了咱还有啥不高兴？人活在世上的意义，不仅仅是自己的获取，更重要的是为他人付出。想当年，如果没有乡亲们的付出，能有我裴春亮的今天吗？我的今天正是乡亲们无私帮助的结果。现在咱富了不正是该咱感恩图报的时候？"

妻子凝望着裴春亮："我不是反对，我是怕你一时冲动而兑现不了，后续还要投入更多的钱呀。"

春亮笑了。

会后不久，人们发现，裴寨村口那座寸草不生的荒山上，常有两个身份不明的年轻人，手里拿着笔和纸，身上还背着一个家伙儿，这儿走走，那儿看看，这儿停停，那儿比比，挺神秘的样子。山里人好奇，就四下里打听，更有好事者跑上前去询问，这才知道这是裴春亮曾经资助的那个大学生白永亮请来的同学，男的叫彭亚飞，女的叫傅亚坤，两人都是清华大学环艺系的毕业生，他们听说裴春亮自掏腰包为乡亲们建别墅，心里很是感动，就主动找上门，义务帮裴春亮规划设计新村。

村民们更加激动，他们实实在在感受到，春亮没有吹大话，告别土坯房，住上小洋楼，这个裴寨村祖祖辈辈几代人想都不敢想的美梦，真的要在裴春亮的运作下变为活生生的现实了！

六

2006年5月26日，又是一个令裴寨村所有村民终生难忘的日子：裴寨新村在这一天正式动工。

这一天，仿佛是裴寨人的节日。村民们敲锣打鼓，用这一古老但充满喜庆的传统方式载歌载舞。省人大、省委组织部、省农业厅及新乡市委、市人大、市政府的主要领导，都来到了建设工地给予祝贺。

从这一天开始，村里的父老乡亲们都参与到这改天换地的行动中来。没有空洞的动员会，更没有行政命令，都是自觉来到工地，投入到这紧张而愉快的劳动中。村支部书记裴清泽一天到晚穿梭在工地上，既是指挥员又是战斗员。副支书裴泉海扔下自己修配门市部的生意，甩开膀子干起了老本行，开山辟石。妇女主任张贵先带领村中的妇女跟村里最壮的劳力展开竞赛。村会计李国德有泥瓦匠的手艺，白天干在工地，晚上还要加班记账。小伙子裴龙伟自己有一辆车跑运输，每次出车回来总是拐到工地上问需不需要运料，如果需要他立马掉头开车就去。正在奶孩子的刘小红、杨小芹等女同志把孩子交给公婆，积极请战来到工地接钢筋、支梁盒。一些年老体弱的人也不甘示弱来到工地，东瞅瞅西看看，干一些力所能及的活儿，拾拾砖、推推灰，为乡亲们加油鼓劲。村妇女组长袁小香说得实在："春亮拿出那么多钱为我们盖新房，俺多出点力又算什么，更何况是自己在给自己干，就是再苦再累心里也高兴。"

为了不占耕地，裴春亮要将村口的那座方圆百十亩大小的荒山包削平，来建新村。削平那座山包还真不容易，平均有七八米高的鹅卵石圪梁，运出土石超过七十万立方米。施工最紧张的时候，每天七台挖掘机同时开动，两台大铲车忙个不停，一百四十辆后八轮运土车来回倒腾。就这样历时七个多月，终于开出了一百五十亩新村地基。

随后，配套工程的好消息一个个接踵而至：新村大道路基工程告竣；投资近八十万元供新村人畜用水的五百米深水井出水；二十吨规格的无塔供水设备配套安装到位；一排排联体公寓式住宅楼在搅拌机的轰鸣声中一天一个样。同时，敬老院、幼儿园、综合超市、卫生室、图书室、广播室、小型体育场、休闲绿地广场、公用沼气池等设施建设同步进行。

当初新村起名的时候有好多群众对春亮说：你个人掏钱为乡亲们盖楼，名字应该叫“春亮新村”，又好听又具体。但春亮不同意，他说：“人在什么时候都不能忘记过去，忘记祖先。没有先人的养育，哪有我们的今天，裴寨两字永远不能变。”这时有人说：那咱就叫“裴寨新村”吧。裴春亮第一个鼓起了掌。

经过两年时间的紧张施工，一百六十栋气气派派的别墅竣工了。目前，百分之九十以上的村民都搬了进来，个别没搬的正在装修。看着这一栋栋拔地而起的“洋楼”，能不让人感叹吗？这就是裴春亮的手笔。

对此，裴同老人说道：“以前肚子都吃不饱，更别说盖房，如今，没花一分钱，却一下住进了洋楼，这一切就像在梦里头，多亏了春亮这孩子有良心、有能力、有思想。”裴大爷也是个苦命人，妻子早逝，儿子残疾，儿媳改嫁，他和儿子相依为命。如果没有裴春亮，他这一生绝不可能住上这楼房。对此，裴春亮却说：虽然村里面貌有了改善，但与我心里制定的新农村建设的大目标差得还远哩。房高了，思想境界也得跟着高，全村人既要安居，又要乐业才行；应该人人有活干，家家有钱赚，真正实现共同致富。这是裴春亮思考的下步计划。

七

如果说，裴春亮投资三千万元建新村是为了让村民实现“安居”梦的话，那么，裴春亮带领全村人投资兴建春江水泥有限公司，则是将村民另一个“乐业”的梦想变为现实。他常说：给予只是解决顿饱，不能解决长饥，让村民自己参与创业致富，才是解决“乐业”的根本保证。

这是裴春亮和村民们的第二次创业。

在裴春亮看来，自己的第一次创业尽管历经艰辛，费了九牛二虎之力，但那毕竟是个人奋斗的个人行为，成败荣辱仅限一己之身。这第二次创业就不同了，兴衰安危涉及全体村民，成功与否影响都很巨大。他思来想去慎之又慎，再三权衡。要想让大伙走上富裕之路，不能靠输血，要让其生血、造血，风险不可回避。惧怕风险不是一个有作为男人的风格，要横刀立马、勇往直前。于是他与村委一班人最终敲定：走出大山，背水一战，兴办企业。全民参与，共同致富。为此，投资四点三亿元的春江水泥有限公司，在他的日夜奔波下，于 2007 年 4 月 26 日破土动工。

为了实现他制定的共同致富目标，他让全村人“家家都有股份，人人都是股东”，将春江水泥有限公司运作成了股份合作制经营模式，让大家能够连股连心，一起分享集体创业的成果，从而充分感受共同致富的快乐。消息传出后，村民们没有瞻前顾后而是纷纷踊跃入股，并且都是倾其所有，有的投资三千元、五千元、一万元，有的投资十万元、二十多万元。残疾村民裴明军拿出家里仅有的二十元入了股，说企业也有他的一份儿。此刻，他们早把裴春亮看成了最值得依赖的人。

2008 年 5 月，一期新型干法水泥熟料生产线建成并进行试生产，生产线设计能力日产水泥熟料四千五百吨，年产水泥熟料一百四十万吨，预计可实现销售收入三点五亿元，利税超三千万元。

裴春亮又创造了一个神话。当人们还没从惊喜中回过神来，裴春亮又做出决定，上了同样规模的第二条生产线。并且，将春江水泥有限公司改造成了春江集团。

来到春江集团，当你走在整洁的厂区大道上，只听只看，你会忘了这是一家生产水泥的企业，这儿听不到噪声，看不见扬尘，天是蓝的，树是青的，鸟语花香。看到的只是员工的笑脸，听见的只有自己的心跳。

对此，裴春亮自豪地说，春江集团在较短时间内创造了四个行业奇迹：第一，水泥熟料质量居全省同行业之首，畅销豫东、豫南等地，深得客户信赖；第二，公司生产线是全国首条规模最大的单系列生产线；第三，全省首家在窑头、窑尾全部采用袋式除尘器的企业，吸尘效果非常明显；第四，两年时间内上马两条线，全国绝无仅有，被同行誉为“春江速度”。

讲这些的时候，裴春亮的脸是舒展的，是红润的，他的语速明显慢下来，声音充满了磁性。突然，他把话停住了，像一个长长的休止符，再次开口的时候，已不是裴春亮的春江水泥了，而是张若虚的《春江花月夜》：春江潮水连海平，海上明月共潮生。滟滟随波千万里，何处春江无月明！

应该说，春江集团是裴春亮二次创业的神来之笔，也是他的得意之作，在这篇杰作里，他的才华可以说发挥到了极致。细心的他甚至想到了，村里的男劳力都到公司上班了，女同志怎么办？放任自流那不叫和谐，不管不问更不是他的风格。于是，他找到和自己同岁、从小一起长大，并且具有一定经营能力和经济实力的好伙伴裴孟群，鼓励他投资兴办织袋厂，带领女同志为春江水泥配套生产包装袋。为了方便村里妇女上班，织袋厂就设在裴寨新村附近。在裴春亮的支持下，裴孟群从浙江引来了六百五十万元资金，购买了两台抽丝机、一百台高效圆筒织机、一百台缝袋机和一台覆膜机，形成日产二十万条编织袋的生产能力，为三百多名妇女提供了就业岗位。工厂投产后，每个普通女工的月平均收入为七八百元，熟练女工的月工资最高能拿到一千五百元。裴春亮还向他支招儿：有些女同志如果实在出不了家门，可以把半成品拿回家抽空加工，不出家门照样挣钱。

村里那些上了点岁数的人也闲不住，大家都想找个活儿干干。为了给这部分人创造就业门路，裴春亮开始对原有商业街进行改造，以商户筹资的形式兴建南北约五百米的新商业一条街。裴寨村的地理位置不错，既是辉县市至卫辉市公路的枢纽，又是张村乡到辉县市的必经要道，是一个天然的商品集散地，建商业街，有着独特的地域优势。但是原先的街道狭窄，街道两旁的门面房又十分简陋破旧，难以形成规模效应。如今，建成后的新商业街拓宽为六十米，两旁的建筑全部采用框架结构，便于大家从事各种商业经营。由此，全村的乡亲们都基本得到了安置。

裴春亮满足于现状了吗？答案是否定的。他还有很多设想，现在只是他走出的一两步，只是解决了乡里乡亲的眼前困难，他的企业还要壮大，他还有很多宏伟蓝图去实现。目前他又在为兼并一个大型化工企业而谈判，他要把春江集团建成一个能抗狂风、顶恶浪、迎骤雨，挑战一切极限的超大航母型集团，创造更多的财富，回报生他养他的故乡，回报给予过他帮助的父老乡亲，回报中原大地。裴春亮在一次高管会议上曾动情地说：我虽没有李嘉诚富有，但我同样有一颗报效祖国的赤诚之心。我们要把春江这个品牌做大做好，创造更多的财富报效人民、报效祖国。群众的意愿就是我奋斗的最高目标。

这就是裴春亮的德行，这就是裴春亮的境界，这就是一个曾经穷得叮当响的山里娃的所作所为，这就是从大山中毅然走出、常怀感恩之心、永不停步、拼搏向上的一个太行骄子的博大胸怀！

情系卫辉话卫河

古老的卫河，在卫辉人心目中一直是一条巨大而鲜活的动脉，日复一日年复一年地偾张在先民们劳作生息的血管里。是它把这里的远古和现代很诗意地连接起来，不仅滋养着这块土地上的风土人情与淳朴民风，也孕育和喂养了其独特的文化属性。

一个美丽的地名，自有其美丽的由来；一个因为水而美丽的古城，自有其与水不离不弃的难舍情缘。史载周赧王十九年，这里的先民就已普遍采用吊杆汲水灌田，首创了先进的取水方法。至汉高祖二年（前 205 年）始置汲县。此后，无论岁月怎样更替，无论地名如何变换，从汲地、汲邑、汲城再到汲县、汲郡等，一个“汲”字从此在这里落地生根。至元世祖中统元年（1260 年），又合卫州和辉州为卫辉路；到了明代，改卫辉路为卫辉府，特别是潞王时期，盐业的兴盛、水运的通达，卫河得天独厚的优势极大地推动了卫辉府经济的繁荣。千百年来，卫河从没有让卫辉人失望过，这条灵性十足的河流在这片土地上极尽造化之能事，以不尽的流水冲击着古城绵绵的地貌和凝重的风情，赋予了卫辉更深厚更缤纷的底蕴与色彩。

据史料记载，卫河开挖于隋大业四年（608 年）。隋朝之前，在沁阳、武陟、修武、获嘉、新乡、卫辉、淇县一带，有自然流淌的沁河、淇河等。三国时，曹操为漕运军粮，曾在浚县方城处为淇河筑坝遏水，并疏浚改道，使其东北流向。到了隋代，隋炀帝为打通南北大运河，征用了黄河以北百余万成年民工，来开凿这条“永济渠”，贯通并连接了黄河、沁河、淇河水路交通线，用以排泄山洪、内涝和发展航运。因其主要河段在古卫国境内，故称之为卫河，后人又叫古御河。

这是从一湾水开始的朝圣。

正是这一湾水，开始了一条著名河流和我们生命的情感历程。

后来，卫河在春冬两季因水浅而影响漕运，河内郡太守张定和就组织辉县数百名民工疏浚百泉源头，使之形成一个“方五百步许”的湖泊，再引流南下至卫河，从此，卫河水量大增。故有辉县百泉为卫河源头之说，今天的百泉北岸尚存有卫源庙，始建于隋大业五年。

卫河经新乡市东曲里向东蜿蜒进入卫辉市辖区，呈西南至东北流向，绕市区北而过，流经卫辉市孙杏村镇、唐庄镇、城郊乡、汲水镇、上乐村镇等，至上乐村镇小河口汇淇水入浚县境内。全长三百四十七公里，卫辉市境内长约四十七点四公里，市内流域面积约为八百四十四平方公里。至此，卫辉人与卫河水便有了割舍不断的情结和相依为命的渊源。也正是借助于卫河的张力与喧响，卫辉也具备了水一样的质感。卫河在这里有着种种不同的状态和表情，或急流直下，或静流如歌，有无限生机。它在带来漩涡和泥沙的同时，也带来肥沃的平畴绿野，这种天人合一的和谐，使得它与流经的这块土地形成了比肉体生命更柔韧更悠长的一种默契。

历史上，卫河素有北方“秦淮河”之美称，“卫水拖蓝”作为卫辉八景之一，至今为人们津津乐道。更为显赫的是，卫河作为南北大运河的重要一段，自打通以来即为漕运要道，河面上满载各种货物的大小船只南来北往，络绎不绝；衣着华丽、南腔北调的豪商巨贾林立船头，令人目不暇接；河岸上茶楼酒肆星罗棋布，客店招牌五花八门；算卦摊、评书场、浴池、戏院应有尽有，吆喝声、叫卖声、坠子腔、号子声此起彼伏，不绝于耳，简直是另一版本的《清明上河图》。

在此后的岁月更替中，卫河一直是舟船如梭，桨声汩汩，黄河南北的军粮和布匹等物资大都经卫河运往北京、天津等地。明万历十七年（1589年），潞王从北京乘船沿卫河南下到卫辉府就藩，其船队声势浩大，仅船夫就运用三万余人，耗银十余万两。一时间，卫河更是名声大震，卫辉府内外尽显雍容。

潞王藩卫期间，垄断了卫辉府、怀庆府、彰德府等九府二十五县的食盐专卖权，设立了赫赫有名的“卫辉盐仓”，向各地销售官盐。当时卫辉府内盐店城储盐多达万余吨，各储县纷纷在此设立盐场以备中转，盐店城七十二盐漕胡同也因此成了当时全国最大的以食盐为主的物资集散地之一。清初，卫河仍是食盐和粮食等物资的运输要道，漕粮多经卫辉集中北运京津，食盐经卫辉南输开封府和怀庆府等地。至清雍正年间，卫河航运更是通达顺畅，盛极一时，河水清澈如镜，水面百舸争流，码头熙熙攘攘，两岸碧禾万顷；夏秋乃卫河航运旺季，高峰时小货船每天能停靠上千只，来自京津、河北、山西、山东、内蒙古、汴洛等地的客商争相在此显阔斗富，挥金如土，白天车水马龙，夜晚通宵达旦，这都给卫辉带来了无限商机。盐业的兴旺还带动了饮食服务业的发展。声名远播的盐店街“三把刀”，即厨刀、剃头刀、修脚刀，代表着卫辉餐饮、理发、沐浴等服务行业的发达。水为卫辉的灵气。卫辉繁荣于卫河的开通，自古有“车马少于船”之说。各类文化元素也长期在这里碰撞、交流、融汇，造就了丰富多彩的卫辉文化底蕴。

据史料记载，卫辉境内规模较大的卫河渡口和码头有曲律渡口、汲城渡口、王奎屯渡口、城关渡口、板桥渡口、盐店码头、西码头、北码头、南码头、东码头等。渡口是用来摆渡游客的地方，一是乘小舟划橹来回收费摆渡，二是在卫河两岸拉一条粗绳往返摆渡，三是在卫河上架设浮桥通行。码头是船只装卸客货的地方，卫辉盐店码头主要以装卸食盐为主，并由此而得名。卫辉西码头、北码头、南码头、东码头主要以运输粮食为主，附近有集中粮食的大型仓库，今天卫辉市区北部的卫河故道附近仍有

“北仓”这一地名。

清末，京汉铁路通车，昔日盐粮等物资多改为铁路运输，卫河运输大动脉之地位日渐丧失，加上卫河长年未经大规模疏浚，日趋淤浅，运输能力大为降低。民国时期，军阀连年混战，苛捐杂税多如牛毛，土匪强盗遍地横行，船民生活难以为继，南北客商经营困难，卫河船运几乎停顿。民国初期，卫河治理大都是靠所在县进行的，到 1929 年才在卫河上设立了丹卫和漳淇两个水利局，负责对卫河的专项治理。丹卫水利局就设于新乡县的东门里，主管沁阳、博爱、修武、获嘉、辉县、新乡、汲县等七个县境内有关卫河上游和丹河及其支流的治理事宜。当时，卫河已面临水源不足、堤身低薄、河床淤积严重等一系列问题，迫于公众压力，该局于 1934 年拟定了开挖引黄总干渠进行引黄灌溉济卫的计划，并分三期加以治理。第一期工程为培堤浚浅；第二期为改建桥涵；第三期为修建船闸，整理水源。一期工程于 1935 年 4 月开始，对汲城村以下之两百公里右堤加以培修，到 6 月 15 日全部完成。是年 7 月，在全国经济委员会所属的水利委员会召开的全国水利会议上，也决议整理卫河。计划原定 1937 年底全部完成，后因受日本侵华战争的影响，除对堤防加以复堤和筑新堤以及改建 2 座桥梁外，其他项目均被搁浅。

直到新中国成立，随着工农业的发展，航运事业也开始逐步壮大。1952 年汲县港完成总运输量七千余吨，到 1956 年总运输量比 1952 年增长了三十四倍。1957 年开辟油轮机拖带化运输，每天一趟，为旅客往来及物资交流提供了便利条件。1958 年船运生产得到了较大发展。1962 年县委成立了卫河疏浚指挥部，并在卫河、东孟姜女河进行机械清淤。1963 年 8 月，连降大雨，山洪暴发，河水横溢，卫河两岸皆成汪洋。为挽救人民群众生命财产，县委、县人委、水利局合署办公，防汛指挥部抽调一千八百名干部分赴抗洪第一线，组织抢险队员四千三百人，日夜巡逻，为灾民抢救物资。到了 20 世纪 70 年代，由于引黄济卫的干渠停止向卫河补水，致使卫河水位很不正常。1972 年卫河流量更小，水运时断时续，航运部门采取以厂养航的措施，建起锅炉厂，航运工人转入工业生产，卫河的航运功能终结。70 年代后期，由于工业迅猛发展，城区规模日益扩大，而城市基础设施、环境保护以及综合治理的滞后，导致河床淤塞，继而变窄，泄洪能力基本上已完全丧失。

卫河，这个昔日何等圣洁何等美好又何等让人心存敬畏的生态之源，就这样转眼之间风光不再。尽管它曾经为卫辉千百年的人杰地灵创造过丰厚的物质财富，尽管它曾经让古城人深受其哺惠与恩泽，并与他们朝夕相处祸福相依，但如今，一旦缺失了激流与漩涡的左冲右突，也就等于没有了灵魂。在先民与水的亲近和对抗中，卫河所催生的航运文明、自然之美包括千百年累积而成的人文之美，也一并沉入水底的泥沙之中。

从自然的角度，我一直在为卫河惋惜。每次走近它，我心中总有一种隐隐的创痛。看着卫河里的清水越来越少，污染越来越严重，不知怎的，昔日古城水脉、人脉中那充满了智慧与力量的一幕幕总会浮现在眼前。曾记得，儿时常在河边嬉戏玩耍，在河里捉鱼摸鳖，玩累了就往堤坡上一躺，细数着天上的流云，呼吸着新鲜的空气，那是怎样的一种惬意。曾记得，当时驻卫部队几乎年年在卫河上举办武装泅渡，红旗招展，喊声震天，引来无数人驻足观看，其场面何等壮观！这应该是这座古城挥之不去的时代印记。更有先民们在这里与急流险滩巧妙周旋，留下了与水魔共舞的精湛技艺，那是中国精神中最雄性最震撼人心的组成部分，是这里的人们体现智慧与勇气的最好载体。

随着工业发展和人口增多，污染量逐年扩大，污染物逐年增加，地下水位剧降，污水排放量剧增，一些单位单纯追求经济效益，不惜以牺牲环境和资源为代价换取眼前利益；再加上一些人没完没了地在河堤河道挖沙取土，践踏文明，蹂躏风景，将生活废水及粪便垃圾未经任何处理而直接排入河中，致使卫河生态环境极度恶化。特别是孟姜女河入卫地段河道弯曲，地势低洼，每遇汛情，卫水倒灌孟姜女河，造成孟西一带大面积泛水，严重威胁到城市度汛安全。不仅投资环境受到影响，经济发展受到制约，也给老百姓日常生活带来诸多不便。治理卫河迫在眉睫，改善环境刻不容缓。

1979 年春，汲县人民政府动员民工五点六万人对卫河进行清淤，冬季又在毛楼至宋村十一处弯道做石砌护岸。1982 年 9 月，水电部第十一工程局对船流庄以上河段再次进行机械清淤，并对卫河堤防复堤加固。1993 年，市水利部门经过实地勘察与科学论证，编制了《卫河清淤裁湾工程方案》，将卫河包括孟姜女河治理作为当年城市建设一号工程。在市委、市政府的号召下，来自城乡的十二万治水大军，在绵延十四公里长的工地上开挖新河，清理老河，裁湾建桥，修筑堤防。经过一冬一春的艰苦会战，完成了主体工程及其配套设施。施工期间，新乡市政府在这里召开现场会，推广卫辉经验。卫辉市还由此荣获当年全省“红旗渠精神杯”和新乡市“大禹杯”的嘉奖。

卫辉是一座水城，古城的历史几乎就是河流的历史。在卫辉人的生命中，清澈流淌的河水、南来北往的舟楫是伴随人们一生的记忆。这是大自然的恩赐，也是得天独厚的环境优势，卫河使得古城充满灵性，充满质感。但同样是卫河，多年来也曾给卫辉人带来无尽的烦恼和繁重的防汛抗洪任务。在卫辉历史上，我们的祖先既有择水而居的便利，又有遭受洪水暴虐的血泪，更有着与自然灾害一次次进行殊死抗争的辉煌业绩。早在远古时代，禹以疏为主，引黄河之水经汲地而至衡漳，使洪水归槽，水患消除，先民们精心凿制的大禹治水纪念碑，至今仍完好地存放在市博物馆内。东汉时期，汲人杜诗率众“开挖杜沟，整修陡地，兴修水利，百姓便之”，被时人誉为“杜母”。清代秀才张墀组织山民开凿隧洞，引金灯寺山泉灌千亩良田，一直被传为佳话。还有当代孔令守领导民工治水多年，被称作“今日新愚公，太行降龙人”。更有汲人杨贵因修建红旗渠而名扬天下，吴金印治山治水为万民造福。可以说，治水，在卫辉已成为一种传统，一种接力，一种价值和一种精神。对卫河的治理也同样如此。在让卫河改道作“华丽转身”的同时，政府部门硬起手腕，强力推行减排、治污，力度越来越大，下决心先后关闭了城乡十二家污染严重的小造纸厂和十一家小电镀厂，有效遏制了工业排污对水域环境的侵害。卫河的历史，又开始了一个新的轮回。实践证明，卫河治理不仅大大减轻了城市内涝，也使郊外数万亩农田得到了有效灌溉，更为重要的是，卫辉的建设者们还将自然、生态的发展理念融入其中，对卫河进行真正生命意义上的关注，逐步实现沿河两岸的景色美观，使其自然美与人文美融为一体，让卫河背靠古城巍巍耸立的历史，面向更加广阔平坦的未来。

上善若水，厚德载物。一千八百年的回旋流转和滋养浸润，使得卫辉人的遗传基因里早已植下了远古的血性和水的豪放。从古到今，从这里走出去的文化名人数不胜数，像贺铸、王恽、杜诗、谢偃、崔瑗、王筱汀、李时灿、嵇文甫、刘知侠、尹雪曼、卢光照、秦岭云，等等，这一长串汲地出生、卫河养育，后来以各自的聪明才智为古城增光添彩的名字，既像是天空璀璨闪烁的群星，又像是汩汩流淌的卫河里一颗颗晶莹透彻的水滴，既映射出太阳的光芒，又张扬着卫河水的迷人风采。

今天的卫辉人也越来越懂得历史财富的重要。在卫河岸边，一处处古迹翻修一新，一处处游园争奇斗艳，一个个商家竞相投资创业，这里曾经的地域优势正在逐步演化为创新型的人才优势和文化优势。就像对卫河的治理一样，谁能抓住这个机遇，谁就能在遍及牧野大地的新崛起浪潮中率先实现质的跨越。古城有幸，我辈之福。为改善人居环境，提升城市品位，卫辉的决策者还十分注重加大市民休闲娱乐场所和民生工程建设力度，先后完成了比干大道、学院西路等主次干道路面和污水管网建设，修建了总长一千六百二十五米的水景文化长廊，建成彩色喷泉、华灯广场等十八个景点，以及东湖游园、镇国塔游园、顺城关水景生态园，建成和谐花园、丽湖小区等成规模、上档次的新型居民住宅区，形成了“城在水中、水在景中、景在城中”的优美和谐之格局。漫步其间，但见亭桥水榭，石径绿地，花丛藤树，碧波扁舟。如诗如画的水岸华庭、野趣风光，引得游人流连忘返；古色古香的水上廊桥，若长虹卧波，让人恍入梦幻仙境。这篇大文章的每笔每画，都充分显现了“以水为魂，以绿为主，以人为本”的构思，堪称打造生态、文明、宜居、和谐新卫辉的得意手笔。也正是因为有了这些变化，卫河的重振雄风、再度繁荣才会成为可能，卫辉的经济振兴和社会全面进步才有望成为现实，才会有更多的投资者在这片土地上尽情开垦，尽情耕耘，尽情收获。古城不愿意只是黄金水岸的一处驿站，古城不想让丰厚的历史遗存被时光再次掩埋。让古老的卫河再现清波，将卫河倾力打造成一个全新的游览景区，让它像一串项链一样将沿岸众多的名胜古迹贯穿起来，使这里厚重的殷商文化和明清文化不仅作为古城的荣耀，而且成为我们共同的财富，这应该是每一个卫辉人由衷的愿望。

日月经天，江河行地。当源源不断的卫河之水一直流淌到今天，古城卫辉已是另一番模样了。对历史而言，这也许只是短暂的一瞬，而对于曾经被卫河深深眷顾过的这块土地来说，却充满着沧海桑田的意味。它的身后，是一个已经发生了翻天覆地之深刻变化的新卫辉。我们高兴地看到，在这块厚重的热土上，工业经济平稳发展，农村经济亮点纷呈；项目建设扎实推进，招商引资成效显著；城乡环境更加整洁，百姓生活更加安康；综合实力持续增强，社会大局更加和谐。她崛起的不光是高楼和气象，还催生出一种城市精神；她腾飞的不光是建设和文明，更有自主创新的科学发展的浪漫情怀。这种变化是脱胎换骨的，它不仅改变了城市和乡村，改变了河流的走向，也改变了人们的生活，改变了人们的观念。如果说卫河也和历史人物一样，既有赫赫功绩，也存在某些缺失的话，那么，它的缺失永远淹没不了它的功德。如果说是古老的卫河包容了古城的历史与现实、精神与物质，并从中折射出卫辉人民坚韧顽强、进取向上的前进轨迹的话，那么，有幸成为这场巨大社会变革亲历者的我们这一代人，对它的朝圣远没有结束，而只是刚刚开始。

未来无论有多远，我们都会一如既往地对水充满着景仰和敬畏。因为我们知道，尊重自己的传统、尊重自然，也就等于尊重古城的价值，尊重我们自己生命的存在和延续。

我们相信，不久，卫辉水利史上又会增添一个新的名词——“生态卫河”。这一名词带给卫河的不仅是一张新名片，更标志着古城卫辉今天的精神气质已经远远超过了望京楼的历史标高。

我们更相信，经过我们这一代人的不懈努力，千年流淌奔腾不息的卫河水一定会重新焕发出它应有的神采，重新展示出它应有的风韵，德泽澎湃，天籁无止。我们的视线也一定会随着其浩荡金波，穿越时间和大地，掠过城市和乡村，百转千回，水滴石穿……

初识侯老

初夏的一天，骄阳似火，临近中午，接一朋友电话，问中午能否抽出时间，陪侯德昌老师一起吃饭。突降喜讯，求之不得，没有客套，连连爽应。

对于侯老，我略知一二。他是辉县人，曾在卫辉“汲县师范”上过学。因为我是卫辉人，在我家住处附近，有一“三笔亭”，意为卫辉“汲县师范”走出的三位杰出人物——中央文史馆馆员卢光照、秦岭云和侯德昌。为此，卫辉人很引以为骄傲，特别在卫辉市政府广场左前方为其建了“三笔亭”，启功先生亲笔题写“三笔亭”三个大字；秦岭云老师亲笔写下“月还是故乡明，情还是故乡浓”，镌刻在一块青石前后。

常有熟知侯老的友人介绍侯老：不热衷社交，甘于寂寞，一心沉醉于艺术创作之中。他从不卖画，治艺很严，始终坚守着“先有人品，后有画品；人无品格，下笔无法”的信条。他认为艺术不能商业化，商业化了就将降低艺术品位和人格品位，艺术就容易走样变味，就容易产生铜臭乃至腐败，亵渎艺术的神圣。因此，在新乡范围内，有很多侯老的书画作品，包括一些书画界认为价值连城的作品，都是他赠送他人的。他的理念就是为国家而画，为人民而画，因为自己是国家教育培养出来的。为此，他还留下遗嘱，交代后人，将来自己不在了，家产一半留给子女，一半赠予国家。

很多人都去过毛主席纪念堂瞻仰他老人家的遗容，在主席水晶棺前有十七个金光闪闪的大字“伟大的领袖和导师毛泽东主席永垂不朽”，就是侯老书写的；人民大会堂内最大的一幅书画作品在东大厅，名为《幽燕金秋图》，也是由侯老主笔，中央领导经常以此为背景，接见国际友人和参加国内外重大活动，世界瞩目；领袖居住地中南海内有他的作品《山永寿松长青》，中央军委八一大楼内也挂有他的作品《长城雄关图》，等等。

因为会务缠身，当我赶到就餐地点时，已过了 12 点，内心深表歉意，但侯老很包容地连连表示理解。第一眼看到侯老，就印象极深，侯老鹤发童颜，没有其他一些艺术家的奇装异服、标新立异，一副典型的老农民模样，两眼炯炯有神，加之一对长寿眉，映衬得老人更加慈祥善良。侯老精神状态很好，说话依然乡音未改，音调不高，但底气十足，让人看不出他已 86 岁高龄。

用餐期间，侯老妙语连珠，侃侃而谈，说了许多鲜为人知的往事和趣闻。侯老很有家乡情怀，每年春秋两季都要从北京回到家乡辉县，到山中、水边、农田里转转看看，一直钟情于生他养他的这方土地。他平时的饮食习惯依然是家乡的玉米、小米粥、糊涂面条、大烩菜、捞面条。他外柔内刚，思路清晰，记忆力极好，对于很多往事他都能准确说出具体的时间地点。

其间，他谈到上学时一件往事：解放初期，他上中学，在一次上学路上，他遇到一场枪毙人的场面。被处决的是一名恶霸伪保长，当地政府决定对其执行枪决时，他还顽固不化。就在执行者枪响之前，他竟突然高呼反共口号。侯老到校后将他偶遇的这件事讲给了同学们，结果麻烦来了，有人告发他颂扬国民党，长反动派士气。他说没有呀，根本没有这个意思呀，只是将看到的一些情况说了一下。他怎么解释也无用，老师让他写出检查，反思问题，而他百思不解，认识不到错误所在，因此不肯低头认错。然而，老师抓着不放，他一恼之下，弃学走人。这下惊动了学校主要领导，校领导问明情况后，免去检查，将其挽留下来。

对此，侯老感叹道：“讲真话不易，往往是祸从口出，但我们做人做事必须真真切切，坦坦荡荡，做真人，讲真话。将来，我要写一本回忆录，真真实实反映一下我人生经历每个阶段的真实情况，不能让真实的东西因为外部干涉和压力而被抹杀了。”

我向他提及了卫辉的“汲县师范”和秦老、卢老。他很动情地说道：“汲县师范当时很了不起，为社会培养了一大批人才，一个学校能走出三个中央文史馆员，在全国都实属罕见。秦老、卢老都是老前辈，对我有知遇之恩，他们两人联名力荐我为中央文史馆员，当时的国务院总理朱镕基亲自为我颁发了聘书。我在卫辉上学时，我家很穷，穿的衣服是破洞连片，补了又补，缝了又缝，有时自己处理不了，不得不回家让母亲缝补。”当时，卫辉和辉县之间有一条河，过河需要摆渡，但摆渡一次要付两分钱，为省这两分钱，他要多走十几里路。他感叹现在一些年轻人身在福中不知福，不知道珍惜当今幸福生活，因为这些年轻人不知道过去的艰难生活和恶劣的生存环境，缺失这方面的引导和教育。

当大家敬仰地说侯老是当今的国宝时，他连连说：“不敢不敢，自己没做什么，需要做的太多了。”对于毛主席纪念堂十七个字的经历，他回忆说，毛主席逝世后，中央面向全国征集这些字体，在数万件作品中自己的作品荣幸被选中。这个作品的底稿至今还在他手里，他说择日将把此稿捐给毛主席纪念堂管理处。

侯老还动情地说：“当习总书记提出要让高雅的文化走进农村，我深深明白领袖这句话里面的深刻含义，积极响应，当即在自己的家乡选择了一处不占农田，一个荒山秃岭的地方建了一个博物馆，将自己的一百五十余幅作品贡献出来，其中包括丈八尺书法《兰亭序》，二十五米长巨幅国画《苍松图》，丈六尺的书法作品毛泽东词《沁园春·雪》，丈八尺的国画作品《半岭桃花迎春风》，让广大人民群众免费欣赏观摩。”

当他闻知家乡人——全国道德模范裴春亮致富不忘乡亲，拿出数亿元回报乡亲，带领乡亲们共同致富时，他很是激动，也要为家乡人多做点事，因身体原因本已封笔的他，再次拿起笔，将习总书记治国理政的经典词句整理出来，经过数月的润笔，写出了二百幅作品，无偿捐献给明星社区裴寨新村，深深感动了家乡的父老乡亲。这是一位年近九十岁高龄的老人对待家乡亲人的一片赤子之心啊！

看着眼前貌不惊人、看似普通的老人，我心潮澎湃。他的胸怀是那么博大，爱国、爱民、爱家乡，自己的心跳与时代同步搏动，心系国运、民运，是一位与时俱进的艺术家。

侯老，我敬仰您艺术造诣的追求及境界，更仰慕您虚怀若谷、坦荡做人的人格魅力，您是家乡人民的骄傲，您的伟大在于不平凡中的平凡心，低调做人，低调做事，做实实在在的人，干实实在在的事。家乡人民为您骄傲，您是家乡人民心中的一座丰碑。

神交老吴十七年

在卫辉提起老吴，都知道说的是全国乡镇党委书记的好榜样——吴金印。尽管他担任新乡市人大常委会副主任，但人们还是习惯喊他老吴，或者吴书记。他今年（2007 年）已经六十五岁，依然兼任着唐庄镇党委书记的职务。时至今日，他已在乡镇党委书记的位置上干了整整三十九年。

我和吴书记相识已经十七个年头，没有私交，只是工作上的来往。每每耳闻目睹他经历的许多常人不敢想而他却干成了的事，我都深受震撼。尽管我曾在不同时期听到过有人对他说长道短，可我始终有着自己的看法和认识。吴金印是卫辉的“品牌”，是唐庄镇人的福星，是山区百姓难以忘怀的脱贫创业人。没有他，目前卫辉不可能有这么高的知名度，不可能有那么多中央、省、市领导的光临，唐庄不可能成为卫辉最富裕的乡镇，山区不可能成为旱涝保收的“小江南”……这一切，是老吴靠苦干、实干，靠超前思维打造出来的。这就是我眼中的吴金印。

我和吴金印相识是 20 世纪 90 年代初。当时，我在市委宣传部新闻科工作。刚过春节，我突然接到一项任务，让我在一周内把唐庄乡山彪村的村办企业先进经验总结一下，新乡市委要出典型引路的书。

因为时间紧，正月初六一大早，我就迎着刺骨的寒风，骑上自行车直奔唐庄乡政府。在一座偌大的院落里，我只见到了四个人，书记吴金印、党委秘书马卫华，还有一名通信员和一名炊事员，其他办公室一片寂静。

原来吴金印书记和乡干部整个春节都没休息，他带领全乡干部职工吃住在一条近八公里长的乱河沟里，挖石造田。听说我要来采访，才特地从工地赶来。尽管对吴书记苦干精神仰慕已久，但还是百闻不如一见，果然名不虚传。

在短短一周的接触中，我初步对吴书记有了个印象：语速不快，十分健谈，没有空话套话，简单朴实，脾气不温不火，柔中有刚，说话不急不躁，但句句有理有据，且富有哲理。他双目有神，为人和蔼，见了客人总要疾步上前，握手致意，给人亲切感；客人告别时，他总要送上一程拱手辞别，让人印象深刻。他穿戴如同农民一般，一身七成新的中山装，脚蹬自家做的方口步鞋，戴着一顶标志性的军帽，笑容常常挂在脸上，很有亲和力。至今我还记着他那句描述干部与群众关系的话，“当干部不为民做事，还不如老百姓家养只鸡，养只鸡还能下个蛋。”

第二次与吴书记交往是一年以后。新乡市委决定树立吴金印书记为先进榜样，向全国推送，卫辉市委调集全市写作力量来整理吴书记的先进事迹，我是其中一员。领导将吴书记与群众关系这部分的写作任务交给了我，我接下任务就踏上了采访的路程。这一次的结果令人振奋，我深深感受到了吴书记虽然已经离开山区十余年了，但是人格魅力仍在。

我首站到了狮豹头乡小店河村，几经周折，我见到了党支部原书记闫玉礼，他以山里人的憨厚、实在接待了我，用袖子擦净了桌椅上的灰尘让我坐下，又连忙张罗着家人端来了柿饼、核桃让我吃，自己又手脚不停地为我洗碗倒水，弄得进山不多的我很不好意思，连忙拉他一同坐下。当我说明来意后，他一下来了兴致，马上接住了话题，很动情地告诉我：现在喝的水就是吴书记带领群众引来的，进山的路是吴书记亲自拉着平板车与乡亲们一起修建的。路边河沟的庄稼地是吴书记领着老少爷们挖掉乱石，再填上黄土一起造的。吴书记进山前，山区群众的吃粮、穿衣、花钱都靠国家，仅粮食一项国家每年就要救济十万斤，而现在每年能向国家交售爱国粮五万斤。吴书记跑遍了全乡两千道沟岭，带领乡亲们打了七个山洞，筑起了八十五道大坝，修了四十多公里的盘山公路，造了两千四百亩旱涝保收田……闫玉礼如数家珍一般，一口气道出了这么多，首先感动了我。

吴书记在山里工作了十五年，其中有十年没有回家过春节，他受了多少苦，流了多少汗，出了多少力，山里的父老乡亲心里都有一本账。为改变山区贫困面貌，他很少考虑过自己，一门心思想的都是群众。他的女儿成了哑巴就是因为当时正合龙大坝，他腾不出时间，而女儿高烧不止，未及时送到医院，就这样孩子被耽误了。当他得知孩子残疾的消息后，自己躲在草庵里偷偷地大哭了一场。

我在山里采访过程中，所到之处，只要一提吴金印的名字，无人不夸，无人不赞，其情其景十分感人。特别是在砂掌村，当群众得知我的来意后，时间不长，就里三层外三层地将我围了起来，你一言我一语述说起吴书记的点点滴滴。此刻，我真不敢相信我的耳朵和眼睛。从老百姓一句句朴实的话语和一件件感人的事迹中，我认识到吴书记已经成为山里人心中的“神话”，并心情激动地想起一句俗语“雁过留声，人过留名”，这才是一位真正共产党员积淀的功德。

在众人的赞扬声中，我聆听了一位老人动情讲述吴书记做儿子的故事。村上有位名叫武忠的老人，在抗日战争时期曾立下过战功，年老后却孤身一人生活，并且体弱多病，无人照顾。吴书记来村蹲点时了解到这个情况，他就直接住进了武忠家，并且床挨床地和老人睡在一起，老人的生活起居全由吴书记一手操办。时间不长，吴书记发现老人走路时有点异样，好像很痛苦，就让老人坐下，他搬起老人的脚一看，发现脚指甲长到肉里了，于是烧了一盆热水，让老人泡脚。然后，他搬起老人的脚放在自己腿上，用小刀将老人脚指甲慢慢地一点点从肉中剜出来……事后，武忠老人感动得走到哪儿说到哪儿：吴书记比亲儿子还亲。

更让人感动的是，老人去世后，按当地风俗，儿子必须在棺材前抬大杆，吴书记二话没说，拿起了杆子，面对着眼前吃惊的乡亲们，流着泪说道："老人为革命拼搏了一生，换来了我们不受欺凌和压迫的今天，他自己却没有享一天福。他就是我们后人的榜样，今天我就是他的儿子。"

尽管采访很辛苦，但吴书记的感人事迹时时感染着我，白天采访，晚上加班整理，苦中有乐，不仅没有感到十分疲惫，反而很有成就感。经过十余天的工作，我们写作组的四人也都准时将自己的工作完成。然后，在宣传部长的率领下，我们一行来到唐庄乡征求吴书记的意见。我们将材料一一念给吴书记，令人意想不到的是，当吴书记听到我采写的材料时，他竟失声痛哭起来。也许往日的故事，勾起了他太多难以释怀的回忆，让他的情感难以控制。他哽咽着说：我做的事是微不足道的，群众才是最伟大的，为群众办事这是每一位共产党员都应该做的。

与吴书记第三次交往是十年以后，我已经任交警大队大队长。突然间听到吴金印在唐庄西山修了个飞机场，我有点吃惊。西山当时是卫辉污染最严重的地方，怎么一下子冒出个飞机场，并且还要举办首届全国花样跳伞比赛？

当时有人把他当成奇闻来嘲笑，而我却实实在在接到了道路管控的任务。为此，我又专程来到了唐庄镇见吴书记。吴书记领着我们来到西山，映入我们眼帘的还真是在荒草乱石的山脚下修的一条飞机跑道。然而让我惊讶的是，距离比赛只有一星期时间了，可看台还没有建好。比赛时，数十万人的观摩怎么办？我心中不觉升起一股担忧。这时吴书记淡定地一边指挥着现场工人加快施工，一边胸有成竹地对我们讲："没问题，到时一切都会完工。"他继续向我们描绘了一番西山将来会成为一座森林公园，将变成卫辉人乃至新乡人的休闲避暑胜地的前景。我看着眼前寸草难生、满目沧桑的荒山秃岭，真不敢恭维吴书记的描述。

然而，七天之后，果然印证了吴书记的计划，比赛不仅如期举办，并且圆满成功。但吴书记对西山将来的描绘却没在我脑海中留下很深印记，我认为只是吴书记一时兴起说说罢了。

五年之后的春季，我第四次与吴书记见面，是陪同省国土厅领导专门视察唐庄镇土地整改项目。对于此项工程，我虽没见过，但我深信吴书记肯定会干好的。不然，吴书记绝不会将省国土厅的领导专门请来。

果不出所料，数千亩的荒山都被吴书记一块块造成了梯田，省国土厅领导看后给予了高度评价。最让我心灵受到震撼的是，吴书记将我们领到了西山，首先映入眼帘的是围山而造的仿古城堡，沿山蜿蜒起伏，颇为壮观，满山的翠绿更是让我大声感叹，这是西山吗？树林中，有挺拔的塔松、珍贵的银杏、婀娜多姿的玉兰，还有争艳吐蕊的果树，几座典雅的蒙古包坐落其中……半山腰还建有一座冬暖夏凉的洞中宾馆，这就是吴书记五年前所描述的一幅森林公园蓝图，如今全部实现了！

真让人难以置信，是什么力量支撑吴书记说啥办啥、干啥啥成？他办公室的同志悄声介绍说："这是吴书记带领少则三百人、多则近千人，苦干了七年建成的。他们凿石挖坑，一铲铲培土，先后栽了近两百万棵树。"

目睹眼前的一切，我真不敢相信这就是五年前的西山。然而，这的确是真实的，不是画出来的。对此，我的心久久难以平静。当我心潮澎湃地回忆起与吴书记交往的一幕幕时，我坚信，这是真的，这当然是真的。

这就是真实的吴金印，心中装着群众，识大局、干大事，脚踏实地、苦干实干的老吴。这也是我们卫辉人值得骄傲、值得信赖、值得敬慕、值得爱戴的吴金印书记。

党中央号召全国乡镇党委书记学习吴金印书记艰苦创业、拼搏奋斗的精神，真是英明之举。吴金印书记脚踏实地、锲而不舍、艰苦创业的精神，是每一个想干事的人学习的榜样。如果卫辉人都学习凝聚这种精神，我想，卫辉必将在这中原腹地重新诞生出一个新卫辉，其意义更加深远而巨大。

赤子心语

2011年7月1日是中国共产党建党九十周年。在此前后，各个层面的纪念活动与往年大不同，无论是形式、内容、规模、层次还是参与者的精神风貌，都是多年未见的一种状态，热烈而有序，听不到抱怨、牢骚，每位参与者都是发自内心的积极主动。这让人深深感受到，举国上下风正气顺。同时这一派昂扬向上的繁荣景象，也彰显了中国共产党历经九十年风雨生命力的强大，以及民众对党的忠诚和凝聚。

在各种纪念活动中，最让我难以释怀的就是各大新闻媒体推出的系列英模人物专访，篇篇读后都让人心潮澎湃，催人奋进，斗志昂扬。其中，《河南日报》长篇通讯《英雄不老》这篇文章，让我彻夜难眠。我当时边看边流泪，老英雄李文祥的高尚品德，彻底征服了我。老英雄的付出与获得太不成正比，舍去浮华，淡泊名利，清净做人，与当今浮躁的社会是一种强烈反差，对比之下让人心灵震撼。由此，我禁不住浮想联翩，感慨万千，想到了自己工作三十一年来无时无刻不在党的关怀下，在组织的培养下，在各个时期各位领导的呵护下，慢慢成长，一路走来。

回顾参加工作之初，那是20世纪80年代，我刚十七岁，在卫辉市文教局工作，年轻的我一参加工作就遇到了影响我一生做人做事的好领导黎曙光局长，郑伟、李作彦副局长等，他们都是经受过腥风血雨战争洗礼的老干部。特别是黎局长，本姓袁，为期盼革命早日成功，将姓名都改成了黎曙光，意为黎明的曙光就在眼前。他们那种无私奉献，吃苦在前，享受在后，廉洁从政的品行，深深印进了我的脑海。黎局长经常加班，常常错过了吃饭时间，但他从不让厨师重新准备饭，而是给我一角五分钱，让我到街上给他买碗烩饼，这就算解决了一顿饭。我跟了他两年，从没见过他吃得比这再好，或无故花公家一分钱。

郑伟、李作彦副局长在工作之余，常将我叫到身旁教导说："新平，一定不要虚度年华，趁着年轻，精力旺盛，好好学习，争取早日成为独当一面的有用之才。"我牢记各位领导的谆谆教导，干好工作的同时，发奋学习。首先学完了中央电大中文专业，又积极参加成人高考，被录取后，组织上在人员十分紧张的情况下，又让我脱产带薪学习两年。上学前后，我练笔写了大量的诗歌、散文、小说、报告文学、通讯，等等。分管文化的牛宪臣局长发现我的业余爱好后，对我厚爱有加，为我改写了不少文章，让我从中受益匪浅。因而在我二十岁时，手写的文字就变成了铅字，广播中也时常能听到署有我名字的各类文章在播报。

再说我的工作第一次变动，那是1989年底的一天，传达室赵师傅突然让我接宣传部的电话。我当时在成人教育办公室工作，日常工作与宣传部没有什么联系，是谁的电话呢？疑惑中我拿起了电话，里面传出了一位陌生男子的声音："你是张新平吗？我是宣传部长马柏元，我经常在报纸上看到你的文章，很有思想性，文采也不错，你愿意来宣传部工作吗？"太突然了，我当时真不知道怎么回答为好。马部长许是猜到了我的无所适从，就又说道："新平，你考虑一下，我感觉你调到宣传部会对你的发展更有好处的。"

没有任何的预兆，也没有任何的心理准备，但有种直觉让我决定，不能辜负领导的知遇之心。当即，我就应承下来。就这样简单，我调到了宣传部工作。

到了宣传部，我被分到新闻科，一干就是五年。其间，马部长像兄长一样处处关心着我，使我更有种如鱼得水的感觉。我只有认真工作，拼命写作，以此来回报领导对自己的关爱。寒冷的冬天，办公室没有暖气，煤火炉又因煤量不足，三天两头灭火，手和脚常常被冻得裂了口。炎热的夏天，又没有空调，加之所有的稿件是手写，顺胳膊流下的汗水常常把稿纸弄湿一片，这一切都丝毫没有影响我的工作热情。我先后在中央、省、市等报纸杂志上发了大量的新闻稿件。马部长看到我成绩斐然，很是欣慰，为此，让我在庄严的党旗下，宣誓成为一名中国共产党党员，从而让我梦想成真。就在马部长刚和我谈过话，又要给我压担子时，他却感冒住院了。谁能料到他这一住院，竟和我们成为永别。英年早逝的他，才刚38岁啊！所有认识他的同志、朋友谁都不相信这残酷的现实，我们哭，我们喊，我们诅咒苍天的不公：为什么好人不能长寿？一连好几天，我的泪水都没干过，流着眼泪睡着，又流着眼泪醒来。

马部长是一个很有人情味的领导，是一个一心干事业的人，是一个无论从工作关系到私人感情都让人尊敬的汉子。然而，让人无法接受的是，一次感冒竟让他永远和我们阴阳相隔了。往日的相处，一瞬间成了永远的回忆。现实就是这样冷酷，我们只有在心中牢记着他的一切，在心中永远缅怀着他……马部长的离去，让我悲痛了多日。然而谁也没有回天之术，只有好好工作，来告慰他的在天之灵。

新闻科的工作主要就是新闻报道，这是一份既要拼体力又要动脑力的工作，更是一份要有责任心的工作，如果想干，就有采访不完的对象，写不完的文章；想歇，可以无所事事。因此，我整天忙忙碌碌，四处奔波采访，在忙碌中求快乐，在采访中求升华。那一段时间里，我结识了一大批事业有成的有志之士，从他们身上学到了很多书本上学不到的东西。其中，就有极富工作激情的公安局副局长申喜庆。同时也结识了一大批忘我工作、日夜战斗在公安一线的警察朋友。我常常被他们的牺牲精神所感动，写出大量公安方面的新闻报道，并与他们结下了深厚的感情。

1994年底，申喜庆同志荣升为公安局长，他上任后，找到我极力鼓动我到公安机关工作。从内心来讲，我很崇尚公安工作，然而，我又舍不得喜欢的新闻宣传工作。已经成为好朋友的申喜庆局长看我举棋不定，就又跑到我们家，做我爱人的工作，一片盛情让我十分感动。这份情谊，让我抛弃了原有的很多工作设想，答应了申局长。申局长办事效率极高，当天就找市领导签字，将我的调动手续办理完毕，从而让我的人生经历又发生了一次质的转变，由“文工”变成了“武工”。

进了公安机关，全没了那种文绉绉的氛围，让我感觉到公安工作是一项专业性很强的工作。为此，我开始从头学起，由办公室主任干起，到警令部主任，同时兼宣传科长，全省第一个县级公安机关督察队长，局长助理、交警大队大队长、副局长、局长。整整十六个年头，所经历的酸甜苦辣，跌宕起伏的案件，极大地丰富了我的人生阅历，历练了我的人格和斗志，也让我由一位激情满怀的毛头小伙，成长为一位分管过不同警种、更趋于理性处事的中年汉子。特别是组织上给予的很多关怀，各级领导给予的很多培养，以及同志们多年来的大力支持，让我从公安机关的最基层，蹒跚地一路走来。入警十六年来所发生的很多事件，都让我铭记在心，有鞭策，有激励，有身临现场的热血沸腾、心惊肉跳，也有事后的托腮沉思和诸多感悟。

难忘1999年，我时任局办公室主任，就经历了一场让我认为是公安机关蒙受耻辱的群体性打、砸、烧事件。某乡农民因承包土地问题与乡政府发生矛盾，市委、市政府调派百余名民警到现场备勤，同时，检、法两院领导也亲临现场监督指导。然而，由于现场指挥混乱，处置不力，本可以完全避免的一次群体性事件，迅速演变成打伤一名副市长、一名公安局领导，焚烧了乡党委书记办公室和一辆摩托车的恶性事件。在整个事件过程中，我尽最大努力保护在场的领导及群众不受到人身伤害，尽管我身上也受了皮肉之苦。然而让我最痛心的是，竟看到个别局领导在打斗最惨烈时临阵脱逃的龌龊现象，令人大跌眼镜。事后，当同志们评价我如何如何时，我没有丝毫的兴奋，而是感到内疚和作为人民警察的耻辱。

2000 年底，我被任命为交警大队大队长。上任第三天，市委书记王平双、市长卢湘源等领导从北京开联谊会归来，没进市委机关，而是风尘仆仆地来到交警大队，看望慰问我们几位新任人员，我心里十分感动。领导那么忙，北京归来不休息，还惦记着我们一个二级机构的同志，特别是王书记一席话更加鼓舞了我的工作热情："新平是位经得起考验的同志，今后的工作任重而道远，为党和人民做过贡献的人，组织是不会忘记的。"如此高的评价，让我有些担当不起，连忙表示：一定努力干好工作，回报领导的关爱。

一年零四个月后，我又被任命为公安局副局长，王书记说："新平你是厚积而薄发，不要辜负组织的期望，争取干出更大的成绩。"此刻，我认识到领导的关注首先来自工作，只要踏踏实实地苦干，干出成绩，无论迟与早，组织最终会认可重用的。干好工作的同时，自己的价值才能显现出来。

2004 年春节刚过，卫辉市委、市政府进行了换届，组建的新一届市委班子在极短的时间内，就以一种新的风貌出台了一系列的施政方针。其中，以整顿健全基层党组织，治理乱点、乱村为切入点，在全市各有关单位抽调大量人员组成工作队入乡驻村。我和市委组织部常务副部长王志华组成一个队，带领一个由十人组成的队伍入驻远近闻名、乱了十八年的安都乡大双村。

大双村真是乱，千余人的村庄，门派山头却立了十余个，十八年换了二十多任村干部，长者不过年头，短者就几个月。越乱越穷，越穷越乱，越乱越告，其中，几个告状专业户是省、市、县闻名。村风民风更是有问题。村里本有一个年集，因偷、抢、赖成风，百余年历史的集会消失了。村里还有一支"打爹队"，也就是儿子结婚，将爹娘赶出家门另住，稍有不从，轻者骂，重者打，臭名远扬。大双村村民的恶名，就连路过国道的公共汽车司乘人员都惧怕三分，只要说是大双人坐车，连车票都不用买。曾有乡干部来村工作，还没将人聚起来，就有人敢走上前来，照脸就吐一口，然后将来者赶出村去。甚至公安机关来办案，都会有人起哄、瞎闹。土地法在这里形同虚设，宅基地随意占，耕地随便挖，小者半亩、八分，大者一亩、两亩都有。省委政研室有位领导，来这里考察了解情况后，惊讶地说道："在中原腹地竟有这样的村庄存在，真是不可思议。"曾有多届市、乡党委、政府进村治理，然而都以失败而告终。

面对如此局面，工作队的全体成员真真切切感到了压力。我们进村后，采取吃透情况、稳步推进的办法，在形式上造声势，宣传法规政策等，给予震慑。同时，召集党员、老干部会议，进行动员，可人员通知了一遍，半天竟无一人参加。我们无奈之下就入户走访，一户一户地进，一人一人地谈，用真情来感化，同时还分别把老党员、老干部、村民代表、上访专业户等不同层面的人员分批召集来，然后对症下药。让老党员重温入党誓词，激发其爱党为民的热情；让老干部、村民代表谈为官一任为了什么，激发其参与公益事业；让上访户谈上访反腐败，而自己又做了什么，来反思自己，从而激发其提升自我修养并参与村委建设；等等。

经过一系列行之有效的工作，群众开始靠近工作队，党员、老干部开始主动参与公益事业，上访户也不再四处上访，工作队在村中首战告捷，站稳了脚跟。市委书记冯志勇闻讯后，百忙之中来村里慰问大家。在汇报工作时，我向冯书记谈了一点最深的体会，就是在这个村里工作，处处事事都要小心谨慎。进村第一天，就有人在工作队必经之路上扔铁钉来扎车轮胎，夜里开会有人在窗下偷听捣乱。为聚集起群众开个会，宣传发动一下，我们就演场电影来召集人，就那也有人故意断电，甚至偷偷剪断电线，工作队不得不从几里之外拉电线过来，并派五十名特警队员逐段守护才演成了电影，等等。

冯书记听了汇报，十分动情，原计划待十几分钟，却一下畅谈了一个多小时，并一再强调，有什么困难，市委、市政府是后盾。此刻，我也有些激动，看着工作队的弟兄们个个布满血丝的眼睛和瘦了不少的面庞，就和冯书记当真不假地开玩笑说道：“冯书记，我们把这个村治好了，能给工作队的弟兄们个师长、旅长干干不?”冯书记听后毫不迟疑地说道：“能!”同志们听了冯书记的承诺，个个欢笑起来，精神和干劲得到了极大的鼓舞。

经过同志们夜以继日历时八个多月斗智斗勇的辛勤工作，化解了村中主要矛盾，树立了正气，选出了党支部，配齐了村委班子，还多方筹资，为村委修建了办公室和村民多年企盼的村中大道等。一个乱了十八年的村庄，在我们工作队的真情感化和实心帮助下，终于旧貌换了新颜。当我们离村时，乡亲们再不论什么派别，把我们送了一程又一程。事后，数百人又冒雨赶到市委载歌载舞，送去锦旗，为我们请功。市委书记冯志勇、市长张湘衡亲自接待这批曾经让各级党委、政府头痛的老乡们，新华社为此专门刊发了内参，市委、市政府还让我和志华队长代表全体队员戴上了三等功大红花。

大双村的硝烟还未散尽，市委又指派我带队去治理一个乱了十年的庞寨乡庞寨村。庞寨村是一个文化底蕴深厚的村庄，我国著名画家卢光照就出生在此村，《铁道游击队》的作者刘知侠就出生在邻村，这里村民上访都是手中拿着法律条文去的。像大双村一样，这里的支部书记换了一个又一个，整整乱了十个年头。又是一场没有退路的战役。我硬着头皮和全体队员们审时度势，一拼又是四个多月，健全了村委班子，修筑了村中爱民路，开发了商业一条街等。同样以乡亲们的热烈欢送而结束。还没歇脚呢，市委又让我带队处理天瑞水泥重点项目进地问题。此项目历经了三年，有关部门组织人员多次进地施工，都未成功。其中人员最多时达千余人参与调解，还是发生了将公安人员打伤等恶性事件。面对如此残局，我带领十二名同志进了村。该村虽然不大，但同样派系复杂。为此，我们群策群力，采取内部瓦解、各个击破的方针，迎着矛盾上，追着问题走，很快以智取胜，整合了全村力量，短时间统一了思想。经过二十余天的工作，天瑞水泥项目顺利进地。如今，该企业已成为全市纳税大户之一。

为此，市领导多次在各级会议上给予表扬，并到市公安局极力举荐我，希望我能够走上领导岗位。同时，市长杜新军还与我谈话，让我到某某局任一把手。我很感谢组织对我的信任，同时也深感压力。我反思自己，实在没有什么过人之处，只是工作上不敢懈怠，按照领导要求、意图，对件件事情认真对待，用心去工作，这才赢得了领导的信任和肯定。

2009 年，南水北调工程开始在我市动工。因征地问题，我经历了一起数千人相互械斗的事件。当时是在一处南水北调工地，五个村的群众因故与施工方发生争执。接警后，我带了五十名特勤和七名治安民警赶到现场，看到数千名人员相互追逐、厮打，我的心一下提到了喉咙眼。在这千钧一发之际，我没有让特勤队员下车，而只带了七名治安民警冲进人群，一边高声制止剑拔弩张的群众，一边宣传法律法规。当我看到群众已经搂抱着乡党委书记的腿时，我知道如不果断处置，后果将不堪设想。我首先好言相劝，拉扶起群众，又设计让书记借故离开。面对持械蜂拥而来的人群，我毫不犹豫冲上前去，夺下为首者的木棍，并厉声喝道："统统住手，出了人命无论谁都要承担法律责任！"有力地震慑了冲动的人群。经过五个多小时多轮波折以及斗智斗勇，终于艰难地平息了这起稍有不慎就将酿成命案的群体性械斗事件，成功解救出被围的乡党委书记，并将现场一名受轻微伤人员安全送到医院。此刻，我们参战的全体民警一个个都像刚从水塘爬出来一样，从头到脚，全身湿透。

事隔不久，在同一场地，群众拒领补偿款并再次与施工方发生械斗事件，双方互伤十余人，施工由此受到严重阻碍。市委书记杜新军将我召到办公室，给我下了一个死命令，要人给人，要钱给钱，三天之内处理完毕，保证施工正常。我当时感到了前所未有的压力，群众没受伤还在阻止施工，这时又发生了严重械斗，群众受伤八人，补偿款又没领，三天内保证正常施工真是太难了。转念又想，不难领导喊你来干啥？我二话没说，领命后带领数十名同志进了村。通过彻夜的工作，真情的感化，让群众明白，南水北调工程是世界上规模最大的一项调水工程，是首都北京一条水利生命线，支持国家，支援首都，这是我们义不容辞的职责和义务。一方有难八方支援，是我们中华民族的优良传统，就是不给我们补偿，我们的同胞需要支持，我们也应毫无条件地援助，更何况国家给了我们巨额赔款，再有人阻止施工，说得过去吗？同时对借故生非的人员坚决打击。一系列恩威并用的举措，终于教育和感化了通情达理的广大群众，只用了两天半时间，被阻工程就顺利施工。杜书记听到这一消息后，在电话中连连说道："好！好！新平，你为南水北调施工做出了突出贡献！"

事后，杜书记让有关领导和我谈话，想让我到市委工作，任市委常务副秘书长。而我却不想离开公安机关，他得知后，不但没有责怪，还多次与市长王惠民以及市公安局主要领导沟通，极力举荐。王惠民市长还语重心长地告诫我说："新平，可不敢自满呀，我们推荐你，就是想让你为卫辉人民多做些贡献。"我表示明白领导的良苦用心，绝不会辜负领导的期望。自此，市局主要领导开始更加重视和关注我的一切，在广泛征求意见的基础上，以超常的力度，使我在四区八县公安机关众多的副局长中，唯一得以提拔，开创了公安机关在基层多年未有的用人先例，极大地激励了全市公安机关干事创业的工作激情。之后，又大胆起用我，让我到一个关键岗位任职。

面对如此信任，有血性的我没有理由不干好工作。哪怕再大的困难，我都没有什么理由去提条件，只有牢记一个信念：不负重托，不辱使命，干好工作。

对往事的回顾让我有很多的激动和感怀，我时时提醒自己，切莫骄傲自满，只有踏实工作。特别是对照老英雄李文祥的英雄事迹，我更是相差甚远。我必须清醒地认识到，党组织所给予的只是肯定，不是资本，李文祥老英雄才是我终身学习的楷模。

在党的九十华诞之际，特别是又读了刊登李文祥老英雄事迹的文章后，我情不自禁地想向您敞开心扉，倾诉心声。没有一点邀功之意，只是想反思自己，警示自己，感恩党，感恩组织，感恩关爱自己的领导和同志，永不懈怠，永做一名对得起良心，对得起群众的基层干部，永远对党忠诚不渝。

他就是伟人

偶有闲暇，有上网浏览新闻的习惯。一天，刚打开网页，一行不太明显的标题吸引了我的眼球：纪念毛泽东主席逝世37周年。我陡然想起今天是9月9日，因为，我对这一天有着刻骨铭心的记忆。三十七年前的9月9日，我还是一个青涩少年，对时事的认识理解还处于一知半解的状态，可当我听到毛主席逝世消息的一刹那，竟不可自控，失声痛哭起来。当时，我还目睹到整树整树的鸟也很有灵性，鸦雀无声，静静地卧在枝头，呈一副哀思的神态。当时就有一个感觉：毛主席走了，好像天塌了。灾难随时都会降临的恐惧感占据着整个心头，瞬间让我失去了安全感。时过多年，历经了多少人的生死离别，再没有了当年9月9日这一天的感觉。冥冥之中，我真切地感受到，他老人家超人的感召力，难以逾越的个人魅力，征服了中国，乃至世界。

如今，已到了知天命之年的我，少了冲动，多了静思，然而，当看了纪念他老人家的文章后，仍有种冲动，欲罢不能，总想提笔抒发一下感悟的情怀。同时，内心深处还有些忐忑不安，怕词不达意，亵渎了他老人家的神圣。为此，我不想过多妄评他的过去，也不想推测他将来对后人的影响，只谈自己的经历、感悟、思考。

他老人家在世时，恰是我的童年和青少年时代，我会唱的第一首歌是《东方红》，学会喊的第一句口号是“毛主席万岁！共产党万岁！”。在那个年代，我没有感受到物质的丰富，能吃顿肉是最大的奢望，吃上一顿像样的饱饭就是极大的满足，至于过年的新衣更是梦里的追求。然而，每年大年三十晚上，我家会在没有任何外来压力和有人监督的情况下，由父亲领着，从大到小排成队列，站在他老人家的画像前，严肃而真诚地祝他老人家万寿无疆，一切都是发自内心的虔诚。然后，才去吃那简简单单的年夜饭。

那时候，生活是清贫的，物质更是匮乏的。但是所有的人特别是基层的群众，人人都感到很幸福，个个都扬眉吐气，表现出一副主宰世界的主人翁姿态。人与人的关系，简单而真诚，犹如一个大家庭中的成员。如果谁家做上一顿好吃的饭菜，就会想到让所有的街坊邻居亲朋来分享这幸福的时刻，给这个送一盘，给那个送一碗，其乐融融。以自我为中心的狭隘自私意识，在众多人脑海中是很淡很淡的，集体观念、国家利益则是重中之重，甚至高于自己的生命。没有经过那个年代的人是体会不到那种感觉的。谁要发一句牢骚，说一些不满的话就会有无数人主动站出来与你理论，让你无地自容。在那个时代，没有贵贱之分，公平正义，风清气正，国泰民安，社会和谐。

随着时势变迁，我还是一如既往地敬仰他，任何人都无法代替他在我心中的位置。他让我的精神充满了活力。他走后的岁月里，关于他的信息在大众媒体上越来越少了。20 世纪 80 年代后成长起来的年轻人，甚至对他都有些陌生，他的大型雕像尽管还屹立在部分高校的校园和一些大型的广场，然而，关注他的人大都是些年过半百的老人，他似乎淡出了历史舞台。但是他又以另一种方式出现在公众视野里，现在不少出租车和一些私家车内，后视镜上不知从何时挂上了他的头像饰品，了解他的人已经把他当成了“神”，祈求他对民间大众的保护。

随着阅历的增加，他老人家离开我们的时间越来越久远，但我对他的敬佩之情却愈加强烈。随着对他老人家的深入了解，我更认识到他不仅是一位战略家、思想家、政治家、军事家、文学家，还是一位极为坚定的革命家和马克思主义者。他博览群书、胸怀宽广，精通中国历史，深谙中国国情，吃透、掌握了国人乃至世界人的心理世界和历史发展规律。他改变的不单单是中国，还让整个世界为其倾倒。在中国的历史上没有谁像他那样，那么长远、深刻地影响了中国，让世界感到震撼。他为了自己的理想追求，孜孜不倦，追随他革命的亲人为此一个个牺牲而去，他痛过，他疼过，但在革命征程上，没有丝毫停步。他大公无私、率先垂范，他心里装的只有两个字——人民，他追求的是社会公平，惩治腐败是他的铁腕治国之策。在晚年，他虽然失去了力挽狂澜的体魄，但他超人的思维还在闪闪发光，点点滴滴还在折射着他伟大的优良品质。他驾驭世界是那么轻巧娴熟，他洞察世界，明察秋毫，其境界是那么高尚，他光芒四射的思想折服了世界上多少信徒与追随者，他是划时代的思想领袖。

他离开我们37年了，如今的社会发生了翻天覆地的变化，已经发展到信息时代，物质生活极度的丰富多彩。依然未变的是，还是共产党领导下的中国，还有着相当一部分人是他那个年代走来的人。然而，我们的群体却发生了很大变化，出现了许多那个年代没有的现象。一些人贪图享乐，私欲膨胀，只要权利不要义务，没有大局观念，没有集体意识。腐败之风蔓延，社会民风下滑，歌舞升平的景象随处可见，怨气、厌气无处不在。因此有不少人开始怀念起那个年代，又念起了他老人家的种种好处。我认为这种怀念，绝不是怀念他那时清贫的生活，而是怀念那种社会的清净，心灵的纯洁，怀念他推动世界的张力和理想信念的支撑。由此，我想了很多很多。我认为改革开放之初，虽然我们引进了西方国家的先进科学技术，为我们的经济迅猛发展提供了有力的保障，但同时，西方国家腐朽的糟粕及其文化思想，也随着国门的打开迅速侵入、渗透到国内的各个层面。我们没有把思想教育，特别是共产主义信念教育，以及法律的完善与教育，同步跟进，没有把糟粕拒国门之外或提升自身拒变能力。部分共产党员在这突如其来的东西方思想文化的碰撞过程中，丧失了信仰，缺失了理想信念，先锋模范作用消失殆尽，不少人丧失了前进的思想动力，安于现状，得过且过，以自我为中心，自私自利。

为此，我们应该去思考，该做些什么，才是我们中国人的明智选择？我认为，我们泱泱14亿中国人，应该从现在做起，从自我做起，再不能怨天尤人，坐失良机。为了国家的昌盛，为了民族的兴旺，胸怀大局，紧紧团结，携手并进，继承先人的优秀思想，创造更多的物质财富，为这一天的早日到来不遗余力地去努力工作，让我们中国走向真正的强大。

太行学子竞风流

看他的相貌、年龄，你不会想到这是一位共和国副部级干部。中等身高，清瘦文弱的样子，白净的面庞上架着一副高度近视镜，不爱言谈，常以审视的目光看着你，当你走近他时，能感受到他从骨子里向外透放着一股文人的气息。一副典型的知识分子模样。然而，透过他的工作履历，你就会发现他不是一位普通的知识分子，而是一位年轻有为、思想活跃，很有内涵，经济领域内学者中的领军人物。

郭向军，1966 年 9 月 1 日出生在河南省卫辉市，1984 年考上华中师范大学数学系，1988 年大学毕业又考上中国人民大学统计经济学硕士研究生。1991 年至 1993 年，在交通部信息中心工作，并担任信息研判课题组组长。1993 年至 1998 年，在国家体制改革委员会任宏观经济体制调控司经济形势处处长。1998 年至 2003 年，在国务院经济体制改革办公室任宏观体制司处长、副司长。2003 年至 2007 年，在国家发展和改革委员会任财政金融司副司长。2007 年，在中国投资有限责任公司任风险管理部总监、首席风险官。现任中投公司党委委员、副总经理兼副首席投资官。

郭向军这个名字，在中国经济领域有着相当的知名度。他三十多岁时就频频出现在全国各个论坛上，曾在“中国在赢：创业投资配套政策高层论坛”上，作了《关于创业投资引导基金规范设立与运作的初步思路》的发言，开始崭露头角。在深圳举办的第九届中国风险投资论坛上，作了《政府正努力配套政策鼓励创新创业，推动经济增长方式转变》的报告，语惊四座。在上海国际创业投资和私募股权投资论坛上，作了《我国创业投资发展的有关问题的几点看法》。既有学者身份的深度研究成果，也是年纪轻轻的领导干部，可以说，他是中国经济学界升起的一颗新星。然而，在家乡卫辉，他的知名度并不高，许多卫辉人听都没听过，更不了解，从他们身边已悄声走出了一位影响中国经济改革的风云人物。了解他个人情况的只有几位市领导和他的发小、同学，并且也只是知道他在北京工作，具体做什么，知者更少。因为他的独特性格和低调处世的风格，让很多人不了解，或者只知其一不知其二，没有完全走近他。

他从小性格就与众不同。在同学眼里，他是一个没有特点的人，个子小，人又瘦，话不多，爱清静，在众多的男生中，如果不刻意地去寻找他，你就难以发现他，从长相到处世，太普通，太不起眼了。但有一点让不少同学不可思议：他平时学习并不刻苦，该玩时玩，该睡时睡，可考试成绩总是名列前茅，特别是他到了高中阶段，各科成绩均很优秀。这就是他在中学时期就显现出的独特才气。

在父母眼里，他则是一位孝心很重的儿子，父母的话他坚决照办，没让父母生过气，总是有分寸地做人处事，从不惹是生非，让父母操心劳累。在家里，他是老大，父母工作又很忙，因此，在家里只要他能干的活，他都毫无怨言地认真去干。他进京已二十多年了，每年春节他都回家看望父母，并随父母一同看望亲戚、好友，待父母安排的事情了结了，他才会腾出时间与自己的发小、同学小聚。

同学们相聚时，他的话同样不多，基本上是一位忠实的听众。有一次，郭向军最要好的一位同学到北京进修学习，他得知后，接待了这位同学。当这位同学走进中南海时，才惊讶地发现郭向军在国家领导人身边工作，并能经常见到总书记、总理等领导。他更想不到曾朝夕相处的这位貌不惊人的同学，还是中国经济领域响当当的一位知名人物。犹如《红楼梦》中的刘姥姥进了大观园，他一时傻眼了。

郭向军看上去似乎有些清高，丰富的内心世界很少轻易表现出来，这也是同龄人中不多见的。但他的内心情感十分浓烈、厚重，对同学对家乡有着深深的情怀，他只不过是一个只做不说的人，办什么事用心而有分寸，只注重结果，不说过程，事事追求最佳完成。他在武汉上学时，曾有位同学向他求助，想让他买一本学习资料，在那个年代，学习资料可不是随处都有，郭向军没有为此推托，他利用星期天一个书店一个书店地去寻找，奔波了整整一天也未找到。回到学校后，他寝食不安，再找同学、问老师，一个个地咨询，最终得知了某书店有这本学习资料，到了星期天，他就早早动身赶往这个书店，买下了这本资料。当同学拿到这本资料后，执意要将书钱寄去时，被郭向军一口拒绝。这位同学多少年后提及此事，还觉得向军很哥们儿，但他并不知道，向军为此奔波的辛苦和一周的生活费已经贴了进去。

卫辉市的领导提及郭向军则是称赞有加。因为，每当家乡的领导和有关部门的同志，找到他运作项目或者争取资金时，郭向军从来是来者不拒，在力所能及的政策允许范围之内，自己能办的当即办理，自己不能办的就二话不说积极协调。因此，在国家投资的项目中，卫辉市的山区水库、乡村公路，以及公安看守所的修建等，都有郭向军付出的汗水和辛劳。卫辉市成为国家农村财政联系县，也有他的一份辛劳，这将为家乡的资金运作获得很大支持。他没有居功自傲，逢年过节回到家乡，他都是来也匆匆去也匆匆，悄声无息。用他的话说：“这是卫辉人分内的事，应该办的，何必张扬。”

郭向军是位典型的外柔内刚、外冷内热型男人。他的成长过程，以及他的每一步进步，没有谁听到过他的豪言壮语和立志誓言，然而，人们看到的感受到的都是最佳的结果。

他上学，没有刻苦学习的姿态，却以能上清华、北大的分数走进了华中师范大学；然后又报考了经济类硕士研究生，以优异成绩走进了中国人民大学，成为统计经济学科的佼佼者。踏上工作岗位后，他对工作的踏实、认真、细致、用心，再次赢得多岗位领导的赏识，从而一步步得以重用。在他年仅三十五岁时，就成为国务院经济体制改革办公室最年轻的司局级领导，被外媒称为年轻的改革派代表。这一切既有领导的伯乐识马，更是郭向军忘我勤奋和孜孜不倦努力奋斗的结果。

1998 年，郭向军三十岁刚出头，由于有着经常在领导身边工作的感悟和经常走进基层的锤炼，他似乎嗅出了一丝中国经济有些不祥的气息。于是，他深入基层走访各个经济领域，翻阅大量国内外资料，洞察世界各国经济状况，特别是老牌的资本主义西方国家经济形势的变化，他预感到世界新一轮经济危机来临了。面对突如其来的形势变化，改革开放刚有起色的中国应该怎么应对？他经过多个不眠之夜的思考，写出了《买方市场下，对我国扩大内需的分析和建议》。著名经济学家李建军看过后拍案叫绝。经进一步审核和修改，最终放在了朱镕基总理的案头。同时，这篇文章也于 2002 年获得中国经济学界最高奖项“孙治芳经济学奖”。10 篇获奖文章中，这篇文章得票最多。

中国的经济改革在不断推进深化。虽然郭向军年纪还轻，但由于他对经济改革的独到见解，国家每次大的改革和政策出台，他都参与了。特别是在国家宏观调控、扩大内需、财政、税收、银行等金融系统改革方面，更是他的主打强项。每年，他都要凝心敛气历经数个月深入基层一线考察调研，为此，他走遍了全国各个省市，都以第一手资料获取了具有重大价值的翔实数据、典型案例，因此他以超前、独到的见解写出了一篇篇很值得党和国家领导人参考的调研报告、经济形势分析，多次得到朱镕基总理、温家宝总理、李岚清副总理等国家领导人的亲自批阅。在对国家经济体制改革的有效推进方面，他进言献策，功不可没。

2007 年，我国经济金融会议后，国务院为盘活国家资金，取得更大利益，又采取一项新的举措，成立中国投资有限责任公司，来经营我国外汇储备资金，将死钱变成活钱，带动国内外经济建设多线出击。站在我国经济投资前沿的郭向军，由此走上新的工作岗位，任风险管理部总监、首席风险官等职，从而肩负起数千亿美元投资过程中的各类风险识别，评估、检测、预警以及危机处理和重大风险解决方案、计算风险调整后收益，等等。这份职责要求他必须以超人的洞察力，娴熟的业务，严谨、认真、细心的工作态度，来确保国家的投资利益最大化。

因此，无论是证券、股票、债券，还是大宗商品、资源、能源等，每个项目的选择，每笔资金的投放，他都要一一考察过目，亲自评估审核，在确保各个环节无漏洞、风险降到最低程度时，他才能小心翼翼地签上自己的名字。这是国家的利益，这更是全国人民的血汗之金，他成为共和国对外投资的安全屏障。

郭向军一步步走向了事业的高峰，肩上的责任也在一分分地增加。他深知，很多时候，自己的言行已经不能代表自我了，有时是代表着国家的利益、国家的智慧、国家的形象和风范。他知道这是自己的职责所在，这是数亿中国人民的重托。

这就是从中原大地，从卫辉古城走出来的一位太行学子的不懈追求。

郭向军，卫辉父老为你骄傲！卫辉 50 多万乡亲期盼你有新的、更大的成就！

他的梦想是将军

第一次见他，给我留下冷峻的印象。一米七八的个头，方方正正的国字脸棱角分明，茂盛的连鬓胡，被他刮得肤色发青，不大的眼睛透着一股刚毅的光芒，见人话不多，面部表情变化不大，已近知天命之年依然精神抖擞，厚厚实实的身板，肌肉强健。面对他，你能感受到一股男人味十足的阳刚之气。然而，稀疏的头发，却没能遮盖住他大大的脑门，让人看到一种睿智的亮光，也为他平添了几分专家学者的风范与气度。

无法掩饰的外表，还真彰显了他的职业，他是一名特警，曾是中华人民共和国第一支反劫机部队中的一员，是千里挑一的精英中的精英。常年的摸爬滚打和出生入死，锤打出他强健的体魄和钢铁般的意志，无数次的出色表现和辛勤付出，使他受到了各级领导及战友、同事的高度好评和充分肯定。他先后荣立过五次三等功，获得各级荣誉称号五十多项。峥嵘的岁月让他历经沧桑，职业岗位的演变也让他从一个农村毛头小伙，到一身戎装踏入北京城，由新兵、副班长、班长、分队长、参谋、通信科长、通信处长，到辖管一方的大校，坚实地走过了军人每级台阶，从而离他的梦想——共和国的将军，仅一步之遥。

他叫郭忠福，现任中国人民武装警察部队特种警察学院信息管理中心主任。20 世纪 60 年代初，他出生在中原腹地——卫辉市一个偏僻丘陵地带的乡村。父亲曾是共和国三军仪仗队的一名军人，但却难以改变当年身处乡村家庭亲人的艰辛和困苦。土坯垒起的房屋，是一家人的歇身之处，众多的兄弟都还年幼，干活者少，吃饭者多。为此，身在家乡的伯父默默承担了他父亲的责任，血浓于水的亲情让他把一切艰难都扛在自己肩头。为此，他身为弟兄四个中的老大，看在眼里，记在心中，从能提起第一桶水开始，就早早承担起家庭生活中的大梁。当别人家孩子还在调皮捣蛋时，他已经能干好一切农活了，已经真正成为家中的“顶梁柱”。父母看到他在农田中劳累的身影，无比心疼，却又无可奈何。看着他长大的伯父，从小就溺爱他，伯父家的两个姐姐更是待他像亲弟弟一样，走到哪儿带到哪儿，甚至连上学都带着他。本来姐姐带他到学校去玩，是想让他散散心，而他却一下就迷恋上了学校，也想坐进教室听课，显露了他聪明好学的过人天赋。回到家里他就缠着母亲要上学。当时他才五岁多点，母亲知道学校不可能收这么小的学生，可他就是不依不饶，母亲怎么也哄不住他，只好到学校央求老师收下这名特殊的小学生。老师看着比桌子高不了多少，但有些与众不同的他，沉思片刻后，答应了他母亲的请求。因此，他不到十五岁就以优异的成绩完成了高中学业。可生长在农村，身为众多弟兄长者的他，没有其他选择，只能开始延续先辈们一代代日出而作、日落而息的生活。

父亲、伯父虽然都很疼爱他，但在教育管理上却十分严格，甚至有些专制，让他干什么他就必须干什么，他只能服从不能违抗，有时甚至不能有自己的思想。父亲让他到水泥厂打工，他不怕干活，可他怕上夜班。遇到伸手不见五指的黑夜，特别是他只身去上班，每次都是心惊胆战不已。从家里到厂里，说起来只有几公里的路程，却常常吓得他到厂里后已是大汗淋漓，毕竟他的心志和身体都还幼稚啊。到了冬季，那年代是没有取暖设备的，身单力薄的他没有一件厚实的棉衣，哪能经得住这寒冷的长夜，常常被冻得哭泣不止。时至今日，每当他回想起这一段经历时，眼中还不自觉地噙满泪水。艰辛的历练给他带来了人生的收获，锻造了他的意志和处事作风——刚毅、实干；也让他从此立志：不能永远贫穷下去，要改变这个家庭状况，要走出农门，要参军，要考大学，要当一名将军。

在他十八岁这年，刚组建不久的武警部队来卫辉特招特警。他闻讯后兴奋不已，当即就报了名。让他没想到的是，家里却由此掀起了一场险出人命的风波。父母对他的选择给予了支持，伯父却坚决反对。本在一个锅里吃饭的一大家人，分了锅，对他疼爱有加的伯父还卧床不起，不吃不喝，甚至发展到离家出走，让整个家庭乱了套。在自己的理想与亲人的意愿发生严重分歧时，他不知所措了。他是一个孝子啊！有乡亲告诉他：伯父担心他当兵一走，就不回来了，并且全村人都这么认为，他只要当了兵，就一定不回来了。他至今搞不懂，乡亲们为什么这样看他。

看着痛苦不堪的伯父，他郁闷了。就在此刻，全力支持他的父母一次次找到伯父说尽了好话。一天，沉默多日的伯父趁着家中无人，痛痛快快地哭了一场后，将他喊到面前说道："咱家窝太小，你飞吧，飞得越高越好，不是伯父不同意，伯父是怕你到部队受罪，你可是咱家的顶梁柱呀。"刹那间，他不可自控地流下泪水，他深深体会到了亲人们对他的疼爱，这绝不是能用语言去表达的大爱。他因此暗下决心：不能辜负亲人们的期盼，他要重新书写自己的人生。那一刻，他就像一只雄鹰，正傲视着天空，就要展翅飞翔了。

过了家庭关，他心情轻松了很多，随后有关体检、政审等手续也都顺利过关。他到部队的第一个月，对方方面面还不熟悉，在新兵训练十分紧张的情况下，他就决定要报考军校，并开始进行高考复习。尽管特警训练有常人难以承受的辛苦，然而从小造就的强健体魄让他没有任何的胆怯和不适。他白天一丝不苟地训练，夜晚就一头扎进书堆里复习。时间不长，他踏实、能吃苦、爱学习的劲头，就赢得了领导的赏识。新兵第二个月，他就当上了副班长，在当时一千余名新兵中，无疑成了佼佼者。新兵集训结束后，支队党委又在千余名新兵中，精挑细选了八个新兵，与昔日的二十四名老兵组建了中国第一支反劫机突击分队，他就是其中一员。这意味着三年服役期满后，每名队员将被提干和入党，这对每一位军人来说都是梦寐以求的奢望。然而，有着自己梦想的他，还是要考大学，他要为实现自己的理想一步一步地走下去。

北京大都市的繁华，没有让他痴迷，特警超常的训练，没有让他懈怠停顿。他不善言谈，但内心世界却充满火一样的激情，他在年幼时就牢记着拿破仑的一句话：不想当将军的士兵，不是好士兵。而较高的文化素养和军事素质又是当将军的先决条件，他要为此去不懈地努力、再努力。目标的确立，给了他无限的动力，他每天最多只睡四个小时，其他时间内容只有两个，训练、学习。正当他有条不紊按计划有序推进时，领导却突然交给他一项特殊任务，让他代表特警参加全军武警系统的射击比赛。面对突如其来的安排，他深知这次任务的分量，他更知这是支队党委对他的信任。两者没有取舍，只有给自己再加压。从接任务那一刻起，他坦然应对，二话没说，就毅然加入到比赛训练之中。超强度的训练，丝毫没有影响到他的学习劲头，有人见他整日不要命地训练，夜晚还要拼命学习，就劝他：何必自找苦吃，有成绩就能提干记功，再考学还有啥必要？他听了只是一笑，常人是理解不了，更看不到他内心的目标和志向。而与他同寝室的分队长，既是他的领导，更是他的挚友，则全力支持鼓励他，并感慨地说："此人将来定成大器。"

功夫不负有心人，大比武他取得优异成绩。高考成绩更令人惊喜，全支队千余名同志中，只有七人通过预考，而这七名参考者中，只有他一人分数上线，最终被武警工程大学无线电通信专业录取。

在西安武警工程大学，他读了三年书，当了三年班长；在全校组织的冬季越野赛中，他蝉联了三年冠军，还代表学校参加了全国大学生运动会的射击比赛，同样取得了优异成绩。他生平第一次荣立了三等功，全校官兵由衷地向他竖起大拇指：这个特警太厉害了。成功的背后，却很少有人知道他这些年来超乎人们想象的辛勤付出，他流了多少汗无人计算，他穿坏了多少鞋无人知晓，用他自己的话说：“干什么都得实打实，不干则已，干就要干得最好。按部就班地去干，要想出色不可能。要想实现既定的目标就必须加倍去努力，超常去奋斗。”

咸阳市与西安市相距近二十公里，他为了自己的越野成绩能再上新台阶，就咬牙做出一个决定，从西安到咸阳每天跑上一趟。有人知道后，笑他疯了，是在开玩笑，可他说到做到，每天让教官开上摩托车将他送到咸阳，然后独自跑回西安。跑了多少天，他没有细算。当有人不理解他时，他自嘲说，自己就是要和地球过不去，就是要把地球跑瘦一圈。为实现自己的梦想，他就是这么执着。练射击，他从不循规蹈矩，而是自创难度，每打一组射击，就围着靶场附近周长四百米的鱼塘跑上一圈，然后，在气喘吁吁的情况下，再举枪射击。懂行的人知道，这是何等的难度。然而时间不长，他就实现了首发命中，五发子弹，最差成绩是四十九环。这可是说打左眼而不打右眼的硬功夫，掺不得丝毫的虚假。

铮铮铁汉，也有侠骨柔肠。从 20 世纪 80 年代初他走进北京城，三十年了，却没有城市人的半点浮躁，更没有一丝盛气凌人的高傲与狂妄。当他创造了一系列佳绩，受到上上下下的认可时，也没有表现出一丝的自大和自满。父母理解他，伯父理解他，知道他在憋着一股劲，在为实现自己的梦想而不懈努力着。为此，亲人们从不给他添麻烦，家里发生什么事也从不告诉他，总怕他分心，影响了工作，就连他姐姐的婚礼也是算着他的假期而确定的。心细如发的他，深深理解亲人们对他的期盼和疼爱，他也同样时时惦记着家中的亲人，从开始发工资的第一月起，他就逐月为家寄两份钱，一份给父母，一份给伯父。每年回家探亲，他都要将全家及伯父家的姐姐、姐夫请来一起团聚，他是在感恩，在报答亲人们为他付出了那么多。然而，让他终身难以释怀的是，伯父、伯母去世，家人竟没有告诉他，当他事后得知消息，生平第一次抱怨了父母。对他来说，伯父、伯母所给他的爱，绝不差于亲生父母啊！身在北京的他，听到消息后朝着家乡的方向站立良久，流下悲痛和愧疚的泪水。年底，他探亲到家第一时间，放下行装，没说一句话，就直奔伯父、伯母的坟头，看着寒风中长满枯草的孤坟，他仿佛看到了老人像生前一样盼他回家的眼神。他“扑通”一声双膝跪下，头重重地磕在地上，止不住地放声痛哭起来。他悔恨自己没有临终尽孝。

今年6月，母亲因脑血管堵塞住院，话说不清，路走不稳，年迈的父亲同样不想耽误他的工作，不让任何人告诉他。历时四十天的住院治疗，母亲没有任何好转。这时，弟兄几个有些发慌了，万一母亲有个意外，大哥怪罪下来，又有谁能承担得起呢？弟兄几个斗胆向父亲建议，母亲的病情该告诉大哥了。军人出身的父亲沉思了好大一会儿，才同意通知他，同时要求说话要有分寸，以免影响了他的工作。他接到消息后，第一反应是母亲的病情不轻，否则家里决不会轻易通知他。于是，他当即请假，当天就火速赶到了家里。当他看到卧床不起的母亲，说的第一句话就是：“我再忙，可我是您的儿子，也得尽孝呀！怎能不让我知道呢？”第二天，他就将母亲接到了北京，母亲年龄并不大，之所以早早得了这样的病，是因为她为这个家为他们弟兄受尽了苦难，操碎了心。特别是他弟兄几个年幼时，母亲连睡觉都成奢望，白天干农活，晚上还要为他们缝补洗涮。他不忍心让母亲再遭一点痛苦，就向组织请了假，在医院寸步不离地守了母亲二十余天。直至母亲的病情有所好转，他才松了一口气，让人替换值班，他为此瘦了整整五公斤。

他走出家乡三十年了，除了三年上军校，没有离开过北京。当有人问及他在北京的感受和他人生中难忘的事情时，他没有半点身处北京大都市的优越感，却提到一件当新兵时的事。那是他刚入伍不久，在一次训练时，他违反纪律与同事闲聊了几句，身为教官的分队长，走过来将其帽子扔得老远，严厉批评他自由散漫。事后，分队长让他将帽子捡起来归队，可他就是不捡，无论分队长怎么吼他命令他，他仍一动不动，甚至还想和分队长动手。这件事很快报到大队长那里，大队长将他喊到队部更加严厉地批评他，但他始终认为自己没有犯多大错，就是说了几句话，又没影响训练，分队长纯粹是小题大做。让他意想不到的是大队长听后拍案而起，用雷霆般的声音吼道："军人的天职就是服从！不服从上级命令就是大错误！战时，就要枪毙！"一刹那，他茅塞顿开，心灵上受到极大震撼，他醒悟地说道："领导的一声吼，让我理解了军人的实质。"打那以后，他才从一名普通士兵向合格的军人迈出质的一步，也理解了"服从命令是军人的天职"这句话的深刻含义。

三十年的军旅生涯中，他有很多不平凡的经历和机遇。而他最为自豪的就是上了军校，现代化军事知识的充实，让他尝到很大甜头。大学毕业后，他在警营中如虎添翼，过硬的军事技能、体能，扎实的理论文化基础，使他工作起来得心应手，无论在什么岗位都是顶呱呱的，令人刮目相看。毕业一年后，就被破格提拔为副连级，两年后，又被破格提拔为正连级。两年连升两级，这在同期毕业的一百多名学员中是独一无二的。

带过他的领导，与他共过事的同志，提起他无不交口称赞。他对领导尊重、服从，对同事关爱、团结，对部下呵护、帮助，对待工作更是一个工作起来不要命的拼命三郎。不论是急难险重的特警一线，还是后来的教学科研工作，他都是亲力亲为，冲锋在前，让所有认识他的人从内心敬佩他。他的很多事迹，至今还被大家传为美谈。

特警工作是养兵千日，用兵一时，一旦用时就十万火急和危险。1990年底，他刚被提拔为特警大队防爆分队长不久，突然接到作战值班室紧急通知，首都机场1号航站楼发现一个无人认领的包裹，以当时的科技手段初步判定，疑似爆炸物，请求特警排爆专家前往处置。警情十万火急，他受命带领全分队队员，以最快的速度赶到了首都机场。面对可疑包裹，一同到来的队长一脸严肃地问他："谁来处理这件可疑物?"他毫不迟疑地说："我来!"队长深情地看了他一眼，接着说："对家人有什么交代的吗?”听到队长的问话，他的心不由得震颤了一下，他明白队长的意思，假如光荣牺牲了，这就是遗言啊。情况紧急哪还有时间思考其他，他用一句“保证完成任务”回答了队长。接着，在众人的注视下，他从容穿上了厚重的防爆服，镇定沉稳地走向现场，只见他轻轻将可疑物拎起抱在怀里，小心翼翼地移动到防爆车旁，将其慢慢地放入防爆罐中，迅速转移至安全地带按程序进行拆除和处置。短短的二十分钟，让无数人心悬喉管，而他从容镇定的神态，娴熟的排爆动作，稳定的心理素质，给所有现场目击者留下了深刻印象。大家都明白，看似他每一个动作都很轻松，实际上则命悬一线，稍有不慎，后果不堪设想。

三十年的军营历练，让他一步步走上了特警学院信息管理中心主任这个大校位置。他没有以官员自居，而是充分发挥自己的技术专长，他的目标就是要在全武警系统打造一流的信息化院校，以适应现代化武警需要。后经国务院、中央军委批准，特警学院要选址新建，他受领了新校区信息化建设的任务。他深知这项任务责任重大，这将是我军信息化划时代的里程碑工程，它不但领衔全军，甚至会超越国外同行。因此他又成了最忙的一位，不分昼夜，紧盯死守。为攻克一个个难题，他能几个昼夜不合上一眼。他不但要统筹谋划好，还要一项一项亲自干。历时一年，他的目标终于实现，将学院建成了武警部队一流的信息化建设试点单位，打造了一流的数字校园，率先实现了院校教育教学网络化、指挥控制实时化、机关办公自动化。这一成果赢得了有关专家及上级领导的充分肯定，并将他的信息化建设成果在武警系统统一推广，有人戏称，武警院校系统的信息化建设是郭氏模式。

他在北京成就了自己的事业，在全国武警系统有了扎实的根基，但他却没有忘记自己的初心，还在为儿时立下的志向孜孜不倦地追求。因此，在工作上更加精益求精，不实现将军梦绝不罢休。同时，不善言表、内心炽热的他，也没有忘记家乡，没有忘记曾给过他帮助的亲朋好友。他对家乡、对亲人，始终怀着一颗感恩之心。他愿意听家乡戏曲，他愿意看家乡新闻，他的心律常伴随着家乡的兴衰而起伏。每当他听到家乡传来求援的声音，无论是单位还是个人，无论是熟人还是陌生人，只要是家乡话，他都会义不容辞地应承下来，自己能办的当即办，需要他人办理他就去协调办理。他浓浓的家乡情怀，常常让家乡人感动不已。

每当家乡人夸赞他时，他总是谦虚地解释道："这是应该做的，这也是一个走出卫辉的人应该做的。"而了解他内心世界的知己更知道，他不单单是一个对家乡有着真挚感情的人，更是一位有着家国情怀的职业军人，一位有思想、有追求、有品位的强者，在他身上始终体现着执着、向上、正直、本分、知孝敬、懂感恩的美德。

这看似简单，却不简单，这看似平常，却富有内涵。如果每一个人都能这样去对待自己的人生，我想，我们人类社会的发展规律将会重新书写。

四十五年寻“亲”记

2004年5月6日晚8时许，卫辉市电视台突然播出一条信息：寻找跟随卫辉市第一任公安局长张凤辉一家多年，于1959年从郑州回到卫辉的李真英老人及其家人，有知情者，请与1350343××××手机联系。

谁知道这一信息里面，还有一段四十五年的寻亲佳话呢！

1948年，卫辉市在“轰轰隆隆”的枪炮声中解放了，曾使日、伪、顽胆战心寒的我军干部张凤辉，出任了当时省政府所在地卫辉市的第一任公安局长兼城防司令。屡立战功的张凤辉，第二年又双喜临门，二儿子张豫生出生在卫辉。当时，张凤辉一家与住得很近、早年丧夫的李真英一家相识了。此时，李真英正带着两个十几岁的儿子艰难度日。张凤辉当即安排李真英两个儿子参加了革命工作。而勤劳能干的李真英看到张凤辉整日忙忙碌碌的身影，根本无暇顾及家庭时，就主动担起其家务，并与张凤辉的妻子一起精心照顾其先后出生的五个子女。由此，一段人间真情在张、李两家播撒下来。

后来，随着全国形势的好转，张凤辉的工作变动很大，先后到新乡、三门峡、驻马店、郑州等地任职，李真英就毅然跟随并以真诚的母爱抚养着张凤辉的五个孩子。1959年张凤辉一家又调到青海省，李真英和张凤辉一家才恋恋不舍地挥泪分别。张凤辉语重心长地告诫孩子们：“你们是吃着人民的乳汁长大的，无论到什么时候，你们都是人民的儿子，更不能忘记李妈妈对你们的养育之恩。”

光阴荏苒，转眼到了1969年，时年十九岁的张豫生当知青插队到了辉县，已经十年没有见到李妈妈的张豫生，产生了强烈的念头，一定要到卫辉寻找李妈妈。初冬的一天，张豫生请了两天假，他根据童年的记忆一路寻访，终于梦想成真，找到了日思夜想的李妈妈。

十年没有来往的张、李两家，又被真情再度系在了一起，你来我往，不是亲妈胜似亲妈，不是亲儿胜似亲儿。

老大张瑞民在驻马店市环保局工作，经常携妻带女看望李妈妈。老三张援朝在省邮电研究所工作，老四刘敏是个女孩，在农业银行河南省分行工作，老五张建国在省司法厅工作，兄妹几个隔三岔五地频频出现在李妈妈家中，只有老二张豫生当兵、上学长期在外，与李妈妈见面稀少一些。

进入20世纪80年代，由于时代的变迁及张凤辉子女们工作的变动等原因，李妈妈渐渐感到孩子们来得少了，联系也慢慢地断了。更使她万万想不到的是，老大张瑞民、老三张援朝先后过早地离开了人世。张凤辉老人也因过度悲伤随儿而去。张家人不愿把这一切不幸之事告诉李真英老人家，但健在的张家人并没有忘记李真英老人，他们同样时刻挂念着李妈妈。“五一”长假里，老二张豫生（河南省高等公安专科学校党委副书记）再次来到卫辉寻找三十五年没有见过面的李妈妈。令他失望的是，卫辉沧桑巨变，脑海中的记忆一点都没有了踪影。路宽了，楼高了，到哪里去寻找朝思暮想的李妈妈呢？

张豫生找到了公安机关，户籍民警调查了全市几十个叫李真英的，最大的才六十多岁，而他要找的李真英如果健在，应该是九十多岁了。他又根据1969年来的那次印象，从火车站开始，进北阁门、桥北街、马市街，一路寻找查访，先后访问了几十个六十多岁的老人，但没有一个人知情。无奈中，他想到了电视台，当电视台的同志得知情况后，被这一段人间真情所感动，从局长、台长到打字员一路绿灯，十分钟内就打出了流动字幕。然而，直到晚上10时多，拿在手中的电话始终沉默着。

就在这时，在郑州听到消息的老五建国突然打来电话说：“好像李妈妈居住的街名是古楼前街。”张豫生和民警们顿时一阵兴奋，马不停蹄直奔过去。夜深人静时，敲门声十分刺耳，一会儿引来不少街坊邻居围观，当张豫生激动地向围观的人打听这里是否有一位名叫李真英的老人时，人们告诉他：“有！就在这里住。”张豫生激动得泪水模糊了眼睛。门开了，李妈妈出现了，张豫生上前一把拉住还没弄清什么事情的李妈妈的手，满眼含泪，声音发颤地喊道：“李妈妈，我是豫生呀！”李妈妈一时竟不敢相信自己的耳朵和眼睛，连声问道：“什么？豫生……”

当民警们把张豫生寻找她多时的经过告诉李真英老人时，已经九十一岁的李妈妈一下将张豫生拉进怀里，抚摸着张豫生的脸颊，兴奋地连声说道：“胖了，胖了，想死你们了。咋想也想不到你们会来呀。”激动的张豫生告诉李妈妈：“过去我只有十九岁，现在我已经五十四岁了。今天就是来接你到郑州去住的。”李妈妈听后思维清晰地说道：“孩子，妈妈老了，眼不好使，腿也不灵便了，干不成活了。你们现在工作都很忙，不能再为你们添麻烦了。”张豫生听了李妈妈的话声音哽咽地说道：“李妈妈，你为我们付出的太多了，你就是我的亲妈妈呀……”

第二天下午，在张豫生的盛情邀请下，李妈妈最终还是坐上了接她去郑州的汽车。望着渐渐远去的车影，街坊邻居们感叹地说道：“李妈妈真有福气啊！”

他乡遇故友

一次偶然出差，又让我们在三百公里之外的一座城市里相聚了——一位十年前相识的朋友。他一米七二的身材，敦敦实实，满身的肌肉让人感受到他的身体结实得犹如一块铁疙瘩，国字脸，棱角分明，浓眉大眼，嘴角处一道伤疤十分刺眼，声音略带沙哑，但很有磁性，见了家乡人的那股热情劲儿，特别是他一笑，让你马上感到他是一位很有个性、很有亲情的汉子。他说话没有拐弯抹角的麻烦，直直通通，让人听了痛快，两杯酒下肚，更是豪情满怀话语滔滔不绝，表现出对家乡的眷恋、对亲人的情愫。

他是一位农民的儿子。十八岁当兵，当兵之前从未出过远门，报名参军之初，只有一个很简单的想法：到部队长长见识，入党，转业后回家争取当个村支书。事情也就这样顺利，体检、政审全部合格，他如愿地穿上了军装。启程的那天，母亲的举动让他刻骨铭心，永远忘不了。当一轮明月从东方升起的时候，他告别了围他而坐的亲朋好友，带着一股对未来憧憬的激情出了家门。那个年代机动车少之又少，他要从家里徒步到乡政府集合，母亲依依不舍地拉着他的手一同出了家门，走上村外通往乡政府的小路。他看着母亲心事重重，有些伤感的神态，心里有些发酸，就劝母亲不要再送了，母亲却说："儿子你没出过远门，让妈妈送送，妈妈心里放心不下呀，再说你一走，也不知何时才能回来……"妈妈的声音哽咽了，他双眼也湿润了，就这样母子俩带着离别的感伤和对未来美好生活的展望顺着通往乡政府旁的河堤，踏着月色，聊着走着。村子在他们身后渐渐越离越远，可母亲没有停下的意思，他让妈妈回去，说妈妈的叮嘱他全记住了，一定争气，绝不给家乡父老丢脸。母亲停下来，抹了把早已挂满脸颊的泪水。他控制着感情转身离去。当他走出很远的时候，扭头看到母亲依然站在那儿，犹如月光映照下的一尊塑像。他的泪水再次夺眶而出，他发誓一定要干出模样，争口气，报答她老人家的养育之恩。

心里憋着一口气的他，到部队第一年就当了班长，第二年入了党。就在他踌躇满志、准备施展抱负的时候，他收到了一封家里人让他回去一趟的加急电报。他一头雾水，疑问重重，当他走进家门的时候，看到的是原本身体健康的母亲已经卧床不起，病入膏肓。他不敢相信面前的现实，他想发怒，母亲病成了这个样子，家人为什么不告诉他一声？他想哭，又怕吓着母亲。母亲看到盼望已久、离别多日的儿子终于回到身边，拉着他的手，之后合上了双眼……他哭，他喊，但母亲的声音，已成为他永远的回忆。他肝肠寸断，悲恸欲绝。此刻部队一封特急电报又送进了家门：火速归队。字字如剜心，已经成为职业军人的他深知，命令如山倒。他趴在母亲的身旁，撕心裂肺地大哭了一场，而后匆匆离去。

转眼二十多年过去了，他对母亲的思念丝毫没有减弱，反而成为无形的力量激励着他。从毛头小伙子步入不惑之年，从一名农家子弟成长为一位上校正团级警官，当有人问及他成长过程中步步进步的秘诀时，他只草草回答：凭着一股激情入党，稀里糊涂提干，又整日忙忙碌碌的，升到这个职务。最后，他很认真地强调一句：农村的孩子最能吃苦，吃过苦的人才深有体会，只有实干才能改变自己的命运；不干，什么也不会从天上掉下来。回想当初入伍时的想法，他觉得很幼稚，但对家乡的情分丝毫未减，很希望能为家乡做点什么，也殷切期望父老乡亲能将家乡建设得美丽光彩！

后来，我对他了解更多，他没有上过军校，但他是全团一批新兵中提干、入党最早的一位，他多次立功，多次成为全能标兵，他特别能吃苦，干起工作在部队是有名的拼命三郎，但同时也是一个感情很丰富的人。就在我们相聚的时候，他的女儿从千里之外就读的学校给他打来电话，他叮嘱了女儿很多很多，虎将的刚毅一扫而光，完全是一副慈父模样。当女儿得知他和家乡的人在一起相聚时，女儿马上告诫他，不能感情用事，一定要注意身体。他乐呵呵地高声告诉女儿：父亲心里有杆秤，世界上很多东西都有价，只有一种是无价的，就是情义无价，特别是家乡情……此时此刻，在座的每一位都为之动容感叹：他真是家乡人的骄傲，卫辉的骄子呀。

他的名字叫李继武，当年四十二岁，曾任三门峡市武警支队支队长，上校军衔。现任职于郑州市公安局。

穷小子的华丽转身

听说尚玉新的名字有几年了。其间，和他也有少许交往，在一起吃过几次饭，知道他在北京做着医药生意。记忆里他个子不高，文文弱弱的气质，话语不多，多数时间都是坐在那里静静地听着别人说话，胖嘟嘟的圆脸，一双不大的眼睛十分明亮，时不时扫描一下周围。

近几年来，耳边时不时就听到尚玉新的名字，并且频率越来越高：谁进京他接待了，谁进京办事他又帮忙了，又把谁拉进北京做生意了，又给哪里捐款捐物了……对他的评价是：对人实在，义气，乐于助人，很讲诚信……皇城根下，有钱的人前脚踢后脚，有权有势的人多如牛毛，说不准一个门卫都是处级干部。一个从卫辉小县城走出的“北漂”者，他有这个能力吗？

让我对尚玉新感受较深的是，近期我连续两次进京，都是朋友安排尚玉新的车辆接站，我并没有直接给他打电话，而他并没介意，仍然对我们热情有加。为接待我们，他推掉了手头许多工作，让我们过意不去的是他在寒风中不知站了多久，迎候我们的到来。当看到我们下车时，他快步向前，热情地拉着我们的手嘘寒问暖，浓浓的乡情、亲情，让我们身处异乡而有了到家的感觉。早已经过了午饭的时辰，他却还为我们准备了一桌饭菜，执意让我们小酌。盛情之下，朋友邀他一起举杯，他却推托，当他看到我有些不解的眼神时，却什么也没说，就与大家一起端起酒杯一饮而尽。站在他旁边的助手连忙拉他，也没有拉住。助手悄悄告诉我，他刚从医院出院，心脏有问题。我听后，心里顿生愧意，都是家乡人，有病不能硬撑嘛。由此，也让我从尚玉新貌不惊人的表面，感受到了他的刚毅、果断、魄力。就在那一刻，我决定深层次地去认识一下尚玉新。随着时间的推移，我听到了尚玉新不少逸闻趣事。

尚玉新是20世纪70年代初出生的人，进京做“北漂”，并不是他本意。他当时二十岁出头，在卫辉市医药公司中药饮片厂当工人，由于他所在的企业进行体制改革，便萌发了自己出去闯一下的想法。天津有朋友，他就决定去天津，干什么并没过多设想。年轻气盛的他说走就走，他怀揣着当时仅有的四十元钱，以一种挑战人生的心态，登上了北去的列车。

人生命运的走向，没谁能事先设计好，往往千变万化的演变让结果南辕北辙。他原计划到天津打工，可到北京转车时看到一则广告，一医疗器械公司招业务员，他就去试了一下，一面试也就成功了。由此，他再没离开过北京半步，人生就此开始重新书写。

他在北京之初，与众多的事业成功者早期的打拼经历有许多相似。砺其志，劳其骨，用钱捉襟见肘，求亲四处无门。天当房，地当床，躺在公园石凳上数星星的事有，穷困得一包方便面撑上一天的日子也有。尽管当时生活十分艰辛，但他还是笑容常挂，他记得英国作家萨克雷的一句话：生活就是一面镜子，你笑，它也笑；你哭，它也哭。他明白天上掉馅饼的事是没有的，成功都是留给不懈努力的人。坚定的信念让他在困苦面前没有丝毫动摇，毫不懈怠的努力让他最终走出了生活困局。他将自己所推销的一款名不见经传的产品摆上了世界级卖场“燕莎”“赛特”的柜台，这是常人做梦都不敢去想的，而他却悄悄地去做了，并且成功了，这充分体现了尚玉新不同于常人的睿智与毅力。他为接近眼光挑剔的高管们，就凭着一股不达目的誓不罢休的韧劲，连续为高管们打扫办公室、走廊里的卫生一月有余，硬是赢得了阅人无数的老总们开始正眼审视他。

为此，公司上下震动，一个高中都没有毕业的愣头小伙儿，竟有如此能力。公司又交给他一支百余人的营销队伍，并且全是大学生身份。他没有让老板失望，仅用半年时间就将这支队伍带得风生水起，创下历史最好效益。吃苦、实干、睿智，这是每位成功者都必须具备的要素。他尚玉新三者全有。老板不由得感叹道：我这庙太小，难留他尚玉新，此人将来必成大器。尚玉新正如老板所料，他从打工到自己做老板仅用了短短四年时间。对尚玉新来说，这是刻骨铭心的四年，酸甜苦辣的历练催他早熟，让他做事更加沉稳，思维更加敏捷，视野更加宽阔，逐渐形成了自己一套独有的思维模式和观察事物的眼光。他看到北京遍地是黄金，只要勤劳就有生存之路。

我在和他聊天时曾问他，你在北京遇到过伤心事吗？他说有。十多年前，他拿出近两百万元装修一间店铺，哪知还没有挣到钱，政府就让无偿拆除，因所租的商店是违建。这是他做老板首次出手，准备扩大经营，就遇到的当头棒喝。他哭天无泪，内心的痛楚无以言表。外柔内刚的他，懂规矩，没有去找政府无理取闹，想着自己的失误就应该自己担责，打掉门牙自己咽了，一夜间两百万元打了水漂。但吉人自有天相，他也没有料到，他的这场“灾难”却感染了一个旁观者。此人手里有两千平方米的一个地下室，闲置着，她看到尚玉新如此的担当，心想与这样的人打交道吃不了亏。于是，她就为尚玉新提供了许多便利条件，引来尚玉新租下此场地。令人意想不到的是，这个地下室到了尚玉新手里，他就像变魔术一样将这个没有一点商机的场所演绎成一方聚金生财的风水宝地，百余家店铺火爆异常。做生意就是讲效益，尚玉新赚钱了，他的合作者同样想获取更大的利益，但有协议在先，说白了有碍于面子，由此，不愉快的事时有发生。

尚玉新心里很明白合作者醉翁之意不在酒。何去何从？他将自己关在房间思索了好久。想当初，他并不看好这处场所，但正处于困境中的他无路可走，于是有了无奈之中的选择，抱着骑驴找马的想法租下这片场地。

经过对周围商业环境的审视和考察，他决定涉足一个新的领域——商业地产。懂行的人都知道这是一步险棋。他凭着背水一战的勇气，卖掉了价值六百万元的房产，倾其所有，还有高额贷款。为了节省资金和让店铺尽快投入运营，能自己干就不去花钱雇人，能今天做就不推明天，他尽可能自己处理一切事情，为此每天要在工地工作近二十个小时。当时，工地现场空气混浊，通风极差，他的身体受到严重损害，白细胞急剧上升，高强度的长时间工作就是铁打的汉子也受不了。打造商业地产的成功是他玩命付出的结果，是和他的血汗甚至生命连在一起的。

成功者都有过人之处，尚玉新也是如此。他并没有按常规出招，如果去打官司，他最多出上二十万元就能了结此事，而他不但没去打官司，还这样认为：在我最困难时，她曾帮助过自己，要感恩于她，生意不在人情在。尚玉新在与合作者交心时说：茫茫人海中，我们合作一场，这是我们的缘分，不要因为钱而不欢而散，亵渎了这场情分。只要你高兴，让我做什么都行。一席掏心窝的话，让对方始料不及。多年后他们还是朋友。

公务之余，与尚玉新的司机闲聊，他介绍说：尚总人很好，脾气好，人品也好，他从卫辉出来这二十多年就带出家乡一百余人来北京做医药生意，有些已成为千万富翁，每个人都得到过尚总的资助。他助人是不求回报的，他常说，有钱大家一起挣，帮一个人等于修一条路；一人富不叫富，大家富那才叫富。有一次尚玉新清理办公室，找出一大把别人借钱的欠条，他简单看了一下，接着全撕了个粉碎，扔进垃圾桶，一点犹豫都没有。问他为何这样，他说：借钱的人都是有困难的人，他有钱就会还你，他没钱你拿个欠条又有何用？若怕不还，你又何必要借？

尚总的侄子有位好朋友，大学毕业后想做生意，他就找到尚总讨教，尚总告诉他，可以做医疗器械生意。但他半信半疑，就提出和尚总一起做。尚总笑着说：小伙子真聪明，是块做生意的料。就一口答应了他，并明确告诉他，如果生意做赔了，不让他损失一分钱；如果盈利了尚总就退出。小伙子哪想到天下竟有如此好事，更让他没料到的是公司运营仅九个月就盈利了几十万元，而尚总则说到做到，退出了股份。

司机还告诉我，他每天的工作，公司真正的业务仅仅是一小部分，更多的是家乡人来北京后的迎来送往。只要有人打招呼或尚总听到朋友来了，一般都是亲自迎送、招待，他常说，朋友到谁家不吃顿饭、喝点酒，提供点方便，这是一个必需的礼遇。话说起来容易，但要长年累月地去坚持，可不是一件轻松的事，它不单单需要财力、精力的付出，更需要一种精神去支撑。他尚玉新多年如一日，毫不含糊地做到了。

有一次，尚玉新母亲打电话说，卫辉老家一街坊来电话说，儿子在东北打工，在北京转车时被骗，现在身无分文困在北京街头。尚总闻讯后，亲自带着员工四处寻找，经过四个多小时的搜寻，终于在一处角落里找到了老乡。尚总马上安排人买了车票，又连忙安排饭店让老乡吃饭，上车时又给老乡买了北京点心、水果、矿泉水装了满满的一兜，老乡感动得痛哭流涕。此刻，没有人知道尚玉新正身患重感冒发着高烧。

司机又说，尚总对人都是全身心地投入，因此朋友很多，就像滚雪球一样，越滚越多。对于朋友的所需，他都是有求必应。尚总爱说，朋友只要张口就是看得起他尚玉新，他没有理由拒绝。有一件事，就考验了尚玉新的承诺。在他正做地下室卖场的工程时，一朋友拿地需要钱，张口就向他借一百万元。面对朋友恳求的目光，他叫来妻子，拿出一百万元给了朋友。朋友看着尚玉新如此的豪迈，绝不会想到他尚玉新同样每天为筹钱而在发愁，并且卖了房，还有贷款。当朋友知道事情的真相时，已是几年之后了。

尚玉新没有强悍的外表，也没有震耳欲聋的嗓音，他常常以娓娓动听的男中音，以自已独有的亲和力，组织和号召着自己的队伍，凝聚着方方面面的朋友。他母亲介绍说，尚玉新读小学时，就喜欢交朋友，他不回家不说，一回家就带来一帮人。有比他小的，也有比他年长的，都喜欢围着他转，显然一个小孩“司令”。尚玉新在北京打拼二十年，确确实实交了很多朋友。别人的成功也许有着方方面面的因素，而尚玉新的成功，他总结道：一次次都是在挫折中升华，在朋友的鼎力相助中成功。

当年，当他与合作者发生不愉快时，他没有冤冤相报，至今他们还是朋友。但这件事也深深触动了他敏感的神经，让他切身体会到，生意要做大、做稳，不能单单依靠他人，否则随时都会处于被动的局面。要在商战中立于不败之地，必须有一方实实在在属于自己的立足之所，要拥有区别于他人的独到之处。北京市朝阳区十八里店乡十里河村地处三环东南，是全国有名的十里商业圈，各地商贾云集于此，各类大型批发商场应有尽有。尚玉新就在这卧虎藏龙的地方摸爬滚打了十余个年头，练就了他犀利的目光和灵敏的商业嗅觉。在这店铺林立、万种商品荟萃的景象中，他又看到了一个诱人的商机，这里缺少一处将来人们更需要的综合性医药健康产业交流中心，而这绝不是一般人能看准的商机。于是，他暗下决心要搭建这一高端平台。他要在这寸土寸金的地方，谋划打造自己的商业帝国。他的这一想法，在当时无疑是白日做梦，这不单单要协调方方面面的关系去拿地，更需要巨额的资金来支撑。此刻的尚玉新已不是刚来北京的尚玉新，更不是一时心血来潮，多年的磨难、历练让他充满自信，且具备了挑战极限的条件。但他也深知今天的举动非同往常，其难度仿佛是悬崖上走钢丝，一旦哪个环节出现问题，就意味着倾家荡产，是一条不归之路。为此，他暗下决心激励自己：“前怕狼后怕虎，将一事无成。怕失败何必当初，人有多大胸怀，才能成就多大的事业。”他要为自己的梦想去拼搏。他将这一想法告诉了妻子，贤惠能干、与他共渡无数难关的妻子也深知一旦失败的后果，但她坚信丈夫的能力和洞察。他又告诉了几位知心朋友，朋友说：站位高，定位准，我们全力支持你。事后，尚玉新急需资金时，朋友们都是一出手就是几百万，一张欠条都没让他打。

更让尚玉新惊喜的是，他千挑万选看中的一块土地，刚好正被主人计划升级改造，真是天助人也。不利的是要求与对方合作的人多得挤破了脑袋，竞争异常激烈。尚玉新虽没有三头六臂的过人之处，但朋友众多。尚玉新就通过朋友从中撮合。对方当初并不看好尚玉新，但通过尚玉新的不凡谈吐，特别是经过对尚玉新的暗中观察和人脉访问，发现凡是与尚玉新接触过的人都说尚玉新是个守信、重情、讲义的可交之人，就连当年与他有过不愉快的人提起他的为人也连连点头，多年沉淀下来的人格魅力，助尚玉新成功了。这一刻，定格在2012年，他终生难忘。接着，更让业内同行惊讶的是，谁也没有想到在首都北京，短短的三年时间，一座价值两亿余元，面积达五万平方米的六层建筑拔地而起，并且七百余家商铺仅仅四个月时间就开始正常运营，时间之短、人气之旺，在北京所开的新市场中没有第二。业内人士曾说过，一个大型市场的有效运作需要三至五年时间的培育，北京的大红门、百荣、天雅等市场还运作了五年之久才有今天的景象。尚玉新却实实在在创造了这个奇迹。

在与尚玉新聊天中，他没有过度渲染自己的业绩，而是不止一次提到2014年国庆节开业的那一天，他原计划安排三五桌，让亲朋好友坐下来庆贺一番就心满意足了。可令他意想不到的是一下子来了近千人，摆了六十余桌，有各级领导，有全国各地的朋友和家乡父老。每当提及此场面，他都会动容。朋友是金，朋友是天，是朋友成就了他的一切。他唯独不提的是自己日积月累、年复一年为他人的无私奉献，但朋友们都记在了心里，都在以不同的方式回报着他的付出。

我信步走在尚玉新独资打造的商业帝国——尚仕兴源北京国际健康产业城的门前，环顾着四周，心潮不免澎湃。尚玉新没有沽名钓誉，更没有投机钻营、哗众取宠，他就是这样一步一个脚印、踏踏实实走过来的，凭着自己的睿智、吃苦和实干，以自己独有的思维模式统领着自己的团队，以自己特有的人格魅力影响着周围，以自己坚韧不拔的毅力专注地干着自已喜欢的事业。目视着产业城门前凌空架设的高铁路基，看着飞驰而过的高速列车，我想，这不正寓意着尚玉新创业开拓的美好明天吗?

乐于付出的人是好人，好人就一定有好报!

追梦人

二十年前，他是一位不知电梯为何物，坐上去头就发晕，并且初中没读完就从乡村走进都市的毛头小伙儿。谁能料到，如今他整日国内国外地飞来飞去，为谈一笔生意抢时间，平常只需一万余元的机票，他加价到十二万元，以便能从国外准时赶回国内。二十年的时间，由一贫如洗到资产过亿，至今毫不停步，仍在追逐着自己的人生梦想。

他叫王新瑞，1982年出生，今年三十八岁，河南卫辉人氏。他的童年时代是很幸福的，家中独子，父亲是村干部，在村中享有一定声望，母亲和两个姐姐也都视他为掌上明珠。他长得浓眉大眼，从会开口说话时嘴就甜，见到不同的人能随口喊出不同的称呼，反应快，又乖巧，很受族人喜欢。然而，当他长大了，全村人几乎家家都有存款了，他家还是需要什么都得拿自产的小麦、玉米去换，粮食用没了就去赊账，待来年新粮食下来了再还。两个姐姐前后考上了大学，本是件值得全家人高兴庆贺的事，然而他的父母却面无喜色，愁得双眉紧皱，面对昂贵的学费不知如何是好。

父亲虽然是家中的顶梁柱，却因身体原因无法外出打工，没有经济收入；母亲身体也有病，不能创收。好在父母在村中口碑不错，特别是父亲在村中德高望重，乡里乡亲日常都没低看过他家。当他家遇到困难时，马上引起全村人的关注，不少人纷纷主动上门借钱给他家，两个姐姐这才如愿上了大学。这一幕，深深刻印在王新瑞的脑海中。他幼小的心灵中就此存下了善有善报这一理念。他梦想长大了，一定要挣很多很多的钱，想怎么花就怎么花，再不让父母为钱发愁。

尽管家中贫穷，但新瑞并没遭多大罪，他是家中唯一的男孩，又是最小的，全家人都在方方面面呵护着他。待他上了初中，要到外村去就读时，母亲还放心不下，生怕他吃不好，除了给他精心准备了可口的咸菜，拿上足够吃的馒头，还给他塞上两元钱，让他买碗热汤喝。正处于叛逆年龄的小新瑞并没有理解父母的良苦用心，恰恰相反，缺失了父母监管的王新瑞，犹如脱缰的小野马没了约束，信马由缰，随心所欲。母亲给他的两元钱，他没有用于买饭喝汤，而是偷偷买了香烟，学着成年人一样嘴上叼起了烟卷儿。就这样他混到了初中三年级，初三只上了一个星期就辍学了。

明事理的父亲虽然文化程度不高，但很有思想，看到儿子没有将聪明劲儿用在学习上，为挽救儿子，他就喊来本家侄女，也是族内第一位大学生，来家里辅导小新瑞学习。哪知小新瑞却不领情，拒绝辅导。姐姐想尽办法来引导他学习，他却蛮横地将姐姐从家赶了出来，气得姐姐大哭了一场。眼看儿子不是一块上学的料，父亲就将新瑞喊到身旁严肃地教育道："子不教，父之过，你现在这样，说明父亲没有尽责到位。今天父亲要给你说几句，希望你能记住，不想上学可以，但你要做好吃苦的准备。常言说：有智吃智，没智吃力。你不学习就意味着将来要靠体力来养活自己，但你无论干什么都要明白一个道理，吃得苦中苦，方为人上人，好男儿志在四方。同时，做人要有一个原则，无论到何种地步，不能偷，不能抢，不当恶人，不做坏事。"平常很宠惯他的父亲，此刻一席话说得语重心长，让他心灵很受震撼，感受到了父亲每句话的分量。

此刻的王新瑞实际上已经有了自己的思想，他虽然没有好好学习，但他一门心思早在考虑怎么挣钱，来尽快改变家庭的贫穷状况。对于父亲的教育，他没当成耳旁风，而是想了很多，也受到了启发，他决定要走出这偏僻的乡村，去见识一下外面的世界。父亲虽然疼爱他，但并不溺爱，知道他的心思后，没有反对，就介绍他到郑州一亲戚处打工。表叔看他刚出校门，身单力薄，就让他每天看钢管料场。为此，他尽心尽责，每天就躺在高高的钢管堆上睡觉。刚开始，他十分开心，同时还有几分自豪感，心满意足的是每月能挣二百元工资了。干了三个月之后，他开始感到身体有些不适，整天全身酸疼无力，似乎有些受凉了。同时，还出现一个怪病，他不能见到钢管堆，一闻到钢管散发出的气味，他就干吐，吐得不能吃饭。这折腾得他整天有气无力，神情恍惚，父母得知后心疼不已，连忙将他接回家求医。此刻，他切身体会到了挣钱的不易。然而悟性极高的他，在钢管的交易中看懂了这个行业的门道：什么是正牌，什么是非标，他能一口说出长短厚薄，有多重，能挣多少钱。由此他懂了做生意的基本道理：低价进、高价出，利润最大化。这次经历，他虽然受到了病痛折磨，却也收获了阅历知识，悟出了经商的真谛。在人生道路上，他迈出了坚实的第一步。

一年后，在一位老中医的精心调理下他的身体恢复了健康。病一好他就坐不住了，他不甘心眼前的乡村生活，他要走进都市。已经大学毕业的姐姐就给他介绍了一位做生意的同学，卖医疗器械，每月工资六百元，他听了十分高兴，毫不犹豫当即决定前往求职。此刻，从小宠他、惯他的母亲却拉着他的手，不想让他再离开半步，总怕再生出些意外。但母亲又深知自己的儿子已经历了几个月的历练，她也看到了儿子不少的变化。特别是求医治病期间，与儿子长时间相处中的沟通交谈，使母亲已感知到儿子的志向：家里的天地太小了，已经容不下他这个一心想成就一番事业的儿子了。母亲千不忍万不舍，最后还是顺从了儿子，从腰中掏出攒了多日的二百元钱交给新瑞，一再交代他挣不了钱就回来，不要硬撑，家里能养活他。新瑞深深明白母亲的心思和疼爱，更明白手中二百元钱的不同意义，这是母亲看病都不舍得用的救命钱啊。在母亲面前他强忍着泪水，狠咬了一下牙关，他暗暗发誓：不成功，绝不回头，将来总有那么一天一定重重感恩父母的舐犊之情。

王新瑞再次走出了乡村，并相约一位有着共同梦想的发小一起，兴致勃勃踏上了北去的列车。然而，找到姐姐的同学后，现实又给了他们当头一棒，哪儿有一月六百元的工资呀，是推销医疗设备，卖一台机器给六十元提成，根本没有工资，并且吃饭自理，几十人睡着一个大地铺。初来乍到的他们五十天下来不但没挣到钱，所带的钱也花得所剩无几。同来的发小熬不住了，准备回家。而此刻的新瑞已经从推销过程中看出一些诀窍，悟出了一些营销道理，他就极力挽留发小："我们很快就能挣到钱了，等挣了钱再走多好啊。"发小没有应声，他们在沉默中怀着不同的心思入睡了。等新瑞一觉醒来，发现身边已空无一人，发小不辞而别了。他一跃而起，飞身出了房门，一路飞奔来到汽车站，一眼就看到了车上的发小，他一再挽留，可发小执意要走。新瑞此刻何尝不想一起走啊，他也想父母啊。但他没有忘记自己的誓言，深知开弓没有回头箭，没挣一分钱咋有脸回家见江东父老？他含着眼泪从身上掏出二十元钱，隔着车窗塞给了发小，他知道发小身上已无余钱，路上吃饭都困难。可又有谁知道，他将钱大气地给了发小，自己也没了吃饭钱啊。

发小为了生计，还是走了，而他同样为生计和心中的梦想却咬牙坚持了下来。整整半年，他与家人没有任何联系，每天一睁眼他就思考着怎么销售，同时他还多了一个心眼，就是去哪个饭店吃饭，哪个老板能多给一点。此刻，他已经沦落到了在饭店去吃客人残羹剩汤的地步了。然而，他依然坚持着。他虽然没有挣到钱，但他没有怨悔，因为经受了这半年的艰辛历练，他从中学会并掌握了一些营销模式，为下步发展奠定了坚实基础。为此，他十分欣慰。

然而，转眼到了腊月二十六了，销售人员一个个都回家过年了。囊中羞涩并要强的他不想以这种样子去见父母。但他仿佛又听到了母亲一声声对他的召唤。这也是他有生以来离家最长的一段时间，他怎能不想念父母亲人呢？他放下面子，还是向经理张开了口：“能否借一百元钱？”在日常工作中，经理早已经对能吃苦耐劳的新瑞高看了一眼，此刻没有一点迟疑，爽快地就给了他钱。这样的结局回家，他心有不甘。当他刚走到村口时，万万没想到，全家人一个不少地站在村口等待着他，完全出乎他的意料。他万分感动，却又一头雾水，亲人们怎么知道他今天回来呀？

世上就有这许多说不清的奇事。他的发小回来后，向其父母述说了外出打工的艰辛：每天只吃一个烧饼，吃不饱睡不好，工作十多个小时，还挣不了钱，等等。母亲闻讯后揪心万分，一天天吃不香，睡不好，夜里噩梦不断。半年的失联，让老人甚至怀疑他已经不在人世了。有些迷信的母亲，就虔诚地找到了邻村一个瞎子算卦，看看儿子是否平安。哪知这先生念念有词，左推右算后说：“没出事。”并且言辞确凿地说，腊月二十六到家。因此全家人信以为真，在村口等了一天，真出现了眼前巧合相遇的一幕。儿行千里母担忧，当看到他出现的一刹那，父母久悬的心才踏踏实实放了下来。尽管新瑞瘦了三十多斤，完全脱了形，但他就站在眼前，这就是家人企盼的最好结果，平安胜过一切。

年过完了，经历了磨难的王新瑞已经没有了毛头小伙的愣劲，多了几分成熟干练。然而，他的梦想还没实现，他还要执意外出。母亲和家人坚决反对，一再强调家中几亩地就能养活人的一生，挣钱不重要，安全健康才是人生幸事。新瑞看着有病在身的母亲，似乎有些动心，他深知长这么大，母亲为他操碎了心，如今健康每况愈下，自己还要外出再让母亲牵肠挂肚，确有不妥。再反思一下他走过的路，他认为自己虽然没挣到钱，但并不算完全失败。在工作中，他已经实实在在积累了一定经验，如果就此不前，就意味着钱白扔，苦白吃，前功尽弃，所以他实在不愿放弃。父亲似乎看透了他的心思，就直言说道：“新瑞啊，你有自己的志向，你如果真的看准所干的事没错的话，就坚定地走下去。心不随愿，就是硬憋在家里也会出事，凡认准的事就一定要踏踏实实地干，并要心存善念，懂得感恩，决不能去干坏良心的事。如果你想走，你就走吧，遇到难事干不下去了就回来，家永远是收留你的地方。吃得稀点，饿不死人，你记着就行。”

王新瑞怀着有些内疚的心情，迈着沉重的脚步走出了家门。在他日后打拼的几年里，创业依然艰难，并没有像他所谋划的那么顺利美好，一年年还是伤痕累累，没有收益。但他始终坚信自己选择的路是正确的。为此，他不气馁，一边干，一边总结经验，一边调整着营销方法。有一天，他突然做了一个梦，带着千军万马般的营销队伍走遍了全国。对此，他灵机一动：单打独斗力量太单薄了，何不凝聚更多的力量，同时招聘一些高素质人才，这样才能形成强有力的拳头，才能做到一拳打得百拳开。于是，他决定招兵买马，挑选素质高、悟性好的人才集聚在自己麾下。首先，他跑到河北师范大学招贤纳士。他遇到了王帅同学，一眼看中。然后，他就对王帅大谈自己的梦想，人生未来。同样热血男儿的王帅和他一拍即合，当即就跟新瑞出了校门。然而，打拼半年下来，仍旧效果不佳，他们只挣到可怜的五百元钱。接着年关又到，怎么向员工交代？王新瑞没有将实情藏着掖着，而是开诚布公地说：“王帅，咱们只挣了五百元钱，平分二百五十元不好听，给你二百六十元，我得二百四十元。你如果有信心，明年再见。如果不来，我也会祝老弟无论做什么好运相伴。但我要告诉你，与我相处，我培养的是将来的总经理，不是当今的业务员，虽然你半年只卖了一台五百九十元的设备，但我依然看好你，你悟性好，亲和力强，将来是位帅才的料。”

春节刚过，王新瑞意想不到的是，王帅来了，并且是在父亲的强烈反对下跑出来的。父亲十分生气地对别人说，孩子上当受骗了，大学毕业证不要不说，家里费了九牛二虎之力找的在编工作也坚决不干；他辛辛苦苦干了半年，却只给他开了二百六十元工资，他不但毫无怨言，并且还忠心耿耿，又主动跑来找王新瑞，真是白养了一个儿子。

七年后，王帅却让父母大吃一惊。儿子在大都市买了宽敞的房子，不让父母操心，自己又操办了豪华的婚礼，还送给媳妇一辆高档的跑车。为此，王帅的父母在婚礼上执意要见王新瑞。新瑞有些忐忑不安地拜见了二老，二老看着眼前的王新瑞，天庭饱满，浓眉大眼，高鼻梁，精悍中透着一股男子汉的气魄，此外再无异于他人的地方，他用什么办法让儿子如此忠诚？王新瑞谦虚地说道："我们志向相投，梦想一致而已。"

王帅则说："王新瑞大气、执着、仗义、睿智，跟他干事心里踏实，总感觉有奔头。"他举例说，跟新瑞刚一年有余，销售额才有些起色，产生了一些利润，王新瑞就拿出有限的资金为王帅买了一辆价值十六万余元的大众轿车，令他感动。他们在此后的打拼过程中，穷也好富也罢，始终形影不离，不离不弃，并肩作战，成为铁杆朋友。同样，王新瑞经过近十年商海中的摸爬滚打，练就了他在商场中的独特嗅觉和敏锐洞察力，工作业绩逐日上升，由当初的打工仔荣升到部门经理，再到地区老总。最终金蝉蜕变，厚积薄发，成立了自己的新中盟健康产业集团，组建了自己的科研团队，在开封尉氏筹资建立了自己的工业园区，打造出了自己的营销队伍，一年一个台阶，一步一个脚印走向了成功。

每一个光鲜亮丽的成功背后，要么是血，要么是汗。日出之美，在于它脱胎于最深的黑暗。熬得住，出众；熬不住，出局。渴望别人相助，远不如自身强大。

渐渐走向事业巅峰的王新瑞没有满足自己的现状，无论事业还是生活，他常常反思、修正自我。他对母亲就有一个心结，常在内心深处责备自己，对不起母亲。在他当年艰苦创业奔波的阶段，他没能分身兼顾好有病在身的母亲，因为自己长年奔波在外，不但没去照顾母亲，还让母亲整日为自己提心吊胆，受到不少惊吓。尽管母亲在郑州医院的两次手术和在北京医院的一次手术，都是他放下手头一切工作，第一时间义无反顾地来到母亲身边，亲力亲为，昼夜照顾左右，尽可能满足母亲的一切需求和医院的要求。此刻，父母、姐姐并不了解王新瑞仍是一个没有积蓄的打工仔，但他没有依靠父亲，也没有依靠姐姐，而是自己悄声四处筹措资金，让母亲的病在医治中没有受到一点耽误。而他尽管心脏有问题，心绞疼不断，但依然肩背母亲在六层楼的台阶上背上跑下。常常是将母亲安顿好，躺下休息了，他也同时瘫软地躺在地上大口大口喘气。让他不原谅自己的是在母亲病故的前一天，他曾考虑多日没见母亲了，本计划买些水果为母亲送去，却因岗位一时离不开人，他就轻易放下了这个想法。哪知这成了他的终身遗憾。第二天，当他接到姐姐痛哭的电话，闻知母亲永远离开他们的噩耗时，他抬起手狠抽自己耳光，声嘶力竭地痛哭起来。在母亲三周年祭日时，已经有了一定积蓄的他，知道母亲生前爱听戏，为追思对母亲的敬爱和责备自己尽孝不够，特地从外地请了两个戏班子，在村中连唱三天大戏，以告慰母亲的在天之灵。为答谢父老乡亲曾经对自己及家人的照顾和帮助，他安排每天宰一头三百多斤的大肥猪，供父老乡亲连续三天免费享用。

面对年迈的父亲，他现在有求必应，总怕再留遗憾。他始终忘不掉，每当关键节点都是父亲深明大义，为他指点迷津。连续几年，他带着团队虽然辛辛苦苦干一年，却仍然落个身无分文，临近年关他第一时间想到的总是父亲。他带六七个人到家过春节，当时父亲同样没有余钱，但父亲没有任何怨言，并且不露声色地以自己的声望，从村中的小卖部中赊出烟、酒、肉、米、面，让他们年轻人高高兴兴、丰盛地过个好年。

他还常常觉得亏欠妻儿。2004 年他结婚时，家中仍然没有余钱，自己又在拼搏阶段，同样手中空空，只好借了四千元钱，连买嫁妆带办婚宴一下全齐了。场面简单得寒酸，但贤淑的妻子无怨无悔。对此，他感激万分。一年后，生第一个孩子时，他借了一千元陪妻子上医院，老天开恩一切顺利，他只出了生产费。四年后，第二个孩子要出生时，他又借了一千元陪妻子上医院，但这次出了麻烦，医生说孩子得了败血症。救命要紧，他当即又筹借五千元交给了医院。因此，在他闲暇时，一想起这些，心中就有些发酸，总认为在妻儿性命攸关的关键时刻，对妻儿他没做到最好的照顾，不是一位称职的丈夫和合格的父亲。

对昔日的工友、朋友曾经的相帮，他没有忘记，都一一记在心头。他曾经的经理，当年在他最苦难无助时，借给他一百元钱，让他在不少场合经常提起此事。谁曾料到，十年之后，他当年的经理却因染上赌博的陋习，将所挣的上千万资金输个精光，一度流落街头，当其张口向新瑞借钱两万元时，王新瑞二话没说，就给了他四万元。王新瑞竟能如此对他，令他感动不已，他从此改邪归正，再次创业成功。

王新瑞有钱了，但他自己没有去奢侈消费，他牢记着现在还有多少像他过去一样的人仍然大量存在。他倡导成立了华夏德门慈善基金会，一次就捐了八百万元，又拿出三百万元捐给残联，帮助残疾人安装假肢，并向河南中医药大学基金会捐一百万元，向河南省慈善总会捐五十万元。当有人说："新瑞，你的钱挣得也不容易啊。"而王新瑞对此淡淡一笑说道："这是做人的基本人性，因果关系嘛。"

谈起工作，王新瑞更是充满了激情和信心，他对当前的状况及将来的前景，是这样总结和表述的：自己打工前十年，是瞎折腾了十年，没挣分文，但也没借分文，却学到了很多无价的社会知识，总结出了很多经商之道，奠定了他的成功之路。当今的十年，他步入了发展的快车道，他以敏捷的思维，吸取了别人许多长处，以多年的磨炼积累，练就了一双洞察秋毫、傲视商海的眼睛，带领自己的团队，迈上一个新的台阶。对此，他谦虚地说，当前只是小有成就，马云是他学习的榜样。下一个十年，他将精心打造团队，科学谋划项目布局，有效转化产品效能，带领团队走向真正的辉煌与成功。他要将设备制造、食品加工、功能农业、金融投资、产品研发等，既有分工又有协作的新零售联盟推向一个全新的高度。同时，他深有体会地说，产品再好，如果营销团队跟不上节拍，就将使产品效益大打折扣。因此，他对自己的营销团队提出了一个新的标准和要求，所有队友要照顾好团队中最弱的工友，总经理必须每天要为顾不上吃早饭的员工做好稀饭，并且保证每顿早饭有两个鸡蛋，否则视经理不称职。不知道照顾员工的经理，他坚决换掉。周末，要求主管必须带领员工看电影或喝咖啡，集体做饭，凝聚人心，培养团队精神。还要求每家连锁店里，张贴顾客须知，其中一项重要内容是可举报服务员、经理态度不好，享受打折或免单消费。如果感觉产品效果不佳，可以立即退货。如果机器当年坏了，保证随到随换。

对此，王新瑞感慨地说道："虽然我还年轻，年龄不算很大，但我已经切身经历了从奴隶到将军，许许多多的坎坷和磨难，忍受过常人难以忍受的伤痛和打击，以及众叛亲离的精神折磨和苦恼，也享受过众星捧月的辉煌满足。对于人生中这些阶段，我都是感恩、感谢，因为正是这些经历，让我的思想得到了一次次升华和思想精髓的沉淀。为此，在今后的岁月中，我要将产品做得更优，将团队打造得更精，我将以奉献、感恩的态度带领团队，并号召团队以同样的心态对待人生、干好工作。低调仗义地做人，为团队做好表率，以善心、孝道等中国传统文化来影响团队，并要求公司所有同事人人自律，力争做到最好。争取达到从员工到顾客人人满意，完美双赢和谐的地步，最终将所取得的财富再回报给社会，造福大家，这就是我的人生梦想。大家好，才是真好！大家幸福，才叫真幸福！每一个有真正责任心的人，都一定会这样去做！"

陈红妹

陈红妹，一个乡土味儿很浓的名字。实际她跟农村不沾一点边，父母还是新中国成立初期的大学生。她出生在1966年，人长得特别水灵，在家排行末位，是一个十分可爱乖巧的小妹妹，因此父母就给她起了这个名字，意为红色的革命妹妹。

红妹虽然在姊妹中排行最小，父母却没格外宠过她。父亲在北京当兵，母亲在单位是技术上的顶梁柱，都无暇顾及家里，她是姥姥一手带大的。姥姥在她很小的时候就开始教她料理家务，洗衣做饭，上街买菜。至今她还记得姥姥教她买豆腐：有一板四角的豆腐要先买四个角，没了四个角就买有硬边的部位。因此，在五岁时她就学会了蒸馍，并且能做到盆光、面光、手光，手艺相当娴熟。

姥姥对她的言传身教，让她从小就养成了刚毅的性格，爱跟男孩玩耍，干什么事都不甘落后于别人。她从上小学到高中毕业，一直都是班长，还是东街小学第一任少先队大队长。在小学上劳动课时，无论勤工俭学抽纱，还是到街头拾粪，或是四处拍捉苍蝇，她都是班上劳动成果最多的；上体育课跑长跑，同年级的男同学都不是她的对手。

整天风风火火，像个傻小子的她，文化课成绩同样优异。有一次，老师要求她在十分钟的课间背会古文《出师表》，当时班中好多同学念都念不顺口，她居然一口气背了下来。多年后老师提起这件事，还赞不绝口：真是位小才女。

1985年她参加高考，当时升学比率很低，她考上了河南省司法学校，但她十分不满，叹息自己高考时因种种原因发挥失常，没有考出日常应有的水平。毕业后她被分配到新乡市卫滨区人民法院，从书记员、内勤干起，五年时间，她就走上庭长岗位；十年时间出头，她又走上副院长岗位。三十多年的法官生涯，经她所判决的案件，有多起令人赞叹不已，其中两起案件上了中央电视台《今日说法》，三起案件上了河南电视台《法制时段》，还有一起案例被编入全国法院系统的案例选编。她以过硬的业务素质，以及爱民亲民、勇于担当的工作作风，成为新乡市法院系统一位响当当的人物。

1995年，全国的改革开放正如火如荼，社会上鱼目混珠、侵犯知识产权的现象十分突出。当时，法学界这方面的法律条款、规定很少，程序也不健全。有家名叫新乡市红旗助剂厂的企业，生产的产品“999”品牌涂料质量很好，产品十分畅销，成为全省著名商标。然而，正当这家企业高歌猛进时，却突然莫名其妙遭到不少投诉，众口一词，指责产品质量有问题。经厂家了解，原来是新乡县一家小企业看到“999”品牌十分畅销，就打擦边球注册个“666”商标，以低劣的产品质量将产品推上市场，致使不细看商标的客户误认为该产品为“999”商标产品，迷惑不明真相的客户，严重影响了“999”商标的信誉。为此，助剂厂将该企业告上了法庭。当时，在经济庭主持工作的陈红妹，早对市场上这种以假乱真、以次充好的欺诈行为深恶痛绝，她在证据不充分、法律依据不健全的情况下，依然受理此案。她深知这一受理，面对的将是史无前例的一块硬骨头，需要有超常的勇气和担当才能完成使命。明知山有虎，偏向虎山行。她首先了解走访客户，多次深入两家企业现场调查取证，在取得有效证据之后，她以超前的侵权法学理念，判决新乡县这家企业立即停止生产，禁用“666”商标，终止了其侵权行为。这一判决当时在社会上产生很大反响，有效遏制了当时市场上普遍存在的以次充好、以假乱真的欺诈和侵权行为，此案因此被编入全国法院系统案例选编。

1999年，陈红妹受理了一起案件：一对新婚夫妇状告一家彩扩部将他们新婚整个过程拍摄的胶卷无故丢失了，要求经济赔偿，而彩扩部却拒绝赔偿。如何解决这种类型的案件，当时还没有具体的相关法律条款。她当时完全可以找理由推掉这起案件，不必自找麻烦，但她没有草率地拒绝这起案件的受理，而是理性地认识到这起案件虽小，但蕴含着一项新的命题，应有相关的赔偿，法官就应秉承创新理念去面对挑战。她先后到市图书馆、新华书店查阅了大量的有关书籍材料，细读了民法泰斗梁慧星撰写的《民法论》、王利明的《侵权论》以及台湾著名民法学专家王泽鉴的有关论著，从中汲取知识营养，找出相关依据。在对双方多次调解无效的情况下，判决彩扩部赔偿新婚夫妇精神损害等费用五千元。当事双方面对合情合理的庭审过程，均未表示异议。这一新的法学名称，当时我国法律条款上还没出现。为此，央视《今日说法》栏目组专程来到新乡采访。节目播出后，在全国法学界引起极大反响。三个月后，最高人民法院出台了《关于精神损害赔偿的若干规定》。红妹则说：法官在不脱离法律总则的情况下，不仅要公平正义地执法，还要依据客观实际，与时俱进地去完善法律的外延和创新法律的内涵，这既体现了法律的权威，也考虑到了执法的社会效果。

她办理的第二起上了央视《今日说法》的案例，是在2000年。当时，在新乡商贸系统堪称龙头老大的市百货公司，发生了一起因顾客要求退自行车，与服务员发生口角纠纷，当事人突然倒地身亡的意外事件。当事人家属情绪十分激烈，将当事人尸体装在冰柜内停放在百货大楼正门口，并极不理性地多次堵塞市区道路，在全市造成极坏影响。全国多家媒体报道后，又在全国范围内造成很大影响，引起国民广泛关注。各级党委、政府多次组织调解做工作，然而，效果不佳，当事人家属的情绪依然激烈，对百货公司的处理态度意见极大。百货公司在多次调解无效的情况下，依照法律条款向辖区法院提起诉讼。院领导将这个案件交给了陈红妹。陈红妹在外界压力极大的情况下，迎难而上，接手了该案，并在极短的时间里厘清多方关系，以精准的法律条款界定案件性质，实事求是评估双方损失，在社会各界高度关注的情况下，大胆依法判决。当事人因故死亡，百货大楼有一定的责任，应给予一定的经济赔偿；而家属不理性的违法行为也给百货大楼造成了经济损失，也应给予经济赔偿；两相折抵后，违法当事人应赔偿百货大楼经济损失两万元。合情、合理、合法的判决，经二审后，双方最终息鼓收兵。这一快速有效的判决，在全国引起强烈反响，特别是对当时十分流行的"谁闹谁有理，大闹大解决，小闹小解决"等非正常的解决问题方式，下了紧箍咒，让人明白处理任何事，都必须在法律的范畴内依法解决。

陈红妹不但业务熟，还勇于担当，有深切的为民情怀。对于她经办的每起案件，她都会在案前、案中全面评估判决后的效果和影响，以求判决后最佳的社会效果。为此，她能自己跑腿去办的事就不让群众多跑腿，能自己处理的问题就不推给他人去解决。今年疫情期间，她曾面对面接待了一家姐弟三人的哭诉。他们的老母亲九十多岁了，卧床多年，思维不清，他们三人中有两人已过六十岁，对于亲力亲为照顾老母亲也深感力不从心，三人决定变卖老人的财产，将老人送到老人托管中心，雇人来照料老人生活。为此，姐弟三人需要申请老人为无行为能力人，指定监护人。这就要求对老人出具鉴定无行为能力的结果，家人就请鉴定机构的人员来家鉴定，结果被拒绝，要老人亲自到鉴定机关去鉴定。这不可能实现，老人如在鉴定过程中出了意外怎么办？要老人的住院证明，而老人却没住过院。红妹了解了这一系列既简单又复杂的情况后，主动深入到老人家的四邻走访调查，取得第一手证据，又亲自跑到老人托管中心与老人见面并嘘寒问暖，这家三姐弟感动得不知如何才好。根据客观真实情况，红妹打破往日判决要依据鉴定机构的鉴定证明为执法依据的套路，依法做出判决，指定了监护人。红妹说道：法官要有基本的职业道德，更要有爱民、便民的担当，绝不能机械地执法，为执法而执法，在执法的同时要考虑到当事人的心理承受，以求最好的社会效果，来赢得民心，赢来世人对法律的遵守和敬重，这才是法律的初衷和内涵。

有人说，做女人难，做个职业女人更难，特别是做个成功的职业女人难上加难。这一点，陈红妹应该深有体会。她在忘我工作的同时还想做个好儿媳、好妻子、好母亲。这样她就必须下班后牺牲自己的休息时间，照顾家庭、亲人。太多的付出，超乎想象，红妹就是这样一位有追求并要强的女人。她婆母提起她这个儿媳就赞不绝口：小红，整日就是想着别人，自己不舍得吃不舍得穿，却把好吃的、好穿的都给老人孩子，她是世上不多见的好媳妇。对她加班加点地工作更是理解有加：公家人不为公家做事能行吗？为此，两人的感情犹如母女，相互牵挂，相互支持理解，无话不谈。而细心的红妹虽不能时时在老人身边照料，但对公公婆婆敬重有加，就像对父母一样真诚地关爱。凡给父母买的东西，一定是同样地送给公公婆婆。婆婆年龄大了，爱怀旧，一次，唠叨着想吃蔓菁，这东西在市面上很少见到，红妹一直留心这件事，后得知辉县山区还有人少量种植，但产量很少，一般都是农民解馋自用。她就托上熟人想办法专门买回来。这些蔓菁是在山区种植，由于土薄缺水，长得很小，她在晚上下班后，一个个洗净，再将上面的根须削掉，切成小块晾晒，供婆婆长期食用，婆婆高兴得连连赞叹红妹的孝顺。

有一次在饭桌上，八十五岁的婆婆不经意说起这辈子还没坐过飞机，这把年纪的人了，这或许是她人生最大的遗憾。说者无心，听者有意。红妹听后就与丈夫商量要陪婆婆坐趟飞机，她休假带上婆婆乘机到成都；考虑到老人家年岁已高，行动不便，她安排丈夫先开车赶到成都，然后再接上婆婆，在四川名山大川连续游玩了十天。到家后，明事理的婆婆心里过意不去，拿出三千元钱硬要塞给红妹表示感谢，红妹佯装生气地对婆婆说：“您要给我钱，咱们今后就不玩了。”话毕，母女俩抱在一起哈哈大笑起来。

红妹常说：我最开心的就是全家人聚起来，热热和和吃一顿喝一顿，再累我也高兴，这多有家庭味儿啊。当然，每次聚会都是她主厨，这种不分彼此的浓浓亲情，让婆婆家的小辈们从不喊她婶婶，都是喊她姑姑，小妹不喊她嫂子，都喊她姐姐。她早已融进了丈夫的大家庭，成为和他们血肉相连的一员。红妹对同事、朋友也是一副热心肠，她勤快、手巧，做的咸菜特别好吃，同事、朋友得知了就向她索要，她爽快答应。忙完工作，跑到菜市场，大兜小兜地买芥菜疙瘩，然后到家洗呀切呀忙至深夜。最终买了一百二十多斤的芥菜疙瘩才满足了大家的需求。从此，这成了她每年常态化的一项工作，她乐此不疲，十分快乐。

红妹的丈夫同样理解支持她的工作。丈夫专门在一家公司找了一份上夜班的工作，就为了整个白天能照顾她的父母。她父亲从七十岁开始得病到八十四岁去世，都是丈夫日夜照看，陪着老人看病、洗澡，精心照料，就像亲儿子一样，没有一点隔阂。她母亲已经八十多岁高龄了，上厕所经常走不到地方就拉到身上、地上，气味难闻，而丈夫却毫不嫌弃，无怨无悔，有条不紊地将地上打扫干净，再将衣裤洗干净，把老人照顾得十分开心。为让老人健健康康，丈夫每天想方设法给老人改善伙食，天天做营养早餐。这些习以为常的举动，让外人压根看不出他是一位女婿。

每当红妹提起这些，就止不住眼圈发红，心里有愧疚，有无奈，更有感恩。她内心深处还有一种不安，总感到对不住儿子，给儿子的温暖、关爱太少了。儿子牙牙学语的时候，她刚任经济庭副庭长，忙得整天不着家，一年三百六十五天，她近二百天都在外出差。当时通信设备又差，听不到儿子的声音，更看不到儿子的容貌，她常在夜深人静时止不住泪洒枕边。儿子见不到母亲，常常哭闹到深夜。然而，日复一日都是如此，儿子只能慢慢适应。有一次红妹出差到山西，一走就是七天，当时还没有高速公路，当他们一行马不停蹄返回，赶到石家庄时，天已黑了，司机提出住在石家庄，红妹思儿心切，就动员司机不要休息了，尽快赶回。她坐在前排，一路和司机找话闲聊，一会儿给司机点支烟，一会儿给司机剥个橘子，一会儿给司机递瓶水，就这样他们一路飞奔不停，凌晨一点多终于到了家。到家时儿子竟还没睡，独自在床上玩耍，劳累一天的丈夫在旁边已经睡着了。目睹此情此景的红妹，一股愧疚之情涌上心头，上前一把抱住儿子亲了又亲，久久不能放下，泪水早已流满双颊。那一晚，她哭了很久，自感为了工作，亏欠亲人的太多太多了。

偶有闲暇时，她会微闭双目，点上一支香烟，在缥缈的烟雾中舒缓内心的压力，寻求工作、生活、家庭、朋友之间的平衡。人要成功，就要有毅力的支撑，超人的付出，一刻不能懈怠的脚步……陈红妹做到了。她以自己的具体行动，诠释了一位职业女性的精彩人生。

辑二

岁月如歌

奇闻遐想

周末闲暇，与好友陈善琳检察长相约，到卫辉狮豹头跑马岭休闲生态园相会三力医药公司老总田开喜，于是，我又邀上故乡在此的朋友王长秀一同前往。

田开喜是我们的老相识了，他在商海拼搏多年，屡创商业神话。前不久，独具商机敏感的他，又看中了跑马岭的开发，前期投资一千余万元，把一座名不见经传的荒山僻野建设得有模有样，亭台楼阁、休闲娱乐设施样样俱全。

跑马岭，原是全国乡镇党委书记榜样吴金印创建的一个山区林场，方圆达一万余亩，三面环山，一面临水。海拔千米的山顶有万亩大草原，以奇石为主要景观，田开喜以此为基础，将这片有山、有水、有林的风水宝地，定位为休闲娱乐旅游胜地。于是多方筹资，一口气建设了万亩草原、白龙湖、天将峰等二十余处自然景观和人文景点。以华山之险、泰山之雄、峨眉之秀、雁荡之幽的特色，吸引着八方游客。

上午 11 时许，田开喜将我们领到一处正在建设中的景点，名曰：孝母池。问起缘故，田开喜娓娓道来一段感天动地的孝道故事。

与跑马岭，隔水相望有座小山村，名叫狮豹头。这里曾有一位山民叫王荣身，出生于 1881 年，从小就过继给伯父为子。当时天道艰难，兵荒马乱，连年灾害，一贫如洗的王荣身长到二十岁也未进过学堂。他虽长得相貌堂堂，但目不识丁，除了憨厚实在，别无所长，因此连个提亲的都没有。养父常常自责，深感内疚，不久撒手人寰。本就清穷的家境更是雪上加霜，年纪轻轻的王荣身不得不早早担负起家庭重担。为人忠厚的王荣身，为了不让养母过分操劳，家里家外一切杂活、农活从不让养母插手，极尽为儿孝道。哪知屋漏偏逢连夜雨，养母不知何故突然双目失明了。王荣身悲痛欲绝，可在母亲面前又不敢有丝毫外露，束手无策的他，找了一个僻静山弯，趁着无人时痛痛快快哭了一场。痛哭发泄完毕，他又强打精神，四处寻医问药，想尽一切办法来为母亲治病。历时半年，用尽了办法，母亲吃下了无数中草药都无济于事。王荣身万般无奈，突发奇想，难道这是老天爷有意在对自己进行磨砺吗？于是，他就见庙烧香，遇神磕头，祷告在天之神灵让母亲双眼早见光明。为了感动苍天，他坚持每天早早在太阳未出之前就面向东方，双膝下跪，身不动，眼不眨，雕像一般，名曰：迎太阳。傍晚，当太阳快要落山时，他又如此，名曰：送太阳。其虔诚的孝行一传十，十传百，感动了方圆百里乡邻。周围村里谁家孩子不遵孝道，就会有人站出来教育说：去学学人家王荣身。

有一天，当王荣身再次走进一座庙宇烧香敬神时，一位面目慈祥的老道士向他走来，他情不自禁地迎面走去拜见，并诉说母亲的病情，老道士微微一笑，给他开了一剂药方，并送他两句话：“精诚所至，金石为开。善恶都有极，至孝总有果。”王荣身欣喜若狂，连连拜谢道长，回去按方抓药，为母亲治眼。服药第二天，极度虚弱的母亲将王荣身叫到身边说：“荣身儿，你虽然不是娘从已出，但胜过了亲儿的孝顺，娘真不好意思再张口，我现在很想吃肉，可我知道咱家连菜汤都已经喝不起了……”王荣身听了心如刀割，紧紧握着母亲的手安慰道：“娘，想吃肉好办，我进山打几只山鸡不就成了吗？”母亲知道荣身在宽慰自己，这生活多年的荒山秃岭哪里有什么山鸡呀。能充饥的山民早吃完了，山民们一年四季吃的是糠麸、树叶，多少天连个油星都没见过了。

王荣身心事重重地离开了母亲，走进山中四处游荡，面对周围空旷的

山野，他无计可施。正当他一筹莫展时，一只肥大的野兔突然跳了出来，他急忙操起一块石头，追了上去，接着他看到在大兔子的后面紧随着一只小兔娃，王荣身心猛地一紧，放慢了脚步：我若打死了大兔子，小兔娃怎么活呀。稍一松劲，野兔母子就从他视野中消失得无影无踪。傍晚时分，王荣身垂头丧气地回到了家里，不敢面对母亲，他悄悄地走进旁边的伙房独自落泪，他多想即刻满足母亲的愿望啊。然而，家徒四壁，身无分文，去哪儿找肉啊。再看看眼前含辛茹苦将自己抚养成人的母亲，又怎能让她老人家失望呀。他咬牙暗下决心，无论如何也要让母亲吃到肉；他还异想天开：也许这是上天的安排，说不准母亲吃了肉，眼疾就会好了呢。

他坐在那儿不知想了多久，慢慢地一个念头闪现在他的大脑，他一下来了精神，急忙在屋内找出一块白布放在身边，又将菜刀磨得飞快，然后闭上眼睛开始默默地祷告：我情愿为娘割肉疗疾，万望刀下无痛苦，万望老娘食后眼睛复明，百病全消……这一祷告使王荣身忘记了时间，天明了，他竟浑然不觉。突然，他觉得眼前一亮，一轮红日从东方升起，王荣身睁开眼，大吃一惊，莫非自己的行为感动了神灵，太阳能在夜晚升起，母亲吃了肉一定能治好眼疾。王荣身拿起磨了多时的菜刀，说时迟那时快，“嚓”的一声，将自己左胸乳下边的肌肉割下了一块，用早准备好的白布将伤口一裹，忍着剧痛，就将胸肉放在案板上，剁一刀，祷告一句：愿神灵保佑我娘早日康复，双眼复明……就这样，王荣身全身不停地颤抖着为母亲做了一碗肉饺子，不知底细的母亲吃了水饺，连连称赞好吃，并舔着嘴唇说：真香呀。双目失明的母亲哪知道这是儿身上的肉呀。王荣身望着母亲满足的神态，双手紧紧地捂着左胸的伤口，脸色苍白地笑了。

也许孝心真的感动了神灵，也许孝心和药物的共同作用产生了惊人的疗效，年已七旬的母亲精神逐日好转，几日后，竟然双目重见光明，高兴得她东摸摸，西看看，并将王荣身喊到身边，摸摸面颊，拍拍肩膀，恍若隔世般地重逢。当母亲看到王荣身的左胸异常，问其究竟，王荣身搪塞说：“是树枝挂了一下。”从未说过谎的王荣身马上又心慌意乱地说：“是车子撞了一下。”深知荣身儿忠厚老实的母亲已猜到，王荣身是在欺骗自己，心里必有难言之隐，于是将族长招来，又将王荣身的生身之父喊来，定要王荣身将事情原委道明，看谁欺负了老实厚道的王荣身。眼看事情要闹大，王荣身浑身冒汗，不知是疼痛还是心虚，他知道事情不好再隐瞒下去了，只好吞吞吐吐地将为母亲割肉疗疾的过程向众人叙述了一遍。还未说完，母亲就晕倒在地，在场的众人早已唏嘘成一片。母亲醒来后，紧紧地搂着王荣身号啕大哭：“荣身儿呀，是娘对不起你呀，我这个老不死的，连畜生都不如，虎毒还不食子呀……”在场的族人们无不深受感动，个个泣不成声。王荣身则连哭带劝地对母亲说：“娘啊，这是儿自愿的，只要能治好您的病，就是让我死也在所不惜。”撕肝裂肺的哭声响彻了乡村，惊动了周边数十个村庄。当乡邻们了解了如此感人的情况后，都纷纷聚到了王荣身家里，人越聚越多，大家情不自禁地与王荣身母子俩一起悲伤流泪……

王荣身割肉疗亲的故事很快传遍了山里山外，并且越传越神，有人说荣身的母亲吃饺子时，有两个火球滚入了老太太的眼中，是太阳神给老太太换了双眼睛；有人说是山神被王荣身的孝心所感动，把庙前石狮子的眼睛赐给了老太太，有好奇的人真的跑到山神庙前，确实发现石狮子的眼睛成了两个大窟窿；还有人说那个道长就是来点化他的神灵的化身；等等。此事很快又传到了州官耳中，州官大喜，庶民还有如此孝道，所属州府定能兴旺发达，于是马上禀报皇上，并兴师动众，特制金匾“至孝通神”，跋山涉水，亲自跑上百里太行，赐予王荣身……

田开喜的一席话，让我们听得心潮澎湃，身为检察长的陈善琳更是双眼含泪，不能自已。我知道陈检是位孝子，来卫辉上任前，曾跪拜双亲发誓，一定干出一番事业，再见双亲。更让人意想不到的是，田开喜话锋一转，搂着站在我身后一言不发的王长秀兄长说：“你们想见他的后人吗？

这就是王荣身的后人长孙，金匾就在他家里悬挂着。”啊！与我相识多年的长秀兄，有如此离奇的家史而我竟不知，愧啊。长秀兄从未在我面前炫耀过他先人的美德，令人钦佩。

聆听着前辈的忠孝美德，望着连绵的群山，瞻古抚今，浮想联翩，心灵在短短的时间内得以洗涤，灵魂得以升华。人需要灵魂，更需要崇高的灵魂；人没有灵魂，就形同行尸走肉，毫无生存的价值。一个民族同样需要灵魂，没有灵魂的民族将会四分五裂。一个国家的兴衰，更需要民族的灵魂来支撑。而中华民族的灵魂又是什么呢？五千年来，在中华大地上，历经了说不清的灾难浩劫、欺凌和宰割，然而中华民族总能浴火重生，依然昂立在世界的东方。这又是为了什么？纵观中华民族五千年的文明史，今天，我仿佛悟出了一个道理，找到了在中华儿女炎黄子孙骨子里所蕴藏的东西——忠孝，它延续了中华民族的优秀文化，凝聚了中华民族的人心。

当今社会，经济在发展，社会在进步，然而，我们的头脑中是否少了点什么？又是否多了些什么？吃着肉，骂着娘，发着牢骚，永不满足，这又是为什么？人与人的关系又有多少古人的那种肝胆相照？先人的传统美德我们又从中继承了多少？我们是否应该不断地扪心自问我们能为社会做点什么？我们是否应该从前辈们的感人事迹中得到启示，振作起精神，打点好行装，莫叫名缰套颈，休让利锁缠身，为把家乡建设得更加美好，也为了自己的诗和远方，扬起我们智慧和勇敢的风帆吧！

别了，顺城关

顺城关，在我的想象中，似乎一直是与江南水乡有着某种瓜葛的。记得儿时每每打城墙上经过，收入眼帘的多是芦花摇曳，鱼鹰浅翔，乌篷出柳，渔舟晚唱，此中之妙，很容易让人生出幻觉来。特别是顺城关的夜色，一天星斗篙撑碎，半湖渔火网拖回，酒歌响起的时候，有半明半暗的灯光透过半开半闭的窗户很写意地洒向湖面，说不出的妩媚与撩人。多年来，这一充满浪漫色彩的印象总在脑子里萦绕，挥之不去。

然而，一旦真的走进顺城关，心却出奇的静了。那是我执行任务第一次踏上这座神秘的小岛，不巧正赶上有雨，我的一件风衣虽厚，却挡不住那份细寒。雨里，想那枕着橹声、睡在水上，曾令无数人魂牵梦绕的小小渔村，总不至于苍老憔悴到这般地步吧？我想我是来晚了，以致使得你如此沧桑，你再也不像是一位面容姣好、体态丰腴的少妇，倒像是一个老态龙钟、步履蹒跚的长者。房屋是破旧的，小巷狭窄而不平，垃圾堆随处可见，河岸边漂浮着杂物。因两面环水，地势低洼，导致室内潮湿，物品霉变，蚊蝇肆虐。除了树是绿的，水是凉的，我真不知道你还剩下些什么？

西门桥，这里曾经是古城卫辉最具人气的地方。其实，要想从从容容地仔细端详顺城关，恐怕也没有比这再好的角度了。凉风拂面，碎雨疏落，水尚寒，却已不瘦，当荡一怀平和气韵立身桥头，再一次将复杂的目光投向顺城关的时候，我的心猛地颤了一下。是的，无论横看竖看，这都是一块地地道道的风水宝地，优越的地理位置加上日后合理的开发规划，

我似乎一下子明白了决策者的高屋建瓴和良苦用心。平心而论，顺城关是无辜的，这里的居民也是通情达理的，甚至可以这样说，对顺城关进行必要的拆迁改造也正满足他们多年的夙愿和去掉堵在胸口的一块心病，他们也巴不得政府能早日将这块风水宝地建成“世外桃源”，派上大的用场，让水城愈加水灵，因为这毕竟是荫泽子孙、造福后代的好事。要怪也只能怪我们自己，不该长期以来遗忘了他们，冷落了他们，几任政府都把顺城关改造当作任期目标，可顺城关人盼来的除了“白高兴”便是“空欢喜”。现在好了。雨中，我长长地吐了口气想：顺城关几代人的心事，如今也该卸了吧？

当初，也许这座城市的决策者们也是在这里认真打量顺城关的，我想一定是。谈笑间大手有力一挥，只寥寥几画，画面陡然活了。有人称这是现实主义的创作方法，也有人说此乃浪漫主义的构思与创意，更有人说这是卫辉历史上一个最了不起的战略构想。这浓墨重彩、画龙点睛的一笔，将赋予我们这座“豫北水城”以全新的主题和灵魂。我想，那一天肯定是顺城关最开心的日子，睡在水上的顺城关一定听到了，她轻微地晃荡了两下，那无疑是兴奋得睡不着觉的顺城关变换了一下姿势。

几天后，当我带着任务再次走进顺城关，这里已是一片废墟了，瓦砾中仅有一些树木仍倔强地挺立着，似乎还在娓娓讲述着有关这条街道的古老传说。据说，顺城关最初形成于明万历年间，在此定居的多为拉来修筑城墙时留下的山西民夫。屈指算来，迄今已有四百多年的历史了。顺城关人多以打鱼摸虾为生，兼做摆渡和屠宰，因而大都性情豪爽，义气冲天。都说诗与酒最近，我看水与酒在先。听老年人讲，酒是水上人家的命根子，顺城关人善饮那是出了名的，凡外人到村里来，总少不了大碗喝酒、大块吃肉，末了还要送几尾鱼带上，拒收便不再做朋友。顺城关人的水性个个了得，“浪里白条”之类的雅号唤在他们身上才名副其实。每逢涨大水，他们便早早地乘着船和筏子出去救人了，经他们救出的人和物不计其数，却硬是听不得半个谢字。那份粗犷，那种豁达，那股剽悍，真是水上人家的骄傲和光荣。更难能可贵的是，顺城关人身上所具备的那种识大体、顾大局的品质，舍老家搬新家、舍小家为大家的风格，在这次拆迁中也得到了印证。

至于顺城关之得名，说法不一。有说卫辉原西关口包括这片横亘的狭长地带与古城墙顺着，看上去相得益彰，故得此名；也有人说居住此地的先人们特别推崇“忠孝”二字，教导后人对朝廷要当顺民，对父母要孝顺，因此而得名；还有另外一种版本是说这里过去人穷，渔民长时间漂泊在外，生活很不稳定，便取风调雨顺之意。由此不难看出，一个“顺”字，究其实，就是祈福天下太平，诸事顺遂，安居乐业，这也代表了民间广大老百姓的一种善良愿望和淳朴民风。

我知道，要不了多久，顺城关人只能到老照片中去怀旧了，昔日小渔村将走向它生命的尽头，取而代之的将是一座美轮美奂的水景公园，那可是卫辉崭新的一张城市名片啊。听说景区明年国庆节前夕就要向游人开放了，到那时，涣涣绿水，映照古城秀姿，十里长堤，斜卧潋潋波影，亭榭微露，曲径通幽；城在水中，水在绿中，绿在景中，景在城中，对此，顺城关应该感到欣慰才是。毕竟船歌还在，水声还在，芦荡还在，一朵浪花不就是一声亲切的呼唤吗？

不知不觉，雨又悄然落下。雨不大，如丝如缕，若思若盼，湿了桥栏，湿了地面，也湿了雨中纷飞的思绪。那就在河岸边留一个念想吧：明年国庆节再来，我们便是故旧了。到那时，以另一种形式新生的顺城关，你又将会告诉我什么呢？

“澡爷”侃天

在卫辉各个公众浴池，都有这样一帮人，天刚蒙蒙亮他们就从四面八方的家中冒出来，甩着胳膊，踢着腿，不紧不慢走进这蒸气熏人甚至有些异味的浴池，拿出自备的毛巾、茶叶，让堂客冲上一壶热茶，泡上一个热水澡，然后赤条条往床上一躺，就又进入另一种飘飘欲仙的境界。喝着茶水，擦着热汗，海阔神聊，纵论天下，本地新闻，外地趣事，荤的素的、好的坏的，无所不及。他们日复一日，年复一年，无论刮风下雨，还是天寒地冻，始终如一，因此自誉为“澡爷”。他们中有离退休干部、职工，也有在职干部、老板，有小商小贩，也有社会闲散无业人员，有突然离开的，也有悄悄加入的，没有告别，也没有申请，自来自走，但他们有一条墨守成规的原则：没有贵贱之分。衣服一脱，一视同仁。看着他们悠闲自得的模样，仿佛一个个都是天下第一，气死神仙，赛过诸葛，澡堂成了他们畅谈天下、自我宣泄的地方。

笔者曾偶遇了一次他们评说市领导的侃天。

“冯志勇是个干家，来卫辉四年了，还真把卫辉建设得有模有样了，要不是他手腕硬，顺城关拆迁、打了多年的卫延边界、天鹅湖的开发、镇国塔游园的建设，特别是山彪石渣厂的强迁，恐怕都弄不成。”“澡爷”甲说。

“听说老冯好批评人，局长、书记们见他都怵一头。汽修厂上访的事找的冯志勇，结果冯志勇过问了两次事都没解决到底，冯志勇把办事的头儿喊来，当众熊他个结结实实，结果低保的事、归口的事没几天都解决了。汽修厂的人都说老冯这人对群众不错。”“澡爷”乙说。

“我见过冯志勇‘微服私访’，他领着老婆，悠着散步到老剧院下坡喝胡辣汤，到下街吃羊肉烩面。吃罢就和周围的老百姓闲聊。听说回去以后，开过好几次会，狠熊局长、书记了。要不咱这小街道的路谁修哩，街上咋会扫恁勤，干净多了。”“澡爷”丙说。

“我在政界干了多年，我接触了很多领导，但我认为冯志勇这个人不滑，丁是丁卯是卯，很实在。前几天还听到一个消息，卫辉财政收入今年达到一点二亿，这可是一个突破性的发展，这关键是得抓工业，卫辉胜也工业，败也工业，冯书记还是很有眼光的。”“澡爷”丁说。

“卫辉有钱就好办事了，听说顺城关拆迁是土地局程献民拿的钱，把顺城关好好建设建设，这可是卫辉老百姓盼望多年的事，要把里面再开发成商品房就瞎了，老百姓不夸不说，肯定还会骂这些当官的鼠目寸光。”“澡爷”丙说。

“现在当官的也都不傻，牵涉到老百姓的事，也不敢乱来，听说新来的市长对一些不考虑群众利益的开发商，不管有多大政治背景，他都不软不硬地顶那儿了。”“澡爷”乙说。

“才来这个杜新军也中呀，很讲原则，开了几次会，都是提前到。有一次一个局长来迟了，还喝了点酒，杜新军当场把他赶了出去。看他戴个眼镜斯斯文文的，还真有点脾气。”“澡爷”丁说。

“冯志勇脾气怪，两个人别再搞成翻脸门神，咱卫辉可就又砸锅了。咱卫辉这几年吃这亏大了，领导不团结，闹得下面人心不稳，经济倒退，上访告状的成堆，跟这都有关系。”“澡爷”乙说。

“目前，两人看来关系还不错，听说是老关系了，杜新军处世不张扬，通过前段调干部就可以看出，他们高度一致，调了几百名科局级干部，上访告状的很少很少，这是卫辉多年来少见的事。另外，卫辉四大班子调整之后，人心都很稳定，过去传言这个不团结，那个对谁有意见，现在一点也听不到了。”“澡爷”丁说。

“这就谢天谢地了，只要领导团结了，能扎扎实实干几年，卫辉肯定有大变化，卫辉的文化底蕴、经济基础、市民的城市意识，都是不错的，只要有个好领导，不再像过去走马灯似的换，卫辉肯定会在四区八县‘牛’起来。”“澡爷”甲说。

“听财政局的说，这个杜新军到卫辉后，首先操的是工资的心，找他批个钱难得很，刚左挤右扣弄够了公务员过渡的工资，然后对财政局长下了死命令，再穷再难，就是天王老子也不能动这工资钱。今年要把 2002 年以来的欠账全部补清。”“澡爷”丁说。

“听说来的这帮领导都还年轻，有乡党委书记上来的，还有博士生，都想干点事，无论谁管的口，都还真坐不住，下乡、下厂，到街上来回转，检查卫生，还真不像摆花架子。但就怕时间不长又走了。”“澡爷”乙说。

“不管咋说，咱老百姓就是老百姓，遇到好当官的，就是咱们的福气；遇到败家子，咱也没本事动他，只有跟着受罪倒霉。谢天谢地，这帮当官的，能给卫辉人干点实事，千万别瞎折腾。哎，现在当官的和老百姓沟通太少了，有机会找老冯喷喷。走吧，该喝胡辣汤了……”

此刻，太阳早飞出了地平面。

猪槽船划进“女儿国”

有一年的6月中旬，我到云南丽江参加全国公安宣传会议。会议期间，我们到中国最后一个以母亲为纽带的原始部落女儿国——摩梭族考察。

6月21日一大早，车队从丽江宾馆出发，路上，导游向大家介绍了摩梭族的概况：摩梭族主要分布在海拔两千八百米的丽江地区宁蒗县泸沽湖四周，距丽江三百余公里。摩梭族总人口三万余，摩梭人十分勤劳善良，有着两千四百多年历史。家庭组合以母亲为纽带实行走婚制，整个民族十分尊重老人。母亲处于家中至尊地位，家庭成员由姥姥、母亲、舅舅、大妈（姨娘）、哥哥、姐姐等组成，没有父亲、叔叔，一般家庭人口都在二十多人。女孩十三岁、男孩十五岁就要举行成年礼仪式，即可以走婚。走婚方式就是男方在夜深人静时，一般都是午夜之后，悄悄赶到女方家，凌晨时分在女方家人都还没有起床时匆匆离去。女方称男方为阿注，男方称女方为阿夏。走婚所生孩子由母亲或母亲家中的舅舅、大妈、二妈养育成人，父亲没有养育义务，只是在其生日等大的事件中出现一下，送一些礼品。孩子称呼父亲为舅舅，感情一般，远没有与真正的舅舅感情深厚。当孩子到了走婚的年龄后，母亲要对孩子讲父亲是谁以及同父异母的姐妹是谁等，以防近亲走婚。因此，摩梭族人呆、痴、傻儿很少很少。

女人在摩梭族中占据着家庭主导地位，农田劳动和家务活全由女人一手操持，男人只是配角，只在农活十分繁忙时动一下手，平时在家看看孩子、打打猎等。

导游小姐的精彩介绍，竟让我们一车人忘记了山路的崎岖和遥远。不觉已到下午 4 时余，我们到达了摩梭人的居住地——泸沽湖旁边的摩梭山庄。十余名摩梭姑娘身着民族服装，唱着动听的山歌，站在摩梭山庄门口，欢迎我们的到来。由于导游小姐的一路介绍，我们不自觉地用一种新奇的目光看着这些个个脸上泛着红光的摩梭族姑娘，总想找出一些与众不同的地方。

晚饭是一顿摩梭族口味的当地特色饭菜，与我们中原差别不大，只是辣椒多些。刚吃过饭，就见几位摩梭族小伙子抱柴在院中架起了柴堆。原来，摩梭人要用篝火和载歌载舞来欢迎我们这些远方的客人。夜幕刚刚降临，柴堆就被点燃，二十几位摩梭族姑娘和小伙子开始围着火堆跳起了民族舞蹈，同时，以嘹亮歌喉唱起了山歌，热烈的歌舞、浓郁的民族特色让我们这些北方汉子大开眼界。同行的郑州交警支队老彭，兴奋地一改貌似憨厚的常态拉住一位摩梭族姑娘，不顾众人嬉笑，逗人地问道："我们可以与摩梭族人走婚吗?"摩梭族姑娘爽快地答道："可以呀!"并介绍说："你只要相中哪位姑娘，你就可以和她对山歌，手拉手跳舞。在跳舞时，你用食指在她手心挖一下，她如果没用同样的方法对你，那就没戏了。如果她也挖了一下你的手心，那么就大功告成了，你就可以悄悄商量走婚了。"听了摩梭族姑娘的介绍，有人就打趣地对老彭说："彭哥，你就大胆地走一次吧。"老彭却说道："不行啊！党纪政纪不允许呀。"众人听了，哈哈大笑起来。

第二天，天刚亮，我们河南的几位同志就早早起床，走出门外，尽情呼吸这没有丝毫污染、清新富氧的空气。放眼望去，四处丛山峻岭，郁郁葱葱；白云缠绕着山头，不知名的鸟儿鸣着动听的嗓音四处飞翔……我们这些生长在中原的汉子完全陶醉在这原始的秀美之中。

今天的日程是游泸沽湖家访摩梭族，大家兴奋无比，一个个争先恐后地沿着一条通向湖边的小路鱼贯而下。还没到达湖边，就看到十余条十米

长、一米宽的猪槽船和三十名摩梭族男女在湖边等候。我们河南的几位同志，一起上了一只比较新的猪槽船，坐在了摩梭族人特意放在上面的小凳子上。没有经验的我们，弄得小船左右极度摇摆，大家一阵惊呼，晃悠悠的小船将湖面荡起了阵阵涟漪，湖面上漂浮的白色珍珠花也随之摇头晃脑，很有些诗情画意。我们稳定之后，我开始观察到，每只船上都配有两名摩梭族划船人和一名摩梭族导游姑娘，并且每条船只允许上十人左右。人员上齐后，小船离开了湖边，摩梭族姑娘就开始热情讲解。

泸沽湖是摩梭族人的母亲湖，三万摩梭族人就散在泸沽湖四周。在这海拔近三千米的泸沽湖，有一个美丽的传说：在泸沽湖边的狮子山上，曾住有一位美丽的女神，一天天上有位男神来这里走婚，两人情投意合，难舍难分，但男神必须天亮前离去，否则将不能升天。在即将天亮时，男神不得不万般不舍地离开了女神，一路骑马飞奔，而女神同样意深情浓地望着男神远去的背影，心酸万分。就在飞驰的骏马将要翻过一座山头时，男神情不自禁地一把拉住了马头，回头张望将要消失的女神，而拼命飞奔的千里马根本没有想到要停下，一个马失前蹄，重重地踏下了一个深坑，男神与马险些摔倒。女神目睹到男神的一切，不觉伤心得泪流满面，泪水流进了深坑，从而形成了当今的泸沽湖。

如泣如诉的爱情之歌，让我们陶醉其中。出于职业习惯，我问摩梭族的社会治安怎样，导游说："摩梭族人十分善良，基本没有打架斗殴的现象，可以说在摩梭族人居住的地方都是夜不闭户，路不拾遗，强奸、抢劫、杀人案件，在这里根本没有发生过。我们摩梭族人尊老爱幼，因为特别的婚配家庭，家里没有婆媳关系，也没有妯娌关系、弟兄财产分割等矛盾因素的存在，减少了很多人为的矛盾纠纷。家里又有母亲一手管理，所以都能和睦相处。"南阳的老李禁不住调侃道："时间太紧了，否则我们要好好调研调研，来写一篇摩梭族人婚姻与社会治安稳定的调查报告，让全世界来借鉴一下这里的典型经验。"引得大家开怀大笑。

这时，老彭突然发现划船的摩梭族小伙子长相与众不同，蓝蓝的眼睛，高高的鼻梁，一副欧洲人的模样，就悄声提醒大家注意。导游看到大家的惊奇，笑着说道：“他的名字叫络若次尔，今年二十一岁，他是一名法国人与一位摩梭族姑娘走婚的爱情结晶。”听导游毫不避讳的介绍，小伙子憨厚地点了点头，向大家示意。老彭问道：“小伙子，你怎么不去找你爸爸呢？”小伙子说：“妈妈不让去，但我经常与爸爸通电话。”有人开玩笑说：“你就偷偷去嘛！”小伙子摇摇头说：“不行，妈妈说不让去，就不能去，必须听妈妈的。”有人又问导游：“你们不歧视他吧？”导游说：“不会的，我们摩梭族人婚姻是以感情为基础的，只要有感情，我们就走婚。感情破裂了我们就友好地分手，两人都再走婚。我们走婚，从不考虑财产、地位，只看重感情。”望着清澈的湖水，有人说道：“摩梭族人一定都会游泳。”导游说：“对，我们摩梭族人还有一个习惯就是男女老少裸身同浴。我们这里有处温泉，每年我们都会去裸浴。有一次，一位省领导来我们这里考察看到了我们裸浴，他说这样不好，有伤风雅，回去后就给我们拨来一笔款，建起了一座男女分开的浴池。有人说，这是文明的开始……随着我们对外开放和旅游业的发展，外面的世界对我们摩梭人影响太大了，我们一些摩梭人的思想也有了变化。一会儿我们就在落水村上岸，这里的人变化都很大。”

我听了摩梭族导游的介绍，原本很好的心情渐渐有些发沉。当船靠岸后，看到一些摩梭族人将烤好的鲜鱼很廉价地出售，本应激动的我，心里怎么也激动不起来。望着湖边散落的塑料袋子，看着烤鱼人讨好的微笑，我在想，摩梭族人的旅游业还是否需要进一步开发？原本纯洁无瑕的原始环境被外来物慢慢污染了，摩梭族人的思想也在变化，熊掌与鱼，为什么不能同得？我们现在整个社会不也是如此吗？

一曲挽歌祈献民

献民兄，你身体不好，医生让你停止一切活动卧床休息，你却憋着一股劲去拼命工作，自信病魔不会对你无情下手，结果英年早逝，这是不可逆转的人生悲剧啊！交往多年的我，明白你是在以一种宁伤身体、不辱人格的状态艰难行走。对此，我早想写点东西，但有许多顾虑：一怕把握不好兄长的个性特点，而写不透彻，写不鲜活；二怕弟兄俩这么好，会让他人感到有吹捧之嫌疑。今天，面对兄长匆匆而去的冷酷现实，我还是拿起笔来，想以此文祝愿兄长一路走好，祈祷你来世还会成为一位英杰。

献民兄，算来我们的相识已三十年有余。第一次见你是 20 世纪 70 年代，是在邻居张哥的院内，好像你们是什么亲戚。当时我正上初中，年长我六岁的你应该是 1957 年出生，已参加工作，正是风华正茂的年华，穿着当时流行的喇叭裤，英俊潇洒。张哥说你会武术，单指能将瓷碗打烂，你当即打了一个漩子，接着对一土墙打了几拳，其轻松的样子和力度给我留下很深的印象。从此，我知道了你叫程献民，是从濮阳清丰县来。

有了第一次接触之后，在此后的岁月里，也就开始留意你，因此，就关注了兄长很多趣闻逸事，但见面很少。好多人都说你很义气、豪爽，说你口袋里总是装两种烟，一种好的，一种差的，好的让给别人，差的自己抽，并且走在街上见了熟人就让烟。日复一日，年复一年，数十年如一日，人们送你一雅号“礼貌先生”。这一看似简单平常的礼数，持之以恒地做下去容易吗？细微之处显真功啊。你从干小木匠开始，到煤矿工人、搬运工人，到保卫科科长、房产局副局长，再到土地局局长，单枪匹马，一路走来。我认为你礼孝天下的文化底蕴和道德品位，应该起着关键的作用。

第二次见面，是20世纪80年代，人们都对经商做买卖还冷眼相看的时候，你却在火车站开了一家名曰“交通饭庄”的饭店，色香味很好，品种齐全，价格低廉，服务到位。在当时举国改革开放的初期，个体饭店是对国有饮食行业的一个很大的冲击，好多人慕名而去，你的生意红火到极点，我想你的第一桶金应该是那个时候淘的。因为当时局长一级才能坐上的“北京四门”，你那时已经能坐着四处风光了。兄长的名气，饭菜的诱惑，使刚参加工作不久的我，终于有一天邀了几个哥们，拿上二十多元的工资，下了兄长的馆子。这在当时是一种奢侈呀，因为那时候还是逢年过节才能吃上一顿肉的年代。正当我们酒足饭饱，抹着油嘴要结账时，兄长出现了，不让结账，并且拉着我们不让走，接着又是一顿海吃海喝，那份情谊，那种义气，让我们几个小弟见识了兄长的形象，切切实实感受到了兄弟般的情分。

到了20世纪90年代初，那是第三次接触，兄长已是国土局监察大队大队长了。你带领一干人马东跑西征，硬是将人们都还没有土地管理概念的局面一举扭转过来，使卫辉的土地管理步入了有序运作的良性循环，社会知名度也由此逐渐显露出来。我当时在宣传部工作，为此，还写了一篇报道，刊登在《农民日报》上。那时人都比较单纯，又是血气方刚的年龄，与献民兄见了面不必多言，就是喝酒，只喝得昏天暗地，不认家门。激动时放声高歌，郁闷时抱头痛哭，情绪不遮不掩，爱恨分明。那种豪气，那种男人味的碰撞，只有在那个年代，那个年龄段显现。通过这次接触，我对兄长又有了新的认识，你思维敏捷，善于总结，口齿伶俐，出口成章。你常说：大千世界，人海茫茫，相识都是缘分，弟兄们工作在不同的岗位，发挥着不同的职能，无形中形成了一张网络，上下贯通，相互联动，互相帮助，这才是朋友。同时，要经常警示自己：如果没有组织的培养，没有伯乐的举荐，自己就像埋在沙子里的一颗珍珠，永远放不出光芒。因此，要永远谦虚，懂得感恩。献民兄一席富有哲理的话让我刻骨铭心，终身受益。

朋友是彼此之间碰撞、磨合出来的，见一面就成为朋友，那是很肤浅的，只有经得起岁月的摔打考验，最终不弃不舍才能称为朋友。漫漫岁月里与献民兄相处是断断续续的，但每次见面都有种从心里亲近的感觉，总有说不完的话，道不完的情，人生、社会、历史、古今中外无所不谈，没有顾虑，直抒胸臆。脑海中因此留下了许多美好的场景和回忆。只有一件事，偶有想起，我都会自责半天。

有一次，在任毅老兄处聚会，年轻气盛的我在众兄长面前有些言语放肆，一向和善的献民兄突然小眼一瞪，透出一股杀气，言辞激烈地指责起我。酒酣脑热、血气正旺的我，手扶啤酒瓶“腾”地站了起来，本来热热闹闹的场面，瞬间充满了火药味。这时，献民兄却又不急不躁地站了起来说道：“贤弟休怒，坐下说。”此刻是兄长的大度化解了一场令亲者痛、仇者快的事件。事后，多次懊悔自己的鲁莽、不理性，如果不是兄长忍让和包容，自己将会造成不堪设想的后果，多年的兄弟情将会留下永远的阴影。那一夜，我们谈了很多很多，兄长还道歉说言辞不当。兄长其实是担心我走不必要的弯路，多好的兄长啊，我险些错怪。通过这件事，我明白处事要悠着点儿，火气旺是要伤“身体”的。

从此，我们再没有红过一次脸，彼此之间更能心领神会，一段时间不见都会不自觉地打个电话问候一下。有几次几乎都是同时拿起话筒，这也许是心灵感应。特别是献民兄当了国土局局长后，更是联系频繁，兄长问我最多的一句话就是：最近，社会上对我有啥反映吗？我知道你很内敛，在静心修炼自己，修炼自己的班子和团队。你想以更多的付出换取社会各界对你的认可，你太要强好胜了。年轻时你是个从不言败的人，踏入了政界，你同样以这种心态打造自己的阵营。你身患糖尿病，知情人都知道病情很重，单腿都不能站立了，但你还时不时地在众人面前练一下“铁板桥”，展示你的功夫。读懂你的人都知道你不想在众人面前示弱，你是一个有斗志的人。要不是这一信念支撑你，卫州路打通前，在面对乱石如雨、刀棍交加的混乱场面时，你的身体是不允许你一马当先的。虽然受了伤，但道路顺利打通了，你躺在病床上心里很宽慰，没有丝毫怨言痛苦。卫辉人民走在这条路上不会忘记，这里有你的血汗。

顺城关拆迁，这是卫辉几代人的梦想。当市委、市政府顺应民意大胆决策，准备打造卫辉这一水景公园，提高城市品位，你又挑起了这一重担。拆迁可称天下第一难。没有利害关系时，道理大家都明白，但当遇到自己利益受损时，不少清楚人都变糊涂了，甚至成了难缠的人。你跑了多少路，亲近的人知道。那时你的腿一按一个坑，半天起不来，脚一年四季都冰凉，嫂子常常帮你脱下袜子，将双脚抱在怀里为你暖脚，一暖就是多时。你做了多少工作，说了多少话，发不出声的嗓音说明了一切。你还时不时拉上我站在城墙上，隔河面对着顺城关，畅谈你的诸多设想。有一次，我猛然看到你愣在那里，双眼含满了泪水，半天无语，我知道你发愁了，拆迁陷入了困境，你虽然想尽一切办法，为赶建设进度，边拆边建，但建比拆快呀，向市领导立下军令状的你不想食言。但有多少人知道，你已经病入膏肓？所以当你提出“兄弟，助兄一臂之力吧!”我毫不犹豫地答应下来，带着兄弟们不分昼夜地干。这是从心底里愿意去干，不论刮风下雨，不论炎热寒冬，同志们没有一个叫苦叫累。老侯、老韩带病工作，累倒在工作岗位，老侯动了手术第三天就又来到拆迁现场；老韩喉咙发不出声音就买了几盒冰片粉，吃一口又继续工作。面对弟兄们忘我的工作，你很过意不去，又是买烟，又是送水，仿佛同志们在给自己家干活，可大家都领情了，你老程也不是给自己干的呀！都是为了卫辉市的将来和父老乡亲啊！没人提条件，更没人有怨言，千辛万苦，万苦千辛，拆迁终于完成了。然而，凝聚着你和众多领导心血的建设蓝图，却成为你永生的遗憾。放心吧，献民兄，弟兄们一定会尽心完成你的遗愿，将顺城关建设成一个如画般的水上乐园！

献民兄，在我的记忆中，我只见过你一次彻底的沮丧。一天下午，你给我打来电话，声音沉重地问我："晚上有时间吗？想聊会儿。"我马上明白你一定有事了，并且不是一般的小事。见了面，你告诉我，因为心情不好，顶撞了市领导。听了来龙去脉，我也是生平第一次批评了老兄不该如此意气用事，并让你尽快与领导沟通，承认自己的错误。你最后问我，是不是身体的原因，最近动不动就爱发火。我告诉你，尽管事出有因，但此事造成的影响是很坏的，一定要从主观上认识错误。时隔不长，老兄又给我打来电话告诉我，领导就是领导，宽容大度，还安慰自己注意身体，没有任何怪罪。你表示今后再不犯这样低级的错误了。

有一段时间，我不时听到社会上对土地局个别现象的非议，共性的就是纪律作风、工作效率方面的问题。我马上反馈给你，没想到，没过几天你就将全局同志集中起来，进行拓展训练，开展纪律作风整顿活动。你日夜陪伴在同志们的周围，一起学习，一起生活，一起查找工作中存在的问题，我知道老兄你的良苦用心，你是在用生命的代价来换取社会对你的肯定。

有一次，你通知我参加土地管理方面的会，因我在新乡开会，没能参加。当我回来后，听说市领导第一次参加这个会就严厉批评了你，我怕你有压力，就给你打电话，你告诉我正想找我。我们聊了很多，出乎意料的是，你没有丝毫的怨言和恼意，并且真诚地告诉我："抱怨别人的人，等于自己不理解自己，领导是好意，没有治人之意，我明白领导的良苦用心，我会把领导交办的事做好。"我放心了，体会到兄长在人生的感悟上又上了一个台阶。事后，我知道在你临终前这几个月里，尽管病魔缠身，但你仍带领着自己的团队，认认真真落实市领导的要求，并且已取得决定性的胜利，大功告成只是时间问题了。

我不会忘记2009年11月3日这一天，清晨我刚吃过饭，正准备与市领导下乡，突然接到朋友电话：速来献民家，医生正在家抢救献民老兄。我急忙向领导请了假，直奔老兄家。经常闭着的大门此刻敞开着，一丝不祥之念闪现心头，接着听到嫂子的哭喊声，我疾步闯进屋内，朋友告诉我你已经不行了，我不敢相信，三步并作两步跑上了楼，进入卧室，映入眼帘的是你安详地平躺在被窝里，我急忙上前握住你的手，暖暖的、软软的，没有一丝已经离去的感觉，我急呼献民兄献民兄……你却没丝毫反应。我不相信这残酷的现实，急问站在旁边痛哭的孩子是什么情况，他告诉我，市医院的医生刚才抢救了半个小时。我再次抚摸献民兄肩膀、身体，还是温暖的，绝没有已经死去的感觉。我不相信献民兄真的走了，我连忙通知在卫辉境内、豫北最好的心血管方面的专家张永春教授，他是我的高中同桌。永春接到电话，连外衣都没穿，打的火速赶来，他和献民兄也是好朋友。然而，永春在急速听了献民兄心脏之后，连连摇头，我止不住眼泪哗哗流了下来。献民兄，我的好兄长，你真的走了？

此刻，令人想不到的是房间里突然连续发出沉闷的响声，在我们不得其因时，突然看到地面的地板砖一块块都自动鼓了起来。或许是因为苍天有灵，兄的逝去惊天地、泣鬼神，万物都在为你祈祷。

献民兄，你的逝去让多少人动容！在第一时间，当人们听说你离去时，数百人集聚到你的面前痛哭呼喊。老领导来了，部下来了，同事来了，朋友来了，老乡来了，你交的方方面面的朋友和社会各界人士都自发地来了，都在呼唤你，盼你重生。然而这一切都成过去，变为历史，成为永远的不可能。历史的回忆永远定格在你棱角分明的国字脸上。一双小眼睛炯炯有神，嘴唇上修饰有度的黑胡须，还有你的身着不俗，礼仪待人，都让人过目不忘，这就是你程献民刻在人们脑海中的形象。

你的离去，让卫辉所有的花店重新进货，连夜加班工作；你的离去，成为卫辉人议论的焦点，众多的人都在叹息中流泪；你的离去，自发前来的人群将你家门堵严，道路堵塞，至深夜还有众多的人不愿离去，在痛哭、在诉说、在留恋……

献民兄值了，这就是你的人生价值，这就是人们对你的评说。安息吧献民兄，九泉之下好人自有好报！

结巴老雍

他开口爱自称老雍，因他头发稀疏，浓眉大眼，看面相总比实际年龄大。他三十多岁时，就有人在身后喊过他老大爷，因此，自称老雍成了他多年的习惯。如果提起结巴老雍，知者则更多，人们马上会想起，不就是为说一句话常常急得面红耳赤，当过卫辉市多个局局长的雍家华吗?

雍家华在卫辉也算个人物，从小喜动不喜静的他，性格张扬，酒桌上一坐，总爱发号施令，结结巴巴说个不停，越是说不清，越想说清楚，常常闹得大伙哄堂大笑。见了投缘的哥们更是豪气冲天。激情来了，不论人多人少都会双手一背，声情并茂，口齿十分伶俐地朗诵上一段毛泽东主席的《沁园春・雪》，让人听了拍手叫绝。也只有这时，他才不结巴。

酒量小的朋友一听说要和老雍喝酒，不是逃就是跑，还真吓退了不少人。有一次，因他口腔发炎，腮帮子肿得像嘴里含个鸡蛋。饭局上有人让他喝酒，他像个大姑娘，只摇头不说话。有人将他：“老雍，老雍，你也有熊的时候呀!”说者话刚完，这边就见老雍一手捂着腮帮子，一手抓着酒瓶，早把一个茶杯倒得向外流，拿起桌上喝饮料的一个吸管，歪着嘴，皱着眉头，一口气将满满一茶杯酒吸了个干干净净。战局不言而明，一下又喝翻了一圈。

单看这形象，老雍仿佛是个四肢发达头脑简单的粗人，实则他是个文人，从市政府秘书科长干起，到地矿局长、物资局长、文化局长等，经历了多个工作岗位，干什么就专心投入什么。同时，因他喜欢文艺，屡登舞台，无论在学生时代，还是在不同工作岗位，他都曾以气宇轩昂的神态站在万人注目的大舞台上，以一段气魄宏大的诗朗诵，震撼过无数人的热血情怀。为此，其形象在卫辉不少人脑海中，都留下深刻印象：一位典型标准的文学青年。让人费解的是，在舞台上，无论是主持节目，还是诗朗诵，或唱歌，他老雍都一点也不结巴，然而，在生活中他说话却结巴得让听者都为他着急。这就是老雍的一大特点。

老雍日常不爱坐慢车，无论干什么总是风风火火，激情饱满，一副所向披靡、天下无敌的劲头，仿佛见了老虎也敢蹦一蹦。其实，那只是一个方面，他也有像绵羊的时候。我国当代诗人王绶青，每次来到家乡卫辉，老雍这时就成了典型的小雍，跑前跑后，提茶端饭，说个话都看着老诗人的脸色，全没了平时的牛气。原来诗人王绶青是老雍从小就崇拜的恩师，三十多年来，唯有此刻老雍才表现得温顺乖巧，不敢有丝毫的言行越轨。对此，老雍深情地说道："恩师比父，当以终身相报。"

老雍还有一位十分敬重的人物，他无论在什么单位工作，条件好与坏，在布置自己的办公室时，他都会在办公室正中央悬挂我们敬爱的领袖毛泽东主席画像。在他卧室的墙壁上则挂的是对他个人褒扬的一些锦旗。在其座位正前方，挂着他随时可以看到的座右铭：天天看着自己，时时对照自己。戒：懒、慢、推、虚、霸、傲、躁、怯、空、贪。问其为何这样安排布置自己的办公室，他说："这里面暗示着许多道理，人要有自己追求的理想和方向，并经常激励自己，不能忘本，吃人民的，喝人民的，不为人民办事不行。"难怪，他在当地矿局长时，尽管只有一年多的任职时间，却将一个人心涣散、工作瘫痪的单位治理得井井有条，并与七十多名干部职工结下兄弟般的情谊。因此在他离别时，只有几分钟的欢送词，却因主持者哽咽不止念了近三十分钟，并且全体同志从头到尾哭泣了三十分钟。

老雍有句口头禅："男人就要有骨气，没有困难干事，那不叫干事；

没有困难创造困难去干事，那才叫干事，那才叫男人。”

他做文化局长时，这本是一个工作相对单一的闲职，他却屁股坐不住马鞍桥，自己上蹿下跳，让这个搭桥，让那个联姻，硬是在一平地上建造出卫辉的一座文化娱乐大楼。因此，在一次传统菩萨生日的庙会上，竟有几位老太太祈祷祝福的不是菩萨和自己的亲人，而是素不相识的老雍。祈福他一生平平安安，感谢他不辞辛苦、白手起家，为老年人和青少年提供了一个活动场所。斗转星移，他转眼又当上了广播电视局局长。上任伊始，他手中没有一分钱，但却口中喊着豪言壮语，以精神胜利的姿态，还真像变戏法一样，带领全局上下投资三百多万元，在一片空地上建成了一座占地近千平方米，设施齐全、条件一流，豫北地区县级第一的演播大厅。并且，短短三个月完成，速度之快，质量之高，如不亲眼所见，绝不会相信就是这位结结巴巴的老雍说了几句大话，最终却将空话变为现实。这就是老雍的杰作。当领导和周围的同志都还在探其奥妙的时候，他又出奇招，不声不响地筹资建成了一座新乡市一流的播音厅……

这就是老雍，这就是结结巴巴，有时说话“带把儿”的老雍，这就是有血有肉，从政多年，却对自己从没有任何掩饰的老雍。老雍，干吧！家乡的父老乡亲需要像你这样的干将，在他们的心中永远不会忘记为卫辉做过贡献的每一位奉献者，群众永远拥护的都是能有所作为、苦干实干的领导。

传奇宝宝

周末闲暇，同学相邀，说卫辉新开一小饭店，生意出奇地火爆，让我去感受一下。我听了颇不以为意。一年来，大力反腐的政治环境，使多少星级饭店不是倒闭就是转行，或为生存不得不降档降价；如此不看好的背景，还有人逆势而上，并且生意红火，难道真有什么“魔法”？带着疑虑，随同学走进市区西部一座城中村。在一座很不起眼的民宅前停步，让人眼前一亮的是门庭上那副醒目对联：“小葱豆腐一清二白，萝卜韭菜长治久安。”横批：“四菜一汤。”走进院落，没有特别之处，就是一座干干净净的农家小院。踏进房门顿觉与众不同，整个装饰没有奢华之气，却能感到十分用心。墙面的灰砖白缝十分逼真，点缀的小画都是民间艺术精品。洁净的长茶几上，一溜放着两个将军罐和帽筒，仔细端详，地地道道清朝时期的青花瓷。打开一个将军罐，里面结结实实闷着一罐豆瓣酱，这让我十分惊讶。老板大脑进水了？如此珍贵的文物饰品，竟这么贱用。老板什么身价呀？

疑惑之际，朋友领来一位年轻人，我定睛一看，这不是宝宝吗？朋友说：“这就是老板。”我没有任何怀疑地一笑。宝宝当老板，这是早晚的事，我多年前就坚信。我对他的能力十分认可，他是一个很有思想的人，特别是对餐饮文化的研究，年龄不大但造诣颇深，卫辉目前有名气的几家饭店无不与他有关。尽管如此，在当今餐饮行业大气候这么个低迷阶段，再出此招，不能不让人担心。

老朋友相见，寒暄简单但热烈。我们几位落座后，菜很快就上来了。我一看都是卫辉极普通的菜，但经他之手后都变了花样，精心细做，味道不知何故也鲜美许多，加上他动人的介绍，不觉胃口大开。朋友告诉我，这里没有菜单，每天变化不一，价格很便宜，都是宝宝根据时令当天见什么新鲜就随心采购。也没招服务员，自己和爱人，甚至炊事员，谁能腾出手谁就端菜打杂，结账时客人随意给，人情味很浓。每天五张餐桌顿顿爆满，常常在小院里、走廊下还要加桌，生意特好。

我认识宝宝是他刚学走步时，他父亲宋福刚是我的老师，经常领着他在校园里玩耍。而对宝宝产生印象，则是在他成年之后。宝宝中等身高，腰杆挺拔，面相阳光，精、气、神俱有，稍瘦的脸庞上架着一副眼镜。他思维敏捷，也很睿智，一门心思想把中国的一些传统菜系挖掘出来并打造成自己的特色。数年未见，陡增了不少未知数。见他稍有间歇，我就问他，茶几上的老物件从何而来。他笑笑说："这是我爷爷从上海带来的，这些物件在我家再普通不过了。""你说什么?"我有些吃惊。他接着说道："说这些，你们可别说我吹牛，我今天托家底地讲一下。我爷爷的爷爷在清朝做过大官，当时民脂民膏搜刮得不少，奇珍、古玩家中随处堆放。家富人丁却不旺，爷爷的爷爷，就是我的祖太爷，婚后多年一直无后，四处寻医问诊，终无效果。一天，愁眉不展的祖太爷偶遇一位道人，此人长得童颜鹤发，气度非凡。祖太爷就上前讨教，道士告诉他恶有恶报，善有善终，他如果想求一子，必须广善施财，救济穷人，方可单传有后。祖太爷恍然大悟，人世间凡事都有因果关系呀！他就依道士所言，拿出家中钱财广舍穷人，尽做善事，不久，我祖太奶就怀上了我太爷爷。不管此事是必然还是偶然，时至今日，我家还是代代单传。我太爷爷并不知父辈苟且之事，反受其乐善好施的影响，自幼侠胆仗义，广交天下朋友，上海滩青帮三十六人的开帮元老中，他是其中之一。爷爷同样乐善好施被杜月笙尊称师叔。后来，我家逐渐破落，但还是视钱财如粪土。都说这些破玩意是传家之宝，我感觉就是生活中的一件器物呗！”

宝宝的一番介绍，让我有些惊讶，我没有想到单纯、阳光的宝宝，还有这样复杂的家庭背景。忽然，我产生出刨根问底的冲动。于是我连续两个晚上与宝宝畅谈至深夜，由此翻开了宝宝传奇的一页。

宝宝只是他的乳名，其父宋福刚原籍上海，当年为上海华东师范大学学生会主席，因一泡尿成了“右派”。20 世纪 50 年代末，下放卫辉，当起“臭老九”，后平反昭雪官至卫辉市政协副主席。四十四岁才娶得一妻，1977 年宝宝诞生，夫妻俩中年得子，对儿子是含在口中怕化，拿在手中怕摔，宠爱有加。在宝宝的印象中，他自小穿皮鞋加西装，每天饭来张口，衣来伸手，过着要什么有什么的生活。疼爱归疼爱，有一件事，宝宝记忆深刻，并终身受益。他刚懂事，父亲就要求他每花一笔钱，哪怕是一块钱，都要写下欠条。多少年之后，他才理解了父亲的良苦用心，使他懂得感恩，懂得理财，欠别人的钱终究要还，一分钱也是来之不易！

宝宝的学习平平。日常，他喜欢各类书刊，无书不读，唯独不愿看课本。因此，只考上了河南省财经学院经济管理大专班。大学毕业后，父亲秉承传统观念，盐业自古走官道，要他到盐业局工作。

从此，宝宝开始经历人生的坎坎坷坷和磨难。

宝宝虽进入了盐业局工作，干的活却是在盐库搬运盐，从小娇生惯养的他哪受过这样的苦，没出三天，手都被磨烂了，经汗水和盐一浸，疼得他龇牙咧嘴。然而，宝宝在骨子里有先天的定力，并坚守自己的信念，吃得苦中苦，方为人上人，干什么都要干得最好。年纪轻轻的他，没喊一声疼，没叫一声苦。由于他的勤快、肯干，三个月之后就被领导调到身边工作。受到领导赏识的宝宝，对工作更加认真，每天清早 7 时许，总是第一个到单位打扫卫生，从局办公室到局长办公室，从台面到房间死角都被他收拾得干干净净，局长曾开玩笑地说：“小宋就是能干，他打扫的地面，用餐巾纸都擦不出灰尘。”不久，他被提拔为办公室副主任，可谓年少得志。仕途青云直上，却没有扼杀掉他天性中不安分的基因，不止一次，他萌生出做点生意的念头。至于做什么他早想好了，他牢记着一句俗语：生意做遍，不如开饭店。平时他就喜欢美食，更喜欢亲手做，特别是父亲烧得一手好菜，常常让他羡慕不已。因此他对餐饮情有独钟。说干就干，他以一千元的投资，摆起了夜摊。一时间，他的特色砂锅小吃摊，天天爆满。他做的饭菜口味独特，还比别人的价位低出许多，素菜只要三元，荤菜统统五元，很受众人欢迎。由此，宝宝餐饮方面的经营天赋，初露端倪。然而，这样的超负荷工作，让他在正常工作时间内常常犯困走神，时不时还跑出单位采购物品，领导为此向他发出了警告。无奈，火了二十余天的小摊就这样草草收场了。

宝宝虽然心有不甘，但还是按部就班地工作，一如既往，同样卖力，同样勤奋。时隔不久，领导再次提拔重用他任业务科长，他成为盐业系统最年轻的中层干部。宝宝对此并没有兴奋，他正常工作的背后还是不安分，还在时时谋划着自己的生意。这次他不再摆地摊了，太招眼，而是在孟西居民区租了一间房，真正开起小饭店。宝宝就该吃这碗饭，小店一开张就食客盈门。当时他每月的工资二百余元，而他的小饭店每天的净利润就接近二百元，让他尝到了做生意挣钱的极大乐趣，他也由此淘得了人生中第一桶金。年轻有为、事事顺遂、手中有钱，他有些忘乎所以，开始目中无人，整天一副傲气十足的神态。局长看不下去了，将他喊到办公室，教育他不能不务正业，更不能有一点成绩就翘尾巴。他虽没顶嘴，但很轻视地看着局长。局长有些恼火，就质问他想干什么。他没有任何迟疑地说道："坐你的位子。"局长万万想不到这个昔日一向谨慎、勤快的部下，怎么一下变成这个样子？局长又气又恼，当即决定调他到基层去锻炼。干什么？送盐。这是盐业局最苦最累的活儿，无论寒冬还是酷暑，无论狂风还是雨雪，只要有需求，都得坐在敞篷车上去送货，其辛苦可想而知。工作的变动给年轻气盛的宝宝当头一棒。他第一次失眠了。他思前想后，很快认识到错在自己，他感觉仿佛是场梦，回头看看所犯的错误自己都有些不敢相信。至今，他还懊悔当时太年轻，思想太膨胀了。但他没有因此沉沦。

2003年，他在没有征求任何人意见的情况下，做出一个决定，停薪留职。他不想让他人再为自己担忧，他想干自己喜欢干的事。干什么？开饭店。父亲永远是他身后的一棵大树，坚定地支持他靠自身能力去生存，并亲自为他题写店名“聚德林”，其寓意不言自明。

此次开张，又遇上一个非同寻常的时间，“非典”时期。全世界的人都在减少外出，胆小者甚至足不出户，有多少人此刻敢到饭店闲吃闲喝？宝宝却信心满满，他以卫辉餐饮界从没经营过的方式，打开了自己的店门，菜系是卫辉没有的，上菜方式也与众不同。进得店门，仿佛到了医院，浓烈的消毒药水味扑鼻而来，拿出的碗筷热得烫手。这些举措，让人很有新鲜感和安全感，一传十，十传百，生意就这样火爆起来。这绝不是常人敢想、敢干的，而他竟成功了。踌躇满志的他接着又开了第二家连锁店，同样食客满座。他的经营理念是：上迎贵宾菜不贱，下迎百姓价适中。准确的定位，灵活的方式，受到了不同消费层面的欢迎。这时的宝宝成了卫辉餐饮行业的风云人物。

光环还没耀眼，他和朋友之间的信任却亮起了红灯。正当他满怀信心，苦苦打造传奇式的餐饮帝国时，顷刻间，资金被抽走了。钱没捞到，无所谓，朋友之情在金钱面前却如此脆弱，令他百思不解。此刻，让他感激的还是父母和妻子的理解和支持。他沮丧但没有倒下，虽然没有真金白银的支撑了，但社会上的声誉，这无法用数字衡量的价值却让他实实在在赚了一个盆满钵溢。在卫辉提起宝宝，人们就能想到饭店“聚德林”；说起“聚德林”，人们就会想起宝宝。他在卫辉餐饮行业树起一块丰碑。然而，他又做出一个超乎常人想象的决定：不当老板了，去为别人打工。口风一出，他成了卫辉各个酒店的抢手“货”。当时的公务员工资才千余元，有人给他开到两千元。为争一口气，他甘愿为他人做嫁衣，想以一种全新的生存方式，来证明自己的价值：拥有我，就能实实在在赚到钱。宝宝又成功了，他为谁打工，谁赚钱。

2006年，他敬佩的一位老板要在新乡筹建一个占地千余平方米，集中餐、西餐、火锅、烧烤、快餐、分餐等于一体的综合性餐厅。他主动请缨，没有一丝杂念，不讲任何报酬，全身心投入。从场地选择、房间规划、基础土建、水电安装到装修风格、产品定位、人员招聘等，亲力亲为。经过近一年不分昼夜的工作，他让一座新颖别致的酒店出现在公众视野。正当老板要重金感谢时，他却淡定地向老板提出了辞呈，老板一百个不同意，他情真意切地告诉老板：父亲年岁已大，又有病在身，我要在他身边尽孝。老板只好含泪谢别。

宝宝没有撒谎，真是到家伺候起老爷子了。但老爷子深知儿子的秉性：他是一只翱翔天空的鹰，他不是一只灶前走灶后跑的鸡。半年过后，他将宝宝叫到身旁，说道："儿啊，爹知道你受委屈了，干事都会受挫折，但绝不能半途而废，你就努力去干吧，爹永远支持你。"

宝宝感谢疼他、爱他、懂他的父亲。他此次出山，没有干他喜欢的餐饮，而是直奔广东，投靠一位洪姓老板。他们是在新乡相识、相知，宝宝敬佩洪老板为人处世的大度与细腻，更敬佩他的绝顶聪明，洪老板能做到上千人的电话号码随口答来，是位奇才。在与洪老板的接触过程中，他看到了南方人做生意的大智慧，与北方人有许多不同之处。南方人做生意是先交朋友，后做生意，看似无心，实则有意。先沟通交流成朋友，然后再交易做生意，比拼的是实力，手段则是温水煮青蛙，慢慢上劲。北方人则是开门见山直奔主题，不是空口许愿就是找领导托关系，不谋求信任。偷不成鸡也不蚀把米，要的是小聪明，讲的是关系学。同在一块国土上，其经营理念南北差异很大。宝宝用亲身例子说，他服务的洪老板，对人和善，时不时就问他卡上的钱花完了吗，完了就让财务打。宝宝说自己感动得不得不拼命地去干，为的是信任。北方个别老板，看似豪爽，实则心眼比针鼻还小，平时公务请客吃饭，钱花多了，能盘问半天，让人有种不被信任的感觉，这能发挥好他人的积极主动性吗？

宝宝的一席话，让人感受到他在打工生涯中，不是单纯在拼体力挣钱，而是在自我修炼，自我升华。他在细心学习，积累经验，磨难已经让他成熟。然而，天有不测风云，一次意外事故，又改变了他的现状。一天，为了生意他陪客人吃饭，生意谈成了，不善喝酒的他却喝大了。酒后他没休息，他还惦念着洪老板交代的另一项工作，到工地察看工程进度。漆黑的楼道里，他一不小心，从三十五楼跌至三十四楼楼道的夹缝中，不幸中之万幸，虽造成多处骨折，却捡回一条性命。他只得打道回府，静心疗伤。

养伤期间，热心肠的宝宝并没闲住，许多想搞餐饮的人都找到他讨教餐饮上的秘籍，他有求必应，能帮则帮。其中有位朋友问他：目前，在卫辉餐饮上干什么能赚钱？他没加思考，在手上写了两个字“烤鸭”。这位朋友坚信他的点拨。不久，“府顺德”烤鸭店在卫辉隆重开业，历经五年，生意至今红火。接下来他又帮助策划出“小重庆”“四海宜家”“国色川香”等餐馆、酒店，现在个个成为支撑卫辉餐饮的品牌，上座率都很高。宝宝搞餐饮成为一个神话。

然而，明月高悬时，宝宝开始拍着脑袋盘点自己，猛然发现，已近不惑之年了，在外奔波八年有余，成就了别人，而属于自己的太少了。如今敬重的父亲已离他而去，母亲、妻子还整日为他不着家的奔波提心吊胆，女儿已经懂事，需要培养了……面对这些，他不能再理想化了，他要沉下来，重新干自己的事了。经过深思熟虑，他认为自己的路还在餐饮。面对当今不利的大环境，他也迟疑过，他知道再不能意气用事了，他为此吃了太多本不该吃的苦。但他坚信自己在餐饮行业的洞察力，因为他太熟知这个行当了。于是，他决定再出险棋，从而诞生了“四菜一汤”这个小店。

这次是他和妻子共同的杰作，小店内的一切装饰都是出自他俩之手。小店悄声开张后，他以每天不同菜单、无价格、结账看着给等特有的经营方式，让来者口口相传，迅速火爆，他又成功了。

对此，宝宝自信地总结道：“干餐饮行业，可能是上天给我安排好的差事，我看到什么菜就会做什么菜，哪怕听说一道菜，我都能悟出来。万事触类旁通吧，包括建设大型高端酒店，我都能熟知到最不起眼的下水道定位、餐桌布局，到高端菜系燕、鲍、翅的烹制，无所不会。这关键在用心去学，用心去做。熟能生巧，巧能生精，我可以负责任地说一句话，在新乡范围内的餐饮行业中，得宝宝者得天下。”宝宝说完此话，满脸却没有一点得意的浮躁之气。

宝宝成熟了。宝宝的成熟源于他的丰富阅历，成功于他的亲力亲为、用心做事，以及锲而不舍的追求。他的傲气也不再喜形于色，而开始像父辈一样沉淀在骨子里。

这就是餐饮界传奇宝宝——宋如真。

五哥

五哥好交朋友，一生交了多少朋友恐怕连他自己都难说清。无论何种朋友，只要到了家中，他都要弄上几个菜，哥俩好一番。有时半夜全家都休息了，只要有人来敲门，他都会起来，继续推杯换盏，从不借口躲避。为此，做老弟的我，还给他提了意见，先不说交这些朋友的质量、意义如何，这样下去身体是会搞垮的。他却笑着说：都是朋友，来了不招待好，心意上总怕对不住朋友。

认识五哥细数起来已二十年有余。当年，我在卫辉市委宣传部工作，他任市交通汽修厂厂长。当时，汽修厂是交通系统一个老大难企业，老工人多，效益不好，老工人常因开不了工资而不断上访，交通系统内让谁干这个厂长谁都像烧了猴屁股一样，一跑了之。当厂长，这是他想都没去想过的事，却让他摊上了。从不爱抛头露面的五哥竟没有推辞，并且在不长的时间内，将企业扭亏为盈，反成了交通系统的一个标杆企业。市领导安排宣传部总结其经验，由此，我认识了五哥。

五哥名叫徐振武，不善言谈，中等身材，皮肤比常人略黑，脸庞清瘦，表情变化不多，眼睛不大却很有神，给人的第一印象是很沉稳。如果和他相处，他的实实在在，会让人心里踏实。通过多方采访了解，他治厂也没什么奇招，就是实实在在干活，实实在在待人。让老工人拥护的是，他不像往日的领导，只考虑厂里的钱咋装进自己的腰包，而是带上厂里的新班子到全国各大汽车配件市场考察了一圈，用自己私人的钱进了一大批汽车配件，接着在市区开了几个汽车配件门市部。在当时，这是全市仅有的几个汽车配件门市部，爆冷门、打独门，企业就这样被救活了。令人没想到的是，与五哥短暂的接触让我们俩碰出了火花。采访虽然结束了，但我们仍是三天一见面，五天一小聚，总有说不完的话，道不完的情。时间不长，我们便成了无话不谈的好朋友。由此，我也认识了他周围好多朋友。每次欢聚，五哥话并不多，只有喝多后，小眼放着亮光，才会多说几句。如果我在场，他常说一句话：我今生佩服的人不多，新平老弟虽然比我小，但我佩服这个弟兄。他的话让我受宠若惊，为此，也常常让我招来在场兄弟们的群攻，酒桌上这个碰过那个碰，一个个脸红脖子粗，无所顾忌，拍胸舞拳，个个表现得男人味十足。我真有些感动，一帮硬邦邦的纯爷们儿，为此我没少喝醉。

五哥比我年长十一岁，但对我特别尊重，从没以长者自居，日常相处中，常常主动照顾我，我有时都有些难为情。随着时间的推移，我对五哥有了更多的了解。五哥在家排行最小，出身贫寒，从小养成了一种不服输的性格，少年时开始习武，常常路见不平就会拔刀相助。如果有谁找他办事，他从不拒绝，在他身上有一股行侠仗义的风范，大人小孩都愿意和他相处，自然而然他成了孩子王。他曾给我透露过一件在别人眼里至今还是个谜的事情。“文革”时期，他很敬重的一位老校长遭到批斗，之后被关进了黑屋，并有众人看守。当时年轻气盛的他，决定救出老校长，他就趁着夜深人静的时候，翻墙入院，悄悄拧开门锁，背起身上有伤的老校长逃了出来。这在当时造成了很大的影响，但谁也没想到这件事竟是一个十几岁的孩子所为。

改革开放初期，在大家一头雾水，不知道怎么施展拳脚时，他就以自己特有的洞察，开始下手和几个好朋友往南方送烧鸡，再从南方背回长筒袜、蛤蟆眼镜等，从而成为第一批改革开放的受益者，在部分人还为生计发愁时他早成了万元户。五哥不爱夸夸其谈，就爱实实在在地做事，就是在酒桌上，五哥也是听得多说得少，这是五哥特有的秉性。说他内向吧，他交了那么多朋友；说他外向吧，他更多的是沉默寡言，静静聆听。

有一件事，让我对五哥又有了新的认识。曾与他搭过班的一位副厂长，与他私人关系很好，可这位副厂长拈花惹草和一个女人混在一起，抛弃了妻子和一双儿女，五哥因此毫不留情地痛斥了他一番，并与其一刀两断。为此，五哥难受了很长时间，还专门找到我倾诉。我们在此后的岁月里共同对其妻女给予了很多的关爱照顾，直到这位女性十余年后病故。

2000年时，五哥所在企业重组，他下岗了。我怕五哥心里有落差就连着往他家跑了几趟，五哥心态还好。他告诉我工人都安排好了，心里也放心了。但我发现他喝酒比过去多了。我提醒他，不应在家闲着，要再干点啥。他说现在生意不好做了，我听了心里有些惆怅。面对现状，我一介文人无能为力。有时因工作太忙，我只能给他打个电话问候一下，他就会在第一时间说出一句话：老弟，我今天一点事都没有。我知道，五哥又想我了。当听到嫂子抱怨他，家中酒摊不断，我提醒他一定要注意身体，他反吵妻子，朋友来了能怠慢吗？我能理解他的心情。他很爱面子，更不甘于失落，一辈子的豪情仗义，岂能在晚年毁掉？名声贵如金啊！

由于我工作变动，与五哥聚的时间越来越少了，他就过一段时间会给我打电话，做上一顿我最喜欢吃的饭菜邀我去他家，让我心里很过意不去。饭菜有价情无价呀！特别是从我们相识二十年来，他牢牢记着我的生日，无论忙也好闲也罢，都是在第一时间到家给我祝福。就是在他病后不能走动时，还要给我发短信祝福，让我发自内心地感动。尽管联络时断时续，但我知道彼此心里都有对方，时时在互相挂念……

三年前的一个早上，我还没从梦中完全醒来，突然电话响起。五哥的女儿告诉我，五哥脑干出血，昏迷在医院。我顾不得洗漱，火速赶到医院。此刻，五哥已深度昏迷了两天一夜，医生告诉家人，要做好心理准备，脑干出血很可能随时死亡，全家人都没了主意。当我问及每天需要多少药费时，嫂子告诉我两千元左右，但家里已没有多少钱了，我有些吃惊。嫂子告诉我，五哥好朋友多，钱都吃喝花朋友身上了。我看着已经没有一点知觉的五哥和无所适从的他的家人，当即决定救人要紧，哪怕人财两空。我一边让家人取钱送医院交给嫂子，一边与北京的脑外专家朋友联系，当听到还有一线希望时，我连忙安排车去北京接来脑外专家为他医治。苍天有眼，经过专家医治，五哥竟奇迹般地苏醒过来，成为当时医院的一大新闻。但五哥的左手、脚却不太听使唤了。事后，当五哥得知医治过程后，激动地拉着我的手说：兄弟啊，是你救了我一命呀！我说：五哥，这是你的造化。两双手紧紧握在一起，久久没有分开。

转眼，三年过去了，2011 年五一，我们又没放假，本计划携全家看一下五哥，只是嘴上念叨了一下就又泡汤了。3 日下午，我在单位安排工作，手机来电显示，五哥的电话，当我按接听的一刹那，电话里传来悲痛欲绝的哭声，嫂子哭着告诉我：五哥吃药被噎，不幸离开了人世。我没有多说，放下电话驱车前往。

我来到五哥家，他人还在医院。在五哥家没有看到昔日扎堆的人群，映入眼帘的是有些破旧的家具和零乱的摆设，以及痛哭成一片的家人。嫂子向我哭诉了五哥发生意外的凄惨经过：一片药没能咽下去，竟要了他的命。这让我不敢相信自己的耳朵。震天的哭声告诉我，五哥的确走了。人生残酷啊！顷刻间，我止不住的眼泪哗哗流了下来，蹲在房外的墙角，痛痛快快大哭了一场。直至深夜，我与五哥的朋友宏军兄和五哥的家人为五哥一件件穿好衣服，又轻轻将其放入水晶棺，我的心才稍稍平静下来。这时，经常陪伴五哥的宏军老兄才告诉我，五哥这三年受罪了，一心想锻炼身体，尽快恢复，但天不遂人愿，身体转变不大，要强的五哥很苦恼，往日的朋友也越来越少登门。听到这里，我的心猛地一抽，不会吧，五哥对朋友可是肝胆相照，对谁都是掏心掏肺地投入和帮助。往日五哥善待朋友的一幕幕至今还深印在我脑海呀。宏军兄长叹了一声，人去茶会更凉。

五哥去世后，按当地风俗在家停放四天。这四天里，宏军兄的话得到了印证，昔日熟悉的面孔一多半不见了，能见到的只有那几个人，尽管五哥的家人都给了通知。我有些茫然，火化五哥的当天晚上我失眠了，五哥的音容笑貌在我脑海中挥之不去。还有那昔日的一帮豪气冲天的哥们儿，让我不能理解，难道真如一位长者所云，朋友是手中的沙，握到最后就是屈指可数了？

如果九泉之下有灵，五哥请放心，善待他人，无私付出，终会有好的报答。我今天要告诉你，五哥，我的好兄长，你的家人在今后的岁月里就是我的亲人。五哥，安息吧，在极乐世界里，要交好朋友。

村医王长利

认识王长利是通过他的堂弟王长秀，他们既是兄弟又是朋友，我和长秀是至交。

在与王长利见面之前，就听到过他不少逸事趣事，知道他是一位村医，同时兼任着安都乡新庄村的党支部书记、村委会主任，但他的名气却源于村医身份。他精通中医，擅长拿脉，每天找他看病的人都得排队，少则五六十人，多则二百余人，常常从天明忙到夜深人静。求医者北到安阳、鹤壁，南到郑州、新乡，东到濮阳，西到焦作等地，几乎都是慕名专程到这个交通并不方便，且地处丘陵地区的偏僻小村落来求医的，来者多为曾到不同医院诊治过，而无治疗效果的疑难杂症患者。

我有耳鸣顽疾，看了不少医生，都无良策。好友王长秀就极力推荐王长利。我就抱着试试看的心理认识了他，也逐步听到了他更多的故事。

王长利已近花甲之年，中等身材，胖瘦适中，圆圆的脸庞上常挂着笑容，眼睛不大，还爱眯着，似有所思，给人一种慈祥可亲的感觉。后来我才知道爱眯眼是他的职业病，常“听”脉所养成。他整天一副农村人的打扮，站在一帮农民中间，你绝对看不出他是一位医术高超的中医。但从他与人对视的眼神中，却又能让人感受到一种睿智的亮光。他话不多，音不高，但说出来就有股磁性，令人回味，让人舒服。他行医四十多年了，享誉乡内外，这身本事的练就既不是祖传，也不是科班出身，而是他对中医的酷爱、悟性和勤奋，是他不断自学钻研的结果。

20世纪70年代初，他初中毕业，只有十六岁，生长在农村的他没有其他选择，不上学就得下地干农活。当时，全村人都在山区修建水库，他也不例外。在工地上，别看他年龄小，完成的任务量（工分）却与成年人一样多，并且他干什么活都有板有眼，踏实认真，不甘落后他人，因此很讨大家喜欢。在那个年代，休闲娱乐活动很少，《红雨》《春苗》等几部电影是重复放映的。然而，王长利却是每演必看，看了一遍又一遍。他对电影中主人公献身医疗事业的精神敬佩得五体投地，十分向往自己将来也能成为一名“赤脚”医生。真是天遂人愿，就在这时候，县里给村里一个培训“赤脚”医生的指标，老支书首先就想到了为当一名“赤脚”医生，而整日如痴如醉、询医问药的王长利。王长利学医的愿望就这样实现了，他被推荐到省内不同医院和院校学习了四年。在学习中，他从死记硬背《汤头歌》开始，阅读了大量中医书籍和文献，由此走上了乡村医生的行医之路。

他什么时候让人认可出名了？他不知道。他没有做过广告，也没有做过宣传，为人处世更是低调，都是病人口口相传攒下的口碑。尽管乡亲们提起他赞不绝口，但他始终不忘自己的初心：做人，品为上。只要病人需要，不论酷暑寒冬还是深更半夜，他都有求必应，并且几十年如一日。在他眼里，患者没有贵贱之分，有钱的他认真看病，没钱的他同样认真看病。对于药费，有钱的就给，没钱的走人，事后从没有向任何人催要过药钱。不但对本村的父老乡亲如此，对外村、外地的人也是如此。儿子曾开玩笑地说：我爸如果将这些钱收了，能轻松买辆“宝马”。王长利对此淡淡地一笑说：“人有病就够痛苦了，而且有病的人不都是有钱人呀！病人是不会将钱藏着掖着，赖账看病的。没钱又有病，你再找他要钱，不是增加病人痛苦，雪上加霜逼他的命吗？”

有一次，邻村的王老汉突患重病，眼看着人已经不行了，家里却拿不出钱到医院去，无奈之下，好心的乡邻想到了王长利，老汉一文没带地被乡亲们抬了过来。王长利看到奄奄一息的王老汉，二话没说就把脉诊治、打针熬药，很快稳定了病情，后又开了百服中药，为其精心调养，王老汉才转危为安，逐渐康复。然而，王老汉一贫如洗，中年结婚，妻子有些呆傻，两个儿子又年幼无知。就这样，王老汉只看病不付钱，王长利没有任何怠慢和怨言，与对其他病人一样，一视同仁，精心医治。二十年后的一天，正当王长利一家吃午饭的时候，突然敲门进来一位西装革履的年轻人，王长利问其何事，年轻人一把拉住了王长利的双手问道："你是王医生吧?"接着，声泪俱下地说出了缘由。原来他是王老汉的大儿子，父亲在临终之前交代的唯一一件事，就是要求他们有钱了一定要将药费还给王长利医生，并感谢他的救命之恩。如果不是王医生的善心救治，全家人早就散伙了。父亲教育他们，做人要有良心，要知恩图报。顿时，王长利明白了这个人的来意，他连说没必要再还钱了，过去这么长时间了，这事早就忘了。

王长利擅长医治的是肝、胆、脾、胃、心、肾等慢性疾病，医治冠心病和慢性肾炎更是他的拿手好戏。说到这里还有一段插曲。20 世纪 90 年代初，王长利自己得了慢性肾炎，全身浮肿，他就自己给自己调治，家人苦苦劝他到医院去看医生，他直摇头。他有个表哥，在一家医院当领导，听说后更是坚持让他到医院。当时，新乡有位很著名的老中医，治疗此病很有研究，每周只坐诊三个上午。他表哥就领他找到了老先生，结果吃了四十多服中药，病情却没一点好转，他就又坚持回家治疗。在没有其他良策的情况下，表哥和家人只好由他折腾。他翻读大量医书，对比古今配方，开始自己给自己把脉配药，当他吃了自己配的一百一十七服中药后，病就彻底好了。根据自己的切身体验，他研制出了王氏系列消炎健肾丸，同时衍生了系列王氏降酶丸等多个中成药丸。他打破了常人说的"医不自治"的观念，仿效历史上遍尝百草的炎帝，日积月累，对慢性肾炎的治疗有了更深的领悟。

王长利医好的病人越来越多，他的名气也越来越大，但他依然保持着原有本色，谦虚低调，对病人一丝不苟。只是常常感到时间不够，精力也不够。他让儿子学了中医跟他干，让儿媳辞了工作也帮他干。他又克服种种困难，在老宅前拔地而起建了一座三层楼房，面积达1800余平方米，医疗设备敢与乡镇医院一决高下，堪称乡村一流的卫生室。为突显他的中医风格，他还在门前立了一美观大方的牌坊，上面雕画着他自幼崇拜的两位先辈——医圣张仲景和药王孙思邈。王长利说：这是取之于民，用之于民，回报社会而已。

有一天，我信步走进这座宽敞明亮的大楼，看到门诊、病房一应俱全，规范有序。在注射室，我看到一位中年妇女正抱着一个儿童在输液，我笑着问她："本村的吗？"她说："不是，离这儿十二里地。"我问她为啥跑这么远来看病，她答道："这儿的医生看得透，药又便宜。"

这时又进来一位打针的村民，我就和他聊了起来。我问他："王长利兼着支部书记，整日忙着看病，能顾上村里的工作吗？村里群众拥护他吗？"这位村民告诉我：新庄村是全乡数一数二的先进村，过去曾乱过四五年，王长利当了支书和村委会主任以后，全村可稳定了。他当了十年支书没拿过公家一分钱工资，还每年没少拿自己的钱为村上的公益和老百姓杂七杂八的事去补贴。他给村委一班人定了个规矩：接待任何人不能动用公家一分钱，由他自己拿钱安排。他还利用自己的人脉关系，为村里争取了不少项目，给老百姓修路、打井，干了很多好事。对村里的乡里乡亲更不用说了，全村一百多户人家没有不借他的钱或欠他药钱的，他从没要过。这样一个一心为公、心地善良的人，老百姓能不拥护他吗?!

此刻，我对王长利又有了新的认识，由敬佩到感动。我在想，如果我们基层再多一些像王长利这样的干部该多好呀！不图一己之富，而是富而思进，真心实意为老百姓谋利益。如果上上下下都是这样的干部，我们的社会必将成为一方净土。长利兄，这么多人夸你，让我突然有个感悟：钱多不是福，权重也不是福，人品好才是人生之大幸福！一人幸福不是福，众人幸福才是福呀！

侃侃李跃红

李跃红和我是发小。只要接触过他的人，都能从他言谈举止、接人待物及思维方式上，感受到他身上有一股有别于常人的特性。说他耿直、无邪，不全对，他还常常肆无忌惮，毛病百出；说他清高孤傲，也不准确，他还有一帮成分复杂的朋友，整日玩得热热乎乎；说他才华横溢，也不贴切，他拙于处世的地方多得让人难以启齿。仿佛人类的复杂性都集聚在他身上，让人难以准确地为他下个评语。

李跃红今年四十七岁，一米七左右身高，敦敦实实，肤色稍黑，动作敏捷，说话常带手势。茂密的连鬓胡须，不说话看不出来，一说话嘴歪眼斜，但眼睛还算有神。典型的北方中年汉子。

他笑谈时嘴歪眼斜，不是天生的，是他自己任性造成的。三年前，他与同事执行公务，阻拦强行闯卡者时被暴殴。当时，他看到同事被打得抱头倒地，眼睛一下红了，拿起一把座椅奋起自卫，勇猛地与十余名暴徒打斗起来，结局是头肿脸青，胳膊断了两截。当妻子抱怨他太冲动时，他却说："几个小黄毛，太嚣张了，我根本没把他们放眼里。"住院期间，医生交代要他卧床休息，他当成了耳旁风，不听医生叮嘱，没躺两天就四处溜达，甚至偷偷跑出医院。对此，医生无可奈何，说轻了，一点效果没有，说重了，他就死猪不怕开水烫的熊样，赖在床上几天不动，还将空调温度降到最低照着自己猛吹。本来方方正正的小脸，硬让空调吹得突然间嘴歪眼斜，面瘫了。医生对这样一位行为异样的病人哭笑不得，接下来对他又是扎针拔罐，又是按摩推拿，折腾了一个多月，他的嘴、眼才有些好转。可他并不认为自己是一个病人，随心所欲，不听医生劝阻，执意出院，要求回家疗养。将近三年了，不知他在家治疗过没有，反正他至今还嘴歪。医生说，失去了最佳治疗时间，不好恢复了。他听了不仅无动于衷，反而咧着歪嘴说道："人的命，天注定，这是老天安排好的，随便吧，这辈子再不找老婆了。"

看外表言行，他大大咧咧，甚至有些时候表现得玩世不恭，遇到事了都会藐视地说上一句："多大个事。"话语间流露出内心这股犟劲儿。有一件事，充分表现出他的犟脾气。有一次他午休睡得正香，一只苍蝇飞到他脸上，搅醒了他的酣睡，他极不耐烦挥手赶走苍蝇，刚要入睡，苍蝇又飞来趴在他脸上，搅得他睡意全无。他恼羞成怒，赤脚下床，走出屋子返身关上房门，从院里找来一架梯子搬进屋内，接着找来一根小竹竿进屋，回身将房门紧紧关上，开始满屋寻找让他恼恨的苍蝇，嘴中还不停地骂着："王八蛋！你不让我睡，我今天就让你好受不了，让你有个特殊的死法。"发现趴在床头的苍蝇，他没有上前打死它，而是用手中竹竿将其赶跑。苍蝇飞起不久，刚要降落，他就又用竹竿撵，就这样让苍蝇不停四处乱飞，无处着落。然而苍蝇也很狡猾，看低处无处歇脚，就飞上房顶，他搬梯子跟着上去再赶。就这样撵来赶去，整整"战斗"了近两个小时，弄得他满头大汗。而这只苍蝇更是筋疲力尽，最终趴在地上，任凭他再赶、再轰，也纹丝不动。此刻他却眉飞色舞，自言自语地笑道："小样，你不扰我睡觉了吧，这就是你捣乱的下场。"说罢拿出一只打火机，"啪"地打出了一束火苗，凑到了苍蝇跟前，苍蝇似乎感受到了火苗炽热，然而毫无反应，近两个小时的折腾，让它求生的最后力气也给消耗殆尽，苍蝇硬是让他给累死了。

李跃红还有一种喜好，爱养一些小动物，不像其他人跟风时髦，去养一些名贵的物种，他是自己只要喜欢，不管这些动物瞎了还是拐了，他照样领来精心饲养。他家有时就像一个小动物园，鸡鸣狗吠，好不热闹，烦得家人叫苦连连，而他的固执、钟爱又让他的家人不得不忍受其“害”。他身上仿佛有股魔力，他能与人类亲近的一切动物进行心灵沟通。无论养什么动物，这些动物都服服帖帖听从他的摆布。特别有趣的是，他曾养过一只喜鹊，那是多年前的一天清晨，他突然发现院中落着一只幼小的灰喜鹊，乐得他手舞足蹈，跑上前去就将这只羽毛未丰的小喜鹊拿起放进了怀里。说来奇怪，刚还浑身发抖、哀鸣不止的小喜鹊，进了他的怀抱却没有一点胆怯，就像一个乖乖懂事的孩子一样一动不动，享受着“父爱”。由此，忙活得他早饭都没顾上吃，先是给小喜鹊用纸箱做了一个窝，然后又是喂米，又是在草丛中抓蚂蚱，日后有空闲就与喜鹊为伴。随着时间的推移，小喜鹊在他的精心照料下一天天长大。每天天一亮，小喜鹊就立在房头，叽叽喳喳叫个不停，仿佛告诉大家，天亮了，起床吧，与人类没有一点生疏感。当它看到李跃红时，更是亲近异常，一个急冲就飞了下来，立在他肩头左瞅右看，甚至用嘴在他头上挠痒。左邻右舍看了都惊奇不已，这个跃红是什么本事，一只喜鹊都能这样听他指挥，真是有点神奇。

就在大家夸赞这只喜鹊时，左邻右舍家里却接连出现一件件令人恼怒的怪事。做饭的煤球炉每到半夜就有人将下面的吹风堵头拔下，待不到天亮做饭火就灭了。一时间众人骂声不断，同时，各家想着不同的办法，设法把下面堵头牢牢封死。然而，第二天照样如此。事虽小，却闹得家家不安。正当大家一头雾水时，跃红的母亲意外发现了谜底，她偶然一次半夜起来，刚开门，突然从伙房处飞出一只大鸟，她吓了一跳，定睛一看是自家养的喜鹊，就连忙到伙房查看，没有发现什么异常，再仔细观察，发现煤球炉下面的堵头像是刚被叨开，她顿时明白了一切。原来，这只喜鹊每天见人们清早起来，第一件事就是拔堵头，它就模仿起来。结果好事没办好。事后，母亲连连抱怨跃红，不该养鸟，跃红却喜笑颜开，告诉大家，不要恼怪喜鹊，这只喜鹊是想起个早办点好事，想让大家多休息会儿，是好心帮了大家一个倒忙。事隔不久，李跃红因故出差几天，回来时本预料到家喜鹊会早早飞到他肩头迎接，然而，令他失望的是没能出现这一幕。他顿感不妙，急问母亲喜鹊哪里去了，母亲告诉他喜鹊飞走了。他不信，四处寻找了整整一周。喜鹊的失踪成了跃红的心结。为此，他独自一人坐在房间，一气儿抽了三包烟。

李跃红有个儿子，与他长相、动作及语言频率极度相似，爷俩站一块就像兄弟俩。儿子高中毕业后，不怎么听跃红的教导，整日东溜西逛，不务正业，他就生气地吼道："儿啊，我看到你就烦，还不如养条狗听话。"哪知儿子根本不买账，顶回一句："爹啊，我看到你也烦，毛病一大堆，还说别人。"由此，父子半年冷战，见了面谁也不说一句话，常常弄得妻子无所适从。

他在单位处事也很有自己的个性，常常让同事们对他敬而远之，他不上班没人问，他来了大家对他也退避三舍。用同事的话说：他不入流。有一次，他在超限站值班，这时，刚好新来了一位同事，新来的同事发现一辆超限的奔马车，当即将车拦了下来，随后将车的手续交给值班室。李跃红抬头一看，驾驶员一副老实巴交的农民模样，就将其叫到面前，随手将手续还给了他，驾驶员连连表示感谢。正当这位驾驶员发动车时，这位新同事不得要领，又将车证要了回去，重将手续交给了值班室，李跃红目睹了这一切，张口骂了起来："上查你三辈也是农民，让他走！"一时间，同事愣在那里，驾驶员也愣在那里。他没有任何解释，将车证再次还给了这位驾驶员。这位老乡此刻竟不知如何是好，李跃红轻声说道："走吧，没事。"无所适从的驾驶员对着他深深鞠了一躬。

说了李跃红一堆趣闻逸事，再说他点才气吧。有一件事，让所有认识他的人都说不可能，并发自内心不相信，而又让所有不认识他却懂行的人说：这个人是怪才，才气很大。

他小时候曾学过几天画画，然而并没有坚持下来，他在家养病期间居然又拿起了画笔，竟画出了多幅形象逼真的人体画像。发小们没有一个人相信出自他手，看着他整日吊儿郎当的模样，他能一夜间偷来这手艺？而他则不作更多解释，将画拿给新乡市美协主席杨老先生端详。杨老先生仔细看后连连赞叹：功底深厚，才气出众，难得的一匹画界黑马。当即将作品作为新乡的精品推荐到省城参赛。展览那天，新乡去了许多书画界名流；许多书画界精英的作品都被淘汰了，而李跃红的作品却在展厅占了一隅。一时间，行里行外两种声音，让人不知怎么看他。而他却轻描淡写地说道："随便画几笔，有啥大惊小怪。"常人需要努力多年都难实现的愿望，他瞬间实现了，他的作品入选了《河南省名人画册》，从而成为河南省美术家协会会员。李跃红对此说道："这算个啥呀，一年后，我要成为全国美协会员。"

李跃红和我交往了几十年，对他可以说知里知表，知根知底。可当有人让我评价李跃红时，我思考多时，却找不出一组合适的词语来描述，只好简单化处理，说了他四个字：奇人、怪人。好的我们学习，坏的我们就不说了。

世界就是这样，你喜欢的存在，你不喜欢的同样存在，存在即是合理。对此，你认识的角度不同，处理的方式也就不同，其结论也就千差万别。只要有一颗彼此包容的心，便足够了。

夜访“梅花山庄”

偶有朋友求画，想拥有一幅卫辉籍著名画家张志泉先生的梅花，我竟鬼使神差、不假思索地应承下来。虽与志泉先生谋面不多，但有种直觉，我若求画，志泉先生会给面子的，因在不多的相会中彼此留下的印象是不错的。

志泉先生年长我一岁，现为省政协委员，北京职业画家，从事书画艺术创作二十余年，是当今我国具有潜力的实力派画家，师从秦岭云、卢光照、王成喜等名家。与志泉先生第一次相见，是在一次朋友聚会中。当朋友介绍志泉先生时，我眼前一亮，志泉先生身材高挑，略显清瘦，一双明眸镶嵌在棱角分明的脸庞上，油亮的偏分发型映衬得他十分精神。不通报年龄，我还以为是70年代出生的小老弟。

酒桌自然说酒，志泉先生又是远道而来的贵宾，免不了你敬我让，因是朋友聚会，个个开怀畅饮，喝得十分尽兴。我更有种收获感，心里异常兴奋，感觉这次聚会值，又结识了一位仰慕已久的卫辉名人。酒多话稠，禁不住与志泉兄头抵头聊起心里话，情到意浓，酒后拍胸相互表态，有事一定相告，并彼此留下了联络电话。男人的侠肝义胆，在酒桌上表现得淋漓尽致。

因此，当朋友求画时就有了爽快答应的底气。随手打通了志泉兄的手机，意想不到的是志泉兄就在卫辉，他告诉我儿子放暑假了与夫人一起来卫辉，在其经营的一方小天地“梅花山庄”小住。我听了一头雾水，什么梅花山庄，卫辉没有这样的地方呀。他告诉我，这是他将位于狮豹头乡猿猴沟村头道庄的一处老宅起了个雅号，并进行了周围环境的整修绿化，这里有山有水、空气清新，是一处难得的避暑胜地。志泉兄的一番描述，令我心驰神往，探访欲大增，看着渐渐西落的残阳，没有丝毫犹豫，就告诉志泉兄，在家等我。

刚进山，天就完全黑了下来。车灯下看得出狭窄的山路，左边是陡峭的山壁，右边是深不见底的山沟，弯曲但平坦，只能容得下一辆车行走。多亏山中车少，否则，一辆顶头车过来就会出现行走困难。也许这就是曲径通幽吧。

来到村口，在车灯照射下，我们看到路旁立着一块巨石，上面凿刻着几个苍劲有力的大字：梅花山庄。旁边站着一位青年，他看到车停下就疾步跑过来问道：是找张志泉的吧？我回答说是。他告诉我，他是志泉兄的五弟，是志泉兄让其在村口等我们。我听了心里有一丝感动，山里人的厚道在小事上都表现了出来。五弟是个健谈的人，他边走边告诉我们：巨石上凿刻的“梅花山庄”四个字是省政协原主席林英海为志泉兄所题。他还告诉我，他们村只有十几户人家，实际居住了三十多人，虽说风光秀丽，有山有水，但由于交通不便，平时很少与外界联系，处于半封闭状态。志泉兄考学出去后，时常惦念着家里的发展情况，特别是他有了名气后，更是一心想将家乡推出去，让父老乡亲富起来。于是，在今年春天，他拿出两万多元修了一条通往村中的小水泥路。又将路口一个一米多深的大坑用石头填平，以方便过车，还在家门前整修出一片空地，作为小型停车场。同时在山上山下、门前院后栽了五百余棵各样品种的梅花，以供其写生。

听着五弟的述说，渐渐对志泉兄的家乡有了初步了解。不一会儿，一座木制的四角凉亭映入我们的眼帘，里面摆着一个石桌，五六个简易石礅。为防蚊虫，自亭顶到地面垂挂着窗纱。郁郁葱葱的葫芦架，似一道走廊将凉亭与一座老宅连在一起，很有情调。五弟指着凉亭告诉我们，这是

“梅亭”，纯木质结构，志泉兄一手建造的。在梅亭的下方有一棵树身干裂但枝叶茂盛的古树。五弟说：这是一棵五百余年的槐树。村中的乡亲都说上面住着“仙家”。仔细一看树根处，还真垒了一座貌似小庙的建筑。在梅亭的周围和路旁，大大小小还竖着几块奇形怪状的石头，上面分别凿刻着“梅魂”“疏影暗香”“一生拜倒在梅花”等，五弟介绍说：这些题词分别出自秦岭云、王成喜、启功等大家之手。在这穷乡僻壤的深山沟中，令人难以置信地陡然生出一片文化氛围的小天地，别有一番洞天，真是奇人自有奇想、奇事。

五弟接着介绍说，他们家的房屋已有二百多年，依山而建，是远近数十里山村最古老的一座建筑。在房屋的左侧有一古泉，一年四季从没干涸过，我们顺着五弟手中的灯光，看到湿润的山壁上有“为有源头活水来”“山高泽长”和一个“龙”字，同时看到一个昂首欲飞的石龙，让人感叹不已，啧啧称奇。五弟说：这是明代万历年间凿刻的。志泉兄为了营造这个环境氛围已投资将近十万元。正说着，志泉兄听到我们的声音从家中跑了出来，我们双手紧紧握在一起。志泉兄边拉着我们进家，边提醒我们小心脑袋。葫芦长廊中挂满了大小不一的葫芦，更令我们捧腹的是，一个个葫芦上面画满了形态各异的笑脸和题词，“迎奥运”“好人一生平安”“梅花山庄”，等等。进得院落，香味扑鼻，在院落的一角垒着一个地锅，全家老少都在忙活，不知在做着什么美味佳肴。更令我们意外的是，在志泉兄的老宅里挂满了他创作的一幅幅老干似铁、新枝似箭、花开五福、栩栩如生的梅花作品，仿佛在这纯朴无华的山村办了一个很有品位的画展。让人看后心灵受到震撼，感觉不可思议，画家为何在山村如此动作？志泉兄看着我惊讶感叹的神情，告诉我：我想把家乡建个室内有梅，房外有花，观山有树，看沟有水，蜂飞蝶舞，鸟语花香的世外桃源，以自己的微薄之力，将猿猴沟推出去，让山外的人走进山村来真正感受到我们山村的魅力。

当我以一种无法言表的复杂心态看完画卷后，没等我赞叹，志泉兄就拉着我进了院外的梅亭，小小的梅亭中，石桌上早摆满了让人垂涎的山货风味。志泉兄一边开着酒瓶，一边自谦说：山里人没啥好招待的，都是一些没有化肥农药、原汁原味的山货，平时不喝酒，见了兄弟喝点儿。说着早将两个酒碗倒满，平时我也很少动酒，此刻早没了推托之词，端起酒碗与志泉兄一碰就喝了个底朝天……

过了多久？喝了多少酒？聊了多少话？神志已经不太清楚，只有一个感觉：痛快！抬头望着山尖的明月，耳旁聆听着叮咚流动的泉水，蒙眬的双眼紧盯着眼前既远又近的志泉兄，有些麻木的脑子里突然闪出一行字：真男儿不在豪言壮语，志存高远者走遍天下。

老同学张松

张松，二十八年前是我高中同学。在我的记忆中，他没有多少特别之处，身高一米七五左右，身材偏瘦，五官端正，只是一对又细又黑的柳叶眉长在一个男人脸上，显得比较醒目。其脑门宽阔明亮，头发稀疏且卷曲。他思想活跃，能言善辩，脾气耿直，喜怒哀乐全刻在脸上。他关注时事政治，常常为一个观点与异议者争得面红耳赤，甚至动用手脚一争高低。说他顽皮，不准确，比他捣蛋的学生多了。说他爱学习也不准确，比他学习好的也不在少数。细细想来他的中学时期学习成绩不上不下，是一个“大错不犯、小错不断”的中等生吧。

他父亲是位资深的语文教师，母亲是位在当地有名望的中医。许是受家庭的影响和熏陶，学习一般的他爱舞文弄墨，常写一些诗歌之类的小作品，自我欣赏和陶醉。没发表过一篇，但依然对文学狂热。那个时期，我们正处在十六七岁的年龄阶段，其整个诗作内容主要为情啊爱啊的，稚嫩、天真、朦胧、可爱可笑。他兴致来了，还会情绪激昂地站在我们几位要好的同学面前，声情并茂、连比带画地朗诵上一段，大家畅怀一笑就是对他最大的奖赏。同学间那种简单、透明而真挚浓烈的情感，至今还让我深深留恋和怀念。特别是张松，他那活泼、纯真的性格尤其可爱。我们之间还有一种特殊情愫在牵连——我俩都喜爱文学。

高中毕业后，张松当了兵，临行前我们在他家喝了人生中一次刺激而又难忘的壮行酒。年轻人的血气、胆气、酒气，在酒桌上表现得淋漓尽致，个个踌躇满志，仿佛那一晚地球就在我们几个人手中，未来的世界是由我们几个人掌控，同学们都心比天高，狂妄至极。

张松刚到部队不久就给我来了信，并随信寄来了一篇诗作，至今我还记着题目——“黑雪”，他谦虚地让我修改。我也没怎么客气，认真看后，就将自己的观点一一提出，又随信寄了回去。

我们的相处就这样有聚有分，有离有合，但情感牢不可破。尽管日常见面不多，却时刻都在关注着对方。一会儿听说他写诗，专门搞创作；一会儿又听说他转业到医院搞药剂生产；一会儿又听说他辞职下海搞服装；一会儿又听说他弃商从医了，搞什么中医平衡、针灸、膏药等。尽管不常见面，然而，见了面就会亲热地海吃海喝。特别是性格张扬的张松，在酒桌上常常一马当先，基本上都是第一个醉的，喝醉了就胡言乱语，一句正经话都没有，更不要说谈文学谈工作了，这些早抛到了九霄云外。同学之间的纯真情怀、哥们之间的侠骨柔肠、朋友之间的肝胆相照，在那个时候都得到了充分展现。

随着时间的推移，我慢慢感到张松在悄悄变化，话变少了，酒桌上不再抢着大口喝酒了，特别是近期这次聚会，让我深深感觉到张松不再是高中时的张松，不再是情绪化的张松。张松成熟了，稳重了，有内涵了，认真对待自己的事业了，据说还很有成就。

高中毕业后，我们有十几位同学比较要好，每当春节时都要轮流聚会几天。就在今年春节前，我正准备着酒菜时，不知何因，我那断断续续疼了近十年的腿又莫名地疼痛起来，而且蹲下去再站起来都困难。到医院检查后，医生告知是髌骨软化，目前没有什么特殊治疗手段。这可怎么办？医生幽默地叮嘱道：省着点用。虽不是要命的病，但很影响情绪。在春节聚会中，我不经意地提起这个病情，张松听后马上认真地问我情况，我并没有过多在意，心里想：张松呀，医学院的哥们都说没什么好法，你还有什么绝招吗？张松则认真地告诉我：治疗骨病是他的拿手好戏。我听了一笑了之，心想：张松，你吃几个馍喝几碗汤我还不知道？谁知，第二天晚上，张松与其妻两人，真的从新乡专程乘出租车赶来了，手中还拿着一大包已经配制好的中草药冲着我说：“大哥，感谢你给了我一次表现的机会，你看我咋给你治好这大医院都不能治的疑难杂症。一般人不弄几个菜请我，我都不会来。”看着夫妻俩满脸的诚意和自信，我心里很感动，但对他的医术还是持怀疑态度，心有余悸地说：“张松呀，治病不治病无所谓，可不能害哥呀，有激素吗？”张松哈哈大笑，直言快语地说道：“大哥，这是纯草药，放心，我害谁也不敢害大哥呀。”

就这样，我是在一种极复杂的心态下接受张松的治疗的。他让妻子拿来两个鸡蛋，打碎后与他拿来的粉状草药调配成黑色糊状，然后，在我膝盖上厚厚敷盖了一层，接着又用纱布和塑料薄膜紧紧裹了缠住膝盖。他看了下表，叮嘱我说，到凌晨4点左右就会发热，烧得如果受不了就去掉，能忍就多忍会儿。我听后忐忑不安地看着他说：“不会有什么麻烦吧？”张松自信地说道：“放心吧大哥。药到病除。今天的这贴膏药都是货真价实的原料。”

药敷上不久，我就开始有感觉，膝盖处逐渐感到发热，心里不是很踏实的我一点睡意也没有。果真到了凌晨4点左右，药效到了高峰，烫得我真有些受不住了。按照张松的交代，我就解开纱布将这些发热的草药刮了下来，这时膝盖四周的皮肤被烫得通红通红，红得吓人。第二天我还没起床，张松就打来电话问情况，并让我下床走动感觉一下，令我意想不到的是腿一点疼痛感都没有了。晚上张松夫妻俩又跑过来，拿出自己熬制好的膏药又给我敷上一贴，说再巩固一下效果。就这么一次简简单单的治疗，我疼了十几年的腿，至今五年了，再没疼过。

我这才相信张松不是一个骗人的江湖游医，这几年他还真学了点功夫。当我问起他什么时间学会了这门手艺时，他一脸认真地长叹了一口气，神色凝重地告诉我，他走到今天，既有学习上的不易，又有精神上的受歧视，可谓吃尽了人间的酸辣苦甜。有母亲的传授，有拜师学艺的艰辛，有挑灯夜战的苦读，有亲身针刺、尝药的领悟，甚至有熬药时被熏倒的危险等。现在成功了让人看到的都是满面光彩。失败了，没人去理会其背后——有多少难言的苦衷和付出。听得出来，张松为此没少吃苦，一定经历了许许多多的磨难。因为他有很多话想说而又忍了下来。

事隔不久，我要到北京出差，给张松打电话，问他有什么事吗，没想到他在北京，并且是在鲁迅文学院参加高级作家讲习班学习呢。我听了大脑有些发蒙，这家伙，正干着日进斗金的生意，说停下来就停下来了，他咋能静下心来？商人、医生、诗人这三者，他又怎么结合呢?!

第二天我赶到北京，直接找到鲁迅文学院。第一次打电话，他说还没下课，后来打电话他就不再接听，让我在校门外等了两个多小时。这小子下课后连连给我道歉说，学习时间短，只有半个月，难得有机会听到这么多作家的讲课，让大哥苦等了，晚上他请客。其实，都是共同的文学爱好者，我十分理解他，哪有真心责怪他的意思。他想不到我从家里拿来了珍藏多年的五粮液，来专程慰劳他。

当晚我们开怀畅饮，都喝多了，从始至终无所不言，讲了很多很多内心的话语，但全没了二十多年前那种冲动的豪气。事后，能在我脑海里留下记忆的有他这么一些话：馅饼是靠自己去做的，没有从天上掉下的事。我现在虽然有车有房子了，但这不是我的目标。我还要拼命地挣钱，有了足够的钱，然后去干自己喜欢干的事，静下心来，认真地写点东西，去做一些能让人生历史留下痕迹的事。

时间不长，他出了一本诗集，书名《金海岸》，还加入了河南省作家协会，并注册了一家生产膏药的什么有限公司。事实验证，张松没有口出狂言，而是真真实实、一步一步，按他的人生计划在推进。这就是现在的张松，沉稳、成熟，为了自己的理想在不懈地努力奋斗着。

女劳模带着感恩之心悄然逝去

她走了，没带任何痛苦的表情静静离去了。医生说：她创造了一个生命的奇迹，她生命力的顽强超越了极限。

她在病床上躺卧了整整十六个年头，双目失明，身患脊椎炎、子宫肌瘤等多种疾病，病魔折磨得她全身皮包骨头，下肢完全萎缩成一团，体重仅剩三十余公斤。就这样的身体状况，她竟在水米未进的最后日子里，在没有条件使用任何营养药品的情况下，时睡时醒了二十余天，当帮助过她的警察兄弟来到她病床前时，已经多日没有任何反应的她却双眼流下了两行清泪，最终，就像一盏彻底耗尽的油灯，悄无声息地熄灭了自己的生命之火。

亲人们知道，这是她倔强性格激发生命的抗争，更是她坚韧意志的挑战。生前她曾向亲人们表述了很多心迹，她有很多难以放下的心结、牵挂以及眷恋。她的一生短暂，但痛苦而艰难，所经历的磨难从精神到肉体，无一不在逼她就范。但她从不言败，从未将痛苦的一面留给亲人们，本不该五十四岁就画上人生的句号，可她还是极不情愿地告别了这个世界。

她虽然忘记了负心人抛妻弃子的伤痛，但她难以割舍年过八旬老母的关爱。在她贫困潦倒、疾病缠身，他们母子三人陷入绝望境地时，是老母亲接纳了他们，照顾卧床的她和年幼的两个孩子，为她熬药、做饭，体贴入微。她忘不了，当连日倾盆大雨将屋顶淋塌的那一刻，是八十岁的老母亲毫不犹豫地冲进雨中，深一脚浅一脚地蹚着泥水搬来梯子，拖着常年疼痛的腿一步一步攀梯子上到随时可能再次塌落的房顶，用雨布一点一点认真细致地将漏洞遮盖。就在她惊讶雨怎么突然停下的这一刻，突然听到从房顶“哗啦啦”掉下了一堆东西，接着，听到身在房顶的母亲那变了调的凄惨呼救声，这才明白了一切。但她看不到，又动不得，那种无助的绝望伤心让她只有放声大哭和呼喊：母亲，你可要注意安全啊。虽然她看不到，但她大脑没坏，完全猜测到了是母亲在为她免遭雨淋豁出了一切，一定是老母亲不顾年迈的身体，亲自登上了破旧的房顶后出了意外。那一刻，她永远不能想象出当时是多么可怕的一幕：正当老母亲要将漏洞遮盖完时，她突然从破旧的房顶掉了下来，由于母亲双臂还算有力，她在掉下的一瞬间用双臂硬撑在了上面，身体悬挂在了半空。已经没有力量的两臂开始在两个椽子中间不停地颤抖，双腿在半空中不知所措地乱蹬乱踢，情况万分危急。母女俩就这样，一个在房顶绝望地呼救，一个在雨水哗哗的房中无奈地哭喊……

她忘不了，母亲为给她看病节衣缩食，舍去脸面去街头市场捡拾菜叶和肉架下面掉下的碎肉，把拣出的好的让她先吃。为了节省每一分钱，母亲在她住院治疗期间，没有吃过一口医院食堂的饭菜，总是啃着从家中带来的凉馍，再喝几口温水就算是一顿饭了。姐妹们得知情况后心疼万分，为让母亲和她都能吃上可口的饭菜，就买来一个煤油炉，让母女俩做饭用。然而已经眼花耳聋上年纪的老母亲，用不好这玩意儿，在一次做饭中，一不小心将一头白发烧了个精光。母亲没有说一句痛苦的话，反而责怪自己心笨手拙，可女儿的心却在滴血啊。母女俩抱在一起哭。

她忘不了，姐姐、妹妹、弟弟、弟妹们一个个生活并不宽裕，但都为照顾她而倾其所有，并且毫无怨言，手足之情的关照令她刻骨铭心！

她忘不了，她生病的这十六个年头，医院的孔祥梅、高继成两个大夫每次都是精心地为她医疗，能省的钱一定省，开出的药都是最有效并且是最便宜的，他们有时还替她出医药费，不求任何回报。

她忘不了，新乡市新闻界的朋友张名直、刘新建、刘林章、黄捷在媒体给她鼓励、为她呼吁的同时，一次次为她捐款，解决她生活中的困苦。

她忘不了，公安局的领导和民警们在百忙中，从十四年前第一次帮助她，就再没将她忘记，帮她干了多少事她数不清，但真情的照顾她都记在心里。逢年过节给钱给物是常事，有什么困难都第一时间解决，特别是两个年幼的孩子更是他们精心照顾长大的，又是他们一个个求亲靠友帮助安排的工作。她在过世前，曾动情地拉着民警的手说：两个孩子是你们拉扯大的，也就是你们的孩子，过去辛苦你们了，现在拜托你们了，从今天开始你们就是孩子的亲爸爸、亲妈妈。她常说，这一生遇到的好人太多了，一生一世都难以报答完恩情，她让女儿用一个小本本记下了所有曾接济帮助过他们的一个个人的名字。她多少次含着泪叮嘱女儿和儿子：这一生我没有能力报答这些好心人了，等你们长大后，有能力了，一定要报答这些好心人，你们报答不了，要交代你们的子孙，来完成我这个心愿。否则，我死不瞑目呀！世间可抛弃一切，但不能没有良心，受人滴水之恩，当以涌泉相报。

她还放不下，没有成家的一双儿女。两个孩子太懂事了，她有病在床时，女儿还在上小学，就开始帮姥姥洗衣做饭，当同学们的一双小手还十分娇嫩的时候，她的一双手已经像成人一样粗糙有力了。当同学们上学、起床、吃饭都还需要家长催叫时，她已经能将瘫痪在床的母亲在天亮前收拾停当，瞪着没有休息好、有些红肿的双眼，接着照顾起年幼的弟弟……

她知道女儿从小就要强，总想替母亲尽可能多分担些家务，可女儿太小了，她过早地干了许多成年人干都有些困难的活儿。每当夜晚她想解手时，她都忍着，不忍心再喊劳累了一天的女儿，总希望她多睡会儿，实在忍受不了不得不喊女儿时，她都想大哭一场，是妈妈拖累了他们。正常情况下，像女儿这样的年龄，本应该像花一样得到呵护，然而，现实中女儿不但没有得到照顾，反而过早地肩负起家庭负担。有一次，她实在忍不住要小便，喊女儿时，刚从睡梦中醒来的女儿却拉着她的头发，连连问道：妈妈，怎么拉不着灯？她终于忍不住抱着女儿大哭起来，感觉很对不起女儿。

女儿考上了大学，她兴奋得一夜没有睡好。做家长的谁不盼子成龙望女成凤呀！更何况是这样艰难的家庭，能出一个大学生，这是她三生有幸呀。然而，母女俩兴奋之后，都沉默了。其实她内心万分痛苦，五味杂陈无法言表。老母亲已经年过八旬，儿子还上小学，虽然学费问题好心人已经解决了，但如果女儿上学走了，她和这个家又该怎样生存呀？

同样，女儿在她面前没有表露出任何不悦，坚定而又轻言细语地说她不想上学，说学烦了，想找工作上班。她深知女儿说的不是真心话，她知道女儿爱学习如生命，但为了这个家，女儿在哄骗自己。她知道女儿为了考上大学，每天夜读到凌晨，天不明就又听到了女儿边做饭边背英语的声音。是她，一个疾病缠身的母亲拖累并耽误了女儿的前程啊。

女儿到了该恋爱的年龄了，对方看了眉清目秀、长相俊俏的女儿后十分满意，但当听到她的家庭情况后，不少人就又摇头了。每当她伤心自责拖累了女儿时，女儿安慰她说："你生啥气呢！一个没有孝心的人，我和他生活你放心吗？"

儿子也长大了，在警察叔叔的安排下当兵了。两年后复员了，也该恋爱了，可他们娘仨上无片瓦，下无立足之地，她多想为儿女们买套房子，让他们有个安身之处，这是一个做母亲最基本的心愿，但这对他们一个刚解决了温饱问题的家庭来说，就是一个天方夜谭般的梦想。

尽管她一生没有给亲人和儿女们丢脸，上学是尖子生，参加工作是劳动模范，但婚姻的失败和多病的身体，让她伤透了脑筋，她深感对不起亲人们和时时关心她的好心人，她为他们付出的太少太少，而从物质、金钱到人情上欠账却太多太多，她不想走，她多么想报答他们，最起码对他们说声谢谢，道声珍重。可她嘴已无力张开，她知道亲人就在身边，她多么盼望奇迹出现，让她睁开眼，告诉亲人朋友：不要伤悲，我这一生为你们添了太多的麻烦，再不想拖累你们了，你们为我付出太多太多，来世我再报答你们吧。

尽管有太多的不舍，但她还是无声地逝去了。家人们理解她的心情，儿女更是明白她的心愿，哭喊着告诉她：放心吧，妈妈，我们会一一兑现你的心愿，让好心人终有好报。

她走了，以极不寻常的人生经历，走完了一个普通人坎坷的一生。很多人都被她在岗时的敬业精神和遇到困难从不言败的品格所感动。她的名字叫许秀莲，享年五十四岁，卫辉市汽修厂工人，市劳动模范。

人生难解

深秋的早晨，空气清凉湿润，干交警的我迎着朝霞又站在了高峰岗上。

突然，在斑马线的尽头，一位五十多岁头发花白、身材清瘦的老者进入我的视线。只见他手推一辆破旧的自行车，车后架上挂着一个菜篮，想过马路，又惊恐地两边张望，进退多次，最终还是原地不动。我目睹此景，立即打了一个行车避让行人的手势。老者见疾驶的汽车停下后，便一个弓身急速过了马路横线，然后，回头向我微微一笑。我望着渐渐远去的老者，一个幼儿时代十分熟悉的身影突然在我脑海中闪现，是他，肯定是他。

下了高峰岗，我心绪难平，现在的他怎么如此呆板？与我幼时的记忆相差太远了。他叫王解放，是一位教授的儿子，三十二年前我就认识了他，当时我刚上小学，学校的隔壁住着“青年队”。一天，我听到贫农代表在议论说：“青年队”又来了一个“右派”的儿子，就是王解放。我第一次见到王解放，是在学校的篮球场上，当时“青年队”与高中的联队打友谊赛，就是外行人也能看出，王解放在球场上真是出类拔萃，无论是进攻还是防守，动作都很到位。只有一米八左右的他竟能扣篮，整个比赛中，掌声为他一个人响。“右派”儿子的坏印象，顿时在我脑海中荡然无存。后来，我发现他在操场旁边的石礅上吹口琴，什么曲子调子我听不懂，但我看得出来，他十分专注，仿佛倾注了他什么感情。有一天放学，我又发现他的一个专长：在大队部旁边墙上，手握一把扫帚，用白灰制成的“墨汁”书写标语。万万想不到，如此简陋的工具，他竟写出了让六十岁的李老师赞不绝口的字。由此，王解放在我幼小的心灵上留下了很深很深的印象。

后来，又发生了一件当时我并不明白的事情，大队支书的“千金”巧枝和王解放“好”了。当时，在我们这些孩子眼中，巧枝成了“破鞋”，支书更是暴跳如雷，又是打又是骂。王解放同样在劫难逃，又是隔离审查，又是大会斗小会批，全村上下充满了政治斗争的火药味。可巧枝就是不改口，王解放更是沉默无语，支书气得在全村大会上扬言与女儿巧枝划清政治界限，断绝父女关系。

事后，巧枝还是与王解放结合了。

随着“文化大革命”的结束，知识分子政策的落实，“青年队”的人越来越少，王解放父亲的问题同样得到解决。他的父亲走上一所大专院校的领导岗位，而王解放没有走，不是没有条件和机遇，而是主动要求不走。最后，“青年队”百十号人只剩下了王解放一个人，他在村中落了户，日出暮归，在田中劳作，成了一名真正的农民。

他的战友们没有忘记他，村中来信，数他的信最多，还有人开着小车来看他。村上有人说：巧枝在无人时经常抹泪，王解放发现后总是抱着她，给她擦泪。还有人说：王解放要走了，要和巧枝离婚了。但最终王解放没有走，并且除了下地干活外，很少出门。

村中的群众还知道，“青年队”出了很多有本事的人。“书呆子”赵四当了厅长；“机灵鬼”刘跃进当了县长；“惹事佬”李军华成了大款，还娶了个洋妞，并且是二婚，听说生意都做到美国了；“四子眼”孙长华留学加拿大，并定居那里……

不平静的我对此思考了很多很多，假如王解放没有巧枝这段姻缘，现在又该如何呢？或者，王解放也走了，又该如何呢？

爱情故事是人类永恒的话题，而人生的解读则是多种版本啊。

辑三

亲情永恒

游子圆梦

母亲今年八十一岁了，每次与母亲相聚都刻骨铭心。暮年的母亲令人酸楚，高高的个子不复存在了，腰弯背驼，患有老年痴呆症使母亲说话语无伦次，生活自理都有困难。然而，母亲的脸庞上被沧桑的岁月刻满皱纹，一双有神的大眼睛和浑身上下充满的力量，始终使儿女们充满敬畏。母亲对往日仿佛失去了记忆，孩儿的名字叫不上一个，邯郸、邯郸却成为她唠叨频率最高的词语。整日陪伴在母亲身边的兄长解释说：母亲想家了。

我家原籍河北省邯郸市郊区西天池村。然而，我们兄妹五个都出生在河南省卫辉市。细细算来，母亲已离家六十年有余。如果父亲健在应为九十一岁了。父母为何背井离乡来到卫辉呢？据说，当年有一位名叫李杰的舅爷在太行山打游击，为了生计，父母投奔而来。在我五六岁时，我记忆中还见过这位个子不高但很和蔼的长辈，印象最深的就是在那个年代随父亲在他家吃了一顿清蒸带鱼，他当时是一位厅级干部，家住郑州市。

因此，在卫辉我们没有什么亲戚，除弟兄几个有岳丈等亲戚外，堂亲、表亲统统为奢侈亲情。对此，全家人，无论住在城关，住在乡下，还是上学、参加工作，都是精诚团结，即便成家立业、结婚育子，全家人，无论兄弟姐妹还是妯娌女婿，十余口都和睦相处，亲情浩荡，视卫辉为养育自己的故土。除了和家住邯郸市的两个姨妈和家住邯郸市武安大伯家的堂兄们常有来往，其他的都逐渐模糊和生疏了。西天池村是个什么模样？家中还有多少亲门近族？姥爷家族情况如何？还有多少表亲？因为父亲的早逝和少辈们较少走动，知之甚少。

已进入混浊思维的母亲的思乡情结，唤起了我们兄弟几人寻亲问祖的热情和渴望。于是，我和母亲、长兄及二哥的长子趁着一个周日踏上了回家寻根的路程。

道路顺畅，车速很快，不足两个小时我们就来到了神秘、陌生而又充满亲情的河北省邯郸市。在小姨妈家，母亲和两个姐妹相聚了，她们时而互相审视，时而欢笑，时而又泪流满面。往日的天真，往日的嬉闹，往日的惦念……此刻都难以用语言表达。母亲无语，但有领会，满面笑容，长时间地凝视她久违的亲人们，一会儿又前言不搭后语地说一些家乡话，引得亲人们满堂大笑。吃饭时，两个姨妈轮番给年长的母亲夹菜，菜掉了，姨妈就捡起来放进自己口中吃掉，血浓于水的亲情，让我们这些晚辈看着感觉喉咙发紧，鼻子发酸，眼睛发潮……

饭后，我和兄长提出到西天池村看看的想法，了解情况较多的大姨妈就自告奋勇当向导。于是，我们就驱车直奔西天池村。然而，邯郸市的飞速发展，高楼大厦的拔地而起，宽敞道路的纵横交错，还是让十分自信的大姨妈眼花缭乱，搞不清方向。我们一边安慰着七十多岁的姨妈，一边下车探路问访，很快就进入了随时都可能与市区融为一体的西天池村，大姨妈轻车熟路领我们到了她的一个姑舅表亲的表弟——我们应喊表舅的家里。此刻，我们才知道母亲的姥姥家与我们张家同为一个村，母亲姥姥家又为村中大户，占村中人口百分之九十以上，亲表舅就有三十八人之多。同时，我们也了解到姥姥家就在邻村，姥爷弟兄四个，名声最大的要数大舅姥爷了，曾当过军阀阎锡山的外文老师。姥爷是一位远近闻名的郎中，日本侵略中国时被抓走当劳工，从此杳无音信。姥爷家的人多为文化人，表舅、表姨们多在外地工作。听了这些介绍，使我们身在异乡的游子很有一种荣耀感。

表舅已经六十岁，姓汲，刚好与我们卫辉市的原名汲县的“汲”同字，这让我顿时倍感亲切。虽和他从未见过面，但他对河南我们家的了解使我们感动万分，没有一丝生疏感。当他知道我们的来意后，当即领着我们来到与我们家血缘最近的一位堂兄家。走进院门，出来迎我们的是一位六十岁开外、个子不高的老汉，他一听表舅说是河南来的，就一把拉住我连连说道：“我叔家的人。”并喊出张新民、张新国我两个兄长的名字，一股血脉之情迎面扑来。进到屋里，炕上坐着一位面目慈祥的老妇，没等介绍我就猜肯定是堂嫂，果然如此，因为堂嫂腿刚动过手术，不能下地走动，就在床上拍着手连连说道：“你们一走几十年，我从过门到现在都没见过叔叔、婶婶、兄弟们，你们咋不常来家看看呢?”堂兄接着说：“这可是咱张家的老根呀。”此刻，手足之情不用任何渲染，瞬间就会让我们深深地体会到。我们兄妹五个生在外地，长在外地，哪知原籍还有这么多亲戚近族的亲人在惦念着我们。此景此情，让我们深深体会到这一脉相承的血缘。

已经六十二岁的堂兄拉着我们到他家房后，给我们指认我们的老屋，说这是大伯家的，那是我们家的。然而，所指之处都成了一片废墟，堂兄还不断自责没有看好这片宅基地，叔叔如果健在会批评自己等，其脸上那股认真、严肃、凝重的神态，让我们兄弟俩除了感激，还是感激。同时，也安慰他，过去的事就让它过去吧，宽者为上嘛！说不完的情，道不完的话，几十年的分散聚合，岂能在短短几个小时中唠完，我们执手相看泪眼，最后在表舅、堂兄、姨妈的声声挽留中和他们依依惜别。

暮色中，车轮在飞转，车内的感叹在延续。更令我们几个激动不已的是母亲，竟拍着手，打着响舌，手舞足蹈地说着也只有她才能明白的话语。母亲清晨 7 时起床，到现在已经整整十五个小时没有假寐和休息，精神却如此之好，说明今天我们的举动符合了她的心愿，实现了她念家、想家而又无法用语言表达的回家之梦。

母亲，祝您长寿！亲人们，我们虽在异乡，但我们不会忘记我们一脉相承。我们会像一颗种子一样，无论身在何处，都会让我们祖辈的优良传统生根、发芽、开花、结果。

母亲老了

尽管母亲已经八十七岁高龄，还有些老年性痴呆，但她的身体十分硬朗，与她拉手，她的力气绝对让你不敢相信这是一位年近九旬老者的力量。原来饭量也很大，与五十岁左右的人饭量没什么区别。然而，仿佛一夜之间母亲老了，性格刚毅并有些暴躁的她，突然安静了，吃着饭就会睡着，并且饭量急剧下降，甚至不想进食，坐在那里全没了往日的小动作和唠叨，而是静静地不言不语，神态十分安详。躺在床上还时不时地尿床，在他人的帮助下，才能原地站立，不能自主迈步。我不敢相信现在的一切。在我的记忆里，母亲永远是一位强者，这一印象是深深刻在我们全家老少的脑海里的。

我们兄弟姐妹五个，父亲一人工作，身体还不太好，挣的工资远不够全家开支。要强的母亲不等天不靠地，就号召比我年长的兄、姐拾粪卖钱，全家最盼的就是刮风，一刮风满地树叶，全家老少在母亲的带领下一起上阵，将树叶收起运回家，再与泥坑中挖出的泥土拌在一起，浇上几桶水就闷了起来，时间不久，一堆有机肥就发酵成了，然后卖上一块两块来贴补全家生活。为此，年长的大哥整日抬土干活，超体力的劳动让他成为全家男儿中个子最矮的。然而仅靠这些收入，还远远不够。20 世纪 60 年代初，很多人食不果腹，母亲为了全家人的生计只身南下信阳、驻马店，去用旧衣服换取当地的红薯干，或者北上淇县、汤阴、安阳购买比本地便宜的胡萝卜救急。去一次不容易，她就设法尽可能多带，再努力也只能一次带回两麻袋胡萝卜或红薯干。母亲一人背两麻袋是背不动的，她就背一袋先走一段路放下，再回头背第二袋，就这样反复交替进行，直至运到火车上。这是一个正常男人都很难完成的任务，可母亲为了她的儿女，以母亲特有的付出，都面对担当了。常常是汗水裹着泪水，泪水伴着汗水，湿透了整个衣襟。然而，母亲却没有对任何人抱怨过一句，没向亲人们叫过一声苦喊过一声累，在全中国生活都很艰难的情况下，我们全家在母亲的支撑下，一个个都健康地生存了下来。

在日常生活中，掌管着全家经济命脉的母亲，从不空花一分钱，事事处处精打细算，从吃饭穿衣到点灯起居，母亲无不一一安排考虑。姐妹兄弟的衣服都是逐级下放，实在破旧得很了，母亲就会将里面的翻过来再次缝制，就像新衣服一样再次上身。虽然我们的衣服破旧点，但每人身上的衣服都被母亲洗得干干净净。母亲常说：人穷志不短，不能让别人看不起，学习雷锋，新三年旧三年，缝缝补补又三年，浪费是极大的犯罪。因此，凡是她能干的事，绝不让别人去干，更不会花钱让别人去做。我们弟兄几人的头发，母亲都不让去理发店，去理发店理发一人是要花一毛钱的，为节省这一毛钱，母亲就亲自为我们兄弟几个理发。母亲并不会理发，我们哥几个理发时常常是连推带拔，谁说疼了，"啪"一巴掌打在头上，疼上加疼，弟兄几个全没了声音。理一次发就像过一次刑，理得个个泪流满面，只好咬着牙、挤着眼熬过这一关。所以每当母亲招呼理发时，弟兄几个都会说同一句话：头发不长，再等几天吧。宁可头发长得盖住了眼，也不愿让母亲理发。

20世纪60年代末，全家人响应毛主席的号召，到农村去锻炼了，说全家，其实就我、二姐、母亲。大姐参加了工作，二哥到青年队插队了，大哥参加军工"三线"建设了。当时我还没上小学，刚六岁，二姐年长我九岁，十五岁就与母亲一起担起了全家人的农务劳动，因为劳力少，农活多，常常起早贪黑。有一件事到现在我还记忆犹新，一次，母亲带姐姐和我到村东地收棉花秆，为赶时间，我们吃过中午饭就在地里干了起来，当将棉花秆全部装上车时，太阳还是落山了。于是，二姐在前面拉，我和母亲在后面推，费尽了全部力气，可车轮就是动而不走，我们三个人继续拼尽全身力气使劲往外拉，可车轮只向前滚动了几步，就又原地不动了。离地头边上的路还有很长一段距离，时间却不等人，夜幕越来越深。初冬的夜晚是很吓人的，四处黑灯瞎火，伸手不见五指，加之北风呼呼，吹得人不敢往远处看，要不是母亲站在身边，我早吓哭了。此刻，空旷的田野里就剩我们母子三人了，一种孤独无援的凄凉，让我至今想起来还想掉泪，可母亲很镇定，对我们姐弟俩说：歇歇我们再拉，明天我们还有很多活要干，不信我们三人都拉不走这车棉花秆。母亲虽这么说着，但明显听出她语气中的焦虑，天真的太黑了，我真的太恐惧了，湿透的衣服被北风一吹，我仿佛进了冰窖，冷得全身颤抖，眼泪止不住地哗哗直流。立在我旁边的母亲抚摸着我的头，没有言语，我似乎感到了母亲的伤感。就在这时，突然看到从村里方向，有个很小的火光一闪一闪地过来了，这在漆黑的夜晚是很刺眼的，我们三人都屏住了呼吸，紧紧盯着火光方向，是盼望，是紧张？我们三人都愣在了那儿。等火光近了，突然听到了一声呼喊我名字的声音，原来是我哥哥的好朋友——小群哥哥。顿时，我一阵狂喜，连连应声。原来，小群哥吃过晚饭到我家去聊天，看到家中无人，猜想全家一定还在地里，就急匆匆赶来了。说不清是感激，还是委屈，黑暗中，我首先情不自禁哭出了声，接着我听到姐姐的抽泣声……小群哥的到来解除了我们的困境。这时，母亲对我和姐姐说道："要记住你小群哥的好，要知恩图报啊。"为此，至今凡是小群哥家有什么事，我只要知道了，都是一马当先，视他为亲哥哥。

母亲是个眼里揉不进沙子的人，在她面前必须实话实说，老老实实，办不得一点儿出格的事，在做人处世上对我们哥几个要求是严之又严。她疾恶如仇，虽然是个女人，但是常常敢在众人面前仗义执言，打抱不平，因此，母亲在街坊邻居中威信很高，还被评为治安积极分子，戴过大红花哩。在下乡期间，她曾一人勇敢面对过一个身强体壮的小偷，回想此事，我还有些心有余悸。有一天夜晚，我和母亲正休息时，母亲突然被一阵响动惊醒。当时我们住在一个大杂院，南屋是大队的科研实验室，响声似乎就从那里传出，我想不到母亲那么胆大，只见她没有丝毫犹豫就只身打开屋门，静静地观察守候，年幼的我总怕母亲受到伤害，就紧紧地站在母亲身后，握着一双小拳头。一会儿，只见一个黑影从南屋窗口跳了出来，只听母亲大吼一声“站住”，一下将黑影吓得跌坐在地上。我紧随母亲冲到黑影面前一看，原来是本村名叫三宝的好吃懒做的家伙，怀里抱着一堆瓶瓶罐罐。母亲厉声质问他为啥要偷东西，他连连表示马上退回，同时也威胁母亲少管闲事。我忽然想起母亲日常教我的一句话，不自觉厉声吼道：好人好事有人夸，坏人坏事有人抓，你偷东西我们就要管。三宝只好将所偷的东西放回原处，灰溜溜地走了，最后向母亲说了一句：我错了，我再不敢了。母亲这种大义凛然的形象，深深刻进了我的脑海，成了我一生的榜样。

母亲的一生是艰难的一生，吃尽了人间苦头。年轻时与父亲从河北省邯郸来到河南省卫辉，举目无亲，靠父亲一人的工资拉扯着众多的子女，有饭总先让给别人，有水总先端给他人，享乐都推给别人，辛苦却留给自己。除了付出，从没有任何索取。后来，我们兄弟姐妹都参加了工作，她老人家还改不了省吃俭用的习惯，春节还不舍得买肉，往往还是几斤肉要拌进十几斤的萝卜，吃上一个正月。当大家建议多加些肉时，她就会说：“肉不少了，多好吃呀，再加肉就腻了。”子女们深深理解自己的母亲，再没人吱声，都怕伤了母亲的自尊。母亲虽然从苦日子里过来，但她很会做饭，让大家吃得高兴。常常用有限的肉，想着法做出很多种菜，等这个客人来，盼那个亲人到。如别人不来，她又怕做好的菜坏了，就会热一遍又一遍，自己从不吃一口，哪怕坏了她都舍不得吃。她这一习惯，一直保持到晚年。

等母亲把最小的一个孙子看管到上小学，该享清福了，她却患了老年痴呆症，没有了欢乐和沟通。她似乎一夜之间老了许多，全没了往日的精气神。母亲啊，一个个子孙没有忘记您的哺育之恩，都有一片孝心想敬奉您，也想告诉您，我们的日子一天比一天好起来，可与您没有了感情上的交流，特别是您的身体让我们心理压力很大，有时甚至担心得夜不能寐。想起您的一生很觉对不住您，您付出的太多，而获取的太少了。然而，又有一种自豪，因为您光明磊落的一生始终影响着我们，让我们兄弟姐妹在各自的工作岗位上都有所成就，您的品行也始终激励着我们去认真做人做事。同时，我们也想真真切切让您老人家感受到我们的孝心，来报答您老人家一生的无私付出，让您度过一个幸福安康的晚年。

母亲，一位极普通的家庭妇女，一生没有什么惊天动地的非凡事迹，却以自己的勤劳、智慧，营造了一个安定祥和的家庭。一位没有文化的文盲女人，却培育了一批对社会还算有所贡献的子孙后人。这就是平凡中的伟大，这就是伟大的母爱的力量，这就是对社会默默做出另一种贡献的幕后英雄！

母亲，我们永远爱您！

难忘姑妈

十多年来，有一个奇特的现象总在我身上出现，令人百思不得其解。每到清明节，农历七月十五、十月初一等民间所谓鬼节之前，我都会在没有任何人暗示的情况下，不可自控地梦到姑妈，让人喜悲参半，常常泪流满面地从梦中醒来。喜的是，梦中亲人相见；悲的是，永远阴阳相隔。此刻我就思绪万千，心潮澎湃，久久难以平静。我将这一情况告诉亲人们，他们就说，姑妈念挂你了，因为姑妈最亲你呀；也有人说，日有所思夜有所梦，你思念姑妈了。不管怎么解释，我都确实对姑妈有着深厚的母子般的情怀。

姑妈命很苦，婚姻被骗，一生没有生育。但倔强而又豁达的性格使她一生的心态都很好，无用的话从不多说一句，面对困难从不轻易言败，再苦再累都是自己忍受，让人看到的总是一副慈祥和蔼的神态，她用自己温暖的言行关怀着周围的每一位亲人。姑妈如果健在，应该近 90 岁的高龄了，然而她离开我们已有十余年了。她的身影时常历历在目，仿佛她并没有离开我们一步。在我断断续续的耳闻中，我知道年轻时的姑妈是方圆百里的大美女，高挑的身材，腰身挺拔，皮肤白皙而细腻，一双明亮有神的大眼睛总是带着和蔼可亲的笑容，直到晚年，她明亮的双眼还像一潭清水，让人难以忘怀。我们原籍是河北省邯郸市，在那兵荒马乱的年代，她偶遇了在河北省武安县教书的一个书生，也就是我后来的姑父，聪明漂亮的姑妈深深吸引了姑父，姑父的博学多才也赢得了单纯、涉世不深的姑妈的好感。人生的命运往往不可预判，姑父为了获得这份爱情，对姑妈隐瞒了在河南卫辉老家还有妻小的事实。

当姑妈带着对未来美好的憧憬，兴高采烈地随姑父来到卫辉时，眼前的现实让她惊呆了，她哭，她闹……可心有愧疚的姑父除了无语，就是紧紧抱着姑妈好言相劝。在当时那个嫁鸡随鸡、嫁狗随狗的社会里，一个身在他乡的弱女子又有什么更好的选择呢。姑妈面对还算通情达理的姑父的结发妻子，以及五个未成年的子女，只有将屈辱咽进了肚子里，含泪融进了这个家庭。

转眼全国解放了，姑父的五个儿女一个个都先后远走高飞了，其母亲也随二儿而去。家中只留下了身患肺结核病的姑父和伺候左右、相依为命的姑妈。在后来的岁月中，特别是历次政治运动中，由于姑父任过国民党时期的督学，姑妈和姑父每次运动都受到不同程度的冲击，日子过得万分艰难。在我的记忆中，姑妈家没有一件像样的家具，满屋堆积的都是从商店捡回的纸箱，里面装着破破烂烂的衣服和不值钱的杂物。姑妈还经常到街头拾一些菜叶，当街坊邻居问时，爱面子的姑妈名曰喂鸡，实际上自己都偷偷地吃了，尽可能省出有限的粮食和好的蔬菜让给身体有病的姑父。因为他们的生活费和医药费只能靠儿女们每月寄来的十五元钱维持。面对如此艰辛的生活，姑妈从没向儿女们主动张嘴和抱怨过一句，生活虽然清贫，但姑妈和姑父依然相敬如宾，从没见他们红过脸大声争吵过。

20 世纪 70 年代初，我上小学四年级时，为了能到县城得到更好的教育，我离开了在乡下的母亲，来到了姑妈身边。这时姑父已经病逝，姑妈只身住在一个空旷破败、房屋常常漏雨的院落里。从此，我和姑妈相依相伴，起居生活全由姑妈照料。在我的印象里，孤单而又历经磨难的姑妈，从没有抱怨过社会对她的不公以及她人生的艰难，总是充满了自信，笑容时时挂在她的脸上。我到她家之前，她在家养了一只狗、一只猫。都说猫、狗是冤家对头，可姑妈将这两只小精灵调教得和睦相处，并且姑妈一声令下，一个手势，都能叫它们翻身打滚、作揖、握手、跳跃，十分通人性。由于我的到来，两只小精灵受到了许多冷落，已年近六旬的姑妈每天天不亮就起身为我做饭，然后送我到街门口，千叮咛万嘱咐路上注意安全，好好学习，不要和别人多说话，等等，特别是“出门不要多说话”这句话，总要多交代一下，这也许是她特殊的阅历，政治上长期受冲击的缘故吧，总怕祸从口出，被人抓了“小辫子”。中午放学，如果我没有按时回来，姑妈就会站在院门口等啊等，等不及了还要迎上一段路程，总怕我发生意外。吃过午饭必须让我睡一个午觉，她为了看死盯牢我，就坐在床前一动不动。天冷时，她不时地为我压压被子；天热时，她就拿着蒲扇为我扇凉。我睡着了，她怕惊醒我，就看着一只破旧马蹄表一圈一圈地转着，到点了，就轻轻唤醒我。冬天，为能让我多吃些东西长身体，她将火炉旁烤好的又香又甜的红薯，给我装满衣袋。夏天，她将一碗早早准备好的冷热适中的藕粉汤端过来，目睹我一气喝下去，这在当时可是难得的奢侈品啊。在当时，年幼的我并不知道这是姑妈省吃俭用，甚至到街头捡破烂废品卖的钱来给我补充营养的，只知道姑妈很疼我，很爱我，那种亲情甚至比母亲给予的还多。

姑妈没有文化，但很通情达理，在与姑父家几十人的家族相处中，没有与任何人闹过矛盾，虽然她没有自己的亲生子女，可无论长辈、同辈还是小辈都很尊重她。她吃苦耐劳，全家几十口人的饭菜都是她一手操持，并对姑父的儿女视同己出，精心给予照料。然而，姑妈却没有向任何人述说过自己的不幸和艰辛，总是惦念着别人。在我与姑妈一起生活的几年里，我无数次目睹过姑妈自己不舍得吃喝俭省下来粮食，来关照千里之外的子女们。

五表哥在甘肃省玉门铁路部门工作，常常想吃家乡的土特产，红薯、粉皮、粉条、柿饼等，姑妈没有任何怨言，不顾年迈的身体只身到乡下托亲找友，买来五表哥所要的东西。然后，连夜蹲在煤油灯下，一针一线地缝袋打包，而后按着五表哥来信的交代，马不停蹄地肩扛、手拎，迈着小脚经过千辛万苦送到新乡火车站找到五表哥的熟人送上车。由于这趟车是深夜到新乡站，姑妈往往要忙活整整一个晚上，通宵不睡。不知当五表哥品尝到这些家乡的特产时是否想过，他没有任何血缘的婶母付出了只有母爱才能做到的超常的奉献。而我则因年幼，更是要担惊受怕一个晚上，姑妈一出门，我就用被子蒙住头一动也不敢动。有一年冬天，姑妈又要为三表哥送东西（三表哥在广州铁路部门），怕我冷，就没有将煤火堵死，让我取暖并提醒要照看煤火。姑妈走后，我就蒙头迷迷糊糊睡着了，一觉醒来急忙看火，煤火已经没有一点明火，用手一摸只是温温的，年幼无知、不知所措的我，就拿起床前的煤油灯，拔下灯头就往煤火口倒去，谁知刚一出手，“轰”一下，一团火球就冒了出来，一下将我的头发全烧焦了。此刻，姑妈送站也回来了，目睹此景，紧紧地抱着我，声音颤抖地说：孩儿你咋能干这傻事，这是要命的事啊。出事了我咋向哥嫂交代呀！说着眼泪夺眶而出。这是我一生见到姑妈两次流泪的其中一次，另一次是我父亲病逝后，姑妈整整哭了一个多小时。此后，我再没见姑妈在任何时候掉过眼泪。姑妈的内心世界强大而刚毅。

我参加工作后，姑妈见了我，还是我从小就听耳熟的一句话：“出门不要多说话，要好好工作，咱们老家是外地的，要争口气。”姑妈很理性，除了这些话，从不多说无用的话。我们兄妹几个都很敬重姑妈，就像尊敬自己的父母一样，都会积极主动地帮她干些杂活，对她在情感上甚至超过了自己的亲生母亲。后来，我母亲也从乡下回城了，我们与姑妈住在了一起，但姑妈一定坚持自己做饭，总怕给我母亲添麻烦。如果她要改善生活做顿好吃的，就又伙在一起。这种分分合合的生活直到她临终。

在姑妈近八十岁高龄时，有一天我们忽然发现姑妈一天都没有起床，我们急忙问她时，她说扭腰了，我们兄妹几个就心焦地连忙将她送到医院。一个疗程下来，姑妈身体好了许多，并能下地走动，这才让我们几个紧悬的心放了下来。姑妈的病好转之后，我们才将姑妈生病的情况通报给几个表哥、表姐。近的当即就跑来了，上年龄的派代表来了，来不了的寄医疗费过来了，都表现得很不错，让姑妈很欣慰。特别是五表哥见到瘦弱的姑妈后，动情地拉着姑妈的手说道："您老人家为我们方家操劳了一生，受尽了人间辛苦，为我们付出了太多太多，从没有给我们添过一点麻烦，我们三生有幸啊！从今天起我代表我们兄弟五人改口，不再喊小婶，要喊妈妈了，您就是我们最亲最爱的母亲。"说罢，跪在了姑妈面前。姑妈望着表哥庄重的神态，慈祥地笑了。此刻，表姐的孩子们也来了（表姐已经病逝)，非要接姥姥去他们那儿住不行。我目睹此景此情，感慨万分，姑妈虽然与他们没有一点血脉之缘，但他们的情分没有丝毫虚假，每人都是发自内心，感情早已经血浓于水，我知道这是姑妈的德行征服了他们，是姑妈的胸怀和付出赢得了他们的信任和敬佩。人生有爱，才会有亲情，有亲情才会有凝聚，有凝聚才会有力量，有了力量才会战胜一切困难。姑妈就像一本内容丰富的书，更是中华民族优秀女性活生生的典范。

然而，姑妈的病在时好时歹的几次反复中，还是加重了。在她弥留之际，我们兄妹几个围在她病床前，想给她最大安慰，然而，她却颤抖着手从身上摸出一个用小手绢包裹的东西，思维依然十分清晰地说道："这是我一生的积蓄，六百元钱，你们的晚辈都还没成家，看来，我不能向他们祝贺了，这是给六个孙辈结婚的心意，每人一百元的礼钱，拜托了。"说完将钱包塞给了我的兄长。此时此刻，我们兄妹几人早已泣不成声。姑妈您放心吧，我们一定会将您无私的爱一代代传下去的，会将您的人品永远记在心中，让您的这种美德伴随着我们的生命一代一代延续下去。姑妈，您放心走好！

父亲与儿子

我是一个父亲，面对帅气十足、已经成家的儿子，心里十分欣慰，我常常为自己的“作品”而感到自豪。然而，我还有一个心结，每当我发现儿子某些不足时，我就对自己失去了自信，会情不自禁地扪心自问：我是一个称职的父亲吗？为什么对儿子管教这么严格，还会出现这些问题呢？子有错，父之过呀！由此，我会无法自控地联想起自己的父亲。

我的父亲已离别我们三十余年了。在我记忆中的父亲，高高的身材，清瘦笔直，一年四季的衣服上都有好几处补丁。衣服虽旧，但洁净整齐。父亲不善言谈，对我们五个子女疼爱有加，但不溺爱。严父慈母，在我们家正好相反。然而，我们在内心深处却更惧怕父亲，因为他的眼神特别犀利，每当谁犯了错，没一个人敢与父亲对视，他的眼神常给人不怒自威的感觉。

父亲身体不好，久有胃病，母亲对父亲的照顾可以说无微不至，每顿饭都是想着法子去做，每碗饭、每盘菜都是亲手端到父亲面前。在我们家有条传统的铁规，最好的饭菜首先是父亲的，父亲不到，全家任何人是不能先吃饭的。父亲是我们家的顶梁柱，我们全家七口人全靠他的三十多块钱工资生活。每项开支母亲都是精打细算，为了维持一家人正常的生活日夜操劳，吃尽苦头。也许是这个原因，父亲处处让着母亲，哪怕母亲在家中盛怒时，他也像什么事情都没有发生，依然正常做着自己的事情。

父亲终身是个校工。解放之初，父亲为参加革命，从河北来到河南，组织上曾安排他走上领导岗位，他坚持说自己没文化，胜任不了领导工作，做具体工作更适合自己。父亲就这样在一个学校，一个岗位一干就是三十余年，直至退休。因此，卫辉一完小毕业的好多学生，甚至忘记了班主任是谁，却没有忘记学校上课打钟的“张大爷”。我的记忆中，父亲很少在家住宿，除了吃饭在家，无论白天还是晚上都待在学校。白天，他每隔四十五分钟就要敲一次课堂钟，其间还要为一千多名师生烧开水、打扫校内卫生、分发全校的报纸等，干许多杂活；晚上，人还不离校，负责学校的门卫和巡逻。父亲就像一头老黄牛一样，总是默默地干完这个干那个，工作量大，工作时间久，并且是日复一日、年复一年，没有昼夜之分，没有节假日轮岗，整日手脚不停地忙活着。一双大手无论何时伸开，总能让人看到缝隙中残留的煤灰痕迹。然而，我们全家人却从没有听到过父亲的一次抱怨或牢骚。曾有调皮的学生，把父亲的日常工作编成顺口溜嬉闹：老张打钟，屁股朝东，一拉一松，白天扫地，晚上打更，就像一名老长工。少时的我听了此话，怒火中烧，认为这是对父亲极大的不尊重和人格侮辱，恨不得撕吃了这家伙。现在想想，这不正是对父亲勤劳本分、严肃认真、忘我工作的生动写照吗？父亲三十余年敬业爱岗的校工生涯，足足影响了卫辉城内的三代人。

我在家是最小的，父亲对我有着特殊的宠爱。那个年代生活极其艰苦，解决温饱都是生活中的头等大事。然而，父亲因身体原因，母亲常为父亲备有酒肉，他吃一口必定也让我吃上一口。后来，兄弟姐妹五个里我个子长得最高，不能说与此无关。父亲也舍不得常买肉，为了节省开支，他想出一个妙招，去烧鸡铺买鸡汤，一毛钱买上一大茶缸，黄黄的鸡油在上面漂厚厚的一层，诱惑得让人垂涎三尺。午饭时舀上一点放在锅里，顷刻间，满屋都是香喷喷的鸡肉味儿，既解馋，又省钱。穷人自有穷人的解馋法啊！然而，这却成了我记忆中最美的佳肴。

父亲说自己没文化，可他稍有空闲就手不离报纸，尤其爱看《参考消息》。上面刊登的国内外一切大事，他都逐条过目，但他从来只看不说，不对任何事件和人物发表自己的看法。为此，我曾问过父亲：你没文化怎么能看懂报纸？他告诉我，当年家里穷，上不起学，就私下跟着村中私塾先生学了几个字，正因为文化不高，他的好多设想都无法完成，这一辈子就这样废了。父亲的话虽然简单，但我能感受到面似平静的父亲，内心世界的波涛汹涌，他的理想和炽热的情感。父亲是一个有思想的人。

父亲对我的学习十分关注。小学四年级时，我原在回民小学上学，并且班主任是大哥，但父亲还是放心不下，执意让我转学到一完小，来到他身边，可见父亲对我的重视。而我从小调皮好动，对学习不是那种安分守己型的，学个一知半解就左顾右盼贪玩起来了，成绩很不稳定，这一不良习惯被班主任通报到了父亲那里。课间时，父亲很平静地将我喊进传达室，没有打我，也没有呵斥我，我一头雾水站在那里。突然间，父亲扬起巴掌朝着自己的脸上狠狠地扇了几巴掌，边扇边说道：你整天吊儿郎当，不好好学习，让我这老脸往哪儿放！父亲这一让人始料不及的做法，让我惊恐万分。我一把拉住父亲的双手，泪水哗哗地向父亲保证，今后一定安心学习，再不给父亲丢脸了。这一幕在我内心深处埋藏了三十余年，让我刻骨铭心，终生难忘。随着年龄的增长，我才慢慢读懂了父亲的善良，心地善良的父亲舍不得打骂儿子，可又对儿子的所作所为极为不满，无法容忍的父亲最终选择了自我伤害，以警示他疼爱的儿子。这一幕，激励了我一生，让我无论做什么都很认真、专注。父亲的那一幕，胜过了所有的说教。

父亲的事业是平凡的事业，在这平凡的事业中蕴含着父亲的伟大。在父亲即将退休时，师生们才深深体会到他们离不了父亲，校领导更是认识到，想再找到像父亲这样任劳任怨、兢兢业业、不计名利的人来接替父亲的工作，已不可能了。因此，校领导极力挽留父亲再坚持干几年，不少学生拉着父亲的手不忍离去。父亲退而不休，最终累倒在工作岗位上。父亲前期是心肌梗死，后又患上肺癌。为了医治父亲的顽疾，刚刚十七岁的我与家人四处求医问药，其中有位医生告知我们说，北京刚生产出一种新药，能医治父亲的病，且疗效不错。我们仿佛看到了救星，大哥当即就骑上自行车，带着我奔向卫辉火车站。人刚跑进候车室，火车就进站了，我顾不得许多，拔腿冲上了站台，还没跑到火车旁，火车就启动了。眼看着火车一节一节从眼前过去，并且越来越快，我不假思索地跳下站台，踩着枕木不要命地追起来，站台上的工作人员看到这场景一片惊呼。而我此时大脑一片空白，根本没有生死之虑，就在火车刚要驶离站台时，我终于抓住了列车尾部的把手，在列车员的呵斥下，我气喘吁吁地强行扒了上去，遭到了列车员一通臭骂。我厚着脸皮权当没听到，心里想着，不要说挨骂，就是挨顿打，只要能上车都无所谓。

经过一夜的颠簸，火车到达北京。出了北京站，我傻了眼，从没出过远门的我，哪见过这么高的楼，这么宽的路，这么多的商店，满街南腔北调的普通话让我有些茫然。看到路边有叫卖北京地图的，我就买了一张，按图求索，一边打听一边寻找，连找了两个药店，均碰了壁。为尽快买到药，我就朋友托朋友帮忙，因普通话不好沟通不畅，一幢十一层高的大楼，我上下不停跑了四趟。多亏一位记者朋友的帮助，虽然也跑了不少路，但最终还是靠着“记者证”的威力，买到了所要找的药。为了让父亲尽快用上药，北京的美景我没心思多看一眼，又马不停蹄地乘车返回。两天两夜的奔波中，我没睡一眼，中间只吃了一顿饭，当我到家刚把药交给姑妈，没料到突然眼前一黑，整个人失去了知觉，不由自主地栽翻在地，极度的疲惫和饥饿让我体会了一次瞬间的昏迷。然而，尽管我们全家人以及许多好心人努力和帮忙，最终也没有挽留住父亲的生命……

父亲的一生，平淡无奇，他事事处处与人为善，他平凡而不庸俗，贫穷而不丧志，除了干好自己的工作，从不对他人说长道短，父亲像蜡烛一样燃烧自己，照亮别人。他慈祥和蔼，但不苟言笑，没有惊天动地的壮举，也没有让我们抬不起头的不齿之事，给我们一家带来的是平平安安、祥祥和和，清贫中洋溢着幸福。父亲从原籍邯郸来到卫辉，上无片瓦，下无立足之地，他安详地走了，没有给子女留下任何资产，给我们留下的最大遗产就是爱的回忆。爱心比金钱更珍贵。

当父亲离别我们时，我哭得死去活来，刚刚成人的我思想上接受不了这一现实，我总感觉对不住父亲，欠父亲的情太多了。父亲为了这个大家庭吃了许多苦，受了许多累，还没有体会到子女们对他的孝敬，特别是我们全家，刚刚有点起色，五个子女全部参加了工作，好日子才刚起步，父亲就离我们而去，我们怎能不悲恸欲绝呢？父亲，您的在天之灵如果能听到，我就告诉您，请放心吧，您的孩子们都很争气，虽然没有高官厚禄，给张家光宗耀祖，但都在不同岗位上有着不俗的表现，也像您一样与人为善，爱岗敬业，全家人更是不分彼此，团结和睦，并且我们这个大家庭已经发展到三十余口人了，子孙满堂。这都是您的血脉延续啊！如果您能看到这一切，一定会欣慰的，如果我们能相聚在一起，其乐融融，我们该是多么幸福的一家呀！亲爱的父亲啊，我们万分地思念您，时刻怀念您的养育之恩和优良美德。您教会了我们怎样做人，教会了我们善良、诚实、勤劳和与人为善。父亲，虽然您和我们阴阳相隔，但我们没有因岁月的流逝而淡忘了您，依然深情地爱着您，您永远活在我们心中。

当我做了父亲的时候，相比父亲那个年代，从物质生活到思想认知，都已经发生了翻天覆地的变化。但我的思想依然没有什么转变，儒家思想仍占据着主导地位，像所有的家长一样，期盼着儿子长大以后能够尊老爱幼、懂得感恩，具有文武双全的本领，并以修身、齐家、治国、平天下的步骤，来设计引领儿子的人生之路。儿子从小聪明伶俐，神态可爱。上幼儿园时，一次接他回家，走着走着，突然，他扭头看着我的脸说道：爸，什么味道？真好闻啊！我不觉一笑，小小年纪，耍起狡猾，他明明看到了路边在烤羊肉串，却明知故问。此前，我经常教育他不能看到什么就要什么，哪想这小子就“曲线救国”，想吃而不明说，我就对儿子说：“想吃，爸就给你买。”他却说味道真美呀，还是一副疑惑的神态，不正面回答。当我停下车给他买来了羊肉串时，他的脸早笑成了一朵花儿。

儿子的学习成绩，从小学到高中说不上特别优异。对他要求严格了，成绩就上去了，管理松了成绩就会下滑，但悟性还可以。为此，我也曾恨铁不成钢地打过、骂过，也心平气和地和他交流过，然而学习成绩始终好不到哪里。后来我反思自我，作为父亲，除了为孩子尽可能地创造好的学习环境，让其掌握更多的书面知识外，还应培养他的社会责任感和自我生存能力，让孩子学会为自己的人生负责。于是，在严格要求儿子好好学习的同时，我开始着手培养他踏进社会应具有的基本能力。从高中入学开始，我就要求他即使每天学习再忙，也要坚持写日记，目的就是提高写作能力，为其将来所用。为了给儿子一定的压力，及时沟通思想，我无论工作再忙，也坚持每周批改一次儿子的日记，以提高其观察社会、理性思考问题的能力，以及达到提升写作水平这一目的。果不其然，在上高中二年级时，其作文被当成范文在全校展览学习。

在儿子的成长过程中，严管重教我一刻也没放松过。我曾严格要求儿子，每天放学之后必须回家，不准上游戏厅，不准谈恋爱，不准喝酒抽烟，等等。为了能让他接受和理解我的良苦用心，我还给他讲了很多古今中外成功人士的励志故事和做人的道理。儿子没让我失望，基本都做到了。大学期间，他的组织协调能力得到了展现，虽不是学生会领导和班干部，但他能在班上一呼百应，他的专业学习也比较优秀，因此，全系数百名同学中在校加入中国共产党的学生只有三人，他是其中之一，很引人注目。但他还记着我的教导，全班五十多人基本都处了对象，而他还是“剩男”。这还真让我有些惊讶，反思了一下当初的教导是否正确。大学毕业之后，虽然儿子已经成长为一个身材魁梧的小伙子，但我依然对他严格要求，每天晚上10点之前必须回家，绝不能无缘无故地在外留宿。儿子对我的严管一度还曾有微词，说自己没有自由，父母管得太严了。是啊，虽然从外表看他也是个标准的男子汉了，实际上他的心智还稚嫩，还理解不了父母的心思。但是他的安全时时牵挂着父母的心，不严行吗？儿子终究也要做父亲的，到那时，我想儿子一定会理解父亲严管所造成的一切不快和不解。其实家长谁不想让孩子开开心心、快快乐乐啊。只是担心节外生枝，恐生意外。

儿子要择业了，他的心愿是经商做生意，我尊重他的意愿，只是提醒他：不要只看到成功者的灿烂，那只是极少数，要看到更多的是失败者的血本无归，要好好回忆一下上大学之前的一幕。其实，在上大学之前我也感受到他有经商做生意的倾向。高考刚结束，他就和我商量，能否给他几千元钱，让他进些衣服摆个衣服摊，我欣然同意。因为，他这一要求正合我意。这正是锻炼儿子自我生存的绝好机会，对他将来踏进社会、认识社会将是一次初步尝试，更是一次人生经验的积累，无论成功与否，都能让他感受到做事的不易，使其明白，天上不会掉馅饼，要想取得业绩，光凭热情是远远不够的，没有艰辛的付出和经验睿智的结合，是不会取得丰硕成果的。我想让他知道，只有通过自己的不懈努力，才可以让人生充满光辉。整个暑假，儿子都处在亢奋之中，每天拉一大帮同学聚在店里，忙前跑后，看似人来人往，阵势不小，其实收获甚微。为了不掏钱而又有广告效应，儿子还以暑假打工仔之名上了卫辉电视台。尽管儿子为了小店的生意红火想了不少办法，但现状与他想象的相差甚远。随着一天天将要结束的假期，儿子看着所进货物十分之一都没卖出去，开始有了压力，想当初计算好的利润不但实现不了，还将面对本钱都收不回来的后果。此刻，全没了当初洋洋自得的“老板”形象，他切身感受到了赚钱不易。

在他上大学之前，我又有意让他算算入校后的生活费用，他算来算去说八百元就足够了。我说给你一千二百元。儿子信心满满地上学去了，寒假回来时让我们全家人大吃一惊。没想到上学走时白白胖胖的儿子，此刻又黑又瘦。问其原因，他说吃不饱，我问他为什么吃不饱，他说钱不够花。后来儿子告诉我，为了用好每一分钱，他把每笔支出一一记在本子上，每天都精打细算，尽管如此，钱还是不够花。经历了这一学期的煎熬，儿子养成了不奢侈不浪费的好习惯。大学毕业后，儿子成熟了许多，他虽然还在谋划着经商做生意，但他母亲希望他还是有个工作，儿子也没有硬坚持自己的原则。刚好，我市检察机关招录人员，儿子又恰是法律研究生毕业，正合条件，母子俩一商量就报了名。考试过后，儿子征求我的意见，我才得知这一情况。我对儿子说：你如果真想工作，我是否给有关领导讲一下。哪想儿子一脸严肃地坚决反对，我有些不解，儿子说道：爸，我努力了，如果考上了，还用打招呼吗？如果考不上，给别人说了这不丢人吗？不如我再努力，另寻其他出路。儿子一席话让我无语了，却在内心暗暗高兴，儿子长大了，有了自尊，有了自己的思想，同时这也说明了儿子的内心世界是纯净无瑕的，是积极奋进向上的，其灵魂还没有被社会上乱七八糟的东西所侵蚀。儿子真的长大了，为此，我感到欣慰。

有人说父子间有代沟，我却从没感受到，因为我与儿子经常沟通谈心，常谈至深夜，生活、学习、交友、工作等无话不说。儿子十分尊重我，从没有让我无端难受过，我也能体会到儿子有时候为了我的感受而自己受委屈。我看到儿子的内心世界在一天天变得强大起来，世界观已经初步定型。然而，在日常生活中，也能发现他与许多独生子女一样，存在着自我意识强烈、吃苦精神不够、奉献意识不强等，这是一个时代的弊端，是独生子女被父母过于宠爱、代劳太多的负产品，将对整个社会产生不利的影响。

为此，我常常思考，怎样做才是一个好父亲呢？儿子怎样对待父亲才是一个优秀的儿子呢？

对于父亲，我总认为这是一个让人敬重、伟大而神圣的称谓，因为，父亲这一角色多少年来始终弹奏着人类代代相传的主旋律，他不单单是生儿育女，生命的延续者，更主要的是父亲为家庭承担了繁重义务，对社会承载了更多责任，更为重要的是，要把精髓的思想、传统的美德代代传承下去。儿子对待父亲，要以反哺之心奉敬，以感恩之心孝敬，要尊重，要关怀，到了父亲晚年，更是需要贴心、用心、暖心的照顾。唯有孝行、善行常在，自己的德行、品行才能美丽自己的人生。要经常扪心自问“我为父母做了什么”，经常提醒自己，这才是一个优秀的儿子。

不管是作为父亲还是作为儿子，都应是一个有血性的男子，一个对家庭、对社会敢于担当，对异己勇于包容，对他人无私奉献的雄者，这才是一个顶天立地的真男人。

母爱永恒

母亲今年七十八岁了。她先后养育了我们兄弟姐妹七个，加之多病的父亲，我们一家九人让她一生吃尽了苦头。现在，我们一个个都长大成人并参加了工作，而父亲却没看到今天，过早病逝了。母亲依然不停歇地为我们操劳，给我们每一位都办了婚事，又看着我们一个个当上了爸妈。很幸福的一家人！正常情况下辛劳一辈子的母亲，应该好好享受晚年的天伦之乐了，然而我们却发现不知从何日起，母亲爱唠叨了，后来又发展到特别爱发脾气，刚说过的话转身就忘了，东西拿在手里还要四处去找，更有甚者，有一次她站在自家院门前，却说找不到家门了。母亲这是怎么了？

我们弟兄几个请了专家为母亲诊断，结果让我们万般无奈，母亲脑萎缩，患了老年痴呆症。我们求医生想办法治疗，医生告诉我们，目前对此病治疗全球还没有好的办法，这是一个可怕的世界医疗难题。母亲的病情随着时间的推移越来越重。到了今天，儿女亲人们都认不出来，更不要说喊出名字，吃饭穿衣、冷暖饥饱全然不知。一生辛劳、通情达理、治家有方的母亲，本该安度晚年，却变成了一个丧失正常思维，与人无法正常沟通的人。儿女们还有多少心里话想对您讲，可您到底是怎么了？我苦命的母亲！

国庆节难得一休，我很放松地躺在床上翻看书本，突然听到住在隔壁大哥家的母亲在院中喊叫。我顾不得许多，飞身跑了过去。大哥家的院门紧锁，我明白大哥他们一家出去了，怕母亲一人在家开门跑丢了，只好用这个办法。但是，往日母亲没有这么暴躁过，今天是怎么了？容不得多想，我回身跑到墙边，一个猛跃爬上墙头，看到母亲光着上身，手拿一截树枝正用力捅门，情绪完全失控，口中胡喊乱骂，完全不知她说着什么。也许是对大哥将她锁在家中表示强烈不满吧。我一边高声安慰道“妈，你干什么呀？不要急，我来了”，一边准备跳下去。母亲听到我的喊声，骤然停止了一切举动，惊讶地呆呆站在那里看着我，突然思维很清晰地说道：“慢点，慢点，孩儿慢点。”说着跑步来到墙下准备扶我。我惊奇地听着母亲的话语，一阵激动，瞬间感到一股热流涌上心头。秋风中已经腰弯背驼的母亲，当看到儿子出现在高高的墙头，她能意识到这是很危险的情况，早已失忆的她瞬间恢复了意识。我激动得本想纵身一跳，这时却听从母亲的话，顺着墙壁轻轻滑了下来。母亲这时又突然大喊道：“孩儿，不要跌着！”我再也控制不住自己的感情，眼泪唰地一下涌了出来。痴呆多年的母亲，怎么顷刻间思维变清楚了！难道母亲的病发生了奇迹，好了？然而，当我落地以后，母亲却又前言不搭后语，扭身就走。刚才的神奇现象怎么解释？啊！一定是母爱的力量！

面对那一幕，我热血沸腾，激情难控，母亲往日的舐犊之情刹那间在我眼前一幕幕闪现——高中毕业的我，当年没有考上大学，自尊心很强的我羞愧难当。虽然当时家里已给找好工作，但我仍不甘自己的失败，立志必须上大学，不能缺失人生中这一重要环节。于是，我白天工作，晚上就自学。我在家排行最小，深深理解儿子秉性的母亲，对我更多了几分溺爱。母亲没有文化，她对我考学不支持也不反对，现在已经有工作，考上考不上无所谓，但上大学也不是坏事。因此，每天她都会一边干着杂活，一边陪我学习到深夜，只有过了凌晨 1 点，她才会一遍遍地催我休息，总怕我累坏了身体。而她则天不亮就又起床，为儿女们做好饭菜。母亲对儿女从来都是无私的。

曾有一件事，让我终生悔恨。一次，几个同学在一起小聚，我平生第一次喝醉酒了，母亲心疼无比，因为她第一次见我醉酒，总怕发生意外，一会儿拉着我的手问这问那，一会儿又给我捶背，想让我吐出酒来，一会儿又给我倒水，看着我喝下去。折腾了母亲半夜，我才恍恍惚惚躺上床，她又不放心，怕我掉下来，就在床边放一把椅子，整整一夜未眠守在床边。当我清早醒来目睹此景时，感到自己真是个混账东西，抬手狠抽了自己一巴掌，此后整整三年我滴酒未沾。

我该结婚了，没有房住，刚好单位给了一块地皮，母亲就鼓励我盖房，并拿出自己所有的积蓄来支持我盖房。这可是我们全家从河北邯郸落户卫辉后的第一座房产，施工中，我日夜待在工地，母亲则在家全力搞好后勤保障，一会儿送水，一会儿送饭，同样辛苦劳累。在这期间，出现了一次特别异常的天气，老人们说这是一次多年未遇的寒流。一天半夜，毫无任何思想准备的人们从秋天一下进入冬天，满世界狂风大作，白雪飞舞，气温骤降了近二十摄氏度。那时我正在工地看场，没有任何防冻准备，也没带棉衣，只有薄薄的棉被，尽管很疲倦，但仍被冻得没有一点睡意。为了避寒我不得不爬起来，但只能在未竣工的房子里踱来踱去来增加点热量。就在这时，朦胧的夜色中，我听到一阵异常的响声，接着看到一个黑影向我走了过来，我心一惊，一眼认出是母亲，我抬腕看一下手表，是凌晨4点，母亲做了一大茶缸热气腾腾的面条，里三层外三层用棉布包着给我送来了。那一刻我无法用言语表达当时感动的心情，一下子紧紧抱住了母亲，雪中送炭啊。何止是雪中送炭？只有当母亲的能做到这些，看到突变的天气，第一时间想到儿子的冷暖。但母亲却内疚地说："儿子，一定冻坏了吧，都怨妈妈来晚了，没准备好被子。这天说变就变了，多少年没遇到过呀。""妈！这是老天爷的事，怎么能责怪自己呀，可您这深更半夜深一脚浅一脚地走了这么远。"我说不清是感动还是别的，黑暗中，我早已泪流满面。如果是白天，母亲看了，一定又该心疼我了。

我结婚后，家里就剩母亲、妻子和我三人了，哥嫂都搬了出去。尽管我家生活条件发生了很大的变化，可勤劳辛苦一生的母亲还是省吃俭用，用老作风处理着新情况，仍然不舍得吃，不舍得花。中午吃饭最多炒两个鸡蛋，吃饭的时候，第一碗是媳妇的，鸡蛋基本舀完，第二碗是我的，剩下的鸡蛋给我，而她最后就是稀稀的菜汤。为这事我们甚至吵了架，而她还是不改初衷，一切照旧。这一切没有言表，却能让人深深体会到人类最伟大的母爱！

母亲，没有您，就没有儿女们的一切，您不但将儿女带到了这个世界，还为后人们树立了勤劳、奉献、无私的榜样。作为儿女，深知您老人家所做的一切，就是期盼儿女们身心健健康康，工作顺顺利利，为您争脸，为家族争光。您老就放心吧，儿女们一定不辜负您的期望，一定更加努力工作，以突出的工作业绩来向您老人家汇报，像您一样永远争当生活的强者。

家有男儿初长成

清晨，我正在洗漱，身后一声问候让我猛一愣怔，“爸，你星期天还不休息?”是儿子的声音吗？怎么突然声音变粗了？我慢慢扭过身子，仔细端详正对着我微笑的儿子，的的确确，是儿子，又长高了许多，也壮实得有肌肉块了，鼻子下面也冒出了茸茸的胡须。顿时，一种做父亲特有的感情，让我感慨良多，往日的一幕幕不觉在脑海中闪现。

儿子性格很温和，处事有条不紊，不爱张扬，时间观念较强。三岁上幼儿园时就会将闹钟对好，然后自己抱在怀中睡觉，省了父母许多麻烦。儿子很懂事，家中来了客人，他会主动拿烟倒茶，大人说话他喜欢坐在旁边不声不响认真地听。很多接触过他的人都说，他年纪不大，知识面很宽，懂得多，见识广，应变能力强。

他六岁上小学一年级，有一天放学，妻骑自行车到校接他，回家途中被一辆疾驶的小车撞了一下，人无大碍，只是人车险些翻倒。本是一件小事，但小车司机却态度蛮横，不依不饶，出口伤人，妻忍不住与其争吵起来。年轻气盛的小车司机看妻不示弱，就想动手，儿子一看势头不好，从车上滑溜下来，一口气沿路跑了一千多米，找到正在岗亭执勤的交警报案。交警看到气喘吁吁的儿子，就立即走下岗亭将儿子抱上摩托车，然后在儿子的指引下，直接来到事故现场。民警到达现场后，狠狠批评训斥了司机一顿，责令他向妻赔礼道歉，化解了一场危机，妻抱着儿子亲了个够。

儿子处事沉稳，又亲和力超人，无论是同学，还是邻居家的同龄人或者走亲戚的小孩都愿意和他玩，喜欢与他交流沟通，因此他常被人称为“小孩头”。一次，他有病住院，全班六十多名同学一下去了四十多人，叽叽喳喳将病房围了个水泄不通。很少见到这种场景的护士、医生，看着这群情真意切的小学生，无奈地一直摇头苦笑。

儿子性格很平和，很少见他大声说话或与人争吵。但有一件事，让我对他有了一个新的认识。那时已经上初中二年级的儿子，在放暑假离校的最后一天，被几名社会青年截住，要钱要物，企图寻衅滋事。儿子镇定地停下车，毫不畏惧地警告这伙地痞不要胡来，儿子知道这伙人经常在学校门口劫钱、聚众打架。同时，儿子机智地悄声告诉随行的一名同学我家中的电话号码，然后就与这几名青年磨起时间。几个小地痞看软的不行，就动起粗来，儿子毫不胆怯，随手拿起自行车条锁与他们玩起命来。就在此时，家中一位亲戚刚好路过现场，才避免了一场难以预知后果的冲突。事情结束后，我和儿子谈了一次心，既没批评也没鼓励，而是向他提了个问题：今后再遇到这样的情况，能否再寻求一个更好的解决办法呢？儿子很安静，没有争辩。我告诉他：首先，第一时间报警是最佳的选择，避免不必要的伤害；其次，到了万不得已的危急情况时才自卫。

时间如烟，转眼儿子已经十五岁了，对社会已经有了自己的认知和看法，虽然有的时候还有些叛逆心理。为此，我很有愧疚之感，扪心自问，我做父亲的只顾自己的工作，忽略了许多方面对儿子的教育帮助。每天，天不明儿子就早早进了校门，深夜儿子入睡了我才归来，父子之间很少“撞车”。妻为此抱怨唠叨，心里还不耐烦，儿子青春期出现问题，做父亲的有不可推卸的责任。子不教父之过呀。于是，我决定今后要关心儿子的学习和成长，并经常性地与儿子推心置腹沟通。

为此，我专门抽了一个晚上的时间，等儿子写完作业，就开始与儿子对话，从家庭到社会，从历史到当今，从赞美英雄到不耻叛徒，从人生努力到爱情认识……看似漫无边际，实则处处正面引导，一位父亲的愿望、体会、经验和望子成龙的迫切心情，没有任何掩饰地全部掏给了眼前的儿子。儿子听得很仔细、很认真，但他听完这么多的条条框框后，却说道："爸爸和妈妈一样，是否对我要求太完美了，我能做到吗?"我深情地告诉儿子，这些要求和企盼，实际上都是父母所经历过的挫折以及经验总结，希望儿子少走弯路、少出问题，绝不是苛刻要求。对此，儿子要理解父母的良苦用心。一个人只有不断认识审视自我，才能扬长避短，走好自己的路，最终获得所梦想的结果。

儿子听后点点头，表示明白了长辈的意图。我感觉效果不错，就说："儿子睡吧，已经凌晨1点了。"没想到儿子却说："爸爸，我还想和你聊会儿……"儿子真的长大了，已经对人生、社会有了深层面的需求和理解。

儿子，我们还有明天，明天，你的任务还很重。当今你是学生，就要好好学习。人生之路是很漫长的，既要有宏观长期目标的规划，也要有阶段性目标的制定，无论是长远设计还是短期目标冲刺，你都要一步一个脚印扎扎实实去做。但请记住，爸爸永远是你行走路上坚实的基石。

早餐

每天早晨6时，儿子准时起床，晨练、早读。此刻，妻也起床，为儿子煎鸡蛋、煮牛奶、炸馍干，大约二十分钟的时间，一顿丰盛的早餐就做好了。原来，儿子每次早餐最后都想剩下几口饭菜，我告诉儿子：爸爸小时候，是绝对吃不上这些早餐的，这是当年梦想中的共产主义生活。那时，奶奶每天天不亮就起床，用捅火棍“嗵嗵”扎开煤火，弄得满屋灰尘飞舞，用上近两个小时时间，才熬出一锅“糊涂”，拌几根萝卜咸菜，拿出几个窝窝头，就是一顿早餐。尽管每次都吃得肚子滚圆，但还是撑不到中午，就会饿得头昏脑涨，四肢无力。

懂事的儿子听后，再不剩饭。

光阴似箭，转眼儿子上了初中二年级。一天正当妻为他做早餐时，儿子突然动情地告诉妈妈：以后不要再做早饭了，你每天工作挺辛苦的，现在街头到处都是早餐摊点，并且很便宜，何必再劳累早起呢？

此刻，正在床上假寐的我，听了儿子的话，心头一热。是啊，短短的二十多年，弹指一挥间，社会发生了如此巨变。父子相同的童年，却不是相同的年代，墨守成规的处事方法已经落伍了。当今，时代变了，生活变了，人们的观念也要变了。这普通的一顿早餐不正是整体社会变化的一个缩影吗？

姑父葬礼后的感悟

妻子的姑父是个老干部，新中国成立前参加的革命。每次见到他，他慈祥的笑容都很让人心暖。他平时话语不多，也许是从政多年的原因，他关心时事，特别爱看报纸、新闻，直到晚年，眼睛看不清楚字了，还拿一个专用的放大镜阅读报刊，其专注劲儿很令人敬佩。逢年过节，我们都要到姑妈家走亲戚，分别时，姑父和姑妈总是很关爱地让我们带很多东西，手工馍、石磨面、米，以及乡村的土特产，告诉我们这都是老家人送来的原生态绿色食品。提起老家亲人，老两口一脸的自豪与幸福，让人感受到一股浓浓的家乡情结。

今年 3 月 19 日，突然接到姑父病逝的消息。春节走亲戚时，知道他老人家身体不好，但这么快就阴阳相隔，还是让人情感上有些接受不了。当时，我正在开封警校为全省司晋督民警讲课，于是我与妻儿联系，让他们分别在卫辉、新乡高速路口等我，我们一同火速赶往焦作。到了姑父家，看到的是已经布置好的肃穆灵堂和亲人们一个个悲恸欲绝的面容，我们三人也瞬间进入到沉痛的哀思之中。在日后的几天里，很少聚齐的亲人们，让我心灵受到一次洗礼。事业有成的表哥、表姐、表嫂，处事都十分低调，连日来，一再对身边的亲人强调，丧事要从简，不能告诉其他人。表哥、表嫂为封锁消息，减少影响，搬走了门前的花圈，甚至追悼会那天，他们连传统的孝服都没穿。尽管如此，一传十、十传百，闻讯赶来悼念的人还是络绎不绝。有与姑父相识多年的挚友、老同事、战友、昔日的老邻居，还有济源王屋山家乡的父老乡亲，花圈送来一批拉走，又送来一批。悼念姑父的人流不断，他们站在姑父的遗像前，有失声痛哭者，有泪流满面者，有神色凝重哽咽者，每个人都是那么虔诚地悼念着姑父，慰问着家人节哀。特别是追悼会的当天，殡仪馆里一大早就聚集数百人，大家忍受着晨雾阴霾的寒冷，纹丝不动地站在那里，在默默等待着最后离别的时刻。姑父家乡的父老，在灵堂前打出了数幅黑色醒目的挽联，“爷爷一路走好”“爷爷我们爱您”等。还有几位八旬左右的老人站在灵堂前，面对姑父的遗像，情不自禁地失声痛哭。看得出他们对姑父有发自肺腑、刻骨铭心的感情，表哥告诉我这是姑父的老同事、老战友。

姑父的悼词由中共焦作市委常委、宣传部长宣读。听了姑父的悼词，我才知道了姑父更多的过去。姑父是 1942 年参加革命的，从打日本鬼子开始，历经了多个岗位不同级别的领导职务，工作上严于律己，生活上与人为善，先后获得过无数次记功、嘉奖、荣誉称号。特别是离休后，仍坚持力所能及的工作，发挥余热，人老心不老，离岗心不歇，经常走上街头义务维护城市交通秩序和市容市貌，为此，被河南省委原副书记赵地赞誉为“老干部的楷模”。同时，我知道了他离开家乡那么多年，依然对家乡有着深厚的爱。在 20 世纪 60 年代生活困难的情况下，他还以自己微薄的工资，一份照顾家庭子女，一份接济着家乡当年对革命有贡献的贫困老人；甚至还出现过数个月没有给家里子女一分钱，而将所有工资给了王屋山上更需要帮助的父老乡亲。他一生对待家庭无比忠诚，与姑姑相敬如宾，对待子女宽厚仁慈但教育严格。他们的家庭是典型的中国式格局，母爱如水，父爱如山。因此，子女们在他二老的教育培养下，一个个争强好学、积极上进，都在不同的岗位事业有成，对待二老也是倍加敬重、孝顺，令二老十分欣慰。

姑父的离去，让亲人们以泪洗面，表姐一次次地哭昏过去，不能面对姑父的突然离去。已经成为高级干部的表嫂，在对姑父的哀思期间，全没了领导的形象和威严，一次次哭得站不起来，追忆着姑父慈祥的培养教育与关爱，其真情实感让所有的人动容。懂事的孙子根本没有所谓80后的娇惯、自我，他动情、投入地为爷爷上香、烧纸，特别是离别的前一夜，整整一夜没合眼，寸步不离地守护在爷爷的灵堂前，表达着对爷爷深深的眷恋。

姑父生前，我没有感觉到他的许多特别，而当他离去的时候，我才突然发现这么多人对他是那么的爱戴。这让我对人生又有了新的认识，联想了很多很多，特别是连日来我还有一个特别的感觉，今年的冬春换季，由于气候变化无常，突然离别的人比往年多了不少。我在不长时间内连续参加了几起好友、亲人、朋友、同事的葬礼，连续目睹了不少逝者生前和离去后的场景，更使我对人生有了新的感悟。

其中，我还有一位好朋友的母亲离去，也让我心灵受到了一次洗礼。这位母亲是一位普通的退休职员，子女中也没有显赫的成员，然而，她离去后，他们家族的所有亲人都来了。有同辈的，有晚辈的，有当地的，有外地的，有农民，有职工，有领导干部，不同岗位、不同职业的亲人们，从四面八方汇集到她的灵堂前，为她披麻戴孝，跪在灵棚下为她尽孝守灵。灵棚里挤不下这么多人，孝子们就轮流跪守。是什么因素和力量让孝子们如此虔诚对待这位母亲？用孝子们的话说：虽然我们跪在这里已经没有什么实际意义，但这是我们的心意，这是我们对老人最后的一点敬意、孝心，因为她太值得我们敬仰，我们牛家百余口人谁没有得到过她的帮助、照顾和关爱？她对所有的亲人除了付出，没有一点索取，她嫁到牛家五十多年了，任劳任怨，宽厚待人，从没有与任何人红过一次脸，对老人尊重孝敬，对晚辈关爱呵护，谁家有了困难，她都是第一时间赶到，并全力帮助、支援。这次她也是因为亲自到医院去看望一个住院的晚辈，因情绪激动，突然脑干出血而病倒离去。可以说，她的无私付出凝聚了我们牛家的所有灵魂，为我们牛氏家族树立了一个勤劳、善良、无私的典范。

在老母亲起灵的那一刻，又出现了令人感动的一幕。年已八旬的老父亲不顾众人的劝阻，执意来到灵堂前，往日那么刚强豁达的他，此刻，突然跪在了老伴的遗像前，重重地磕了几个头，接着撕心裂肺地痛哭起来。那种情，那种爱，绝不是能用文字宣泄出来的。老父亲声泪俱下地说道："我对不起你啊，你为我们牛家付出了那么多，可我对你没有一点回报。我们一生没有拌过一句嘴，每一顿饭都是你给我端到面前，每件衣服都是你给我摆好我才穿，你对我好，你对我们牛家好，你是好妻子、好母亲，你更是我们牛家的好榜样，我欠你的太多了呀。你辛苦操劳了一生，却没有得到一点回报，就这样走了，我的心不安呀。"老人一席话，让所有在场的人更哭喊成了一片，亲人们都沉浸在这难以言表的悲痛之中，个个哭成了泪人。老母亲没有惊天动地的事业，只是一个普普通通的女人，她却以一颗看不到，却能让人人感受得到的博大、诚挚、善良的心，影响了所有亲人。

生与死，简单而复杂的演变，让形形色色的人演绎着形形色色的离别。由此我思考了许多许多。感人、震撼的生死离别令我感动过，令我敬仰过，但一些难堪、尴尬的葬礼，我也目睹经历过。其中，一位同事英年早逝，本应该让更多的人悲伤和遗憾，可许多同志听到他离别的消息之后，除了惊讶太年轻了，没有更多的表示。组织上安排写悼词时，执笔者竟无从下笔，因为这位同志平时大错不犯、小错不断，工作吊儿郎当，想上班就来了，不想上班就走了，思想上没有任何工作职责的概念。无奈，在最后的悼词里，只好把他的个人工作简历叙述了一遍，没有任何评价之语。如果多修饰一点，都会让人感到文不对人。

还有一位老领导的葬礼，令人回味。他生前在位时，门前车水马龙，退休后门庭冷落。因为他在工作上刚愎自用，飞扬跋扈，独断专行，对同志除了命令、指使、责怪，没有任何感情上的沟通交流，更谈不上人性化的领导管理，他死后，子女们通知了不少昔日同事、战友，然而，来到灵前吊唁者屈指可数。往日，同样盛气凌人的子女们，面对如此的局面，不敢相信，但又不得不面对这冷酷的现实，一个个在灵堂前不停痛哭，哭的内涵是什么不得而知。

同样的生死离别，不同的祭奠场景，让我想到毛主席老人家一席话：有的人活着，但已经死了；有的人死了，但他还活着。有些人死得重于泰山，有些人死得轻如鸿毛。由此，我深深地感受到：人的一生不是别人安排、缔造的，而是自己规划、设计、完成的。怨天尤人，只是一种无知的表现。只要心地善良，勤劳付出，宽厚待人，品德高尚，就一定能赢得人们的爱戴，他的英名就一定能名留后世，让世人敬仰。

路是自己走的，完美的句号是自己画的。我们的人生之路该怎么走呢？有句俗语说得好：屁股上的茧子是自己磨出来的。

孙儿初来乍到

儿媳到了预产期，一点生理反应都没有，承载着亲人们期盼的儿媳，在前辈们的建议下还是按时住进了医院。儿、媳都是独生子女，从小娇生惯养，犹如温室中的花草，没有经历过狂风骤雨的历练，他们的承受能力如何？长辈们担心，然而这又是人生的必修课。长辈们的心愿就是尽快自然生产，母子平平安安。

年初，儿媳进了我家门，与儿子喜结连理。时间不长，儿媳就融入全家之中。她言语不多，处世细腻，对亲人们知冷知热。尤其小两口相敬如宾，恩爱有加，让我们省去了很多担心。儿媳口甜，见了长辈，爸、妈、奶、姥，喊得响亮，让长辈们心里舒服、开心，她手脚也勤快，操持家务活尽管不那么精通，但态度积极，常与婆母抢着干，就是到了预产期也从没娇气过。住院的前一天，全家人都不想再让她劳累，但她仍像往日一样抢着刷锅刷碗，还很开心地说这是锻炼身体。一家人和睦相处，其乐融融。

妻和亲家母从得知儿媳怀孕后，就开始着手张罗孙辈的日常生活用品。买了衣服，又做衣服，买了尿不湿，又做小棉垫，单薄的、厚实的齐齐全全。就连孩子的婴儿床、小推车、小玩具也买了一大堆。两家人从老到少，不分你我，没有谁发号施令，却都步调一致，还没到预产期就将一切准备就绪，静等孙辈降临。说也奇怪，年轻时自己要当父亲时，却从没考虑过这些，甚至还有依赖母亲和妻的想法，思想单纯得如同一张白纸。

也许过于年轻，对什么都不知轻重，根本理解不到女人生孩子犹如鬼门关前走一趟。现在到了知天命之年，历经了多少坎坷磨难，平顺中反而会有担忧顾虑，安逸中亦会多愁善感，对家庭增添了责任感，对家人想要亲情呵护。为此，当孙辈将要出现时，陡然增添了许多的期盼。也许，这就是人们常讲的一种现象，隔辈亲。实则是阅历增多、经验增加的结果。

浓厚的亲情，冲跑了许多常人之间存在的避讳、顾虑以及陈俗杂套，就一个心思，企盼着孙子早早降临，母子平安。由此，自己只要有点空闲时间，就会到医院看看待产儿媳，问一下身体状况，给予儿媳以精神鼓励。虽与儿媳相处不足一年时间，但在内心深处早把她当成了女儿对待。因此，在情感上没有生疏以及心理距离。工作忙了，抽不出身看她了，就按捺不住给儿子发微信，询问情况。问多了，儿子还开老爸玩笑：别急，小家伙有脾气，正在精选降临的吉祥日子，慌不得，早晚您要当爷爷。我也偷笑自己，往日工作起来，很少考虑家里妻儿的事，也从没像现在这样婆婆妈妈。可这事，让我难以自控地揪心和牵肠挂肚。

预产期过了两天，儿媳生产征兆还是没有，我虽看似淡定，可还是有些担心，自己对分娩相关知识了解甚少，不自觉开始浮想联翩，还悄悄找熟人咨询有关情况。当得知这些都属正常范围，才稍微松了口气，但还是踏实不下来，总担心出现意外。这期间，有一位朋友，曾在儿子的婚事上极力撮合，因较长时间没有在家，儿媳住院第二天，他刚好回来，听说儿媳待产，就来到医院，看到挺着大肚子的儿媳，当时就开玩笑说：看来孙子在等我这个爷爷啊，爷爷不来，你就不出来；今天爷爷来了，你就高高兴兴、稳稳当当出来吧。是玩笑？是吉言？是巧合？第二天上午，儿媳还真有了反应，虽然痛苦，但她很高兴。哪知还没兴奋到底，临产反应又没了，连忙让医生检查，胎心正常，并有意外喜讯，几周前的胎儿脐带绕颈，小孙子自己破解了险情，一切进入正常临产状态，真是一大幸事。这期间，还有一位铁哥们，不停地问情况，调侃开玩笑。冬至时，他在微信圈里开玩笑说：张冬至同志出来吧。过了冬至，就是圣诞节平安夜，他这当爷爷的又开玩笑：张平安同志，你真有个性，非要找个好时辰降临在这个世界呀，你可知你爷爷奶奶等得多心焦呀。

圣诞节本是西方人的节日，中国一些年轻人却喜欢跟风过节，竞相狂欢，为此某地曾发生过火灾。每到这个时间，工作性质的原因，都让我们警惕性很高，制定安保工作预案，以确保这一洋节的安全。那一段时间，常常超负荷地工作，对儿媳母子情况也没顾上问询。直至平安夜的傍晚忙完手头的工作，没顾上吃饭，就急急给儿子发微信询问儿媳情况，儿告知一切正常。为了能随时应对情况，我就直奔医院，在医院附近先找一小饭店吃点饭。哪知饭还没吃完，儿子突然打来电话，果不出所料，说儿媳羊水已破。我一阵兴奋，真要当爷爷了，又一辈人呀。我原本计划吃完饭到医院，儿子却又打来电话说：生产出现意外情况，能否找一位专家会诊一下。我心里一紧，放下碗筷，拔腿就向医院奔去，边走边联系有关专家朋友。刚好，有位妇产专家朋友出差回来，刚下了高速公路，朋友得知情况后没一刻停顿就直接到了产房。此刻，产房外亲朋好友数十人听到消息后都没了笑脸，正当大家不知如何是好时，产房门突然打开了一条缝，一女护士递出一张表要求家属签字，儿子急忙上前询问情况。护士告知：产妇生产过程中出现情况，有关儿科专家正在全力处置，家属要有承担风险的准备。众人听后一下将心提到了喉咙眼。这时，坐在休息椅上另一产妇的家属说道：咋跟我们说的一样。我一曾是法医的朋友跟着说：应该没什么大事，医护人员往往会把一些小问题最大的危险系数告知你，以防意外。尽管有此安慰，但我们仍然忐忑不安。此刻，深深体会到了一个新生命要降临到这个世界时，是多么的艰难和危险，对一个母亲来说同样是一道鬼门关，都是生死一瞬间。母爱的伟大也就此开始，用随时可能牺牲自己的生命去迎接另一个新的生命诞生。人类的延续就是这么奇妙、悲壮。

就在这令人窒息的氛围里，大家全没了刚才的兴奋，个个眼睛都死死地盯着产房门。突然，产房门打开了，一位医生满脸微笑地告诉大家“险情已经排除，母子平安，男孩，七斤四两”，并让众人看了一段孩子张嘴大哭的视频。顿时，所有亲人都长长出了口气，大家一片欢呼。我们此刻都长了一辈，并且母子平安，这是我们所有人的期盼呀。接着，医生告诉我们还要耐心等待两个小时的观察期，如没有什么意外，母子俩就会正常回到病房。

在欢乐中等待，时间过得飞快。你一言我一语，从孩子出生到起名、教育，及以后人生设想，聊得漫无边际。那个时刻让我牢牢记住了，2016年12月24日20时56分，农历十一月二十六，平安之夜，我家“小金猴”诞生了。转眼两个小时过去了，细心的妻子为了求个吉利，将早准备好的两条红布带交给我，让我用红布带将孙子包扎起来，以求孙子平安健康，同时，要求我亲自把孙子送进住院房间。为此我一遍遍地拍衣、洗手，总怕不卫生，给这个小生命带来麻烦。当我第一眼看到孙子圆嘟嘟的小脸时，一阵狂喜，疾步上前就想抱起孙子，哪知触及孙子柔软的身子骨时，我却胆怯了，不知如何下手。妻看到我不知所措的模样，哈哈一笑，轻轻地一下就抱起了孙子。我扭头一看众人，都是用笑眯眯的眼神看着我。我想大家一定都在嬉笑我，看似一个天不怕地不怕的彪形大汉，却对一个血脉相承的新生命无所适从。此刻，我不单单是喜悦，更有一次人生的感悟：生命是在痛苦中产生，在艰难中成长，在柔弱中刚强。

第二天，医生详细告诉我们昨天的生产过程，充满了危险。因小家伙是双手抱头产出，从而造成分娩困难，当时羊水已流完，直接影响到婴儿的呼吸，随时会发生窒息，造成生命危险。为此，八名医护人员一齐上阵，在儿媳全身心配合下，才让我们日夜盼望的小孙子度过命悬一线的险关。同时，医生高度赞扬儿媳勇敢、坚强，为了儿子顺利降生，始终听从医生安排，忍受剧疼，咬牙忍耐坚持，是一位承受力很强的让人敬佩的母亲。

听完医生的描述，我突然想到一句话：大难过后必有后福。孙子历经这么危险的诞生，我们坚信这一民间俗语能在孙子身上兑现。愿孙子一生健健康康，茁壮成长，并能够遵循古训：修身、齐家、治国、平天下，成长为社会有用之才，成为民族之栋梁！

大年初一的泪

天亮了没有？不知道。鞭炮炸响，我蒙眬中听到了，也或许因心中有事，觉睡得很不踏实，一整夜都是似睡非睡，大脑昏昏沉沉，直至似醒非醒地看看表，才猛一激灵，还真该起来了，已经清早6点30分。拉开窗帘，天已大亮，天空无一丝云，湛蓝湛蓝，难得的一个好天气。恼人的雾霾天气终于消失。没有更多迟疑，急急地穿衣、刷牙洗脸、吃饭，机械的常规动作，一气完成，只是比平时快了许多。因没有过多的富余时间，8点以前必须赶到二十五公里开外的新乡市局集合，待命处置一次意外事件。

今天是大年初一，应该放挂鞭炮，喜庆喜庆，儿子也许昨夜看春晚太迟了，还没起床，妻正忙活着客厅的果品，准备着晚辈和客人拜年的接待，我就放下手中筷子，顾不得穿上外套，拿起儿子放在桌旁的鞭炮跑到了院里。将一挂长长的鞭炮摆放在院子中央地面上，掏出火机就点，却因风太大，几次都没点着，就又回屋点了一支烟，才把鞭炮点燃。刹那间，震耳的炮声在院中响起。之后，走进已近九旬母亲的房内，跪下，磕了一个头，“妈，儿给你拜年了，今儿有任务不能陪您，祝您老人家新年愉快。”老年痴呆的母亲，似乎明白了儿的孝敬，还真的点点头，没有言语，也没有更多的表情，只是双目紧紧地盯着我，仿佛在说：又是一次没有放假的春节。在场陪护母亲的二哥、二嫂，红了眼圈。我没顾上与哥嫂再说更多，就匆匆跑出院门，开车上路。路上车辆比往日少了许多，车速不自觉就加快了。听着沿途村中传来的阵阵鞭炮声，心里忽然有那么一点成就感，群众过节警察上岗，警察在平安在。8点之前，我准时到达市局门前。

市局广场上，戚局等几位领导同志已在现场，简单向我交代了一下任务。我们特警支队的五十余名同志，看我到来就开始列队点名。清静的院落里，只有我们这支队伍，我走到队列前，看到一个个意气风发的年轻队员，一阵激动，同时，还有一种说不上来的复杂心情，我说道："同志们，不绝于耳的鞭炮声告诉我们，今天是大年初一，这是中华民族的传统节日，本应该与亲人团聚，而为了社会的安定，我们坚决执行命令，没有任何怨言站在这里，这是一次不同寻常的历练，更是对同志们的一次考验。今天，同志们的表现，再次展现了大家公而忘私的高品位、高素质。同时，我们每位同志再次切身体会到了什么是人民警察，警察就是要舍小家为大家，甚至用生命的代价，来保护人民安居乐业，这是我们警察的神圣职责，更是我们的工作追求。从百里之外跑来执行任务的吴子汉、殷凯，他们一定比别人起得更早，或许整夜就根本没有休息，令人钦佩和感动。这充分说明我们是一支来之能战、战之能胜的威武之师。借此机会，在大年初一这个万家欢聚的特殊日子里，我代表支队党委向牺牲休息，为保证全市人民平安过节的同志们拜年了，大家辛苦了！"

还好今天的任务不重，结束时已近中午，安排好同志们工作后，我匆匆忙忙赶回家，还有一帮三十多年的同学哥们儿在家里等候，这是多年形成的一条不成文的惯例了，然而，让他们失望的次数多，欢聚的次数少。

中午小酌，大家欢欣鼓舞。平安、健康，今年成了这帮年近五旬的弟兄们的主要话题，调侃、聊天、头碰头的窃窃私语，勾起了大伙昔日青春的情怀。激动中喝酒，喝酒中激动，岁月的考验中，友情中也糅进了许多亲情。从青涩小伙儿到知天命的中年，从单身到成家，再到儿孙绕膝，人生中步步台阶没人落伍。然而，不同的经历，演绎着不同的人生之路，有雷同有区别，有着说不完的回忆。有多年的相知，谁也不让谁喝多了，少了许多年少时的无畏折腾，多了经历不同磨难后的彼此关爱帮助，欢欢喜喜，亲情浓浓。

懂事的儿子，已坚持几年，先帮父母照顾客人，再带来自己的同学朋友给老人拜年。看着已近成年的儿子，很欣慰。儿子看我有些疲倦，就劝我休息，他接替我一阵忙活，打扫干净了室内和餐桌上的“战场”。

听从儿子的相劝，躺在床上，看着不知谁何时打开的电视，什么内容？没有细看，就迷迷糊糊进入了梦乡。醒来后，电视里播放的是中央七套的“军营大拜年”专题节目，也许因为工作性质接近，一下就被吸引住了。画面正播放着一位女演员在台上神采飞扬地昂首高歌，然而到台下就连忙吸氧，还仍旧气喘吁吁，原来他们是在西藏海拔近五千米处慰问演出。当这位女演员再次出场时，她突然发现在演出现场飘移着一个气球，上面有几行小字，她轻轻拿在手中端详，上面写着“妞妞，爸爸想你，今年回不了家过年了”。女演员很动情地将气球揽在怀里，高声问道：“这是谁写的？”有一位战士红着脸，扭扭捏捏站了起来。已经红了眼圈的女演员动情地问道：“战友，你为啥要写这几个字？”战士告诉她，过节了，特别想家，他已经两年没有回家了，就想在气球上寄托一下相思。说着泪水禁不住夺眶而出，哽咽着接着说道：但为了祖国，为了全国人民能欢乐过年，我们无怨无悔守护在边防哨所。女演员情不自禁地上前拥抱住我们的战士，声泪俱下地唱起了《为了谁》这首歌。看到这里，我同样止不住自己的眼泪唰唰往下流，是感动，是共鸣？说不清，眼泪就是无法自控地流。女演员边唱边泪流满面地介绍，她也是三年没有回家过年了，连续三个春节都是在边关海疆哨所慰问演出中度过的。此时此刻，共同的感受，共同的愿望，共同的心声，虽是不同的角色，却让荧屏内外发出肺腑相同的感慨。无论是军人，还是警察，为了我们祖国的昌盛，为了我们人民的安宁，我们甘愿，我们无悔。女演员的倾情演唱，感动得在场的官兵流泪不止，同样，也感动了看电视的我，泪流满面。感受的共鸣，让我心潮澎湃，浮想联翩。从警二十年了，算来我在家只过了三个完整的春节。身边的战友同事，同样为了工作，为了值班、备勤，备勤、值班，特别是一些年轻同志，有时为了执行任务婚期一次次地推迟，甚至有一些同志连近在身边的父母都无法照顾，只好将有病的亲人托人照看。然而，没有怨言，也没有半句豪言壮语，心中都牢牢记着自己的特殊身份：我是警察，这是警察的职责所在。这是平凡中的付出，付出中的平凡。

没有如此共同的经历，是不会有如此激动和感慨的。看不到伟大，却为人民带来实实在在的安居乐业，让祖国安定、社会繁荣发展，这就是无数戍边官兵和各个岗位的公安民警的无私付出。不留意，甚至有时你感受不到这些人为此而存在；留心了，你会发现这些人坚守在不同的岗位，为国戍边，为民护安，细微之处、平凡之中彰显着伟大，伟大又在平凡中彰显。警察的失与得，无数人没有感知，却有无数人感知了因这些人无私守护而带来的欢聚与快乐。

这个泪流得酣畅，流得幸福，流得骄傲，我心甘情愿，无怨无悔，因为我是一名人民警察！虽然是大年初一，但流这个泪，值！

情人节的五十一朵玫瑰

国人何时开始关注2月14日，这个洋人定下的节日——情人节，已无从考证。但可以肯定地说：人吃饱了，穿暖了，心情舒畅了，才会有这个雅兴，才会去注意国外有这么个节日，来助自己的兴致。

这是一个真实的故事，也就是在这一天，在一个单位，在一个人身上，演绎了一段特殊并感人至深的故事。我们且称这个人为大姐。

2月14日一大早，这个单位的许多年轻人一上班就开始相互调侃，今天是情人节了，要买什么礼物，自己收到什么品牌的巧克力，下班后到什么什么地方去约会，等等。年轻人火爆的激情感染得空气都有点升温。然而，令大家都没想到的是，这时一位穿着考究的送花使者，怀抱一个精致的花篮，从大门外径直向他们走来，那一刻空气好像凝固了，周围一片宁静。定格在那里的年轻人，一个个都睁着疑惑的眼睛，紧盯着送花使者的一举一动，不约而同地在思考着同一个问题：这只花篮是送给谁的呢？这么大胆前卫！

送花使者看着这么多人都在目不转睛地盯着自己，脸上泛起一片红晕，羞涩地轻声问道："大姐在什么科室？""噢！大姐有对象了！"性急者率先鼓起了掌，这是大伙儿对大姐真诚的祝福，大家心想大姐也真够稳当的，到了这份儿上还在保密。

说起大姐，她今年已经四十多岁了，单位的同事没有不夸她的，工作上兢兢业业、任劳任怨，干好自己的分内工作，从不与人争高论低；生活上敬老爱幼、心地善良；本来一家人和和睦睦幸福无比，但令人心酸的是一场意外的不幸，让她尝尽了人间苦辣。

七年前，与她相敬如宾的丈夫突感身体不适，到医院一检查，肝癌晚期，全家人都惊呆了。这怎么可能呢？丈夫身强体壮，事业如日中天，她不敢相信这一事实，但这是科学诊断的结论，她悲伤万分，却不敢情绪外露。她强忍着内心的痛苦，一边精心照顾丈夫，一边料理刚进入中学的一双儿女。精神和体力的双重压力，让她在短短的十天内瘦了一圈。年迈的父母看着她憔悴的面庞，拉着她的手，老泪纵横地说道："你要挺住呀，你可不能再倒下啊，不然我们这个家可就全完了呀。你今后就是我们家的顶梁柱呀……"

她何尝不明白这个道理！残酷的现实，让这位从没受过磨难的弱女子担起了重担。性格坚毅的她没有倒下，她孝敬父母，精心照料丈夫，呵护好尚未成年的儿女。在为丈夫治病的一年里，她熬了多少通宵，丈夫知道；在夜深人静的时候，她哭了多少次，只有她知道。丈夫在弥留之际，动情地拉着她的手说："谢谢你对我的照顾，来生我们还要做夫妻，今生有你，我满足了。拜托照顾好两个孩子。"

倾心的付出还是未能挽留住深爱的丈夫。丈夫走了，她号啕大哭了一场，然而，更重的生活压力还在后头，两个孩子要上学，父母要照顾，而工资却减少了一半。但她咬牙挺住了，因为耳边常常响起丈夫的嘱托……在此后的岁月里，她全身心地投入到儿女和两位老人身上，刚过不惑之年就已两鬓染霜，但她无怨无悔。一双儿女也很争气，没有辜负母亲的辛苦付出，先后考入了名牌大学和重点高中。她常常为自己有这样一双儿女而自豪，她所有的付出就是为了这一切。

眼看着她的日子一天天好转，眉头也一天天舒展开来，好心的姐妹们开始关心她的婚姻。每当提起这些问题时，她都笑着婉拒了。可今天，谁也没料到情人节竟有人公开向她送来了玫瑰花篮。送花的小姑娘刚刚离开她的办公室，姐妹们早急不可耐地一拥而进，然而，看到的却是大姐双肩颤抖、泪流满面，凝视着花篮在抽泣。姐妹们不约而同地盯住了插在五十一朵玫瑰花丛中的寄语卡——

亲爱的妈妈：您辛苦了。六年来，为了儿女，您省吃俭用，含辛茹苦，从无怨言。您对儿女倾注的母爱，情深似海，儿女永远不会忘记您对我们的教诲。今天，在这特殊的日子里，我们惦念着您，我们想对您说：妈妈，我们爱您！

辑四

警察故事

辑四

警察改革

“宋老梗”小传

“宋老梗”是宋华堂的绰号。职业，除了军人就是警察，没干过其他工作；级别，由士兵到干部，由民警到刑警队长、分局局长等，历经多个岗位、职务。处处走红，岗岗叫响。

宋华堂小时候腼腆少语，情绪外露不多，但笑起来声音洪亮，底气十足。族内老人根据他的哭声曾预言道：“这孩子脾气大，性耿直，是个从军的料。”华堂的成长，真应了老人的话，十八岁当兵，二十七岁转业到北京市公安局，三十六岁调回卫辉市公安局至今，走出家门四十年，手从没离开过枪把子。退休后，荣誉证书、奖状扛回了一大箱，也被人们私下送了个雅号“宋老梗”。

咱们沿着宋华堂所走的人生之路，看看他怎么个“梗”法。

1959 年，十八岁的宋华堂实现了自己的梦想，穿上绿色的军装，光荣地成为一名警卫战士。然而令他意想不到的是，正当他热火朝天地大练武，争当优秀士兵之际，口口声声支持他报效祖国的家中女友却突然提出让他回家。宋华堂急忙写信解释、讲道理，但无济于事。宋华堂的“梗”劲儿上来了，革命战士哪能因家事误国事，此生无缘，随她去。一段姻缘就这样云消雾散。宋华堂的内心深处虽十分苦恼，但丝毫没有影响其工作的热情，当兵九年，年年被评为“五好”战士，射击、执勤能手。

1977 年，宋华堂由北京市公安局调回卫辉老家，1982 年被任命为后河派出所所长。他面对的是吃无处，住无地，辖区内治安混乱不堪的状况。

意想不到的困难再次激起了他的“梗”劲儿，干就要干出个模样。他上靠公社党委，下依人民群众，在短短的几个月内，房盖起来了，摩托车配备了，最为混乱的台上村被他白天查、晚上摸，一气破获系列抢劫、盗窃、破坏电力设备等十多起案件，使整个台上村家和民安。就在全乡治安状况略有起色的时候，全国严打统一行动再次为宋华堂创造了机遇。他夜以继日地忘我工作，从点滴线索入手，认真细致排查，掌握有力证据，又先后抓获多名犯罪嫌疑人，被追究刑事责任的就达五十多人。而他自己却因无规律的生活，积劳成疾患上了肝炎。对此，他坦然一笑说，干工作哪能没有点损失。

宋华堂干公安可谓“全能”，先后担任过治安、刑警、户政、派出所等多个岗位领导。而在他每次调动中，无论是职务上还是级别上的上下调动，征求意见时，都是一个字：“中!”有次风传他的位置要调整，到一个炙手可热的岗位，不少人劝他说：当今社会，需要活动活动，而你光老“梗”不行。他却笑着说：能上能下才是一位革命者，只要能工作，干啥都一样。

后来，他从分局局长位置下来，当上了拘留所所长。他面对职务、级别上的反差，不但在语言上无怨，在行动上更是毫不含糊，值班带头，重活、危险工作身先士卒，并且创造出许多新的工作方法，对行政拘留人员开展法制教育、献爱心等多项有声有色的活动。为此，他再次被评为省、市先进个人，还获得一千元奖金。他用奖金为拘留所修了一个热水炉，来改善同志们的工作生活条件。

宋华堂的挚友这样评说他：与老宋好了几十年，没见他也没听说过他求人、说情、给别人说好话。就因自己站得直，立得正，堂堂正正做人，认认真真做事，为了坚持原则难免得罪了一些人。但也让更多的人认清、看清宋老梗是条汉子，是个工作狂，是个坚持正义、有原则的领导，更是个对人真诚的大好人。

“贼王”与公安局长

他已经是五十多岁的人了，却还是那样精明强悍。朦胧的浴室内，他常常手裹大毛巾，三分钟内就能手法灵活地将顾客全身搓个干干净净而大气不喘一口。不知情的人认为他是一个十分能干并且待人和善的老者，而真正了解他的人都知道他可不是一个凡夫俗子，他曾是豫北地区，特别在河南卫辉市，有名的专踩“大轮”的“贼王”，名叫毛洪喜。

说他是“贼王”，是因为他行窃二十多年从未失过手，还因为他偷窃从不在人多拥挤的地方下手，而专拣人们警惕性放松、地广人稀时行窃。在他流窜盗窃的岁月里，基本上都是手到货到，一次都没有当场被人抓获过。但在庄严的法律面前，有力的旁证物证和铁的事实，还是让他住了五年大牢。

有人说，贼心难改。他说：不，贼也是人。

他之所以能发出这样的感慨，是因为他与卫辉市公安局局长申喜庆还有一段令他刻骨铭心的交往，使他由“贼王”转变为正常人。

当年他从监牢出来以后，家中四壁如洗，空无一物，他想过正常人的生活，却身无分文，并处处遭人白眼。当他费尽周折，好不容易找到了一份临时活，厂长却让他去街道居委会开个身份证明，而居委会的领导很生冷地拒绝了他这并不过分的要求，他甚至以下跪方式求情也毫无结果。回到家，他伤心地痛哭了一场，想做个好人就这样难吗？无奈之下，又横下一条心，重操旧业。当时，还是一般民警的申喜庆闻讯后找到他，要求他不要这样走下去，否则只能是自取灭亡。要想堂堂正正做人，还得靠自己的双手，自食其力才能重新做人。生与死往往是一念之差，让他三思而后行。一席话，使受尽世人白眼的“贼王”，顿感一股暖流传遍全身，纠结的思想也仿佛茅塞顿开，从此，他选择自食其力，开始了新的人生之路。

他根据自己心灵手巧这一特长，首先组建了一个小型魔术团，计划等有了资本后再改行去学做小生意。万没料到，出师不利，地摊性质的变戏法根本挣不住钱，没几天，就赤字连连，他又成了一个穷光蛋。接连碰壁，失败的他再次萌发“上车”的念头。不想在路上又遇到了已经成为副局长的申喜庆，当申喜庆关心地问起他的近况时，四十多岁的他竟委屈得像孩子般地哭泣起来。申喜庆了解到他的困境后，当场给他二百元让他先渡过生活难关，其他困难再慢慢想法解决。同时告诫他，再苦再难，决不能再走弯路。“贼王”深深地点了点头，将重出“江湖”的念头再次打消。

一晃几年又过去了，“贼王”早已找到了适合自己生存的手艺活——浴池搓背。孩子们也一天天长大成人，正常生活已无困难，然而，他担心孩子们误入歧途，常常教育儿女们，走什么路都行，再不能走自己走过的路，不然对不起时刻关心着咱全家的申局长。但儿女们的出路又在哪儿呢？他又发了愁，思来想去，不忍心再为申局长添麻烦的他，竟又身不由己来到申局长办公室门前。这时，已经成为局长的申喜庆一如既往地热情接待了他，当听到他的诉求后爽快地一口答应了他安排儿女工作的要求。他再也控制不住自己的感情，老泪纵横地拉着申局长的手，说：你没有喝过俺家一口水，却救了俺家两代人！我后半生一定做个对社会有用的人。

他没有食言。他居住的村庄是个乱了多年的村，当省纪委有关领导前来调查情况时，竟遭到部分群众无理围攻，时至中午，这些群众轮流吃饭，却纠缠省纪委的同志不让吃饭、休息。身在人群中的毛洪喜看在眼里，急在心头，是得罪乡亲仗义执言，还是为保面子，沉默不语？自己能有今天，多亏了政府和申局长。想到这儿，一股正义之感涌上心头，他走

出人群上前与无理取闹的群众开始激烈论理，很快使这部分群众退了下去。他的行为受到省纪委领导的高度赞扬。

去年冬天，山东有一铁匠拉了一架子车铁锅来到卫辉，当这位山东汉子被冻得浑身颤抖地来到毛洪喜家，要求借火做顿饭吃，毛洪喜赶忙让山东人进屋暖和，还拿着家中的白馍、面条亲自给山东人做了顿香气扑鼻的饭菜，让山东人吃了个痛快……

后来，申局长听到这些故事时，脸上露出了欣慰的笑容。昔日江湖上大名鼎鼎的“贼王”在河南豫北地区是彻彻底底消失了。

从肇事者到杀人犯

1993年2月12日，新乡市中原路上，发生一起驾驶人醉酒无证开车将人撞伤后，不是积极施救，而是将伤者带离现场，继而又将伤者抛到野外，致使受伤者被延误救治而死亡的案件。肇事者异想天开，企图将一起交通事故掩盖得无影无踪，然而公安民警仅用七小时就将此案侦破，妄想逃避打击而又错上加错酿成命案的案犯郭玉跃、王海金被收入法网。

醉鬼肇事

1993年2月12日中午，市中原路统建楼家属区的居民，刚刚放下饭碗，准备午休时，一声高过一声、来自本家属区十二号楼二楼内的划拳声，搅得人心烦意乱，让不少人打消了午睡念头。

原来，在二楼居住的市无线电总厂工人郭玉跃，正在家中款待前来看望自己的好友王海金。两人既是朋友，也是酒友，两杯酒下肚，早忘了所有的矜持，只顾自己狂欢，哪还顾得上邻居们的感受。两个对酒当歌的哥们儿，不一会儿便双双酩酊大醉。下午2时许，两人到了上班的时间，主人郭玉跃扶着客人王海金，说着只有两人能听懂的醉话，摇摇晃晃地走出家门。来到楼下后，郭玉跃见王海金是开着汽车来家的，（当时汽车还是不多见的产物）顿时喜出望外，直埋怨王海金不够哥们儿，怎么不早说，好让平时连做梦都想开车的他，利用中午时间出去多开几圈，过过车瘾。

于是，他弟长弟短地从王海金手中夺过汽车钥匙，上车发动了汽车。已被酒精烧头的王海金没加任何阻拦，也顺势坐上车。顿时，汽车快速启动，一扭一拐地钻出了仅能容纳一辆汽车通行的胡同，片刻便来到了家属院门口。正当郭玉跃洋洋自得自己的驾驶技术时，半醒半睡的王海金突然发现中原路口上一名女青年骑车正由西向东骑行，“快、停车！”说时迟那时快，话音未落，骑车人已出现在汽车前面。而骑车人也没料到，胡同口出来辆车，当她看到飞驰的汽车直接向她撞来时，本能地大叫了一声：“啊！”

然而一切都晚了，兴奋而不能自控的郭玉跃，根本没有受过任何驾车训练，更不懂路口慢行、拐弯让直行这些基本交通知识。在他听到王海金的惊喊时，刚将右脚踏上刹车板，高速行驶的汽车伴随着一声撕心裂肺的喊叫声，早已撞上了骑车女青年，可怜的女青年哪料到这突来飞祸，连人带车被撞飞到路边的树上。王海金跳下汽车，二话不说抱起女青年就上了车，接着又驾车离开了现场，看到现场众多的围观者，扔下了一句话：“我们送医院去。”

接报侦查

时针一分一秒地滑过，一些好心的围观者翘首以待，仍留守在案发现场。一位年长的老人等了几个小时，也没有见到任何交警出事故现场的动静和消息，他曾多次亲眼看到公安民警不论多忙，都会很快来到现场，可谓神速。可是这一次……莫非……于是这位好心的围观者，带着种种疑虑，拨响了市公安局交警支队的报警电话。

市交警支队接到报案后，立即组织事故科的民警火速赶到现场。然而，现场群众给民警提供了肇事者有两人，伤者是一位年轻的女性，肇事汽车是一辆“跃进130”客货车的情况外，再无其他更多线索。根据群众提供

的线索，他们问遍了市内各大小医院，出乎民警的意料，得到的却是几乎相同的答复——今天没有收治一个这样的受伤者。

下午5时10分，就在市内交管民警一头雾水时，卫辉市交警大队接到报案：在卫辉市上乐村乡西沿村附近，有两人从一“双排座”汽车上，抛下一女尸后驾车逃跑，惊慌中跑到距离抛尸现场近两公里处，车轮一下陷入路边泥沟，两人折腾了半天，见车出来希望不大，只好弃车朝淇县方向逃跑。

卫辉市主抓交警的公安局副局长申喜庆闻讯后，立即指示大队长李振起、教导员连保才带领事故科的民警，火速赶往西沿村。经过现场勘查验证，此案系一起性质恶劣的异地抛尸汽车肇事逃逸案件。

晚9时，勘查现场归来的交警大队副大队长董廷炎与事故科科长钟继全，以现场遗留汽车为线索，马不停蹄连夜驾车追查至新乡市。经与新乡市交警支队联系证实：肇事车为新乡市蔬菜公司批发部所有。12日下午2时许，该车在红旗区某一小区路口将一个二十多岁的女青年撞伤，肇事者下车看到倒地的女青年伤情较重，就将女青年抱上车，驾车离去。

“卫辉发现的女尸，一定是下午中原路被撞伤的女子，看来肇事者是不计后果罪上加罪了。”事故科的同志们根据大量证据断定了这一点。

“立即召集技侦人员全力侦捕，全方位展开侦缉工作。”晚10时许，市公安局副局长王亚东听完交警支队的情况汇报后，果断下达了追捕肇事者的命令。为此，由市刑警支队、交警支队、红旗公安分局、卫辉市公安局联合组成的三十人的专案组，兵分三路，一路进行案发地、发现地的现场勘查，收集更多犯罪证据；一路奔向中原路、卫辉市开展现场访问，发现并抓捕肇事者；另一路则迅速通过电波向邻近市县发出协查通报。

“中午楼下停了一辆跃进牌130大货车。”

“开车的是来找楼上郭玉跃的。”

“上班时，我见开车的是郭玉跃。”

侦破工作离不开群众的支持和协助，群众是发现犯罪最直接的来源。人们没有忘记中午那阵阵烦恼的划拳声，他们怀着对受害人的怜悯和对肇事者的愤怒，纷纷叙说着自己目击到的一切，侦查员们及时将这些重要情况记在了访问笔录上。

夜已经很深了，寒风袭击着忙碌的侦查员，然而他们一点也没有为此而减少收集各种犯罪信息的信心。他们根据诸多线索，扑向了罪犯可能藏身的地方。夜12时许，市刑警支队一中队副中队长张玉太，侦查员刘明、封民、王智超，根据获取到的可靠情况，在淇县城关郭玉跃伯父家将酒醒后早已吓得魂不附体的郭、王二人抓捕归案。在铁证面前，他们号啕大哭，供述了全部犯罪事实。原来他们肇事后，谎称送受伤者去医院，实际上却——

变肇事为杀人

王海金明知郭玉跃无证酒后开车是严重的违法行为，但他顾及情面，在情与法的考验面前打了败仗，致使出现了上面的一幕，显然两人都构成了肇事罪。按刑法第一百一十三条规定，他们最多被判刑七年。如果他们能立即保护现场，报告交通事故部门，并采取措施抢救受伤者，使伤亡损失降到最低限度，那么，他们的量刑结局会更好一些。但是，他们在酒精的作用下，王海金这个受过专门训练的专职司机产生了逆向心理，郭玉跃更是心存侥幸，为了逃避打击，面对一条鲜活的生命，丧心病狂的他们又演变出了一部由轻罪到重罪、由单纯的交通肇事到集数罪于一身、最终成为杀人犯的悲剧。

“快，把她抱到车上。”王海金自言自语地嘀咕着，似曾想着赶快送伤者去医院，又似曾想着要将该女赶快转移出现场。可是他选择的是后者，他拉开车门跳下车，速度极快地将倒在血泊之中的女青年抱上汽车，并转身从郭玉跃手中夺下方向盘，快速地离开了出事现场，径直朝着卫辉市方向开去。一路上，他们谁也不说一句话，各自想着心事。也许，交往多日，各自了解颇深，早已心领神会，不谋而合了。

转眼，汽车行至卫辉市上乐村乡西沿村北地。他们见四下无人，便残忍地将受伤女青年从车上抛下，扔在了路边，使其失去了最佳抢救时间。

就这样，这个年仅二十五岁的女青年还未享受将来人生的幸福，未向家人告别一声，就惨死在郭、王二人的手中。浓烈的酒精，导致一朵盛开的花朵被摧残了。生命对于每个人来讲都只有一次，都是弥足珍贵的，一条鲜活的生命就这样瞬间消失，让一个幸福家庭支离破碎、亲人阴阳相隔，我们是否要从中汲取教训，让“酒驾”这一顽疾警钟长鸣?!

“摧花恶魔”雪夜就擒

迟到的报案

2000 年 12 月 11 日，夜已经很深了，家住卫辉市庞寨乡柳位村的农民陈 × 溪，还在心急火燎地带领家人，四处寻找放学未归的十二岁女儿陈 × 桂。女儿是他的心头肉，也可以说是他的命根子。

这是一个破碎的家，十年前，陈 × 溪夫妻因感情问题离婚，十年来他既当爹又当妈，含辛茹苦将孩子好不容易拉扯大，懂事上学了，他刚松口气，女儿却突然莫名其妙失踪了。他疯了一样地四处奔波寻找，见人就问，终于得知了一点线索：2000 年 12 月 11 日下午 5 时许，一位自称陈 × 桂舅舅的人将孩子从学校接走了。陈 × 溪知道这是一个弥天大谎，因为陈 × 桂的两个舅舅因故都在监狱服刑。难道是其母亲思女心切，将孩子设法带走了吗？对此，他恼恨交加，又无可奈何，因为夫妻间的防备戒心，他至今不知陈 × 桂母亲的去向。无计可施的陈 × 溪为消除不祥的疑虑，发动整个家族亲人，将方圆十几里内的亲戚、朋友家，野地、果园、机井统统查找了一遍，仍是没有一丝陈 × 桂的音信踪迹。

这时，大女儿突然告诉陈 × 溪一个情况，两天前下午 2 时许，一个三十多岁的刀疤脸男子曾来家坐了两个小时等陈 × 溪，其间对陈 × 桂说其母亲在李源屯镇，问她想不想母亲，要带陈 × 桂去见母亲。陈 × 桂说很想，但并没有跟他去。

陈×溪知道“刀疤脸”名叫全子，家住相邻李源屯镇西良村，他听了当即就带领家族亲人去找。然而，一无所获，连去几次连全子的人影都没碰见。

陈×溪焦虑得几天时间瘦了十几斤，就在这时候却意外地与陈×桂的母亲联系上了。陈×桂的母亲由于多日未见女儿，给两个女儿买了几身衣服来到娘家，准备让人带去，却听到女儿陈×桂已失踪多日，就心急如焚地与陈×溪联系。陈×溪一听彻底绝望了，最后的一丝希望也破灭了，俩人一合计，才匆匆来到卫辉市公安局刑警大队报案。

色狼露尾

2001年1月14日，卫辉市公安局刑警大队大队长刘志广接报后，当即向主抓刑警大队的副局长徐玉山汇报，同时，指派刑侦一中队李志强中队长带领侦查员谢涛、杜伟立即赶赴柳位村展开先期调查。

李队长首先来到柳位中心校调查了解得知：2000年12月11日下午5时许，一位自称为陈×桂舅舅、脸上有多处刀疤、三十多岁、戴一白色眼镜、中分头的男子将陈×桂接走，说去见其母亲。

接着陈×溪又反映，“刀疤脸”是李源屯镇西良村人，曾于1998年夏季的一天，突然找到陈×溪要合伙做生意，陈说：我不认识你，合伙做啥生意。同时质问他，怎么找到的自己。“刀疤脸”说：村中张×民让我来找你的。接着“刀疤脸”威胁陈说：我是黑社会的，大哥想见你一面。陈×溪一听怒火中烧：你是哪路神仙呀，竟敢光天化日之下来家威胁人。他扭头回屋持起一把菜刀就要与“刀疤脸”玩命，“刀疤脸”一看情况不对，扭头就跑掉了。

李队长与队员们马上将“刀疤脸”定格，并立即来到西良村对“刀疤脸”展开外围调查。

“刀疤脸”名叫孙保军，小名全子，今年三十八岁。1983 年曾因抢劫被判刑七年，1991 年又因盗窃被判刑一年半，1993 年结婚，1999 年离婚，有一女孩。1999 年夫妻俩因犯口角，妻一怒之下将房屋点燃，将家烧了个精光。孙保军长年有家不归，居无定所。根据所掌握的情况判断，无论陈 × 桂去向如何，孙保军犯罪嫌疑已直线上升。

传讯孙保军。

李志强带领队员们一天时间内将孙保军的家及其亲戚、朋友或有可能落脚的地方，统统查找一遍，然而踪影全无。李队长心生一计，设下圈套等候孙保军自投罗网。

1 月 22 日夜，北风狂吼，气温骤降，刑警大队副大队长申国强刚把电暖气打开，接到“耳目”电话，孙保军在村中出现。申副大队长一阵兴奋，顾不得关上电暖气，就带上刑警朱保华、祁俊涛火速赶往西良村，寒风中守候了整整一夜，仍连孙保军的影子都没见一眼。屡遭打击、生性多疑的孙保军怎会轻易中计？为此，还造成另一场虚惊，申国强办公室未关上的电暖气引燃了旁边的窗帘险些酿成大祸，事后申国强既内疚又委屈。

大年三十，是我国传统节日，一般人都会回家团圆，刑警们牺牲与家人的欢聚，为早日找到孙保军再次迎风踏雪多点走访，深夜守候抓捕。然而，均劳而无获，空手而归。

1 月 26 日晚，突传喜讯，柳位村的治安巡逻队已将孙保军控制，刘志广大队长马上指派李志强中队长前往将孙带回队部。

对症下药　一举突破

刚上任公安局长不到一个月的戚绍斌在走访基层时，已了解到这起案件，并予以高度关注，职业的经验告诉他此案很可能是起命案。两天前他在了解卫辉往日积案时，得知卫辉东部李源屯镇周围曾多次发生小女孩失踪案，当时他就暗下决心，计划短期内组织精悍力量，专项破获这些老百姓十分关切的积案。为此这起女孩失踪案，一开始就引起了他的高度重视。

此案是否与往日的失踪案件有一定的内在联系呢？他已做了大胆推断：有！在如此之小的区域，连续发生小女孩失踪，必然存在一定的关联。当得知已抓获一名嫌疑人时，他马上召开局党委会，成立专案组，抽调全局最优秀的八名刑警组成突审专班，他亲任组长。

然而，在证据链条还没形成的情况下，经验丰富的专案组成员并没有马上与孙保军见面，而是开始对孙保军的前身后世综合把“脉”透视。

孙保军兄弟两个，家庭情况特殊，在其十三岁时，父母就因很小一件事发生口角，脾气暴躁的父亲竟手段残忍地用木棍将母亲当众活活打死，继而无所顾忌地将母亲扔进院中的菜窖内。后来，父亲自杀未成被判无期徒刑。从此以后，没人管教的孙保军开始浪迹社会，小偷小摸、打架斗殴，坏事干尽，闹得全村乡邻鸡犬不宁，街坊邻居见他如遇“瘟神”，人见人怕，唯恐避之不及。

孙保军两次判刑出狱后，不思悔改，继续我行我素，唯一的变化就是连哄带骗娶了个媳妇。然而，好日子不长，又因夫妻感情不和离了婚。孙保军性格较内向，不善言谈，从小缺乏亲情、关爱，因此，对什么都疑神疑鬼，并心狠手辣。针对这些，专案组制定了一整套突审方案。

1 月 27 日晚 9 时许，李志强首先上阵审问，孙保军矢口否认一切，一副死猪不怕开水烫的神态。但在铁的证据面前，不得不承认他领走了陈 × 桂。让他交代陈 × 桂的去向时，他说卖到了山东。为给下一步突审打下牢固基础，刑警们连夜出发山东。经查证，孙保军的交代系谎言，这更进一步证明孙有重大隐情没吐露。然而，专案组却再没有审问孙保军，而是开始进一步多方查证孙外围的蛛丝马迹等活动情况。孙看似被晾在了一旁，实则在这期间，刑警们紧张有序地依计而行，有意与孙套近乎，到饭店为孙买可口饭菜，烟随便吸，教导员张跃进、中队长牛钰还为其拿来裤子、棉袄，让其换上干净暖和的新衣服。只对孙言行上温情感化，却只字不提案件的情况。

2月4日晚11时，刑警大队大队长刘志广、教导员张跃进、副大队长李新河、中队长牛钰组成新的专班，突然提审孙保军。此刻，孙保军瞪着迷茫的眼睛，心虚地抱着瑟瑟发抖的膀子，但仍狡诈地环视着专案人员，看着一张张威严的新面孔，他情不自禁浑身颤抖了一下。经验告诉专案人员，其心理防线已经到了不攻自破的边缘，大队长刘志广首先发话：全子，情况很明了，希望你放下心理负担，一切顽抗都是徒劳的，希望你做个明白人，彻底交代你的罪行，你的一生很不容易……

孙保军听完刘大队长的话，低声说道：陈×桂是我杀的，强奸后扔进了机井里。

顺藤摸瓜　引出惊天案

水落石出。陈×桂的尸体被打捞出井，局长戚绍斌与专案组成员的突审方案已成功奏效。

2月5日下午3时许，戚局长又亲自审讯孙保军，面对戚局长入情入理的教育感化，孙保军彻底缴械说道："你们这几天一个个对我真不错，我给你们添麻烦了，我现在全说了，也算对你们一个报答吧，彦村的小妞、大辛庄的小妞，还有杨庄的小妞都是我杀的。"

1999年5月，一天晚上，孙保军到彦村集上听戏时，将身边一个看戏的十一岁女孩骗出村外，强奸杀死。

1999年8月初，一天晚上，孙保军在上班途中走到大辛庄附近，偶遇一个十五岁女孩，看四下无人，当即拦住，强奸杀死。

1999年9月的一天傍晚，孙保军又专门出来转悠，来到市区镇国塔附近，骗九岁女孩进入烈士坟，强奸杀死。

2000年5月的一天夜晚，孙保军到山西晋城打工期间，诱骗十五岁女孩，强奸杀死。

…………

2月26日下午5时许，在卫辉市公安局看守所一间不大的房间内，犯罪嫌疑人孙保军面对连日来公安人员的感化教育，终于供述了最后一次奸杀幼女过程。那一刻，出人意料的是，孙保军长长地叹了一口气，抬起布满刀疤的长脸，缓缓说道：感谢你们对我的关怀教育，我现在很后悔，我知道自己所犯的滔天罪行，枪毙我几十回都不过分。我给你们添了麻烦，我对不起父老乡亲，我对他们的伤害太大了。但现在说啥都晚了，我希望正在走上歧途的人，赶快悬崖勒马停止为非作歹，千万不要像我这样再干对不起社会的坏事，要做一个心地善良、好好生活、本本分分的好人。我知道自己的事很大，我请求你们将我当一个反面典型，来向全社会进行宣传，教育人们遵纪守法。

面对血债累累的“摧花恶魔”，其言再善也引不起人们的一丝怜悯之情。翻开沉重的案卷，看着令人发指的案情，能让你流动的血液瞬间停止。公安人员对孙保军十四次提审，记录了他的滔天罪行：强奸十六人，杀九人（死八人），其中十五人都为十五岁以下女孩，最小的只有九岁，只有一名成年妇女。除被杀的有报案记录以外，其中七人都没有报案。

掩卷闭目，一个个单纯、善良、轻信、胆小、没有任何人身安全防范意识的面孔一直在眼前晃动，犯罪嫌疑人孙保军正是抓住这些青少年致命的弱点，屡屡犯案得手。善良的人们是否通过这一起起血淋淋的案例，来深层地思考些什么呢？对年少的孩子要多多提醒，更要对不法侵害勇敢地站出来说：不！

破译界碑沟之谜

3 月 24 日凌晨 1 时许，卫辉市公安局刑警大队突然接到辉县市警方的通报，在两市交界处界碑沟内发现一具无名男尸。

界碑沟是一条卫辉与辉县两地的天然分界线，系当地九里河上游季节河道，只有汛期才有水流，日常干旱无水，由于这里岸陡、沟深、坡荒岭秃、地势险要，方圆数里内无一居民居住。新中国成立前是出了名的土匪响马出没的地方。新中国成立后，两岸村民齐心协力，修建了一座石桥横跨深沟，才结束了两县多年来隔河相望的历史。

凌晨 2 时许，卫辉市公安刑警大队大队长刘志广、教导员张跃进、技术中队中队长李新合等技侦人员首先来到现场，他们站在桥上低头望着黑乎乎的沟底，不觉倒吸了一口冷气，多深的沟啊。他们顾不得许多，当即打开照明灯，察看周围地势，寻找下沟道路，灯光照处怪石矗立，哪有道路可寻？他们只好互相拉扯帮扶着沿桥基一步步挪到了布满乱石的沟底。映入眼帘的是一具男性尸体，面部向上，仰卧沟底，四肢呈死前挣扎状。法医连明借着灯光仔细查看了死者血肉模糊的头部，发现有钝器伤，排除了失足掉下深沟的可能性，初步认为死者系他杀。接着，他们为搜寻更多线索，分头向死者周围搜索查看，然而由于天黑沟深，地形复杂，没有发现更多可疑物品，但从死者身边一个拳头大小鹅卵石上的喷溅血迹断定，这里就是第一现场。那么死者是谁？又怎样来到沟底的呢？

正当刘大队长他们站在漆黑的沟底做着种种情况分析时，突然，两道雪亮的灯光划破了夜空，只见一辆闪烁着警灯的轿车停在了桥上，原来是主抓刑侦工作的李新华副局长闻讯后也匆匆赶来。他下车后，二话不说，同样不顾天黑路险来到了沟底。刘大队长连忙将情况向李副局长一一做了汇报。

李副局长望着漆黑的四周，抬腕看看手表，时间是凌晨4时30分。他命令道："暂时封锁现场，马上就天明了，天明后继续勘查现场。"

李新华副局长随后向局党委书记、局长申喜庆做了案情汇报，申局长当即指示：这是卫辉一年来首次发生的凶杀案，一定要组织精干队伍，成立专案组，尽快破案，震慑犯罪，还人民平安。绝不能给"全国优秀公安局"的金牌上抹黑。

7时许，李副局长带领刑侦人员再次来到沟底，根据实际情况现场分工，首先让法医对死者进行深度解剖鉴定，同时安排其他刑侦人员以死者为中心向现场周围仔细搜索，认真寻找与案件有关的任何蛛丝马迹。

法医鉴定：死者年龄二十八岁左右，系饭后两小时内由钝器伤造成大脑弥漫性出血而死亡。死者胃积物有米饭、蘑菇、肉丝等，似为在饭店就餐。

正在现场周围搜索的技术中队中队长李新合，在距中心现场三十米外的一块麦田中发现了一截儿断裂铁链，同时在铁链周围发现有杂乱的打斗痕迹和死者的一只鞋；教导员张跃进也在距现场三百米处的一座破庙内，访问到了死者生前与人打斗时的目击人马某。

马某说：23日下午2时多，他正在烧香，突然听到吵架声，出来看到桥上停着一辆红色轿车，桥下沟边麦地里，有两人在追打一人，直至三人混打到沟底。他不敢再看下去，害怕惹事上身，慌慌张张转身进得庙内连忙关上庙门，再没敢向庙外露头。

24日8时许，曾到过现场的辉县市公安局的刑侦人员再次来到现场，将第一次在现场提取的BP机（寻呼机）交给了李新华副局长，机号为8230428。

TAXI

查看BP机显示有五个电话号码，最后一个是12时30分系手机所打，机号是1393735××××。当刘志广大队长拿着BP机看到这个手机号时，感到特别眼熟，思来想去，熟人王某的身影跃入脑海，他急忙操起手机拨通了该机，问他昨天是否打过传呼，王某矢口否认，说中午喝醉了，经查证王某说的是实话。刘大队长再次打通其电话，直接问他是否在中午给8230428号BP机打过传呼，传呼机的主人是谁，在什么地方回的电话。王某回忆说，BP机的主人是出租车司机赵×。他打传呼是想用车，而赵×很长时间才回电话，说他在辉县，一时无法返回。王某还告知赵×所开的那辆车是祁×军的车。李副局长急令刑侦人员寻找车主祁×军。

祁×军被找到了，他急匆匆赶到现场，看着血肉模糊的死者，他竟一时没有辨认出是谁。李副局长又急忙让人通知赵×的家人来辨认，经家属确认死者就是赵×。而他驾驶的红色桑塔纳出租车又哪里去了？

仇杀？情杀？抢劫杀人？一个个问号不断在侦查员的脑海中闪现。李新华副局长、刘志广大队长处乱不慌，他们当即召开碰头会，集思广益，迅速理清思路制订出下步侦破方案，兵分两路，一路以物找人，一路在方圆三十公里的范围内走访饭店、修车铺等犯罪嫌疑人可能落过脚的地方，同时查找有关线索及死者回电话的座机位置；为加快座机查找时间，李新华又安排一路人到新乡市邮电局查询赵×给王某回电话的电话号码及位置。

一路路人马职责明确，行动迅速，各显神通。负责路访的刑警中队中队长朱孝龙带领刑侦人员，一天时间内走访二百余家饭店、旅社、修车铺、公用电话亭等，终于在一家名叫得帝德的大酒店查出了回呼电话，同时了解到赵×与另外三人曾在这里就餐的情况，正好与赴新乡市邮电局查号的侦查员查出的电话相互印证，从而确信赵×用的就是该电话。

闻讯后，刘大队长马上带领其他刑警队员赶来增援。又据派出的“特情”反映，就餐的三人中其中一人曾给附近的水泥厂厂长开过车，经落地查实，否定了此线索。得知此人家住辉县市常村镇申屯村，名叫尚保顺，以开出租车为业，刘队的脸上这才露出笑容，案件侦破初见曙光。他马上联系辉县警方，又获取到尚保顺所开出租车车号为豫 G-40722。

此刻，时间已到了 25 日深夜，已经奔波了一天两夜的刘大队长、张教导员没有丝毫倦意，侦破工作的有效线索刺激着他们将奔波疲劳忘到了九霄云外。他们不敢懈怠一刻，紧紧围绕着尚保顺开展工作。在辉县市张村派出所的配合下，他们在尚保顺的住地展开了秘密调查，又获知了有价值的线索——尚保顺连续几天没有在家，这是平常不多见的情况，疑点陡升。正当他们研究下步工作方案时，抬头看到黑暗中一辆北京吉普迎面开来，车号正是豫 G-40722，刘志广顾不得许多，让停在路边的司机超常规地打一把方向，在三米的直径内将“昌河”车掉了个头，吉普车内的人看到有警车追来，拼命加速逃窜，但没跑出两公里就被刘大队长他们截获，驾车人正是尚保顺。他们就近到了张村派出所，只经过短短二十分钟短兵相接的较量，尚保顺就满头虚汗交代了抢车杀人经过和同案犯罪嫌疑人郭海根、郭建军现还在市内光辉旅社 207 房间投宿的情况。

刘志广大队长此刻又兴奋又紧张，担心风声泄露，当即带领其他同志马不停蹄地直奔市内光辉旅社，在辉县市警方的配合下，一举将正睡得死死的郭海根、郭建军抓捕归案。

与此同时，在辉县市公安局刑警大队部，李新华副局长将还存在侥幸心理的尚保顺彻底打垮，进一步深挖细查，迫其交代了赃车买主郭学良和又将车转手卖给了新乡市某修配厂王某的情况。李副局长乘胜追击，带领刑侦人员快速出击，顺藤摸瓜将郭学良、王某抓获，并在王某处缴获了已被改了发动机号和车架号的桑塔纳轿车。

至此，界碑沟特大抢劫杀人案成功告破。

犯罪嫌疑人尚保顺，今年二十二岁，本来自己已有一辆北京吉普车搞出租，日子过得红红火火，但他一心想发大财，梦想一夜暴富，从而策划制造了这起骇人听闻的恶性杀人抢劫案件。3月21日，他自己先加工了一条铁链，然后找到好友，即二十五岁的郭海根，问他是否想挣钱。整日做着发财梦的郭海根一听就来了劲头，急问干啥，尚保顺说劫车。好吃懒做法盲一个的郭海根没有任何迟疑便答应了。

3月22日清早6时许，尚保顺就带着郭海根驾车直奔卫辉市，在卫辉市汽车站附近转了一大圈，到处有警察身影出现，感到无从下手，就到地摊儿上吃了点饭，又瞎转了几圈，便扫兴而归。

在路上尚保顺和郭海根继续做着发财梦。郭海根提出两人下手有点人少，就提出喊另一好友郭建军，尚保顺嫌人多分钱少，但郭海根说这样更保险。就这样两人一边合计着，一边狂笑着来到了郭建军家。郭建军现年二十八岁，腿瘸，同样是一个法盲，穷得光想一夜成为富翁。

23日一早，三人就兴高采烈在路边集合，等候开往卫辉的班车。10时许，他们来到了卫辉汽车站，一出站他们就看到赵×驾驶的桑塔纳轿车停在路边，小声商量了几句，就围了过去，说到比干庙一趟。三人上车后，赵×就驾车直奔比干庙，路上尚保顺几次用眼神示意郭海根动手，郭却因路上行人不断而没敢。尚保顺见下不了手，就对赵×说辉县家中有急事，提出回辉县，赵×就掉头直奔辉县。路上尚保顺又暗示郭海根动手，不知是郭胆怯，还是什么原因，就是没有将铁链套过去。到了辉县，已近中午，他们来到得帝德大酒店要了几个菜，这时，赵×的BP机响了，他就去找电话回传呼。尚保顺恶狠狠地说：“在回卫辉界碑沟的路上一定要动手。”说完三人将一瓶白酒喝个精光。

赵×回来后，他们就提出再回卫辉办点事，赵×又驾车返回，当车行到界碑沟桥边时，三人按计划行事。首先，身矮腿瘸的郭建军提出解大便，赵×就将车停在路边，车还未停稳，郭海根就将铁链套在赵×的脖子上，赵拼命挣扎。俩人无法制服赵×，经过一番打斗后，赵×挣断铁链跳下了车，尚保顺、郭海根接着跳下车，追打往桥下逃命的赵×。郭海根弯腰又拾起一块石头猛砸赵 ×，赵 × 顿时血流满面，尚保顺更是拳打脚踢。一会儿，赵 × 终于力不从心，软绵绵地躺翻在地，丧心病狂的尚保顺凶残地将赵 × 推下深沟，并再次用石头猛砸……当他们看到赵 × 躺在沟底没有任何反应了，才慌慌张张跑回车旁。这时狡诈的郭建军看到有两个小学生路过此地，并听到学生说杀人了、快回家喊人时，他跳下车，一瘸一拐地先行逃跑了，尚保顺、郭海根顾不得许多，飞身上车仓皇而逃。

下午 4 时，尚保顺第一时间就找到了辉县倒车大户郭学良，郭学良看了下车况，根本不问车的出处，回家取了八千元现金交给尚，说等两天再付欠款，尚难掩喜悦吹着口哨扬长而去。

郭学良驾车直奔新乡将车转手卖给王某，称四万元出手，王见有利可图，同样不问车的出处，便连夜改了发动机号、车架号，准备再次加价出手。哪知，当他们在做着同一个发财梦时，却一个个都栽在了卫辉警方手中，等待他们的将是法律的严惩。

青纱帐遮不住的罪恶

8月1日晚，地处黄河故道的卫辉市庞寨乡梨园村出奇地热闹。原来，村民赵×义家添丁加口又生了个孩子，亲朋好友、街坊邻居闻讯后纷纷前来祝贺。赵×义高兴得忙前跑后，一边安排大家喝喜酒，一边又从乡里专门请来了电影队，放起了电影以表感谢，不大的村庄整个被笼罩在一片喜庆的氛围之中，直至深夜人们还在喝酒划拳。

第二天一大早，人们还没有从昨天的兴奋中完全清醒过来，一个不祥的消息又传遍了全村，村民赵×宪十八岁的女儿赵×英一夜没有回家。因村子太小，村中各家的情况村民们都知道，赵×英性情温和内向，从没有外出留宿的习惯。赵×英的家人们心急火燎，在村中四处寻找后，又沿路到路边的玉米地、棉花地、花生地找了个遍。突然，赵×英的亲戚在一片玉米地里发现了赵×英戴的一枚已折断的发卡，亲人们顿时感到凶多吉少，直奔庞寨派出所报警。

8月2日8时30分，卫辉市公安局刑警大队接到报案，大队长刘志广、教导员张跃进、技术中队中队长李新合一行，驾车到了发现发卡的现场。根据现场倒伏的玉米秆和地上有后脚跟蹬踏的痕迹，初步断定这就是案发第一现场，刘大队长、张教导员马上召集驻乡刑警队员，迅速展开排查。主抓刑警的李新华副局长也赶到了现场。

在攻破大要案中屡显身手的技术中队中队长李新合，从现场沿着一行时隐时现的脚印，神情专注地向西南方向跟踪搜索过去。同时其他刑警队员在刘大队长的带领下，以螺旋状的搜索方式，以现场为中心向外逐步扩大展开了搜索。

火辣辣的太阳渐渐升起，暴晒着潮湿的土地，一会儿就把整个玉米地烤得像蒸笼一样闷热，刑警队员们个个汗流浃背，手臂上也被玉米叶划出了道道血印，汗水一浸钻心痛，然而却没有人顾得上这些。这时，沿脚印走了一百七十米左右的李新合又发现在水沟污泥地上有一个赤脚印。据脚印测量推断，此人身高一米七左右。但至此脚印消失，失去了有迹可循的追踪方向。李新合眉头一皱，计上心来，他根据脚印走向继续前行了大约一百二十米，顿觉眼前一亮，发现一棵玉米秆上有少许污泥，李新合更坚信了自己的判断，接着向南走了二十米，突然发现有一眼被青纱帐包围的机井，他疾步走到井边，向井内望去。水面平静如镜，水面离井口十米左右，在直径大约六十厘米的井口边发现有污泥痕迹，李新合心里“咯噔”一下，他急忙让随他一同寻找的家属找一根绳子和一只水桶。找来水桶后他急急放了下去，当水桶接触水面后，却怎么也放不下去。他将桶左摆右晃十几分钟，终于弄满一桶水并提了上来，细心的他一眼就发现了漂在水中的几根长发，他肯定地说：井中有情况。

李新华副局长让人找来竹竿和钩子，直伸井底，一下就钩住一重物，但怎么也拉不动。因为井口小，重物卡在井中，他们又加固钩子再次硬拉，一具尸体终于被拉出水面，却又被井壁卡住，再也拉不动了。赵 × 英的亲戚们看到尸体后，痛哭起来。参战刑警们顿时也心情沉重起来。看来又要有一场恶仗要打。

此刻，已经被卡住的尸体，如果再用钩子硬拉，不可能拉得出来，只有下到井里将尸体捆上绳子才能拉出来。这时局长申喜庆闻讯也匆匆赶来，他看了一下井中的尸体，皱紧了眉头，又抬头左右观察起连成片的青纱帐，咬紧了牙关。李新华副局长向申局长汇报了案情，此刻，时针已指向下午 1 时，打捞已进行了两个多小时。望着细窄的井口，武警出身的庞寨派出所副所长刘建锵，主动请缨要求下井，而申局长却说了一句“慢!”李新华副局长让人找来一根蜡烛和一瓶氧气，将蜡烛点燃用绳子系上放入井内，当他看到蜡烛被放到接近水面还在燃烧时，才让刘建锵下去……

尸体终于被拉了上来，法医李莉、程志强、郭艳峰迅速对尸体进行了检查，很快断定死者系被卡脖颈窒息导致死亡，并在窒息后被奸污。在现场勘查了一个多小时的申喜庆局长，挥手招呼李副局长及刘志广等民警，回村开碰头会。刚坐定，申局长就坚定地说道：此案系熟人作案，从梨园村查起，逐步向外扩展，重点查有流氓行为的光棍汉和当晚喝过酒的十八岁至五十岁的男性村民。二十七名参战刑警队员很快被分成四个行动小组开始了工作。

刑警五中队中队长朱孝龙、七中队中队长牛玉、庞寨派出所所长武维军，三人负责排查全村近五百名十八至五十岁之间的男性。凌晨3时许，他们来到二十四岁的赵贞辉家，其父说不在家，在自家开的门市部值班。三人又迅速来到面临大路的赵贞辉的门市部，沉睡的赵贞辉被叫醒后，拖拖拉拉地开了门，啥也不问就蹲在门口吸起了旱烟，他的腿、胳膊上的划痕在他走出房间的一瞬间就引起了朱孝龙的注意，老练的刑警们不露声色，沉稳冷静地要求赵贞辉到村委去一趟。早在大队部等候的教导员张跃进与机动中队中队长胡德勇第一眼看到赵贞辉就不免一愣：此人为何浑身有划痕？大热天为啥穿上一条干净的长裤？显然不合农村习惯。问他伤是怎么回事，他说皮肤不好，蚊子一咬就成这样。显然是谎言。副局长李新华急忙让人深入了解赵贞辉昨晚的活动情况，信息很快反馈过来：赵贞辉，未婚，昨晚喝了酒，酒后去向不明。此人性格孤僻，会修电器，整日沉默无语。当问他酒后干什么去了，他却说一夜洗了四次澡，情况更为反常。赵贞辉被列为重大嫌疑人。李新华副局长决定，为给其造成更大心理压力，连夜秘密将他送到后河镇七中队办公地，同时，安排人员重点排查赵贞辉昨夜的活动情况等。

8 月 3 日上午，为更进一步给赵贞辉造成心理压力和取得有效证据，李新合又为他丈量步幅，拔其毛发化验，使故作镇静的赵贞辉开始慌张起来。8 月 3 日下午 3 时许，赵贞辉装出一副冤屈的样子，一会儿喊冤枉，一会儿说上厕所，当七中队副中队长李晨光带他上厕所时，他企图逃跑，被制服带入房内。他一系列的反常言行印证了刑警队员们的判断，刑警们十分明白，此刻他的精神防线已到了崩溃的边缘，刑警们既兴奋又警惕。然而穷凶极恶的赵贞辉更是意识到末日的来临，当他看到屋角放有一哑铃时，突然跳起，出人意料地操起哑铃砸向刑警牛明伟头部，七中队指导员曹福江急忙制止与其搏斗，又被砸伤颅骨。血流满面的两位同志置生死于不顾，奋力夺下赵贞辉手中的哑铃，将其制服。

意想不到的一场战斗，造成曹福江颅骨骨折，牛明伟轻伤。

突审时机成熟，李新合、刘志广、张跃进，面对犹如困兽的赵贞辉，几发“炮弹”就将嘴硬而心虚的他震得浑身是汗，又是要烟吸，又是要求见父母。李新合等见火候已到，再次攻心为上，讲明政策，赵贞辉终于交代了犯罪经过：酒后去看了一会儿电影感到十分烦躁，就匆匆地回了门市部，到门市部无所事事，更感觉百般无聊，就在这当口儿他看到赵 × 英独自从门前经过，大脑一阵兴奋，兽欲发作，当即出门紧紧尾随其后，待赵 × 英走到昏暗处时，他疾步上前拉住赵 × 英就往路边玉米地里拖。赵 × 英拼命挣扎，并大声呼救，赵贞辉一把掐住其脖子直至窒息，然后实施了强奸，事后他见赵 × 英已死亡，就将其背起来扔进了附近的机井中。至此，让方圆十余个村百姓恐慌的杀人案，经过民警们二十四小时夜以继日的攻坚而一举告破。同时，令人不齿的犯罪嫌疑人赵贞辉也将被法律严惩。

贼怕的人——李先锋

四年前，我到特警支队任职。李先锋虽在特警名下，人却借调在刑侦支队，专职反扒。虽没见过人，却从领导到同事那里，听到的全是赞誉声，说他工作认真、主动作为，还研究了一套网上三步追逃法，一年抓逃犯三十多名等。这样的好口碑，让我没见人就先对他有了好印象。

有一天，分管人事工作的史治华，领着一位三十多岁的年轻人走进我办公室。治华介绍说，这是李先锋。此刻，我才仔细端详了一下先锋，一米七五的个头，白白的脸庞，大脑门，大眼睛，文绉绉的，一副书生相，这和威震一方的传奇人物还真不好联系在一起。我问他有事吗？他说没事，听说领导到任了，来报个到。小伙子的感情还真细腻。

之后，联系虽不多，但能经常听到他的音讯，郑州上合会议期间，省厅在郑州开展一次全省反扒大比武，又是李先锋首开战绩，有人称李先锋就像“贼”，贼不空手，李先锋同样出击就有收获。在近十年里，他抓获各类盗贼五百余人。小伙子的执着、敬业感染了我，我决定约他面谈一次。

当先锋再次坐在我面前时，与四年前并无多大变化，依然是满脸书生气。尽管是第二次相见，但彼此间并无陌生感，就在我办公室，我们进行了长达三个多小时的沟通交流，我详细了解了先锋的当今与过去。

我问他，是怎样认识公安工作的？他说，他从小就崇拜警察，当警察是他的梦想。上初中时，他就让父亲买一身警服，整天穿在身上，这也许是男孩子的英雄情结吧。高考时，他直接报考了警察学校，尽管当时警校也不包分配，学费又高，但他想，哪怕当个协警，也离警察近一步。他还真幸运，2002 年毕业时，刚好新乡招一百名警察，他以全市第十三名的成绩被录取，圆了他的警察梦。从此，他工作充满了激情，甘于奉献，勇于担当。

我又问他，你爱人是郑州人，又是怎么认识的？你整天忙于工作，她理解、支持吗？

他憨憨一笑说，他和爱人从认识到结合还真有些传奇。2007 年，他爱人陪同学来新乡报考一职位，她们到达时天已经晚了，人又特别多，晚到者已经被拒绝进门，他就是把门人。想报名的她们急得团团转，只有向他求情。他看着眼前两个风尘仆仆的女孩，怜悯之心油然生起，在他的默许下，她们跑了进去，这可能就是缘分吧。没想到她们报完名，又礼貌地找到他致谢，还互留了电话。就这样由偶遇到认识，逐渐发展成恋人关系。

恋爱之初，女孩对警察的认识是比较模糊的，加之两地分居，日常除了电话联系，见面并不多，所以时有误会。其中有一次，他正陪爱人兴致勃勃逛商场时，突然在人群中发现一个人眼神不对。抓贼这行当，经常是遭遇战，不是你想抓贼就有贼。这时，他思想开始斗争，因为他们平常见面太少了，一动手，肯定就陪不了她。然而，鬼使神差地，他还是决定抓住这个贼，因为战机会转瞬即逝。于是，他对女友说了声："你稍等一下，对面有个贼。"话没落音，他就紧一脚慢一脚地跟上这人，哪知这小子是一狡猾老贼，迟迟没有动手，于是，他们就在商场内打起了游击。一个小时后，这贼在确认一切都很安全时才下了手。尽管是个老手，还是没料到螳螂捕蝉，黄雀在后，正当贼悄悄将手伸进一女孩挎包时，手腕却被一只铁钳般的大手牢牢抓住。当他把贼送进拘留所时，已经临近傍晚，他慌慌张张再去找女友时，人家已回了郑州。此刻，他无奈、无言，他知道现在任何解释都是徒劳的，只有了解，才会谅解。哪想到，事隔不久，女友切身经历一次被盗，此后两人的关系才发生了质的变化。

一个周末，女友乘火车来新乡，当女友正随着人流出站时，她的包被贼偷偷拉开。对此，她一无所知。然而，来接站的他却看得一清二楚。情急之中，他奋力拨开人群就往前冲，还没等女友反应过来，他已将贼的一只手戴上了手铐。女友看着已经拉开的包明白了一切，崇拜之情写在了脸上。由此，女友开始转变态度，支持他工作，还时不时向他讨教抓贼技巧。事后，她还真亲手抓过一个贼。

那时，他们刚结婚，由于反扒时间久了，很多老贼认识了他。为此，他就利用妻子来新乡时，一起化装上街。为了不让老贼发现他，他常站在隐蔽处，让妻子去人多的地方巡视。哪知，一次妻子刚到人多处，就发现一贼正偷一女孩手机。情急之下，妻子没有来得及跟他打招呼，就只身抓住了这贼。该贼扭头一看是一瘦弱女孩，一边威胁，一边企图挣脱胳膊。这时，他看到人多处突然一阵骚动，心一惊，拔腿就冲了过去，此刻，妻子正死死抓住就要挣脱的贼，他大喊一声："别动，警察！"一个擒拿动作，摔倒了这贼。当时，好多人都认为他们都是警察，妻子兴奋得满脸通红，一脸自豪相。而他却有些后怕，妻子是有孕在身呀！

我问他什么时间开始干起反扒并热爱这个行当的，他告诉我，他反扒是无师自通，但有一过程。当初参加工作时，警种是巡警，主要任务是在街头巡逻，震慑犯罪，对于反扒一窍不通。当遇到有人向自己哭诉被盗时，他也是干着急，因为，放眼看不到一丝贼的踪迹，很是尴尬。更为狼狈的一次，他自己停放在路边的自行车也被盗了，那种心情无法言表，于是他深深理解了老百姓怨他们、指责他们的心情。由此，他暗下决心，要学抓贼。决心好下，真付出行动才知抓贼不是一件容易事。他在街头苦苦地转了无数遍，大街小巷跑了两个多月，却没有发现一个贼影儿。他懊恨自己无能，甚至怀疑自己不配当警察。然而，一天中午，无意间，在一饭摊前，他发现一异常情况，只见两个贼头贼脑、四十多岁的中年人，互相递着眼神，紧盯着一位正在吃饭的妇女旁边放着的提包。他猛地一惊，接着一阵狂喜，他终于发现了贼影儿。说时迟那时快，只见其中一个贼趁妇女不备，提上包就走。那时，他紧张的心仿佛就要跳出喉管，大脑一片空白，一个飞身上前，紧紧抱住了这个贼。这是他生平第一次擒获多日寻觅的贼！为此，他兴奋了整整一个星期。

随着时间推移，他接触到了形形色色的毛贼，他才逐渐悟出一些道理，贼和老鼠一样，贼有贼路，鼠有鼠道，贼行窃都有自己的时间段和区域以及习惯。节假日、公休日，贼最多；常光顾饭摊、闹市、公共汽车停站时段、人多拥挤处等；其眼神游移不定，常常左顾右盼，走路不看路，而是眼神专盯别人身上或口袋中的钱物，停车不爱上锁，以便逃离时骑上就跑等。工作的艰辛和不易，让他一步步认识到，反扒是一项技术活儿，日常要练的基本功就是火眼金睛，观察的也是眼睛——贼眼，这是一项融智慧、体能、胆量为一体的博弈；抓捕时，标准也很高：静时，如水无形，波澜不惊；动时，如狼似虎，战无不胜。

我问他，在反扒生涯中，遇到过危险吗？他说真正亡命的对抗很少，动手动脚是家常便饭。有一次，在一饭摊前，他观察到一青年男子骑着自行车，不是正常走路，而是东瞅西看，当该贼看到一个女孩正在低头吃饭，旁边放着一个手提包时，他将车停了下来，然后，从车把上取下一手提袋，悄悄站在女孩身后，趁女孩不备，用手将提包一拔拉，包掉进了提袋，贼转身就走。该贼没想到的是，当他转过身来，一个强健的身躯，像山一样挡住了他的去路。这小子一看情况不对，唰，从腰间拔出一匕首，二话不说，直向他刺来。他没料到该贼是一亡命之徒，机智地闪身躲过这致命一刀，迅速从腰间拔出手枪，一下顶在该贼头上。这家伙浑身一哆嗦，也没料到今天遇到一个貌不惊人、身手不凡、不怕死的克星。面对着冰凉的枪口和一双不容挑衅的眼睛，他那横劲儿跑得无影无踪，乖乖束手就擒。他们还经常遇到一些吸毒老贼和惯偷，你一抓他，他就和你对抗，有时几个人围攻你，看占不到上风或逃脱不掉了，他就自残，言称有艾滋病，常常弄得满身是血，造成现场一片恐慌。对此，魔高一尺，道高一丈，他和战友们从没胆怯和退缩过，平时就备有橡胶手套和厚衣服，随时应对这种惯偷老贼的伎俩。

我问他："在你抓贼生涯中，你感觉经典的案件是哪起？"他介绍说，去年夏天，天正酷热时，他通过警情研判了解到，某报亭里，被盗了五千元钱，受害人是一对年过七旬的夫妇。当他和战友们主动找到老人时，老人十分感动，连连表示：破不了案，也感谢主动上门的警察。当时，正有人冷言冷语地说老人别折腾了，报了案也破不了，就是破了案也找不回钱。由此，先锋他们感到肩上的信任与责任非常大，他一边安慰着老人，一边观察着周围情况，当他抬头发现有一探头正照着报亭方向，顿时一喜，他悄无声息地迅速调取视频，发现有一男子曾在报亭出现过，时间与被盗时间叠加，同时，发现当时有一环卫人员在旁边休息。为了强化证据，他马不停蹄，四处寻找该人，令他不理解的是，找到该人后，对方却拒绝配合。他有些激动地对该人说道："假如自己或者自己的亲人丢了钱，你又会怎么办？"该人沉默了良久，才说道："害怕报复呀！视频中这人就住在附近，名叫赵某，那天中午，赵某趁老人在门口打盹时，进过报亭。"先锋认真地告诉他，公安机关一会保密，二会坚决保护你。他们获取了环卫工人的证据后，果断决定抓捕赵某。两天两夜的蹲点，困乏他们不怕，让他们难以忍受的是蚊虫叮咬的奇痒，当他们抓到赵某时，个个成了红脸八戒。在铁证面前，赵某供认了自己的犯罪事实，退还了赃款。半个月后，当老人拿到钱时，不敢相信这是真的，流着热泪，非要送钱、送锦旗来表示心意，当然都被先锋他们谢绝了。没想到，此事过去了很长一段时间，老两口还是扛着一袋新花生跑到单位，说这是自家地里种的，非让尝个鲜，令在场的人无不感动。

先锋说，这种场面他们经常遇到，也很感动，更能激发他们的工作热情。在一片赞誉声中，他和战友们很有成就感，所以对工作越干越有劲。

反扒民警看似悠闲自得，整日在街头溜达，哪儿热闹就往哪儿跑，仿佛过着神仙般的日子，实际他们的付出是常人体会不到的。他们没有节假日和星期天，因为这期间恰恰是贼出没最多的时候。领导们虽然让他们调休，先锋说，调休没啥意义，妻子、孩子该上班上班，该上学上学，不同步休息，一人傻待在家有啥用，还不如继续工作。反扒民警还有一个禁忌，一般不带家人、孩子上街，因为老贼们常被他们送进监狱而屡断财路，因此常有人放出狠话，不是和他们拼了，就是要伤害他们的家人。可先锋却从不理会这些。因为两地分居，好不容易妻儿趁休息日过来，他总不能让妻儿自己逛街吧。为此带着妻儿，照样见贼抓贼。对此，他的老领导这样介绍先锋说，他看似一介书生，脾气又好，但干起工作可是一个拼命三郎。无论何时何地、贼多贼少，他只要发现，就会毫不犹豫勇敢上前，绝不会瞻前顾后，临阵退缩，是警营中难得的一条文武兼备的铁汉。

一个公休日，他们一家三口走到平原路，孩子想吃水煎包，妻子下车去买，他和儿子待在车上。就在这当口儿，两个老贼进入他的视线，一人放风，一人来到一电动车旁，毫无顾忌地蹲下身将车锁铰断，骑车就跑。早就恼火的他，顾不得许多，打开车门，飞身追了上去。他在特警里是有名的飞毛腿，这老贼还没跑出五六米，就被他踹翻在地。这家伙曾多次栽在他手里，已经是道上的“老友”了，他先求饶，让放其一马，定有厚报，被先锋严词拒绝。该老贼见软的不行，就威胁说：李先锋，你让我进监狱，等我出来就捅死你。此刻，三岁的儿子，趴在车窗前正目不转睛地看着这一切，他压根意识不到面前充满杀机的危险，连连欢呼着：爸爸是警察，爸爸太厉害了！

当我听到这些时，心中有些发酸：都是一个人，都有自己的家庭、亲人，面对危险，面对节假日时，无数个家庭是欢聚、畅饮或者开心地旅游，可警察却是另一番情景，他要挑战危险，甚至用生命去担当，更多的是要牺牲自己与家人的团聚，默默坚守着岗位，以自己的辛勤付出换取社会的安宁和万家的团聚。而他的亲人们则独守空房，还要多一分担忧和不安。这就是警察血性、担当、奉献的真实写照。

发生在李先锋身上的点点滴滴无疑是警察队伍中的一个缩影，没有惊天动地的豪言壮语，就是凭着对公安工作的挚爱，用自己的辛苦，换来天下无贼。如果我们社会上的每一员都能像先锋这样去无私奉献，敬业工作，都能做到为他人献出自己的爱，我们的社会一定会更加和谐美好。

省道缉匪

卫辉市李源屯镇呈王屯村西头，一溜三座大院，房子盖得典雅别致，很是气派，这在并不富裕的村里显得特别扎眼。街坊邻居都知道这张家弟兄六个中，因为贫穷出了三个光棍汉，然而就在这三个光棍汉中却出了个会做生意的，名叫张玉岭。不知做何生意，一夜暴富，平地一下起了三座院落，让村中的老少爷儿们眼馋又疑惑。有一天，村中来了不少警察，出出进进张家院落，一上午，手脚不停从院中抬出了彩电、空调、洗衣机等数十件物品，整整拉了三大货车。乡亲们这才恍然大悟，原来张家暴富不是靠做生意，而是出了一个飞车大盗。

5 月 18 日上午，正在村中忙着巡防工作的后河派出所所长冯德民，突然接到濮阳市一货车司机的报案：18 日凌晨 2 时许，在省道新濮路后河镇界内被人上车扒窃，盗走一吨多面粉。冯德民听后忙停下手头工作，与指导员吴德峰带领全所七名民警沿路展开调查。当他们一路查至后河收费站时，突然眼前一亮，路边停一“奔马”车，上面就满载着面粉。冯德民疾步上前细查，心中暗暗一喜，“奔马”车所载面粉与凌晨被盗物品有高度相似之处，面袋上同样印着“河南濮阳”“高筋粉”等字样。冯德民不露声色地上前询问驾车人，哪知驾车人没等冯德民开口就掉头跳进了路边的庄稼地里，瞬间消失得无影无踪，留下了一个六十多岁的看车老头。冯德民一面安排人员追缉逃跑人，一面控制住看车老头，并将看车人与嫌疑车辆带回派出所。经失主辨认，此面粉正是昨夜他们丢失的面粉，数量一袋不差。

经询问，看车老头名叫王××，系一个体蒸馍铺老板，车上所拉的面粉是他刚刚在一路边楼院内购买。冯德民听后，一刻不停带其前去指认场地。他们很快来到一临路的楼院内，发现院内同样停放着一辆“奔马”车，经仔细观察，从院内“奔马”车上到院内地面及屋内地上均有大量遗留的面粉痕迹，同时，一年轻女子在院内站着，自称是看门人。冯德民当即决定守株待兔，于是，就将这一女子带回派出所进行调查取证，同时安排指导员吴德峰带领三名民警留下悄然守候，单等猎物自投罗网。

下午1时许，已饥肠辘辘的吴德峰与三名民警正在推断猎物是否会出现时，忽然听到了门外传来脚步声，吴德峰和三名民警顿时兴奋起来。来者轻车熟路不打任何招呼直接走进屋内，此刻，吴德峰根据他的行为已经判明了他的身份，还没等他迷瞪过来眼前的一切时，已被吴德峰带上了车。

此人名叫张玉岭，三十一岁，家住李源屯镇呈王屯村。此前被冯所长带到所里的女孩也被查明身份，名叫冯××，十八岁，系张玉岭的姘头。在铁的物证面前张玉岭不得不交代了此面粉是他同其弟张六根及本村青年吕付军共同驾车扒窃而来。除此之外，拒不交代其他任何问题，表现出一副死猪不怕开水烫的模样，这一状态恰恰让冯德民和吴德峰看清了他不是一般“货色”。连日来省道出现的车匪魔影，很可能与其有关。冯德民对此充满信心，信息直飞市局指挥中心。

副市长兼公安局长赵路根，接到报告后拍案称好，当即指派主抓刑侦的副局长李新华抽调精兵强将，决心以此为突破口彻底剿清一年来省道的车匪盗贼。

清瘦而精悍的刑警四中队中队长李志强，受命与战友连夜赶往后河派出所；为加强办案力量，李源屯派出所副所长阴瑞全也被调往后河派出所，“5·18”专案组迅速成立。

此刻，还在连轴不停工作的冯德民没顾上吃口午饭和晚饭，正带领战友在犯罪嫌疑人张六根家守候，而毫不知情的张六根因昨夜扒窃得手顺利，还在外寻欢作乐。晚9时许，其洋洋自得，唱着小曲开着摩托车回家，被村口设卡的民警张俊峰、段占保首先发现，当即按翻在地。经简单突审，已经晕了头的张六根又供道：今晚，按计划还要伙同其哥张玉岭、同村农民吕付军继续上路扒窃，吕付军现在应该在家“养精蓄锐”。

冯德民听后决定一鼓作气乘胜追击，马不停蹄地直奔吕付军家。此刻，正如冯所长所料，进得吕家，吕还做着发财美梦在酣睡，麻利的民警没等吕清醒过来就在床上给其戴上了锃亮的“手镯”。

当夜，后河派出所内，灯火通明，猎手抓获猎物的兴奋，使每位参战民警脸上荡漾着春风。突审张六根、吕付军，侦查员手中的笔在不停地记录，战果呈喷发式扩大，省道车匪团伙的原形正逐渐显露出来，曾让民警们苦恼的飞车扒窃初露端倪。让人大吃一惊的是，赃物不单有廉价的生活用品，还有贵重的空调、摩托车、电扇等。随之，同案犯李玉胜、李彦年也相继浮出了“水面”。

审讯还没结束，连夜追赃的行动就开始进行。单在比较偏僻的李源屯镇白河村，一次就起获澳柯玛分体空调八台，电扇、胶鞋等拉了整整三“奔马”车。

追赃的同时，李志强为使人赃俱获，遂拟出了抓捕嫌疑人的方案。他们抓捕的第一个对象就是延津县马庄乡农民李玉胜。

夜幕下，李志强带领阴瑞全、祁军涛不顾天黑路险，一路飞奔，直达马庄派出所，在该所同志的配合下，直接到了李玉胜居住地，并以朋友的身份不露声色地接触了李妻。李妻不明就里，直言告知李玉胜正在自家地里浇地。信息获悉后，李志强认为守候抓捕比去夜黑地阔的地里抓捕更为妥当。于是，守门封路，多点定位，一张缉捕之网将李家牢牢罩住。凌晨时分，身高体壮的李玉胜像往常一样，收工后就想着休息，这次他万万没有想到刚踏进院门一瞬间，在其同伙张六根指认下，李志强一下就将其扑翻在地，强行抓捕。其妻听到院门外的嘈杂声后已明白一切，当即在院内大喊大叫企图造成混乱。此刻，已知事情不妙的李玉胜趁机拒捕，妄图起身逃跑，李志强临危不惧，拔出手枪警告。同时与战友以利索的擒拿动作给李玉胜戴上了背铐，接着将其带上了警车。当其妻还在拼命号叫企图引来家人营救时，警车已“飞”到了村外。

李彦年，家住平顶山市鲁山县，系张玉岭的姑表兄，本是来卫辉走亲戚，却在金钱的诱惑下迷失方向，上了贼船，成为盗匪中又一“干将”。5月30日天刚蒙蒙亮，冯德民、吴德峰、阴瑞全等八名民警乘坐租来的两辆面包车直奔鲁山县，下午3时许，鲁山县张关营派出所刘所长接待了风尘仆仆的卫辉战友。案情通报后，刘所长安排四名同志同卫辉战友首先驱车到李彦年家附近察看地形，刚好李家全家正在家门前打麦子，并确认李彦年就在其中。机不可失，十余名民警毫不犹豫一拥而上，将人群中的李彦年抓获，心虚的李彦年没有任何反抗，连声说：“我知道有这一天，我知道有这一天。”

至此，曾在新濮省道猖狂一时的车匪基本都进网入瓮。

副市长兼公安局长赵路根、政委王晋汉指示专案组：一定要深挖细查，扩大战果，力争将所有路霸车匪一网打尽。

专案组的侦查员们对此信心百倍，他们虽然连日奔波，疲劳万分，但在和每一名罪犯较量过程中，早已吃透了一切案情和嫌疑人心理状态，于是，很轻松地就制定了一整套周密严谨的审讯方案。

再凶猛狡猾的猎物，面对猎手黑洞洞的枪口，也会毛骨悚然。以张玉岭等为首的飞车扒窃团伙，在铁的证据面前，这个以亲情为纽带的团伙尽管牙硬嘴死，心有不甘，但面对大智大勇的民警，最终还是逐一瓦解分化，交代了一年来结伙作案的全部过程。

张玉岭等十余人于去年结成团伙后，互相结伙，但每次都以张玉岭为首，驾驶“奔马”车借着夜幕，跟踪货车扒窃，多者一夜能连续作案三起。他们掌握司机惧怕夜深人静遭受人身侵害的心理，毫无顾忌猖狂扒窃，凭改装的“奔马”车速度快、机动性好，以及地形熟悉等数次躲过公安人员的追缉和当事人的反抗，在短短一年时间内疯狂作案七十余起，盗窃摩托车、空调、彩电、洗衣机等数百件物品，价值近百万元。狡猾的张玉岭每次作案后，为防止当事人发现和公安人员追缉，得手后就逃出大路，首先藏匿赃物，第二天再悄悄销赃，防备落个人赃俱获的下场。然而，机关算尽的张玉岭等一伙毛贼，过高估计了自己的能力，一条真理被他们忽视：再狡猾的狐狸，也斗不过好猎手。莫伸手，伸手必被捉。

一具无名女尸

有一年的8月7日下午4时许，卫辉市辛庄派出所所长王金成向市局指挥中心急呼：107国道卫辉火车站路段玉米地里发现一具无名女尸。

顷刻间，107国道上出现了数辆疾驰的警车，李新华副局长带领刑警大队刑技人员闻讯赶往现场。

107国道西侧一百米处玉米地里，进入视线的是一具女尸，面部朝下，俯卧草中。经技术人员勘查，死者三十岁左右，脖中有一明显似被绳索紧勒过的痕迹，经进一步检查无被奸迹象，死者身下有水晶项链一串，周围没有撕打搏斗痕迹，尸表完整，无其他外伤，死者系窒息死亡，显然他杀。但此处不是第一现场，根据现场痕迹勘查分析，此处为抛尸现场，并且凶手在两人以上。

协查通报随着电波当即传到全局各个岗位。听到案情通报的交警——新濮公路南站中队长康希民随即报告："昨天傍晚，新乡有人沿新濮公路寻找一位联系不上的女司机，相貌特征与女尸相似。"李副局长闻讯马上安排侦查员与新乡市车站公安分局联系。五十分钟后，失联女司机的亲属来到了尸体现场，当来者第一眼看到死者时就情不可控，放声痛哭起来。死者正是失踪的女司机肖 × 平。8月6日中午，她驾驶夏利轿车拉客后，就失去联系。此人系个体出租汽车司机，平时人缘不错，根据案情初步分析认定为劫车杀人，但夏利车现在何方？李新华副局长当即决定以车找人。

第二天，刑警们兵分数路，开始了深度走访侦破工作。刑警大队副大队长王学军带领民警郑福贤、宋志勇、杨卫华来到新乡火车站查找肖 × 平失踪前的活动轨迹。在与车站公安分局沟通后，开始联合作战对数百辆进出火车站广场的出租车进行烦琐而艰辛的排查工作。

功夫不负有心人。经过七天的艰苦努力，四条有价值的线索被理了出来：有人目击证实肖 × 平的车是一三十岁左右、身穿一件蓝白相间汗衫、体形较瘦的男子租走。还有人报告，被劫出租车 0182 号牌曾在温县出现……指挥部当即指令王学军，兵分两路，一路直奔温县，一路由王学军率领沿获嘉至焦作道路查访。然而，两路的分头出击，尽管果断迅速，却没有任何收获。至此，再没有人发现“0182”出租车的任何蛛丝马迹，排查陷入困境。

8 月 28 日下午 5 时许，喜从天降，洛阳警方传来消息，按照省厅协查要求，查扣一辆红色夏利车，牌号正是 0182。申喜庆局长马上命李新华副局长连夜赶赴洛阳。在当地公安机关协助下，突审了驾车人张庆功。审讯中，张避重就轻，百般抵赖，在证据面前尽管理屈词穷但仍不缴械，最终只招认了车是他一人在卫辉境内抢劫，撒谎掩饰他人参与。民警们虽然心中轻轻出了一口气，但深知案件还远没完全破获。看来没有铁的证据，嫌疑人是不会轻易低头招供，于是侦查员再次分赴各地，对外围进一步调查。随着信息、线索的不断汇总，其兄张庆成逐步上升为二号人物，其相貌很似租车人。然而，张庆成此刻却不知去向。此人曾在濮阳油田做过招聘民警，因偷窃行为被解雇，其反侦查能力较强。在抓获张庆功时，张庆成带一姘妇王 × 就在家中居住。

30 日，李副局长一行为稳扎稳打，押着张庆功带车一起返回卫辉。在返回的车上民警查看洛阳警方查扣的物品时，意外发现了张庆成遗落在车上的一本通讯录，其中，有新乡两个手机号和一出走路线的示意图。这一重大发现让李副局长兴奋异常，同志们对尽快抓获张庆成充满了信心。

31日一早，王学军带人再赴新乡市区，以特殊身份拨通了通讯录上的手机号，令人惊喜的是持手机者刚好是王学军的同学买某。买某长期在市区做生意，并开了一家歌舞厅。经深入了解得知，歌舞厅有一名叫王×的女子常来伴舞，时间已达两月有余，现住在何处买老板并不知情。

打过电话后不久，买老板就来电告知，他已将王×诱出，并控制在自己身边。于是，他们悄然约定好在新乡通往辉县市的路口处实施抓捕行动。8时许，在路口守候的王学军突然眼前一亮，目标出现，两辆黄色面包车停在他的面前，他飞身上前并与随后赶来的民警宋志勇将王×擒获。

经过一夜的斗智攻心，第二天上午，已对张庆成产生感情的王×才详细交代了张庆成亲口告知她的，他们弟兄俩事先预谋踩点，并用一自制的特制带环电线勒颈杀死女司机的经过，同时计划将出租车开往海南去干个体出租生意。至此，案情大白天下。

然而，张庆成此刻又在何方？作为总指挥的申喜庆局长思考着用什么手段，尽快抓获张庆成。通过认真观察王×的言谈举止及生活背景，申局长认为她品行不坏，只是生活所迫，才误入歧途。于是大胆设想，起用王×诱捕可能已潜回洛阳探听消息的张庆成。为确保抓捕成功，申局长没有一单押宝，而是安排参战民警兵分三路多线出击：一、上濮阳，耐心蹲点守候，以防张庆成狗急跳墙，杀害与其关系不好的妻子等人；二、下洛阳，起用王×诱捕张庆成；三、守新乡，以防张庆成潜回新乡寻找王×。即刻一张大网在洛阳、濮阳、新乡三地悄悄张开，确保整个抓捕行动万无一失。

下洛阳的王学军，于下午5时许，就赶到张庆成可能藏身的地方，放王×走进了张父家，时间一秒、一分地过去了，一小时、两小时过去了，王×却没有按约定的暗号电话联系。是王×“叛变”，还是被控制或发生意外？如果强行进入，假如张庆成藏在附近，岂不打草惊蛇？他们决定，以静制动，整夜守候。

焦虑地等待到第二天凌晨6时许，守在村口的民警赵明利，突然发现一辆出租车从村里出来，里面坐有一女子十分像王 ×，他立即报告守候在附近的王学军当即驱车追赶。就在快要接近出租车时，出租车却拐弯将车开进一处加油站进去加油，王学军急中生智也紧随其后进去加油。这时，出租车中的女子下车解手，正在佯装交钱的赵明利一眼认出此人就是王 ×，与此同时王 × 跟赵明利做了个眼神交流，暗示张庆成就在车中。但王学军看着车中有三个壮汉，四面地形又十分复杂，车流、行人不断，如果强行抓捕，很可能造成意外，他就急忙召集守候在另一处的宋志勇、刘志广快速集合。然而，还没等到侦查员到位，出租车就启动了，王学军马上改变方案，决定悄悄尾随跟踪，等待到收费站交费时，再强行抓捕。哪知上路后，由于路况复杂、车辆较多，没多大会儿，出租车就被跟丢了。

此刻，时间就成了抓捕的关键节点。王学军心急火燎当即决定，返回洛阳突审张庆成亲属。当他们来到张家时，张庆成的大哥刚好在家。在政策感召下，其兄交代了张庆成与其父等逃往山西一亲戚家的信息，但亲戚家的具体地址不详。

王学军火速电告指挥部，指挥部马上命令在濮阳守候的武卫军副队长盘查张庆成的表兄查找山西其亲戚的详细地址。身为公安人员的其表兄吴某没有任何庇护，当即就与洛阳其兄联系，得到了张庆成逃亡的地点——其舅爷居住地山西省翼城县城关乡苇沟村，同时提供其舅爷李志刚还是本地有名中医，现已病故，有一养子叫李新民，在当地新华书店工作。信息很快反馈给已经上路进击山西的王学军。他们马不停蹄赶到翼城县城，已是中午时分，没敢松口气，就连忙与当地公安机关取得联系，求得配合，没耽误一分钟迅速来到了新华书店。经查询，新华书店确有李新民其人，此人就在书店后面家属院居住，同时，得知有一外地女子不久前还来书店打过电话。民警们顿时亢奋起来，迅速将李家围了个水泄不通。当民警们不动声色喊开李家房门时，却没有发现张的踪迹。经询问得知，张庆成确实来过此处，但现已回老家苇沟村。

民警们兴奋异常，就像猎人伸手就要抓住猎物尾巴一样，胜利在望。当即就直奔苇沟，进得村来，在确定其亲戚住处后，民警宋志勇就学着本地人口音，连声喊着：“锁！锁！”走进了院门，只见张庆成正在院中洗身，宋志勇趁其还未回过神来，迅疾上前一步，从后边一把紧紧拐住了张的脖子。紧随其后的王学军等民警同时一拥而上，哪承想身有武功的张庆成不甘就范，施展开手脚拒捕，王学军不得已鸣枪警告。就在张稍一愣神的一瞬间，王学军将手铐紧紧地扣住了张的双手，接着又抓捕了住在一起的其父张同升和王彬等。然后，忘记连续作战已很疲劳的七人兴高采烈乘车绕道河北省，行程近千公里，返回了卫辉。至此，在当地出租车行业造成恐慌的“8·7”劫车杀人案彻底告破，为死者伸张了正义。

诺言

在我们辖区住着一位徐姓老太太，八十岁高龄。老人的一生，历经磨难和不幸，在她年近四十岁时，才添了儿子小清。哪知老伴还没享受到天伦之乐，就因一场意外而撒手人寰。徐老太就靠着为别人做些针线活，含辛茹苦将儿子一天一天拉扯成人。为怕儿子遭罪她也再未嫁人，艰辛的生活让孤儿寡母吃尽了苦头。她心中一直有一个美好的梦想：儿子长大后，一定会不负期望为自己带来幸福。哪能想到，长大后的儿子却没有按照她的设想来对她，完完全全走上了相反的道路。

小清从小就性格暴躁，争强好斗，经常打罢张三斗李四，四邻见了他犹如见了“瘟神”。徐老太为此常常是白天求人晚上哭，愁白了满头乌发，双眼都快哭成了瞎子。然而，小清并没有因此改变，继续我行我素，并且好吃懒做，气得徐老太总是诅咒老天对她不公。更让她痛不欲生的是，好不容易为已近中年的小清找了个媳妇，本企盼这次会拴住儿子的心，安安生生过日子，谁曾料到，这个不孝之子又在一次群殴中连捅两人，并致一人死亡，被投进了大牢。这时的老人，真是哭天无泪，全没了精神。

这时，早和徐老太成了熟人的案件队的同志，将这些情况报告给了茹队长，茹队长就安排内勤小鲁关照老人，并一次次登门看望老人为其宽心，谈论家常。随着时间的推移和同志们的多次上门安抚，老人又渐渐恢复了常态。

让案件队的同志也想不到的是，就在老人刚刚精神正常，儿媳又耐不得寂寞，与他人吸毒、贩毒而被公安机关抓获。老人这次仿佛一下掉进了一个黑不见底的深渊，再也见不到一点希望了。徐老太心里彻底绝望了，她再也经不起折腾了，病倒在床。茹队长闻知情况后，马上安排同志们将老人送到了医院，并让老姜和内勤日夜照顾老人。

徐老太昏睡了三天，当她睁开眼睛看着周围陌生的环境和守在身边的老姜和小鲁，她明白了一切，泪水止不住地流了出来，她哽咽着说："这是我前世造的孽，不孝之子为你们添了那么多的麻烦，可你们不但不嫌弃，还这样比儿子还好地对待我，我这辈子咋报答你们呀……"

老姜看到老人终于清醒过来，高兴得也双眼泪光闪闪，宽慰老人说："谁家都有老人，老人需要照顾的时候，儿女们就必须出现在面前，警察就是您的儿子，大娘您放心养病吧。"老人感动得闭上双眼，泪水却再次夺眶而出。她声音很低地说道："谢谢，谢谢你们这些警察儿子，可我这一生恐怕白养了一个亲儿子，他罪不可赦，已不可能为我养老送终了……"老姜马上明白了老人的意思，连连说道："大娘放心，有我们在，什么都不用多想，我们警察就是您的亲儿子，会照顾好您的一切。"

半个月后，老人还是带着许多许多无法表达或没能表达的心愿，走完了自己不幸的一生。茹队长闻讯后，安排全队同志一起来料理老人的后事。火化那天，案件队的同志都早早来到殡仪馆，精心照顾老人多日的老姜更是没有言语，红着眼圈第一个戴上了黑纱，并在老人灵前重重地磕了个头。同事们则一一效仿。此刻，从警多年的我流泪了，抑制不住地动情痛哭。是悲痛，是委屈还是感动？也许全有。一种极其复杂的、说不清道不明的心情，让我止不住泪流满面。看着眼前，平常一个个能打善战的刑警精英，此刻却跪下双膝，为一个罪犯的母亲磕头送终，这是何等的为民情怀！我想老人九泉之下也该欣慰了，虽然一个不孝之子不在您身边，却有这么多警察儿子来为您送行，尽管他们日常任务很重、很累，但他们没有忘记当初对您的承诺——警察就是您的亲儿子。老人家您安息吧，一路走好。因为有警察儿子为您始终守候！

辑五

布衣本色

自己打造饭碗

在他身上，我发现许多有别于他人的独特之处，我想写写他。他却微笑着拒绝了，我不得究竟。在我再三追问下，他有些难为情地说道：我没什么好写的。生意不错，是街坊邻居看得起我，给了我碗饭吃。能有今天，我已很满足了。如果你要写我发表出去，那就树大招风了，工商、税务、城管会找上门来，我的麻烦就大了。本是个苦力生意，再把我当成富翁，我可受不起折腾，我现在安安生生过日子，多好。

我听了，明白了他的担忧，他害怕别人打扰他正常的生活。而我之所以想写他，是因为他在这浮躁的社会里有着准确的人生定位，没有高超的过人本领，就干着自己的平凡事，面对这个浮躁的社会不为所动，仍能初心不改按照自己的生存方式踏踏实实做自己喜欢的事。在他身上充分体现了“实”和“干”，他将一个不起眼的行当干得风生水起，从他平淡无奇的故事里能让人悟出一些道理。但他毕竟过惯了平静生活，事事小心谨慎，总怕惹是生非，拒绝我实属正常。然而，对于他的拒绝，我却不能释怀。那段时间，每当我稍有闲暇想写点东西时，他就首先占领我的脑海，欲罢不能。于是，我还是决定写写他。

卫辉很小，总人口不多，行政区域不大，在县级市里显然是“小弟弟”。但它是一座古城，历史悠久，古城特点十分明显，各类特色店铺布满大街小巷，新潮的具有现代气息的美容美发店、洗足店、桑拿店、按摩店等，也并存于街头巷尾。然而就在这“百花争艳”的街头闹市，却有一间简陋的小店，整日人满为患，并且在卫辉市这近二十万人口的市区赫赫有名。上至市委书记，下至无业游民，提起他老顺，无人不晓。它就坐落在老城区道西街中段，与市委大院正对门，名曰：老顺理发店。

店的主人叫王庆顺，雅号老顺，今年五十七岁。不知是劳累过度还是什么原因，他牙齿早早基本掉完，凸现了一张婆婆脸，更显和善可亲。他背微驼，身架骨有些瘦弱，平常说话口吃，第一眼看他就能让人直觉这是个本分实在人。他这一辈子也没有其他特长，就会理发。因他从小就受老人熏陶，牢记长辈教导，要想吃穿不愁，必须掌握一技之长。为此，他十三岁开始当学徒学理发，系统掌握了这个行当的窍门绝技，刮脸、掏耳朵、头部按摩、护肤，还特别学了个绝活，治“落枕”。有人体验过他一拍一推就将疼痛难忍、不能动弹的脖颈治得活动自如，让人不可思议。整个一套理发的程序下来四十多分钟，让人切身体会到灰头土脸胡子拉碴进来，神清气爽精神焕发出去，而他的收费低得让人咋舌，只收两块五，不足同行的三分之一，所以深受老百姓欢迎。也有一些人不信：不可能，价格太便宜了，他老顺傻呀？这话有失公道。而老顺却说公平、公平，现在谁挣钱都不容易，谁又想多花旷钱，将心比心，咱不能干一嘴吃个胖子的事，不贪不狠才能将事干长。他的低调勤劳，技术超群，诚信公道，为他赢得了大批顾客。然而顾客再多，他也是按程序步骤一步一步工作，没急过，没躁过，没敷衍过。他常常一边干着活，一边招呼着络绎不绝上门的顾客看电视、看报纸，生怕怠慢了老少爷们。因此，从市领导到普通市民，从城内到乡下，许多人都是慕名而来，满意而归。

老顺——王庆顺，名字挺有意思，寄托着长辈们的期盼：一生喜庆事不断，工作、生活一切顺顺利利。但现实生活中的他，并不是事事处处都老顺。老顺家的兄弟姐妹多，家庭生活十分穷困，身为老大的他早早就感受到生活的压力。为给父母分担些负担，他服从长辈安排，小学刚毕业就辍学了，开始拜师学理发，当时他只有十三岁。理发这行当，在当时被人看成是很低贱的工作，干了这行当常常找对象都难，好多姑娘一听是干剃头理发的都会一去不再回头。老顺那时年纪小，没急过这事。可恰恰老顺就有这艳福，他的勤劳实在，师傅早看在了眼里，已经动了心思要把自己勤快漂亮的女儿许配给老顺；同时，希望他静下心来，以自己的手艺，精益求精干好这一行当。

老顺没有辜负师傅的期望，一干就是十三年。然而，当他看到当年的同学好友学校毕业后一个个走进工厂干着既干净又体面的工作时，他的内心世界失衡了。理发这行业，辛苦不说，还常常被人轻看，总让人心里不是个滋味。于是，他四处找关系，摇身一变成了一名当时声震中原的华新棉纺织厂的工人。红红火火的纺织厂，着实让老顺陶醉了一段时间。

然而好景不长，世界的轮回演变常让人难以预料。红火的纺织厂进入2000年初说不行就不行了，又因意外事件的发生，接着就倒闭破产了。捧着“铁饭碗”、整日无忧无愁的工友们尽管怨声载道，但不得不面对这残酷的现实，无奈中只好各寻各的生存之路。老顺也成了下岗工人。此刻，他深感压力巨大，上有老下有小，保障一日三顿吃喝这一基本生活花费都成了他头疼的大事，特别是每当两个美丽可爱的女儿向他讨要零花钱时，他无颜扭头躲避，他哪有钱给她们啊。昔日的理发师兄看到他的处境，就连忙拉他帮忙，以解生活中的燃眉之急。时间不长，师兄的脸笑成了菊花，由于老顺的到来，他师兄的生意出奇地好起来。老顺尽管从中也看到了自己的价值，但却开心不起来，反而思想压力更重。两个女儿已渐渐长大成人，没有工作，整日在家闲着，还要张嘴吃饭，接着还要结婚成家，这都是他的负担呀。他思来想去，唯一能让他自信养活一家的办法还是重操旧业——理发。于是，他决定带领两个女儿一起上阵。说干就干，他筹措四百余元买来了有关物品工具，在家对面租了一间二十多平方米的小门面。开张之际，他将两个女儿叫到面前，语重心长地说道：父亲没有什么能耐，不能给你们找到一份好工作，但父亲在经历了不少事后悟出一个道理想告诉你们——人活在世上，不可能事事处处都一帆风顺，要想腰包鼓，就必须能吃苦。理发这行当，是你父亲的保命手艺，我有很深的体会，只要手艺好，讲诚信，价格低，就不愁客源，我敢保证我们全家生活有保障。不要考虑别人说什么，更不能好高骛远，贪图虚荣。你们都看到了我过去的工友们，不少人还在骂娘，还在抱怨发牢骚，他们得到了什么？有的人连锅都揭不开了。所以我想告诉你们，要想生存，要想幸福生活，就必须静下心来，靠自己的双手去勤奋劳动，才能创造出财富，才能让自己过上好日子。

老顺理发店开张了，没有张灯结彩，只放了一挂鞭炮。转眼六年过去了，时代的变革，让社会发生了翻天覆地的变化，包括人们的生活习惯和方式。然而，老顺没有去赶时髦，什么黄发、红发、离子烫这些新花样、新品种层出不穷，还是老一套：仍然坚持每天清早 7 点上班，考虑到赶早班的人正在等候，直至很晚才收工，因为往往还有预约下班后的人让他等候。一天下来，他常常累得腰酸腿疼，躺到床上不想起身，妻子就劝他再不能加班干活，身体是第一位。然而当他看到排队的客人，就忘记了一切，他已经不再是为生活而工作了，现在的工作已经成为他的社会责任了。直到小店又多了一位帮手——他女婿的加入，他才稍有了喘气的机会。能干的妻子为减少他的工作量则忙前跑后，在带好两个外孙、做好后勤的同时，也到店里帮忙为客人洗头、擦脸。尽管一家人十分辛苦，但配合默契，互相支持，其乐融融。对此，老顺感叹地再次告诫女儿们：财富是靠自己双手创造出来的，观望等待发牢骚，只会适得其反。人要生存就要劳动，凭手艺吃饭，凭诚信做人，凭勤劳致富，只有这样才能一步一步实现心中的目标，才能改变自己的人生，获得实实在在的幸福。

老顺说得好。

“忘年交”老赵

老赵，名叫赵云林，曾是我工作时的同事，我们都喊他赵老师。他今年应该八十多岁了，中等身材，背微驼，上眼皮下垂得双眼只留一条缝，看人常常仰着头。

20 世纪 80 年代初，我参加工作时，他是教育局的门卫，兼管局里办公用品的发放。老赵嗓门洪亮，底气十足，当时全局只有一部电话，由他看守，每天，因为电话他要不时站在大门口呼喊全局二十多号人的名字，这练就了他一副好嗓门。

老赵的人生经历很坎坷。他早年丧妻，留下两个儿子，妻子病故时大儿子刚上小学，小儿子刚会走路。他曾是一所学校的校长，因多说了几句不合时宜的话语，被发配到农村改造“劳动”多年，70 年代末才回来；因年龄偏大，被安排到教育局当门卫。在这风风雨雨的二十多年里，他为了儿子们的健康成长，多次拒绝提亲，孤身一人将两个儿子拉扯成人，并为他们娶妻成家。他一个老男人为此尝尽人间辛酸苦辣，承担着既当爹又做娘的辛劳。但在我与他相处的十年里，从没见他悲观消极过。

我参加工作时只有十七岁，因为年龄小，领导分配我做通信员工作，实际就是为局长提水倒茶、打扫室内卫生、送领文件等。起初，我在内心深处很抵触，总有一种低人一等的感觉。本是壮志满怀，梦想参加工作后能成就一番事业；然而，每天面对的却是如此差使。时间稍长，工作热情就一落万丈，开始消极怠工，工作中差错百出。

当时，局机关人不多，各科室分工职责也不那么明确，通信员就直属局长领导，尽管我出了不少差错，但领导念我年龄太小，几位老局长谁都没批评过我。可老赵却在一个夜晚将我喊到传达室谈心，我心里对此很不乐意，心想，你一个门卫老头多管闲事。然而，当我听完他老人家一番语重心长的开导后，茅塞顿开。他这样开导我："新平，看得出来你是个有理想的年轻人，这很好，但你知道你每天服务的局长们的阅历吗？"我摇摇头。他接着说道："咱们的一把手黎曙光局长本姓袁，参加革命后，在豫东黄泛区，出生入死打游击，为了企盼革命早日成功，自己把老祖宗给的姓氏袁都改成了黎，意为战斗的艰难只是黎明前的黑暗，曙光就在眼前。郑局长是'三八'干部，参加过抗日战争、解放战争，立过许多战功，曾是新乡地委宣传部长……"

我听着听着，心里就开始涌起了波澜，我从小就崇拜英雄，哪承想过每天在自己身边看似普普通通的人都是当年威震敌胆的英雄。赵老师看我情绪好转，有些动情地接着说："一个人要想干一番事业，首先要敬业，具体说就是干一行爱一行，行行都能出状元；二要吃苦执着，从小事做起。绝不能这山看着那山高，光说不干。只要这两点做好了，就奠定了干好事业的基础。你现在年龄小，做的工作正是你力所能及的活儿，只要勤奋工作、努力学习，现在的工作能让你干一辈子吗？"

这一晚我失眠了，反反复复思考着赵老师的话。这是我参加工作后第一位同事为我指明工作方向，也可以说是人生走向，让我收益很大。此后，儒家思想中的修身、齐家、治国、平天下成了我的人生座右铭，我也对未来充满了信心。于是，我制订了一整套工作学习计划：每天清晨6时，准时起床锻炼身体一小时，然后把几位局长的办公室打扫干净，中午练半个小时毛笔字，晚上看书学习、写作，睡前再锻炼身体，一般睡觉时都在12点以后。尽管常年如此单调辛苦，但我十分乐意。

有一天深夜，赵老师又突然喊我，我以为又出了什么差错，有些忐忑

地来到传达室。进门却看到经常在局里住宿的几位同志正在小酌，煤火上还坐着一锅热气腾腾的面条。赵老师面露愠色地正告我："今后锻炼身体不能再打树，你看树皮让你快打掉完了；第二，今后临睡前来这里喝碗面条汤，暖一下身子，你正是长身体的年龄。"

顿时，面条还未进肚，一股热流已充满心窝。我知道赵老师平时喜欢熬些骨头汤，到伙房捡些肉皮，做些肉皮冻、煮花生米之类的小菜，临睡前，召集常住局内的几位同志碰头小酌几盅，喝碗热面条，很让人温馨惬意，只是月初每人要凑份子，五元钱，来买些烟酒。万万没想到赵老师想起了我，可要让我拿五元钱还真有些困难，我当时工资只有二十一元，差不多全得交到家里。赵老师似乎看出我的心思，说："新平，好好学习吧，你是免费就餐。"我听了心里有说不出的感激，再次体会到赵老师对我已经超越同事间的关照。

赵老师管办公用品，出名的抠。在日常工作中，同志们要信纸，他是查张数给的，发个信他也要问清缘由，才发给邮票。对我却另眼对待，他知道我每天坚持写作爱投稿，要信纸就整本给我，寄信的邮票要几张给几张。这在当时物资相对匮乏的年代，赵老师支持我学习的举动是大手笔，让我至今难以忘怀。

在与赵老师相处的岁月里，曾发生两件事让我想起都觉得愧对他。一件事，是两个已经成家的儿子包括媳妇对赵老师十分孝顺，感念他辛劳一生，常劝他找个老伴来照顾他一下，并且主动为赵老师牵线搭桥。一天儿媳领来一位与赵老师年龄相仿的女人，两人说话比较投机，并连续见了几次面，后来也真成了。当时，我和局里的司机许哥，觉得两人很有缘，就有意撮合。当看到他俩前后进屋后，我们就将屋门悄悄在外边给锁上了，并且一锁就是好几个小时，赵老师想出门出不了，急得嗷嗷叫。当我们感到事情有些严重，急忙将屋门打开时，发现赵老师急得鼻子都出血了，万分生气，吓得我们哪还敢辩解，一溜烟跑掉了。好事没办好呀，还让局长狠批了一顿。

另一件事是，赵老师常年习惯在大门口的墙角处放一把柳圈椅，坐在上面看着出出进进的人流，闲暇时就爱脚蹬墙角，躺在柳圈椅上晒着太阳小睡一会儿，这样既不误看门听电话，还能安然歇会儿。一天中午，我又看到赵老师这一幕，就想戏弄一下他。于是，我从扫把上折了一根很细的苇枝，蹑手蹑脚地弯腰走到赵老师的身后，慢慢轻蹲下来，将小苇枝轻轻插入赵老师的耳朵，睡得正酣的赵老师伸手打了一下耳朵，以为是个蚊虫之类的东西，接着又睡。我强忍着笑，又将小苇枝捅了过去，赵老师又伸手打了一下。看着赵老师睡梦中机械滑稽的拍打动作，我捂着嘴偷笑。就这样连续几次，赵老师睡不成了，似乎感到有些不对劲坐了起来，往后扭头一看是我捣乱，恼怒地随口骂了我一句。那时，我正血气方刚，哪容别人辱骂，我没有任何迟疑就随口还了赵老师一句，接着还握紧了拳头。赵老师也没料到我有这么激烈的反应，马上对自己的粗口感到有些不妥，连连说道："你打我吧，你打我吧。"听了赵老师有些语无伦次的话语，我也不知如何是好，当时并没有意识到自己的过错，还觉得十分委屈，并两眼充满了泪水，扭头回屋了。

这件事以后，我和赵老师僵持了一个月没说话。有一天晚上，我正在屋中看书，突然有轻轻的敲门声，我将门打开，原来是赵老师。此刻，彼此猛一面对都有些不好意思，他说道："新平，别生气了。面条好了，来喝碗汤吧。"瞬间，我羞愧得满面通红，结结巴巴地说道："赵老师，是我错了。"赵老师也轻声连连说道："我也有错，我也有错。"在后来的日子里，我考上大学、工作又调动、赵老师又退休，基本上没有什么来往了。然而，我在心里始终深深地惦念着赵老师。

十年后，我转岗到了交警大队当大队长。有一天，出奇的冷，北风狂呼，吹得行人走路都摇摇晃晃，这是多年不见的恶劣天气。为了减少事故发生，我带领大队机关人员全部上了高峰岗，疏导交通。时过午饭，已经筋疲力尽的我刚回到办公室，就有人轻轻敲门，我有些不悦地将门打开，让我万没想到的是，站在面前的竟是喘着粗气的赵老师。这么冷的天，风又这样大，他一定是有急事才跑来找我。我一把将赵老师拉进屋来，让他坐到沙发上，连声问道："你咋过来了赵老师？外面风这么大，天又这么冷，有事吧？"赵老师的脸有些发僵，强堆起微笑，坐下又站了起来。这时我才注意到，赵老师手里提着一个尼龙条编织的篮子，递给我后说道："我骑车过来的，这是我擀的杂面条，你爱吃，想让你尝个鲜。"我的眼睛早已潮湿，只能紧紧抓住赵老师的手，无言以对。父亲对待儿子也不过如此吧。他接着说道："我经常听到社会上对你的评价，说你干得不错，我听了很高兴。但你不能骄傲，做人就要做一个敬业的人，正直的人。现在天冷了，要多注意身体……"

我上前紧紧抱住了赵老师："您已经是七十多岁的人，还在挂念着我，我平时工作忙，还没顾上去看望您老人家呢。"那一刻，我的眼泪唰地流了出来。

那一天，我陪赵老师喝了不少酒，说了很多很多只能给父亲说的话；他又给我交代很多很多工作上注意的事项，和怎样教育好下一代等老人牵肠挂肚的暖心话。一老一少有着表达不完的心情。饭后，我又领着赵老师到浴池洗了洗澡，刮了刮脸，理了理发，这才依依不舍地将赵老师送回了家。

与赵老师相识二十年了，每当闲暇，我静心思考自己所走过的人生路程时，就会不自觉地想起赵老师。赵老师很普通，普通得如果不留意，就会忽略他的存在，但如果留意观察他，就会感到他在平凡中彰显着伟大。他心地善良，待人真诚，对什么事都是尽心尽力，认真去做。每天他想的都是为别人做些什么，却没有考虑过自己应得到什么，可以说他的品行影响了我的人生，他的真诚、无私和乐于奉献是我一生学习的榜样。同时，我常常在想，如果在社会上，在单位里，在同事间，多出些赵老师式的人物，我们的社会还有那么多尔虞我诈的事吗？如果每一个人在人生中都能遇到赵老师这样的人，那将是人生中的一大幸福啊，比如我。

“神话”的主人

“神话”，是一头产于卫辉的纯种铁包金藏獒的名字。它年龄两岁零四个月，雄性，肩高七十四厘米，体重近一百公斤，头大如盆，披毛如狮，乃中原犬界后起之秀，曾威震中原，身价六百万元。

其主，秦新亮，时年三十八岁，中等身材，眉清目秀，走路常爱歪着头，不善言谈，一双圆圆的眼睛特别明亮有神，给人印象较深。他家住卫辉市城北十公里处顿坊店乡军屯村，五年前，还是一个事业无成、家徒四壁的农家汉。现如今，却因“神话”而出名，资产近千万元，同时兼任了军屯村、比干庙村两个村的“九品”村干部。

秦新亮身无过人之处。在家排行老大，童年时代家境贫寒，常常吃了上顿无下顿，兄弟姐妹个个面黄肌瘦，家中无一件值钱的东西。村中曾有人说道：秦家将来一定是村上“光棍”最多的家。秦新亮却没有因这些苦与穷的状况而烦恼，贪玩是他青少年时期的特点。他宠爱动物，整日与狗啊兔啊猫啊滚爬玩耍在一起。从七八岁开始养狗，当时，家穷得人还吃不饱，哪有东西喂狗。他就和狗同吃一碗饭，甚至自己不吃，也要让狗吃饱，到了晚上还让狗和他同睡一个被窝。当时他小爱尿床，而狗小不懂事，也跟着他一起尿床。每当清早父母为其晾晒被子时，闻着人味、狗味、尿臊味，气得没少揍他。他的“不务正业”也让街坊邻居没看好他的将来。

十五岁那年，他偶然看到一本画报，在上面他首次看到一张藏獒的照片。望着这似狗非狗，雄壮威武，形同雄狮的獒犬，他惊得目瞪口呆，他没想到世上还有这样的犬类。从此，爱狗如命的他想入非非，梦想着将来有那么一天，一定要拥有这样一头獒犬。

高中毕业后，身为兄长，并且已经成人的他，不得不面对现实：家依然一贫如洗，怎么改变这贫困的家庭面貌？首先他天真地想到自己的爱好，就开始养兔、养鹅。哪承想规模养殖可不是一件简单的小事，不是病就是死，他折腾了两年，不但没有实现当初的愿望，还欠下一屁股新债。有股犟劲的他，看到村里有几个跑运输的挣了钱，就又四处筹钱买了车跑运输，时间不长，还真挣了几万块钱，却又因“三角”债而让这笔财富变成了镜子里的烧饼。

本想尽快破解家庭困局的他，并没有如愿以偿，冷酷的现实给了刚出茅庐的他当头一棒。心中的苦、烦和压力，他生平第一次品尝。他开始夜不能寐。一天深夜，他再次失眠了，就独自出门，信步来到村西，漫无目的地走上高高的比干墓，仰望着天空，反思自己的过去。年少无知，学习不好，重活不想干，不思进取，自得其乐，时至今日，还浮躁张狂，他默默地流下了眼泪。不怨天，不怨地，就怨自己不争气，更怨自己到了现在还没有人生定位。

穷则思变，静能生智。聪明的他，只是当初心思没用在正地方，一旦醒悟过来，就如俗语所讲的浪子回头金不换。此刻，他心中虽然对未来充满幻想，但依然没有成熟的致富之路。夜深人静时，远方村中的狗吠声十分清晰。忽然，他脑海中又闪现出年少时所看到的藏獒的身影，这时全国上下不少人都在推崇并热炒着藏獒，顿时他灵感来临，何不试试饲养藏獒？这既是自己的最爱，也是当今的热门生意。

他先找到了信用社一位朋友，这位朋友家养有藏獒，他就讨要了一头。说是藏獒，其实是一头已经退化得不成样的獒犬，但他还是如获至宝。接着，又四处打听哪里有好藏獒，有朋友告诉他郑州有，他就连忙跑到郑州。当犬主报出最低价，每头两万元时，他傻眼了。

他到家后，就像丢了魂一样房前屋后四处查看。审视半天，也没发现一件值钱的东西。他只好再找亲朋好友借钱，当别人问他借钱干啥，他说买狗。惊得朋友愣了半天，做生意哪有养狗的？有朋友说：你是否大脑有病了？他反说：养狗的人都是神经病，特别是我，更是个疯子。你借钱，我就感谢，并且将来我还会加倍偿还。不借，无所谓，我就走人。

三天后，他硬是借来了八万块钱，跑到郑州二话不说买回了三头藏獒。他听说甘肃有更好的纯种藏獒，又犟着一股劲借了九万元，直奔甘肃。十天后，他又从甘肃买回了两头藏獒。他哪知养狗同样不是一件容易的事，正当他梦想一展身手时，噩运降临到他的头上——无情的狗瘟连续夺走他爱犬的生命，直到最后剩了两头。短短的几天时间，他瘦得变了形。虽然是几只狗，却是他的身家性命，从不沾酒的他抓着酒瓶喝了个酩酊大醉。

醉酒是一时的解脱，酒醒了还要面对现实。他躺在床上，再次反思着自己失败的原因：还是太盲目了。爱狗不能等同于会养狗，养狗没有精品同样毫无意义。要想成功，首先爱狗，其次会养狗，只有养精品狗才有竞争力，才能挣钱。这才是犬业发展的正路。

从此之后，他像个幽灵一样开始在全国各大狗市游荡。听说哪儿出了名犬，他就马不停蹄前往。左端详，右端详，不再急着下手，渐渐悟出了一些成功与失败的原因，也渐渐看出了何为杂交、何为原版、何为精品的门道。全国凡是有獒犬的地方他都基本转了一遍，并三下西藏牧区，至此，对全国精品藏獒做到了心中有数。这一年积累的经验，成为他以后养獒成功的一笔珍贵的无形资产。

一天，有朋友告诉他，有一位朋友手中有头幼獒要出手，邀他前去观看。他看了这头四个月大的獒犬，心中暗喜，这确实是一头好獒，但价格当时在卫辉也是独一无二了，报价二十一万元。他按捺不住自己的冲动，决定买下这头獒犬。当朋友闻知他要买下这头幼犬时大吃一惊，提醒他：獒还小，将来长成什么样还是未知数呀，多看看为好，应该吸取往日盲动造成的惨痛教训了。新婚的妻子听说他又要举债买狗，哭着坚决反对他说，自己瞎眼了，嫁给一个不计后果的疯子。

铁了心的他，全然不顾周围人的反对，求亲问友再次筹借了二十一万元，毅然将狗买回了家。这在当时成为卫辉一大新闻。在还不算富余的乡村，更是成为众人茶余饭后的笑料，大家说他没有精神病也是大脑不正常了。

这头犬就是现在的“神话”。他将狗买回家后，像着了魔一样，寸步不离其左右，白天精心饲养，看着“神话”一口口吃饭；晚上就大衣一裹，睡在“神话”身旁，总怕有个闪失。他对朋友说：不能让“神话”有半点意外。为了让“神话”营养跟上，他又专程跑到陕西咸阳买了三只产奶多的山羊专供“神话”吃奶。“神话”没让他失望，一天天长大，一天天出形、出彩，一天天健壮威武起来。当“神话”长到一岁时，真的成长为一头吼声如雷、形状凶猛、威震四方的纯种獒犬。

2006 年，在山西省太原全国狗展时，秦新亮将“神话”第一次拉出了卫辉。当“神话”一出现在狗展上时，即刻就赢来了众多围观和一片喝彩声，真是横空出世一头神獒啊。有个东北人，在狗展期间每天都要多次观看“神话”。狗展快要结束了，他终于忍不住问秦新亮：“五十万卖吗?”秦新亮说：“不卖。”“六十万卖吗?”“不卖。”“八十万卖吗?”“不卖。”这个东北人就找到河南省獒犬协会名誉会长王占奎，让王占奎又托人找到“神话”主人秦新亮，他最后亮底说：“给多少钱我也不卖，这是我的梦啊。”

一举成名的“神话”，一时间真的在獒界流传起不同版本的神话。“神话”给秦新亮带来了声誉，也给他带来了财运，他的梦想开始逐步变为现实。全国各地慕名配种的客户排着队，转眼之间，秦新亮不再是穷酸的庄稼汉了。他有钱了，外欠的账他还了，该报恩的情谊他报答了。村里村外的人不再说他大脑出了毛病，而更多的是深深感受到他逐渐成熟，成了有远见、执着、能干成事的人。他不管他人的议论，他有自己的做人原则。他常说，人似狗，狗似人，神情相通，人和狗都一样要忠诚、仗义、勇敢。

他成功之后曾说，他的成功是得到了比干公的点化，如不是在比干墓上痛哭，他再爱狗也发不了财。又说今生就与狗有缘，谁能做到从小到大与狗同吃、同睡？因此，他就该发狗财。

秦新亮缔造了獒界的神话。同样，他对工作也有着与众不同的套路和打法。前几日，我陪客人到历史悠久的比干庙参观。下车后，我真不敢相信自己的眼睛，原比干庙景区杂乱无章的混乱格局荡然无存，映入眼帘的是装饰一新的宽敞广场，布局合理，优美的环境让人震撼。让人不可思议的是在如此短的时间内，怎么会发生如此天翻地覆的变化？在景区游玩的村民说：这是村支部书记秦新亮领着干的，这个扩建工程，先后拆迁村民一百多户人家，占地面积达两万余平方米。在拆迁工作如此敏感的年代里，他竟敢如此作为，并且全村乡亲们无一人反对、上访，这可能吗？对此，村民说：我们佩服他，他说话算数，不贪不占，他考虑的是卫辉大局，给我们讲清了道理。尽管我们现在吃些亏，可将来对村里一定有好处。比干庙的影响正在一天天扩大，我们一定会从中受益。

当问及秦新亮时，他动情地说：无论干什么事，都要执着，没有执着的追求，就不可能轻易成功；做人要有人格，有人格才能服人。当村干部要讲理，老百姓最讲实际，自己只要不谋私胡来，老百姓就会拥护。人心都是肉长的，干什么事都要将心比心；特别是基层干部，整天与老百姓打交道，更应该如此。只要严格要求自己，多奉献，老百姓就能看在眼里，记在心里，就会拥护你，你就能干成事。天下事，道理就是如此简单。

“怪才”赵海波

赵海波何许人也？我的发小。

他是1963年涨大水时出生的，身高一米七左右，背微驼，体形偏瘦，鼻梁上架一副近视镜。他高中肄业，之后自学企业管理专科毕业，后来成为卫辉市民政局干部。

20世纪70年代中期，收音机在中国还被视为稀罕物时，嘴上还没长毛的他就能买上几件小喇叭、二极管等电子配件在肥皂盒中组装收音机。

家穷，兄妹三个，身为老大的他，高中上了一年就辍学了，为让“山河换新装”而学会了赶毛驴车、进砖场拉砖、当车工……养家糊口的磨难让他过早经受了人世间的艰辛，但锻炼出了一身力气。以至于后来，他一用力拉街头摆的拉力器，竟能让水银从测力仪上面蹿出来。

一天，正当他赶着毛驴车拉砖送砖时，忽然看到街头贴满了“参军光荣”“保家卫国”等标语。顿时，他萌生了参军的想法。身体没问题，但眼近视，倔强的他就连夜找来视力测试表，眼一闭，默记起来，一夜下来整个测试表倒背如流。后来，竟事如人愿，体检、政审、面试、家访一一过关，他穿上了军装，实现了夙愿。

军营中，貌不惊人的他，眼近视被发现了，部队将要退兵时，他的一手车床功夫——车、铣、刨，竟使他从新兵连中脱颖而出，并成了驾驶员教练。就这样，他不但军装未脱，还被拟为提干对象。从此军营中多了个“眼镜兵”，这一干就是三年，还得到三个嘉奖，两次荣获“先进个人”，

并入了党。

父亲的召唤，家庭的贫寒，使他留恋而又无奈地脱下了军装，进入卫辉市民政局的大门，开始了又一种环境的生活。

轻闲、平淡的机关生活，使他又不安分起来。工作之余，他找了几个知己，竟起早贪黑偷偷干起了80年代盛行的家庭装修。如今卫辉几个搞装修的“台柱”，当年都是他的小工匠。每天八小时内他是一名称职的机关干部，八小时之外，他就又成了一名精明的小业主，找活、设计、进料、加工、装修，无所不能。几年下来，他竟盖起了楼房，并成为卫辉第一个私人买“天津大发”面包车的人，手中还有了一笔不小的存款。

他成了卫辉市第一个敢吃螃蟹的人——经商办企业。然而，树大招风。当别人在窃窃私语时，他却很平静，并自有一番做事的道理：君子爱财取之有道，我不偷不抢不贪污，靠智慧、靠苦力挣点钱，国家又有政策，何错之有？

人生的能量是有限的，浪费能量不就是亵渎人生吗？人世间无人愿意贫穷，为何有人富裕了别人却还“眼红”？内耗的源头，是嫉妒。

原始积累有了，再看看周围一个个齐肩并膀的装修同行，他退出了。退路早想好了，在省食品研究所一个好友的指点下，他做了一个惊人的举动，将所有积蓄全部投入到一项陌生的事业。同时，拉了两位乐意“同舟共济”者，注册成立了益民奶业责任有限公司，这在卫辉市当时是首家。找场地，盖牛舍，购奶牛，请技师，学饲养，当兽医……一年时间，他成功了。

1999年，风调雨顺，奶源充足，销路畅通。新乡两家客户为争到他更多的奶源，还相互摆出很多优惠的条件。刚创业的“益民”成了市场的宠儿。

天有不测风云，市场经济更是暗流涌动，一个风浪就打了他一个措手不及。短短的一年光景，曾孤芳自赏的他，就被雨后春笋般出现的养殖同行挤得败下阵来。卫辉市场没有建立，深加工没有开展，价格又急剧下降，直至赔本，六毛钱左右的成本，只卖三毛钱还无人要。为了稳定军心，当他拉着未卖完的鲜奶从新乡返回时，咬着牙，在郊外将鲜奶一桶一桶地倒掉。当时，他眼未流泪，心却在淌血。

同舟共济的同伴，面对如此严峻的局面，心寒了，要卖掉奶牛来保血本。他瞪着熬了几个不眠之夜的红眼睛说："留得青山在，不怕没柴烧。"百余头奶牛，在他没有任何商量余地的坚持下保住了，而整整一年打肿脸充胖子的日子，让他赔了近二十万元。

困境中，他没有懈怠，而是寻信息，探出路。这位文化不高、思维却发达的"探险者"再次借遍亲友、押房抵贷，投资深加工奶制品设备。父母为他担心，亲朋好友为他捏一把汗。面对这样严峻的形势，韧性再次使他胜利。

在卫辉的大街小巷各个小吃摊位上，你是否留意过鲜奶、酸奶、果味奶……上面包装上都有两个字"益民"？此刻，他才道出了当时的心迹：奶制品是一种易坏的产品，它不宜长途贩运，保鲜时间有限，因此，只要以质量为保证，本地产品一定能在市场上站稳脚跟。

然而，不甘寂寞的他并没有满足于此。他又悄悄上了一条"可乐""雪碧"生产线，目前已经组装完毕，产品不久即可上市。

他说：创造财富的前提，是要讲诚信，停止不前就意味着失败。我从他身上悟出一条哲理：财富钟情于勤奋与努力的人！

老王

老王，大名叫王久运，今年四十八岁，是一位浴池搓背工。

认识老王纯属偶然，后来我们成为朋友，却是一种必然。我这个人喜欢洗澡，感觉洗澡是生活中一大快事。天热了洗个澡，上下清爽；天冷了洗个澡，血脉畅通，寒气一扫而光；困了乏了洗个澡，出来就会精神饱满；甚至工作中有了压力和不快，在冒着浓浓热气的大池中泡一泡，一会儿，一切烦恼就随着缥缈不定的蒸汽跑得无影无踪。进了浴池，一泡、一搓、一冲，就会让你有个感受——痛快！

由此，我在众多的搓背工中认识了老王，感到他的技法和谈吐与众不同。老王身高一米七五左右，胖瘦适中，浓眉大眼，四四方方的脸上常常挂着一丝微笑，特别是他的“板寸”发型，让他比实际年龄显得年轻了许多，人也显得十分精神。可能与我有同感的人很多，让老王搓背要挂号排队，就是其他搓背的在闲着，老王的周围也常常会等着一群人。我有时也是如此，宁可自己等得大汗淋漓，也非要等上老王搓背。而老王则是无论人多人少，你身上干净与否，他都是不急不躁，有条不紊地进行自己的程序。他的一推一拉都会让你感到筋骨放松，浑身舒服，该重的时候力量到位，刚中有柔，该轻的时候柔中有刚；看你精神不错，就会与你聊上几句开心的话。有人喜欢篮球，他就会给你谈一段 NBA。谁喜欢足球，他就与你聊世界足球联赛，内容都很专业。看你困乏，他就一声不响地默默地轻推细搓，绝不“偷工减料”，使你安然入睡。

相处久了，知道了老王一些身世。他原籍信阳市潢川县，弟兄四个，他排行老三，只有老大在家，他与一兄一弟都在新乡，并且都干的是搓背行当。老王十九岁开始干搓背，难怪背有些微驼。老王有一儿一女都在新乡出生、上学、参加工作，从而成为地地道道的新乡人。业余时间，老王喜欢打打小麻将，斗个小地主。对此，老王总结道："我哥我弟都在新乡买了房，唯独我没有买房，虽然没有大赢大输，但赌是不会让人发财的，爱赌的人最后都是输家。"

出人意料的是，在与老王的闲聊中，竟发现老王知道我个人很多事情，这让我对老王又有了新的认识。他心很细，在服务行业中多年的摔打让他很会观察人、揣摩人。

如果有一段时间没有见老王，他见了我会很真诚地说："老张，这一段很想你，再忙也要注意身体呀。"顿时，一股暖流涌上心头。不庸俗，不虚伪，简简单单，让我感到老王是个朋友。

有一次，因为连日的劳累使我腰椎疼痛难忍，坐下站起都需要人帮助，走路更是歪着腰。老王看我这种神态走进浴区，忙放下手中活计，紧跑几步扶着我，眼中透着心疼，连连说道："老张呀，工作起来不能不要命啊，你先泡泡，我等会儿给你治疗一下。"我听了他的话，竟有些茫然，他懂医吗？

让我万万没想到的是，老王真有绝活，他会刮痧、拔罐。当我洗泡完以后，他扶我到了房间，让我趴在床上，然后拿出一堆瓶瓶罐罐，在我背上满满地拔了一片火罐。奇迹就这样出现了，当我走出澡堂时像变了一个人，一切疼痛的症状全部消失。他还告诉我，今后腰椎出了毛病千万不要轻易去按摩，弄不好会把腰按坏，一定搞清楚情况对症治疗。当我问他什么时间学的这一手时，他告诉我，掌握这门技术已经快三十年了，从初学到实践，再提高，靠的是一股心劲儿。老师领进门，修行在个人。

老王就这样成了我的朋友。有一天，我请老王吃了一顿饭，不胜酒力的他，没有丝毫推辞，有敬就喝，不一会儿就有些醉意了。他有些兴奋地告诉我："老张，你如不嫌弃，俺愿意和你交朋友。干俺这一行的都是粗人，但从见你第一面就感到你与众不同，你很尊重人，什么时候对我们都是客客气气。神争一炉香，人争一口气呀！进了澡堂，无论官大官小，哪个不一样？俺愿意和你交朋友，从内心还愿意为你多干点活，俺可不是图你的钱……"

我认识了老王。但从此我也多了一个毛病，几天不见老王，身上发痒，心里发躁，挤上点时间就会去找老王。顿时，一切安然。这就是我心中的王哥。

认识张河山

第一次见张河山，是十几年前。他经常找我的下属、巡警大队的李大队，给我留下的印象较深。他三十岁左右，大约一米八的个头，方方正正的体形，也可以说身材魁梧，五官端正，圆圆的脸庞，眉清目秀，眼睛不大但很有光彩。让人过目不忘的是他留着一头乌黑的披肩长发。职业心理，让我看了心里不太舒服，觉得一个农村的无业青年，却打扮得如此标新立异，仿佛是位艺术家。因此，初次相识，印象并不好。

后来，日常生活中却经常传来有关他的信息。张河山在卫辉西北乡是个出名的“捣蛋货”，爱打架。家里人为拴住他的心，设法在卫辉水泥厂给他找了个工作，他又总嫌挣钱少，没上几天班，就坚决不干了。接着，一会儿听说他开始倒腾服装卖衣服了；一会儿又听说他在家开了个煤场；一会儿又听说他在镇上开了个饭店；一会儿又听说他开始卖建材花岗岩了；最后又听说他开了个日杂批发部，等等。各种信息汇集起来，能让人看出一点脉络，就是这小子这几年没停事，在从事一系列的经济活动。

后来，我分管治安口，在全市各乡镇普法宣传教育巡回会议上，我再次见到了张河山。此刻的张河山已经是太公镇芳兰村的党支部书记，披肩的长发已经变成了“青年头”，人也显得精神许多。因是公务活动，与他没有单独的沟通，只是简单寒暄了几句，匆匆而别。

2010 年初，我离开卫辉到新乡工作，少了许多与卫辉人直接见面的机会，许多信息都来自朋友。偶有耳闻，张河山建了个酒厂，人气还不错。

周末回家看卫辉新闻，了解到他的酒厂规模不小，资产达两千余万元，酒质不错，还成为卫辉市委、市政府专供接待酒。有一天，我突然收到名曰军规的几条短信，内容挺有哲理性，比如：“高端产品的形象是必不可少的，但真正有素养和有品位的人欣赏的是产品的——内涵，就像人的内在美一样!”“做人——晶莹剔透（诚信、光明），做事——水滴石穿（用心、坚持），对人——润物无声（无私、奉献），对己——自我超越（勤劳，多做）。”“不要把金钱当作创业目标，不要为谋生而创业，信仰、梦想才是唯一的创业理由。”如此等等，落款是“后河酒业”。对此，我欣赏这个企业的老板很有头脑，创意不错。经了解，才知道这是张河山玩的把戏，后河酒业就是他的企业。

今年，朋友牵线，和张河山等人小聚，张河山的神态比过去成熟许多。聚会时他听得多说得少，听时神情专注，说话还有些文人气息。当我询问他的企业状况时，他告诉我：不打算挣多少钱，想把酒厂当作一项事业来经营，以酒会友，销售的立足点就是卫辉，新乡能拓展点就拓展点，没有大的奢求。并且，最大限度压缩白酒利润，尽可能让身边周围的人得到更多的实惠。简单的几句话，让我看出他的心很静，全然没有那种当今有点成就就浮躁，所谓企业家的豪情壮志。这引起了我对他重新审视的兴趣，因此我答应他，周日闲时到他企业拜访一下。

分手后，张河山的身影在我脑海中久久不能抹去。于是，我就特别打听了几位与他较熟悉的朋友，更进一步了解到，张河山出生于20世纪70年代，具有革命烈士家庭背景，当年他爷爷为抗日而光荣献身，其父辈从小吃尽人间苦头。张河山弟兄四个，他排行老三，外柔内刚，年轻时爱打架，但很讲义气。当年，聪明过人的他，是芳兰村唯一一名考上中专的学生，考上中专在校被除名也是事实。那是他到成都航空工业学校上学，到校后，他发现贵州、湖北人经常欺负河南人，年轻气盛的他咽不下这口气，于是他领头与贵州、湖北的同学连斗几架，一下轰动了全校。他在学校出了“名”，但也因此改变了贵州、湖北同学欺压河南人的现状。他的仗义换来了惨痛的教训，被留校观察两年。其间，曾被他教训过的湖北同学虽再不敢公开挑战他，但一直耿耿于怀，就设法挑衅羞辱他，看他上课要进教室时，就将教室门虚掩着，在门头上放一个盛满垃圾的篓子，他推门一进，被砸了一身灰土纸屑，他马上意识到自己被算计了，于是，他不管三七二十一将这个同学暴打一顿。结果可想而知，他被事后赶来的父亲、哥哥领回了家。

回到家后，他确实有破罐子破摔的想法，打架斗殴成了他的家常便饭，恶名迅速在乡邻间传开。这一切除了给他带来一帮“狐朋狗友”外，却改变不了他身处乡间、一贫如洗的现状。后来他认识到这样混下去，除了别人怕他，贫穷还将陪伴他一辈子，于是浪子回头，他就选择了经商之路。的确就像传闻中说的，他开过饭店，卖过服装，经营过批发部，办过煤场等，啥赚钱他干啥。后来用他的话说：当地没有的他都干，并且还要有些技术含量。就这样，他一路艰难走来，还真捞到了第一桶金，奠定了他日后做大企业的经济基础。

2007年，太公镇党委主要领导看他是块“料”，就有意培养他，让他入党，进村班子，后来任命他为芳兰村党支部书记。他上任后还真不负众望，将一个告状成风、多年不稳定的村庄治理得井井有条，五六年了村里再没有人告过状，并且村民还都听他的。有件事就说明他在村里还是有威信的。拆迁，是当今让人最头疼的一件事，他就遇到了，一条省级公路修建要穿村而过，为此要拆迁几十户人家。其他村有的还为此动了手脚，而张河山在村里开了几次会，逐家做工作，几十户人家都自己主动把房拆了。特别是有一户，全镇有名的贫穷户，男人残疾，妻子精神病，孩子同样残疾，当年镇里为这一家盖了几间房，这次也轮到拆迁，按要求正常赔钱就完结了，可张河山没这样处理，而是特事特办，镇、村多方协调，并且还自掏腰包，专门给他盖了一座新房，感动得这位老乡多次找到张河山，邀请其到家，声言有好茶招待。盛情之下，张河山来到这位老乡家，他真拿出一盒布满灰尘的茶叶盒，擦了又擦，然后捏出一撮已经发霉的茶叶，为张河山满满地泡了一碗茶水，还连连说道：“这茶叶放了多年，不舍得喝，张书记一定赏脸喝一口。”一片真情让张河山不得不端起这已经变味的茶水喝了下去，真情不可辜负呀。

朋友们的介绍，进一步修正了我对张河山的认识。为不食言，我决定利用周日去看一下他的企业。当张河山接到我的电话时，听得出来他有些激动，连连表示在厂里等待。

张河山的“后河酒业”，就在芳兰村村口山坡上，坐西朝东，面积约百亩。进得厂来，迎门立着一块巨石，上书“天然之音酒神”几个大字，办公室和厂区的车间墙壁上书写着一段段格言、警句。“从人品看产品。好的产品不是属于哪一个或哪部分人的，它是为了完善人类和大自然和谐的添加剂”；“喝酒其实是在品味一种文化”；“没有一个企业是靠模仿和抄袭有成就的。作为后来者，只有创新才有机会，创新是全方位的，每一次创新都是提升企业竞争力的有力武器”；“每位员工要明确自己的职责，你的付出，出来的不仅是产品，得到的不仅是货币，而是人类的文化食粮，如果你不能理解——明天去找新的工作”，这些内容让人耳目一新，让人切实感受到一股浓郁的文化氛围。特别是成品酒库的墙上有一段话，将酒文化阐述得淋漓尽致。

> 在中国，酒神精神以道家哲学为源头。庄周主张，物我合一，天人合一。庄子追求绝对自由，忘却生死利禄和荣辱是中国酒神精神的精髓所在。
>
> 酒，是一个变化多端的精灵。它炽热似火、冷酷像冰；它缠绵如梦萦、狠毒似恶魔；它柔软似绸缎、锋利似钢刀；它无所不在、力大无穷；它可敬可泣、该杀该戮；它能叫人超脱旷达，才华横溢，放荡

无常；它能叫人忘却人世的痛苦忧愁和烦恼，到自由太空中去翱翔；它叫人肆行无忌，勇敢地沉沦到深渊的最底处，叫人去掉面具，原形毕露，口吐真言。

从这些字里行间，我感受到张河山内心世界的独白，以及他的思想境界和文化操守。

走进他的办公室，我没有惊讶于奢华的装修，令我感到惊讶的是在办公室的一隅，竟铺着一块硕大的舞文弄墨的书画台案。可见张河山的骨子里还藏有文人的气质，以及对文化的眷恋。他说他若有闲暇就会来上几笔。我不怀疑他的表达，我已经感受到他是一个有思想的“捣蛋货”，他骨子里的文人气场。

我问他：你为什么要做酒企业？他微笑着坐在我身边的沙发上，凝视窗外，点上一支烟，向我打开了自己的心扉。

2003 年，他在镇上和市区开了两个批发部，生意还不错。他到安徽亳州进酒时，在当地目睹的一幕让他大吃一惊，大酒厂、小酒厂、大作坊、小作坊，遍地林立，村村有酒厂，家家有作坊，看得他眼花缭乱，并让他躁动不安的心再起波澜。酒尽管神秘，哪承想做起来竟也如此容易，他猛然心生一念头，自己何不也开个酒厂？在他很小的时候曾听父辈们讲过一个故事，芳兰村就曾盛产美酒。太公镇原是中华“谋圣”姜太公故里，这里山清水秀，环境优美，盛产麦饭石，因此水质特好，并有造酒的盛名，姜太公本人就与芳兰村的美酒有缘。

姜太公有位好友名叫宋异人，家境比较殷实，因与姜太公志向相投，两人常常结伴到芳兰村南的小溪旁垂钓、游玩。姜太公家贫，宋异人常接济姜家，对此，姜太公深怀感恩之心，但却无以为报。后来姜太公投奔了西周文王，展示才华，一举成名；而宋异人却因一场大火而家境败落，不得不到商纣王行宫当差，又因年老体衰常被冷落，饥一顿饱一顿。有一次，他多得了一碗小米饭，就将其藏在行宫外的一个树洞里，以备断顿时享用。哪知，当他再去取小米饭时，竟意外闻到一股酒的清香，他挪开小米饭，抿一口下面的液体，顿觉全身有力，爽口异常。于是，他多次试验，充分利用得天独厚的麦饭石岩层中淋出的溪水，在芳兰村开了一家酿酒作坊，从而名声大震。

日后，姜太公辅佐周武王推翻殷商王朝后，衣锦还乡，在与宋异人叙旧时，尝到了宋异人酿造的家乡美酒，赞不绝口。后周武王平定天下，宴请百官就是用的宋异人的酒，从此，宋异人的美酒佳话流传至今。

触景动心的张河山后悔踏在金山不知金。回到家，没等喘口气就直奔工商局申办了营业执照。然而，生产许可证由于国家严格控制，尽管费尽了周折，他也迟迟没能拿到。但他仍不死心，就悄悄照先人的酿酒方法生产无名氏酒，先让亲朋好友品尝，乡里乡亲还真喜欢。他就这样明不明暗不暗地干着自己喜欢的事，由此，造假酒的名声也传了出去。为此，质检部门还找上门来，探究追责，当了解了真实情况后，令其快快申报生产许可证，否则停止一切生产营销活动。张河山对于质检部门的人性化处理十分感激，他再次努力，多方走动，但国家严格的管控措施让他彻底绝望，想想自己不伦不类的生产经营，看着有关部门的同志将被追责，他一怒之下，砸碎了酒瓶，拆掉设备，一次就损失了二十多万元，自己毁掉了自己的梦想。然而，他的执着感动了不少人，也算天无绝人之路，就在他垂头丧气，感叹事业之难时，卫辉一家酒厂因故停产。工商局的领导闻讯后，积极穿针引线，巧作嫁衣。张河山倾其所有，毅然购买了这家酒厂的全部产权，做酒的梦想终于如愿以偿。

曾有人告诫张河山，做酒是一条不归路，市场的浪潮随时会淹没你的一切。他却冷静地说：我想好了一切。

2007 年，张河山终于将企业的合法手续全部办妥。他多方奔走打出了在卫辉、在新乡乃至河南的著名品牌——“后河”商标，开始了全身心的投入。

首先是选址。村中有处果园是最佳选择，地块方正而平整。然而，已经当了村支书的他思来想去，觉得个人的利益绝不能影响群众利益，更不能违法占地。他放弃了毁掉果林的想法，情愿多花几十万元，也不能让群众有意见。经过考察，他决定将村边的山坡铲平建厂。于是，他调了两台铲车，日夜不停干了两个半月，硬把一座小山包推成平地，建起了自己的梦想之园。早有造酒经验的他，很快就生产出具有张氏特色的美酒。

当他领我参观厂区时，我向他询问白酒是怎样生产、酿造的，他介绍说：白酒都是由原酒和矿泉水等勾兑而成的，说白了，一些厂家自己发酵原酒勾兑，一些是购买他人原酒勾兑，这往往给外行人造成个错觉，买别人原酒勾兑的酒都是假酒。酒的好坏关键在水质。张河山说："我们太公镇自古出美酒，想当初，我在安徽亳州看到遍地的酒厂时，就暗下决心要建自己的酒厂，并设计规划好自己的酒厂要造原浆，打出自己的品牌特色，闯出自己的特色酿酒之路。"他指给我看一排排深入地下的泥池，告诉我：这就是发酵泥池，原酒就是从这里开始生产的。不久的将来，姜太公喝过的美酒将再现人间。看着他兴趣盎然、胸怀满志的神态，我发自内心的高兴，不是为他造酒成功而兴奋，而是看到往日的张河山已经不存在了，现在的张河山已经是一个全新的张河山，一个执着追求自己事业的张河山。

站在办公楼上，他指着厂区外一座座造型别致的别墅告诉我，这也是他盖的，他计划邻厂区开发一个生态园，种上各色优质果树、蔬菜、杂粮，开挖一处鱼塘，让这里有山、有水、有林、有菜、有果、有粮，来吸引城里人到乡下休闲娱乐，品尝乡下人的村酒野蔬以及环保型的绿色食品，体会健康人生……

听着张河山滔滔不绝的介绍，我的情绪也被调动了起来，聆听中陷入了沉思，一幕幕回忆着张河山所走过的路程以及他的成长经历，我深深地感到：天生我材必有用，路，就在脚下，只要坚韧不拔地走下去，最终定能实现自己的梦想。三百六十行，行行出状元。心有多大，天地就有多宽。

张河山，祝愿你踏着坚实的步伐一路走下去，去实现你心中的梦想与追求！

兽医顾德虎

你能指令一群骡马列队，让其稍息、立正吗？回答一定是否定的。你会说它们是牲畜，没有语言沟通能力，对它们发号施令是对牛弹琴，做无用功。然而，就有这样一个人，站在空旷的场地，能让三百六十多匹骡马，在他的一声声号令下，整齐有序地进行列队、稍息、立正、卧倒、行进……

这个发令人名叫顾德虎，现在已过知天命之年，毕业于中国人民解放军兽医大学，曾是一名驻扎在卫辉的职业军人。他神奇的本领吸引着众多人的眼球，其中，就俘获了当地一位姑娘的芳心。家在外地的他，转业时没有回原籍，而是落户卫辉，成了一名卫辉人。是金子到哪儿都闪光，“是英雄，是好汉，动物看病比比看。”这是他底气十足、叫板同行的一句话，既体现了他的追求，又彰显了他的实力。在很短的时间内，他神奇的绝技和一段段趣闻逸事让他名震卫辉，扬名豫北。

一个北风呼啸的冬天，卫辉市太公泉镇吕村的一位农民用“奔马”车拉来一头黄牛，见到顾德虎还没有说牛出了什么毛病，就先泪水涟涟地痛哭起来。原来，他家一贫如洗，儿子正上着高中，本想养头牛资助儿子上大学，不想牛得了无名之病，连请几位医生诊治，花了近千元，也没将病看好。一筹莫展的他，在别人的指点下找到了顾德虎。顾德虎边听边对牛进行诊断，原来这头牛得了肺炎，因误诊已病入膏肓，错过了最佳的治疗时间。老顾没有对这位农民细说其他，而是先为黄牛配药治疗，然后又是打吊针，又是注射液体，不到一天时间，黄牛就睁开了眼睛。这位农民看着黄牛有了精神，知道自己的“摇钱树”有救了，感动得就要给老顾下跪，老顾一把拉起他，一分钱没要，还为他赠送了药品。

给人看病能把脉问诊，给动物看病则是一项纯技术活，全靠观察，凭经验分析判断，稍有闪失则会人悲物亡，甚至损失惨重。

城郊乡唐岗村有位农民，为找一条致富之路四处打探，有人指点他说：养头奶牛，省事、简单。于是这位老农就筹资万余元买了一头奶牛。可天有不测风云，当奶牛即将分娩，产崽在望时，奶牛却得了严重的子宫炎并急速转化成败血症，致富的希望眼看着要成为泡影。老婆伤心得在家大哭，埋怨他笨蛋、无能。他看着伤心的妻子，劝说道：“哭有啥用，听说老顾是个神医，我去请老顾。”说着他一溜烟跑到徐屯，找到顾德虎求援。顾德虎丢下手中的活计就随其往家赶。经过四天的来去奔波治疗，奶牛终于得救了，并顺利产下了一头小牛犊，高兴得这位农民马上制作了一面锦旗，亲手送给了老顾。

安阳市公安局有一只多次立下战功的警犬，感染了病毒，此病属犬类不治之症，死亡率高达百分之百。驯犬员不忍心轻易放弃这条战功卓著的警犬，就四处求医诊治，然而效果始终不佳，后来慕名来到卫辉，抱着最后一试的心理，找到老顾。老顾二话没说，根据自己的经验整整守候着这条警犬四个昼夜，终于将它从死亡线上拉回，创造了医疗此类病症成功的先例，感动得安阳警方非要拉老顾到安阳一游不可。

老顾有了名气，同时也有了钱财。但他没有满足于现状，最近又投资数十万元，建成一条饲料生产线，将自己研制的多种饲料配方生产加工，供牛、羊、猪、狗等家畜食用。他的愿望就是：既然卫辉人留下了我，我就要为卫辉人创造点什么，一人致富很容易，众人致富才是我老顾的心愿。

一人饭店

这是一个不寻常却很有特色的饭店。

没有夺目的招牌，也没有奢华的装饰，更没有高档的菜系，只是一间二十平方米大的民房，这还包含了炒菜的伙房，实际就是一个家庭作坊，老板、厨师、服务员全是一人。然而，无论春夏秋冬，只要小店开门就天天顾客满座。

店的主人叫王肃反，今年四十七岁，原是卫辉市百货公司批发部的业务主任。1992 年，经济体制的变革，瞬间打碎了吃大锅饭的铁锅，使他这个曾为之自豪的“热岗”主任，转眼面临着下岗。落差如此之大，他一下子蒙圈了。经过几昼夜的思考，他终于下了决心，不靠天、不靠地，自己干。他当过兵，经过商，已经深谙做生意的真谛。诚、信、干，是每一个成功者最基本的三部曲。唠叨、抱怨能给人带来什么？“架子”又值多少钱？看似文弱的他，实则外柔内刚，从军时就是比武尖子，且有一技之长——烹饪。于是，他单枪匹马，在孟西居民区找了这间简陋的临街小房，安营扎寨，挽起袖子就开起了这个利民饭店。原想着能养家糊口就算不错的他，自己也说不清从何日起，小店的名声竟慢慢一传十、十传百地红火起来，并且绝大部分是回头客，不提前去不光是没地方，还可能吃闭门羹，因他每天就做一定量的饭菜。光顾他饭店的食客评价说：老王的店虽小，但饭菜质量不错，且干净实惠。所有餐具每顿饭后，他都要在蒸锅中消毒存放，每天饭菜定量制作，卖完就关门，并且当天的原料当天采购，过夜的饭菜坚决处理掉，不再上桌。

而王肃反对自己的现状却另有一番感悟：在人生的舞台上，胜利与挫折、机遇与挑战并存，我只是在大浪淘沙的演变中找到了自己的坐标。幸福是等不来的，金钱不会从天上掉下来，不干一无所得，生意好是大家伙儿的捧场。

牙医董云事

很小时候，就常听到老人念叨一句俗语：牙疼不算病，疼起来要人命！当时，没有经历，也没有感受，直至遇到这一天，我才有了刻骨铭心的记忆和体会。

什么原因引起的牙疼，我不得而知。一觉醒来，脸突然肿了半边，牙疼了起来：吸气疼，出气疼；喝水疼，吃饭遇到热气更疼；站着疼，坐着疼，躺着还疼，疼得彻夜难眠。想喝口水，吃口饭，还要抡起巴掌在脸上牙疼处连扇多下，直至将脸打麻木，才能喝上一口水，吃上几口饭，真真切切体会到牙疼能让人魂不守舍，无所适从，其痛苦难以用语言来表达。但也有收获，短短一周时间，人瘦了一圈，掉下了十几斤肉，减肥效果绝佳。

有病就求医，一时间还真不知名医在哪儿。一位好友介绍一牙医，热情而用心，从诊治到服药项项细心安排，我一切按要求进行，然而牙疼继续，医治效果为零。好友古道热肠，连来电话询问疗效，我真不好意思说出实情，强忍着疼痛连说：效果不错、不错。儿子又推荐一朋友，乃百年牙科，同样让人感受到亲人般的温暖。大清早进了门诊部，“掌门人”亲自诊治，忙活了两个多小时，然后告诉我：问题不大，上过药了，过会儿就好。然而，到家后依然疼痛难忍。又有朋友提醒我：别瞎折腾了，快到大医院去治疗吧，不要小看牙疼，这是一个能要命的病，牙神经直通大脑啊，曾有人为此要了性命。我不觉惊出一身冷汗，觉得说得有道理，自己守着豫北有名的大医院不去，却在小医院、私人诊所转来转去，真是自找苦吃。

第二天，我早早到了医院，朋友安排的医生已在等候，中年牙医和善可亲，很利索地将我疼的牙检查一遍，说道：需要拔掉两颗牙，才能解除疼痛。备受牙疼折磨的我，哪还顾上考虑许多，满嘴牙少两颗又何妨，没有任何犹豫就同意了。医生听了我的应答，当即就准备手术工具，接着就在我牙龈疼处注射一针麻药，过了一会儿，医生问我：疼吗？我说还疼。医生又给了一针麻药，说：“你个子大，药量也要大。”一会儿，整个口腔没了感觉，医生在确定我没有痛感后，三下五除二，两颗大牙被拔了下来。当我看到托盘中两颗让人恼恨的牙齿时，一股大快人心的欣喜感油然而生，那一刻，我从内心感谢医生对我的治疗。

然而让我万万想不到的是，当麻药药效过后，牙疼依然。痛苦中我开始反思求医之路是否正确。我首先给这家医院领导打了个电话，咨询牙科医生的医术，这位朋友实实在在告诉我说：“该牙科是我们医院唯一一个赔钱科室。”我无语了，我与两颗关键的牙齿永别了。

在单位，我没有向同事说过我牙疼，但萎靡的精神状态还是让同事们看出了问题。政委老兄关心地问我怎么了，是不是身体不舒服，我这才苦笑着告诉他，牙疼多日了，找了几家医院医生，也没能看好。他听后埋怨道：“怎么不早说，新乡市第二人民医院牙科主任董云事，是我好哥们儿！医术是新乡一流，我现在打电话。”他信心满怀，我却没有半点激动，此路神仙能量又如何呢？我牙疼，心也有点“疼”，但有病还是得求医呀！我如约找到了董主任，他很客气，见到我先让坐下，扭头对旁边病人轻声说道：“你是牙齿美容，可稍等下，这位病人牙已经疼多天了，我先看一下，请谅解。”这一简单细节，让我有些感动。接着，连日来我已经熟悉的几个动作继续重复，躺下、张嘴，叫不上名的几样金属器械在口中扒来扒去，然后冲洗、吐血水。其间，他问我这两颗牙怎么拔了，我说医生让拔的。他“噢”了一声没再吱声。我问道：“牙疼了这么长时间，是否要抽牙神经?”他说：“不着急，先治治看，如果明天还疼，你再过来。”半个小时左右的检查治疗后，他让我坐起来，问道：“什么感觉?”我首先直觉口腔轻松了很多，但牙床还隐隐发疼。他说：“如果回去不疼了，后天过来再看一下。”谦虚的话语中充满了自信，我连连在感谢中告辞。

想不到的是，回到单位半个小时的时间，牙疼就减少了许多，中午便能喝水、吃饭，下午就不疼了。此刻，我虽然有些心力交瘁，却发自内心想当晚就去感谢董主任，感谢他高超的医术，手到病除，可谓神医呀!

两天后，我完全恢复常态，但我仍按董主任的要求来到医院。他再次认真检查了我的牙齿，告诉我没问题，一切正常了。我按捺不住自己的心情，一边感谢邀请他吃个饭，一边还想打听一下我牙疼的前因后果，以及一些牙齿保护的基本常识。他边工作边说：“牙齿看起来很多，但它们都有各自功能，绝不能随随便便一疼就拔掉算了。比如，牙髓炎、根尖炎都很疼，但都能治疗，并不需要拔掉，有些不负责任的牙医就可能图省事给你拔掉。再如龈裂，我就建议将牙拔掉，否则常疼，人很痛苦，并且牙功能也打了折扣。”谈话间，我观察到他科室柜子里放着许多荣誉证书，国外国内的都有，令人眼花缭乱，墙上还挂着病人赠送的书画作品，很有品位。再仔细端详，眼前这位貌不惊人却值得敬佩的董云事，清清瘦瘦，一脸书生气，一双凹陷在眼眶内的大眼睛炯炯有神，能让人留下特别的印象。他说自己是20世纪60年代初的人，令人难以相信，因为他已经开始奔六了，却朝气逼人，浑身上下充满活力，走路带风，动作敏捷。看着他手脚不停地为病人在忙活，我不忍心再问下去，遂转身与护士长沟通。此刻，我有种冲动，很想了解董云事的前世今生。

护士长叫芦苇，与董云事共事十几年了，她介绍说：“董云事性格开朗，爱好广泛，爱读书，又爱运动，打球、游泳、唱歌、跳舞无所不能。工作紧张了，就领上科室同事爬山、蹦迪，大口喝酒、大口吃肉，却很少醉酒，他人很随和，很少批评人，说话慢声细语，人缘很好，从同事到病人他不说一句过头话，特别是对病人从不承诺，从不大包大揽拍胸脯，都是低声细语，常常谦虚地说：‘请你放心，我一定尽最大努力。’让你心里踏实，没有一点包治百病的江湖味道。”

他每天预约的病人都在二十人左右，节假日会多点儿，因为一些外地的病人会赶来就诊，但他从来不急不躁，无论多晚，他都不会推辞，直到看完最后一名病人。有时预约病人因故来晚了，他也会静心等待，哪怕他回到了家，只要有病人，他也会及时赶来。一次，大年三十晚上，对春晚有着浓厚兴趣的他，看节目情绪正酣时，一位病人打来电话说：用钢针剔牙时，将针断在了牙缝中。虽然已经 11 点了，他还是放下电话就赶到医院，立即手术。等到他忙完，春晚已经结束了，他却很开心地说：这值！他还经常送医下乡，他深知农民兄弟进一趟城不容易，还常常求医无门，甚至被一些江湖牙医所蒙骗。有时，他还挤出时间跑到监狱为劳改人员看病，因为这些人出来就医更是不容易。他说：“这些人虽然都是有罪之人，但尊重生存权是我们医生对人权的基本尊重，也是医生医德必须做到的。”他太忙了，忙起来常常喝口水的时间都没有。尽管如此，却从没听他抱怨过一句话，从他身上看到的都是正能量。

他思想前卫，对新鲜事物十分敏感，并乐于接受。比如，他不但看牙病，还为牙齿美容，这是当今很超前时尚的工作。他还有一个让人尊重的秉性，遇到疑难棘手的问题，敢于和病人同面对、共担当，让人很有安全感。卫辉孙杏村有位十五岁女孩儿，牙齿天生是“地包天”，随着年龄渐长，爱美心切的姑娘就想矫正一下。然而，她家人却找了一个社会上的游医，“地包天”没矫正过来，四颗门牙还全部松动，面临着随时被拔掉的后果。女孩儿家长懊悔不已，慕名找到董云事，见面就止不住痛哭起来，深感对不起孩子，还花了许多冤枉钱。董云事很明白，这是一个难缠活儿，处理稍有不慎就将产生医患纠纷，如果将这个女孩儿推出医院，不但

“地包天”治不好，牙齿也难保住。像这类在别处造成的后遗症，他处理过很多。这是他的性格所决定的，这次他同样没有“洁身自好”，而是将病人留下了。一治就是两年，他使出浑身解数，用尽了国内外他了解到的技术手段，最终实现了病人的梦想，牙保住了，“地包天”矫正过来了。

还有一位特殊病人，事情虽然过去多年，但至今提起此事牙科医护人员还难以忘怀。十五年前，一天深夜2点多，抬来一位病人，是在校大学生。假期期间替爸爸在烟酒小卖部值班，半夜时分，一小偷行窃被他发现，恼羞成怒的窃贼见他是个小孩儿，就凶狠地持一铁铲将其整个面目砸平，面骨、鼻骨全部粉碎性骨折，牙齿掉了十三颗，两只眼球从面部突了出来，整个一个血人。面对如此惨状，如果让伤者转院，随时都可能出现生命危险。如果留下手术治疗，后果难以预测。看着奄奄一息的伤者，他只说一句话：“先救命。”当即上了手术台，一站就是整整七个小时。他的一句话，保住了一条死亡线上徘徊的生命，同行称赞此次手术为完美的奇迹。后来，他又先后为其做了五次手术整容，每次手术都在五小时以上，最终结果是：病人的眼、鼻、嘴等功能全部恢复，脸上只留下几道当时被砍的伤疤。病人和家属对于如此结果十分满意，感激万分，至今还与他保持着联系。

护士长口气轻淡的介绍，让我心潮澎湃。我不但认识了一位医术高明的医生，还了解到一位心地善良、很有志向追求的人的另一面。我很想将他挖掘一下，然而，冲动一时，转眼由于工作繁忙，便将此事丢下了近两年。其间，我们偶有联系，不知何故，我们一见面就有说不完的话，没有客套，没有虚情假意，一切都是直来直去。由此，我又了解到军医大出身的他，年轻时爱赶时髦，社会上掀起下海潮，他就做生意，并且业绩还不错。新乡最大珠宝店他入过股，新乡第一家冷冻食品店是他开的，新乡当年人气最旺的品牌服装店也是他张罗的。当年的公安联防队，名气很大，他也加入过。牙医开始受到重视了，他又一头钻了进来。这一次他铁心了，找到了感觉，从而决定今生不再改行。他常说：登高才能看得远。为此，他十分重视国内外牙医高端论坛，无论花多少钱他都积极参加，因为他干什么都想做到最好。

当我向他表示要写写他时，他不假思索一口回绝："我不需要广告，我的病人二十四小时工作也看不完。"我说："你理解错了，你不缺病人，但病人需要良医呀，难道你做医生不想为更多病人免除痛苦吗?"他看着我，无言以对，愣了半天，有些理屈词穷地低声说道："那倒也是。"

不忘初心，为梦想而拼，为事业而搏，芽而后茎，茎而后叶，叶而后花，花而后果，这就是我眼中的牙医董云事。

脑海中时常浮现的身影

脑海中常闪现她的影子，她叫什么？不知道。没问过她本人，也没问过别人。她是我原单位的一位保洁员。

三年前，我刚到这个单位任职没到一个星期，她就让人捎信，要求增加工资。正忙于工作、千头万绪需要理顺的我，没好气儿地对传话人说：还没见她的表现如何，就先提报酬条件，她如不想干可以走人！捎信人将这话传给她了没有，我没有深究，只是事后再没人提工资的事了。而她依然每天打扫着单位的卫生，一切如旧，仿佛没有发生过任何事情一样。但她就此在我脑海中留下不好的印象。

我任职这个单位之前，这个派出所只有十几个人，房多人少，活儿轻。警务机制改革之后，完全打破了往日的工作格局，小小的院落内一下增加了百余人。她过去每天只需要打扫一次卫生，就保证了单位清洁卫生，可现在显然不行了。往往一个上午过去，人们就将楼道和院内弄得脏乱了。对此，我安排负责后勤的同志要求保洁员：每天要对院内和楼道打扫两次卫生，来确保院落和办公场所的清洁。身为保洁员的她，没有任何异议就遵照执行了，并且达到了要求标准，有时还点上一支檀香，淡淡香味飘散在楼内，令人惬意。当时，我们单位是警务机制改革试点单位，观摩的各级领导和外省市的兄弟单位领导比较多，对环境及卫生的要求更加严格。不少领导观摩后，都提到“你们单位的环境卫生搞得真不错”。我开始联想到她的默默付出，对她的看法有些转变，并留意起这位让人感觉有些特别的女人。

看她年龄四十有余，一头乌发，留着一条当今已经不多见的粗粗的辫子，衣着很普通，但很整洁规矩。双休日时，常有一个十几岁的女孩在她身边出现，应该是她的女儿。她话语不多，走路快而轻，来去都是静悄悄的。有时，看到我路过，会停下手中的活计，却没有任何礼节性的招呼和表示，低着头，目视着地面，有些怯怯地站在那儿一动不动，我走过后她就继续干活。闲暇时，她经常会坐在一处不显眼的地方，低头摆弄着手中的手机。我们单位是免费就餐，并且勤杂人员、临时工与民警一样是同工、同福利待遇，因此，她也常在单位吃饭。然而，她总是一言不发地独处一隅，自己默默地吃着，见人多了就端上饭碗到餐厅外面去吃，很少见她与人沟通交流。

因我常在单位住宿，便了解到她打扫卫生的规律。每天，天不亮她就来到单位，先扫楼道的地，然后再拖地，再清扫院内。中午等所有同志下班走了，或在单位的人吃过午饭进房间休息后，她就又开始了自己的工作。无论春夏秋冬，一年四季，天天如此。如天气不好，刮风和下雨雪，她会来得更早点。刚开始，我对她的工作时间安排还不理解，后来才明白，地板砖刚被拖过，最怕走人，如果立即踩上，地面就会更脏，因此，只有等没有人了才能拖，晾干后再有人走过才不会弄脏地面。对此，从内心对她敬业、认真、一丝不苟的工作态度产生了一丝敬意。在她没有任何要求的情况下，我主动将她的工资提高了一倍。

随着时间的推移，我从不同渠道得知了她一些只言片语的信息。她不是本地人，带着三个孩子，从豫南流落到新乡。有人说她老公出车祸死了，有人说她离婚了。她到了新乡后，在老乡的关照下落下了脚，又在老乡的撮合下，找了一位年长她十余岁，眼睛有些畸形，十分老实的光棍老乡组成一家。丈夫是镇上的保洁员兼镇政府的门卫，一人两职，因此，与镇上各个单位的领导都比较熟悉。婚后，丈夫在派出所为她找了一份保洁工作，一天只需打扫一次卫生，每月五百块钱工资，生活得到基本保障。派出所办公楼后面，有一片空闲地，她就和丈夫将其开垦为菜地，种上几种时令蔬菜，除了自己吃以外，谁想采摘谁采摘，两口子从没有任何怨言。有一次我检查卫生，走到楼后，她正在满头大汗地为蔬菜施肥。看着绿油油的蔬菜，我随口赞扬了一句：“真新鲜啊。”说过就与同志们一道离开了。周末，快要下班了，炊事员突然拿着一捆洗得干干净净的韭菜找到我说：“张局，保洁员说你太严肃，怕见你；说你夸她种的韭菜好，让我给你送来，尝个鲜，纯绿色食品，明天星期天回家包上一顿饺子。”我听了心里不觉一热，感觉到她是一个心很细的人。

两年后，我调离了这个单位。然而，到新单位十个月了，我脑海中常闪现她的身影，我总感觉到她有很多与众不同的地方。日前，昔日的同事到单位叙旧，我不觉又问到了她的近况，同事告诉我：这个女人很不简单，前几天镇上庙会，她打几遍电话非让我们几个到她家吃饭，让人意想不到的是，她安排得非常丰盛，还摆了进口水果招待我们。她家中挂了很多她往日的照片，很有气场，还有戴着公安大檐帽照的相，她很崇拜公安，她说：“只要让我为民警服务，再苦再累也高兴。”她过去做过生意，当过工人，因不堪丈夫的经常毒打才离了婚。还耳闻，有一生意人看中了她，给她打电话，发短信劝她离开新乡，让她去郑州一起做生意，她却一口拒绝了。

她人缘极好，来到镇上生活短短几年的时间，就与镇上的很多人熟悉了，而且大家都乐于接受她。有时让她去办事，比别人办事顺利很多。她有不少朋友，却对她的现状颇有微词，说她找的男人太差了，有好事她还不干，有点太傻，等等。对此，她却很心满意足地回答：丈夫很实在，对自己好，对孩子也很好，孩子虽不是丈夫的亲生，但丈夫视同己出。虽然自己现在生活苦点，但心里很踏实，尽管工作很累，但生活很和睦、安稳。

对此，我似乎明白了她对待生活的那种认真态度，但还是想不通，她为什么不利用自己的人脉关系和吃苦耐劳的干劲及自己的智慧，去做一些生意或更高层次的工作呢？其背后是不是还有隐情？

我曾将她的故事讲给了一位老板朋友，我刚说完她的故事，这位老板就急不可耐地追问我她在何处，想高薪请她来公司工作。朋友说：公司需要她的这种工作态度。

她的过去，只略知一二，她的将来走势又会如何呢？她能否最终留在现任丈夫的身边？这一切我不可预知，她身上也许还有着许多鲜为人知的谜。然而，她对待工作的态度，敬业的精神，在挫折面前不屈不挠的昂扬斗志，困境中积极、阳光、乐于奉献的心态，却折服了我，令我敬佩和感动。但愿她的后半生能过得美满幸福，健康快乐。

藏獒添崽

两年前，我养了一头藏獒，终于圆了我多年以来的养獒梦。

童年时代，我家里曾养过一只天天与我嬉闹的黑白花狗，也许是因人还吃不饱的缘故，父亲竟将狗抛在二十多里外的荒郊野外。哪知，父亲到家了，狗也跟着到家了。下了决心的父亲就又趁着一个天黑星稀的夜晚，将小花狗用口袋装上，偷偷地放在了一辆路过家门口的小驴车上给拉走了。为此，我哭闹了多日。后来，邻居家养了一只小黄狗，实际上跟我家的一样。母亲给我的零食，我全贡献给它了。因此，小黄狗对我的指令比对邻居主家任何人的命令都服从。但狗毕竟是人家的，我家搬走了，小黄狗还得物归原主。可我对狗有种天生的情愫，我喜爱它的忠诚。

两年前，我偶然结识了几位喜养藏獒的朋友，他们谈起藏獒眉飞色舞，什么凶猛无比、忠诚护主、只身与猛兽搏斗、一派英豪气概等，又勾起了我强烈的养狗欲望。于是，有事没事，我就要到朋友那儿转悠一圈，看着朋友饲养的一个个虎头虎脑、喜人的小獒犬，心里就十分兴奋。一天酒后，终于没按捺住心中的渴望，鼓起勇气，向朋友提出想求得一头獒犬，没想到朋友婉拒了，心中虽不快可又无法言表。后又到另一位喜养藏獒的朋友家拜访，有了上次的教训，到了该朋友处，只看不说，遇到虎头虎脑、体格健壮的，也只是用手挑逗一下寻个开心，解一下心头之痒。也许朋友看透了我的心思，出人意料地说道：“喜欢吗？喜欢拿去。”当时，我真不敢相信自己的耳朵。当我有些狂喜地抱起一头刚刚满月的獒犬时，朋友的妻子却又抱了过去，我的心猛一紧，哪知她抱过去对着小犬亲了又亲，就像亲自己的孩子一样，弄得我很不好意思再伸手要狗。之前我曾耳闻，朋友的妻子为了这窝獒犬顺利产出和一天天长大，与母犬及这窝幼犬在狗窝中整整睡了一个月。可以想象这是一种什么情感。看着她充满难舍之情的神态，我从内心放弃了索要的念头。哪知，就在这一刻她却突然将狗再次递给了我，说道："我五千元都没卖呀，送给你好老弟，真心爱犬、懂犬的知己。"此刻，我好感动！我给它取名布什。

转眼两个年头过去。一日忽见布什有求偶的迹象，于是，我就多方走动，精心筛选查询，来为布什寻找如意"郎君"。终于，一头纯正血统的獒犬进入了我的视野，在好朋友的撮合下，布什在羞涩中做了"新娘"。

此后，我查着月算着日，精心调养有孕在身的布什，生怕出现意外。眨眼到了布什的预产期，虽然布什大腹便便，却很懂感恩，看到我就跑前跑后地亲昵，我总忍不住要丢些好吃的或给予一些爱抚。布什很懂事，当即就会趴在面前眨着慈善的双眼紧盯着我的一举一动，没有一点点凶猛恶犬的形象。回想布什这两年来，还真没无故地狂吠过或咬过主人的任何朋友，也许因为它是母犬，或者是我严加驯导的缘故吧。

为接待好布什的子女早日诞生，我为布什准备好了产床，一条破被子、一条破毛毡，还买了多本有关饲养藏獒的书籍。当布什出现了临产前兆，趴在那儿一动不动，不吃不喝，时而还长长地叹口气时，我就做好了充分的思想准备，迎战一切可能出现的问题。我没有任何接生经验，只能听天由命，静静地守护它，一旦看它需要帮助时，我将毫不犹豫出手相助。时间在一分一秒过去，然而，布什却依然没有大的动静，近十个小时的时间就这样悄悄过去了。我有些熬不住了，双眼禁不住开始打架。但我仍不敢懈怠，咬牙强睁双眼。凌晨6时许，睡意蒙眬的我突然听到布什不安的躁动和犹如婴儿的吠声，我猛睁开眼看到一只身后拖着胎盘的小黑狗在布什的不断舔动下来回滚动，接着布什猛然将脐带咬断并一口将胎盘吃掉。然后，布什将小狗娃舔得干干净净，随后猛然站起来，表现出一副我从没见过的凶猛，张开大嘴，双脚踩着毛毡，瞬间将毛毡撕咬成碎片，用头顶着破碎毛毡盖住小狗娃。我目睹此景，连大气都不敢出，这是我第一次见到它的凶猛。为安慰它的情绪，我心有余悸地慢慢将手靠近布什，轻轻地抚摸着它的额头，暴躁不安的它才平静了许多，又躺在了地上。就这样在两个小时内，布什连着又生产出四只小狗娃。看得出布什十分疲惫，它躺在那儿一动不动。我担心布什将小狗娃压在身下，就小心翼翼地将小狗娃一一拿起放在一只铺满棉花的小纸箱内，哪知布什根本不领情，扭头将小狗娃又一一叼回身边。布什不容妥协的神态，让我再不敢有所动作，看着布什静静地躺在那儿，不知如何是好的我，赶忙小心翼翼地走出房间，长长地出了口气，心潮澎湃地念道：母爱之情，天下无敌啊。

片刻后，我再次转身走进房间，令我惊喜的是布什身边又多了一只小狗娃，而布什累得躺在那儿纹丝不动，任由小狗娃吱吱地叫着，没有任何反应。我心疼布什的痛苦劳累，却又爱莫能助，只能做到将小狗娃放在它的奶头旁。此刻，我认为布什完成了生产任务，也放心了许多，于是就让家人帮忙照看一下，自己回屋休息一刻。哪想一觉醒来大约过去了四个小时，当我匆匆忙忙又来到布什身边时，布什双眼猛然发亮，身肢一阵扭动，接着又生产出一只小狗娃。啊，布什在等待我呀！但布什再也没有力气将头扭过来把小狗娃叼到身边了，我鼓足勇气将小狗娃连胎盘一起拉到布什口边，这也是我生平第一次的经历，布什仿佛十分感谢地看了我两眼，慢慢将胎盘一口口吃下，并将小狗娃舔得干干净净，然后，头沉重得再次倒在一边，只是一条后腿困难地支着。我不忍心布什这么劳累，便将它的腿轻轻按下，可布什并不买账，当即将腿再次支起。这时我才发现布什的腿下还有一只小狗娃，可怜天下“父母”心啊！特别是初为母亲的布什。

最终，布什经过二十六个小时的努力，生产出七只小獒犬。我目睹了布什这二十六个小时痛苦、艰难的生产过程，从中体会了许多往日并不在意的主人与爱犬怎样互相依赖和信任，以及獒犬对主人的忠诚，双方在危难时相互的担当与责任，从而感受到了付出与收获的正比关系。我也更深地理解了母爱的无敌，也更加珍惜朋友忍痛割爱赠犬的情怀。能将所爱赠予他人，是多么高尚的情操呀。朋友是我学习的榜样。

痴情

我有一个朋友，姓陈，与我同岁，都是20世纪60年代出生的。刚开始认识他，脑海中只留下了他身材高高大大，人很文气，甚至有点过于腼腆的印象，之后几年再没联系。

去年，朋友以及朋友的朋友聚会时，他再次出现，才得知他已是一位有一定实力的企业家。在日后的接触中，我又逐步获知他更多的信息：在外打拼多年，历经商海沉浮，面对当今一时难以捉摸的经济前景，不想更多地冒进，近期才回家乡，为一位朋友投了一个千余万元的项目，又听从这位朋友的介绍，借给他人一千多万元。职业的敏感，让我隐约感到有些不安和不解：你的钱是大风刮来的，这么随便就给了别人？当今，人与人的信任危机，无处不在……职责的使命感让我毫无掩饰地提醒他：投资小心，特别是对不太熟悉的人，一定要小心。他却淡淡地说道："咱这朋友，我认为很哥们儿，给他的钱，我看着投进了工程当中，他的朋友我想也不会是坏人，真是赔了也没办法。"我听了有些惊愕，无言以对。这位生意人是钱太多任性，还是要面子要牌子？我一时读不懂他了。

此后的岁月里，偶有见面，他不喝酒不吸烟，没有激情的碰撞，和他也没更深的沟通了解，但能感到，他这个人很善良、很热心、很真诚。一次吃饭，我付了饭钱，他却坚持把钱退给我，并给吧台多交了几百元，为邻桌一朋友的朋友交了饭钱，还一再交代，一定吃好喝好，不让吧台找零。

有一次，在路边碰见了他的妻子，年轻漂亮，还很细心地为我们每人准备了一瓶水。我赞美了几句，他却随声应和，跟着夸赞，没有丝毫的虚伪应承和玩笑的随意。他妻子走后，他告诉我，妻对他特好，典型的贤妻良母，他只要有一点需求，妻就会全力满足，就是听到他的绯闻，也装成傻子不去探究。我说他，老弟你真有福气啊，弟妹年轻漂亮，又这样贤惠，你又事业有成，天下的美事让你占完了。我想他听了本应开怀大笑，没想到他不但没笑，反而有些郁郁寡欢，心事重重。正当我不得其解时，他又用十分信任的目光看着我，神色凝重地给我讲了一段他埋藏在内心深处的私情。

这任妻子并不是他的原配，他在二十三岁时曾有过一段婚姻，还育有两女。原配是一位很要强，也很优秀的女人，本是一个很美满的家庭，但就是说不清道不明的原因，两人经常吵架。水火不相容的婚姻怎能长久，于是他们分手了。正当我感到惋惜时，他却说，心里还有一位女人，一位连手都没碰过的女人。

此刻，我一头雾水。

20世纪70年代中期，他有一位同学叫珍。他喜欢珍的原因，简单得不能再简单了，只因有一个场面印进了他的脑海中，竟让他时过四十年还难以释怀。

在他十四岁那年，这位叫珍的同学，母亲因病去世，按照当地风俗，要有亲人站在高处呼唤亡去的亲人，企盼亲人能再返人间。在昏黑的傍晚，珍就站在自家的房上，双手摆动着母亲的上衣，声嘶力竭地哭喊着母亲，一声声、一遍遍，悲戚的声音传出很远很远："娘啊，你回来呀，我们全家离不了你呀，我的亲娘啊，你不能走呀……"这一幕恰恰被路过的他看到，一下震撼了他幼小的心灵。刹那间，日常在他心目中并没有多少位置的珍，此刻仿佛成为他心目中的一尊女神。从此，这一幕就像石头上刻下的碑文，印进了他的脑海。

从那以后，年少心强的他，找一切借口、理由，帮珍家干活、做事。该浇地了他去，该割麦了他去，该收玉米了，自家的活还没干，他又跑到了珍家。火热的情，滚烫的心，得到的却是珍父亲冰冷的回应：你家太穷，我不能让闺女到你家受罪。是啊，他家真是穷，兄弟姐妹五个，挤在三间破屋里，吃了上顿愁下顿。而珍的父亲是大队的民兵连长，也算是村上的班子成员。两家相比，真有些门不当户不对。倔强的他一冲动，毫无目标地跑到宁夏，立志要闯天下挣大钱。年仅十四岁的他，完全是一个心智不全的少年，对社会一无所知。到了银川，年幼无知的他就被黑包工头骗进了黑砖窑，即刻被限制了人身自由。这一干就是一年多，不让洗澡，也不让理发，头发长得比女人的披肩发还长，并且吃不饱穿不暖，分文没有，除了像机器人一样劳动别无选择。超强度的劳动让他吃尽了苦头，钱不但没挣到，自己也被折磨得骨瘦如柴，三分像人七分像鬼。他心里很明白再这样下去，只有死路一条。一心还念挂珍的他，绝不甘于就这样悄无声息地离开人世，他打定主意，就是被打死也要逃出去。

在一个大雨倾盆的傍晚，他趁着看守人员躲雨的一瞬间，撒腿就冲出了大门，一出门就拼命地跑。当确认无人追赶时也不敢停顿片刻，不管黑夜还是白天，有车他就扒车，无车他就步行，饿了沿路讨饭，渴了路边沟里的水趴下就喝一通。走了多少天他不知道，饿了多少次肚子他也说不清，挨了多少次打他更记不准，就这样他满脚打泡，不分昼夜地往家跑。当他到家后，已经没人认识他了，父母更是吓了一跳，还以为他已经不在人世了。娘儿几个抱在一起，痛哭了一场。

他到家后没有向父母诉说自己更多的苦难经历，而是连忙洗澡、理发，穿上干净衣服，打扮了一番。第二天，他顾不上吃早饭，就游荡在珍的家门前，希望能第一时间看上珍一眼。珍理解他的心思，也倾诉过一些心迹，但在那个年代，违父命就是大逆不道，珍没敢越雷池半步。而他当时的愿望，也就是看一眼珍，见上一面，最好能说上几句话，他就心满意足了。爹看儿子如此痴心，也深知这是一段没有结局的情缘，就有些动情地劝他说：“儿啊，死了这份心吧，咱家穷，配不上人家。”而他当时不但死不了这心思，还铁了心要娶珍。一定要挣大钱，娶媳妇，这也许是青年男儿最有激情的原始动力，他一心想做出样子让珍全家看看，他有资格娶珍。

他为了甩掉穷的帽子，四处打工，干过泥水匠，当过铁匠，捡过废品，烧过锅炉，倒过棉花，贩过鸡鸭……只要能挣钱的活儿，无论再苦再累他都干。在他十九岁时，一则他最不愿听到的消息传进了他的耳中，珍没等到他发家致富，就在父亲的命令下嫁到了邻村。那天，从不沾酒的他，找了一个酒馆，喝了一个酩酊大醉，撕心裂肺地痛哭了一夜。自己的心上人，痴恋了这么多年，连手都还没拉过，甚至一次长谈都还没有过，就因为他穷，如今成了别人的新娘，他恨自己无能啊！残酷的现实并没有让这位痴情汉幡然醒悟，他还在幻想着她离婚，他还要娶她。尽管珍已经成了别人的妻子，但他仍不死心。

每年村里有一次集会，他知道珍一定会回娘家。于是，他放下手头的工作赶回村里，换上新衣服等在村头，就为见珍一面，说上一句话：“你回来了？”“啊，回来了。”他就心满意足地兴奋几天，吃啥啥香，干啥都有一股劲儿。春心萌动的举止，尽管有些滑稽可笑，但他就是这么做的，至今都不后悔，并且成为他甜美的回忆。后来，珍有了两个孩子，每年春节初二回娘家，他也要走亲戚，可他却找着种种理由，早早回来，去找机会见珍，见了珍的孩子，就会每人给上五十元钱，这在当时农村，可是一个不小的数字。他还在幻想着：只要这时珍离婚，他还娶她。然而，无情的岁月在一年一年地流逝，而他痴心的愿望却始终没能成为现实。

当他二十三岁时，父母实在不忍心他再等下去，就强迫他娶了第一任妻。然而，他心里还装着珍。他也说不清这是什么情，两人是什么关系，珍能算是他的初恋吗？没有执手相看，也没有山盟海誓。他已经为人之夫，为人之父了，可还是放不下这份情愫。然而，他的事业却在蒸蒸日上，他以自己吃苦耐劳、坚韧不拔的闯劲，由当初为他人跑业务，到自己揽工程、办企业，由一次次失败到一次次成功，他脱贫了，他致富了。

在他三十三岁时，与他同龄的珍患了癌症，他得知这一消息后不敢相信这是真的，拔腿就跑到了医院。然而，珍却蒙着头，执意不看他，连一句话也没与他说。他伤感地走出了医院，止不住的眼泪倾泻而出，在无人处痛哭了一场。他弄不明白，珍已经到了这种地步，还在自己折磨着自己，为什么？为什么？后来他又要去看珍，被珍的家人拒绝了，直至珍走了，他也没能见珍最后一面。此刻，他似乎理解了珍，他知道这是珍的决定。珍是一个传统女人，已经为人之妻，已经是两个孩子的母亲了，绝不能再有非分之举了。这是一场没有开头，也没有结尾，单单纯纯、朦朦胧胧，又永生难忘的纯洁而美好的恋情。

此刻，他有些激动，感慨地说道："至今我对这段情还放不下，还常梦到珍，甚至呼唤着珍的名字从梦中醒来。时不时还有一个渴望，有一天去找到珍的坟头，去看一下，痛哭一场。"

岁月无情人有情。虽然时间过去了这么久远，相思的人也阴阳相隔了，可他心中就是舍不下这段情，抹不去这段回忆，始终忘不掉珍，自己也解释不清这是为什么。

我听到这里，心情久久不能平静。我发自内心地为这样一位痴心不改的男人所感动，我也在细细品味着他的人生之路，他不能忘记珍，是发自内心，是难得的一份真情。然而，如果当初没有珍父亲的压力，他能有今天——成为一个有着相当实力的企业老板吗？他为了心中的她，为了出人头地，发奋图强，吃尽人间酸辣苦甜，改变了一穷二白，改变了自我，改变了人生，从上无片瓦、下无一寸土地，到拥有数千万资产。如果没有当年的痴情追求，能有幸福的今天吗？

闭目遐思，纷繁复杂的世界看似没有头绪，其实因果关系无处不在，他的一段儿女情长不就说明了一个道理吗？无论做什么事，如果没有孜孜不倦的执着追求，便难以实现自己的梦想。他为一份真感情去发奋努力，到奋斗成一位富翁，这都是坚持不懈矢志不移的结果。

男子汉，执着地追求吧！明天，一定会更加美好！

付出超人的情和爱

临近卫辉市区有一个不大的村庄，村庄里有一个不起眼又很简陋的村卫生室。然而，就在这座小小的村卫生室里，经常传出一些令人惊叹的消息和故事。多年不育的妇女，三服药吃后就怀了孕；小儿腹泻不止，用少许的中草药，“花朵”就又天真烂漫地开放起来；解释不清的疑难杂症，几服中西药下去病魔就逃之夭夭。但谁又能想到这些被村民称为再生华佗的医生，竟是两位腿有残疾的瘸子，一位什么也听不到的聋子，一位长年卧床，生活全靠他人料理的瘫痪之人。这里就是省内外闻名的卫辉市城郊乡下园村卫生室。四位残疾人撑起的一所卫生室，他们为此付出了超人的心血和汗水。

卫生室负责人名叫张太山，今年三十九岁，中专学历，行医十八年之久。幼年时的一场大病，让他终身以床为伴，他虽然身不由己，常年卧床，却用高超的医术征服了病人身上的一个个病魔。目睹他忍着自己的病痛，一丝不苟为他人把脉问诊解除病痛的工作情景，让人不禁潸然泪下。他妻子也身有残疾，却是位“万能人”，既要照顾张太山的起居生活，又要料理年幼的孩子，关键时刻，还要瘸着腿走进药房充当司药，为病人拿药、打针。张医生多次动情地说：“如果没有妻子，不但没有我今天的卫生室，我本人也早向世人拜拜了。”

卫生室另一位司药名叫杨靠山，今年四十一岁，算是整个卫生室身板最好的人。全靠他，满屋跑前跑后，手脚不停拿药、打针、出诊等。然而，他却是个聋子。还有一位医生杨新民，今年二十三岁，虽然年轻，腿同样有残疾，走路不便，但他没有因此而懈怠工作，而是经常付出比别人多几倍的精力去为病人看病、打针、输液，甚至到患者家中看病，整天乐呵呵的无任何怨言。

就是他们这些身残志坚者克服种种困难，相互默契配合，在这不显山不露水的乡村卫生室里，创造了一个个救死扶伤的奇迹，为苦恼的不孕患者圆了难圆的梦，以超常的付出和过人的医术为人间洒下了自己特别的情和爱。

新乡市有一位中学教师，结婚九年了都没有当上妈妈，为此本人苦恼万分，还造成家庭不睦、夫妻关系紧张，曾四处求医无效，这时有人向他们推荐这里能医治不育症，他们基本没有抱太大希望地前来求医。张医生热情接待了他们，一边为病人品脉探病，一边为男女双方做思想工作，同时要他们配合药物治疗。过了不久，当女方刚吃完一个疗程的药物，奇迹就出现了，女方竟怀孕了。十个月之后，他们拥有了一个胖乎乎的女孩。

本村农民张祥云，七十多岁，今年春天突然血压骤降，脉搏微弱，从床上不能自主地掉了下来，清早7时许，当儿女们发现时老人已经奄奄一息。儿女们连忙将昏迷不醒的老人就近抬到卫生室，张医生看到已经病危的老人，急忙组织抢救。一小时之后，老人才渐渐苏醒过来，张医生见老人病情有了好转，连忙让其家人将老人转入了大医院，哪知老人到大医院后，被医生确诊为胃癌，四天后儿女们就让老人出院了，家人悲伤地开始准备后事。张医生得知情况后，就让人将病人从家中接到卫生室重新诊断，结果，张医生推翻了大医院的诊断，他坚定地告诉老人的儿女们：老人不是胃癌，是胃出血。八天后，在张太山的精心医治下，老人高高兴兴自己走出了卫生室的门。

这一件件奇迹般的成功病例，让这个小小的卫生室响名于百里之外，每天慕名求医者络绎不绝。他们平均每天都要接待七十多位病人，还要随时出诊，这么大的工作强度，对身强体壮的人来说，劳动量也是超负荷的。然而，张医生他们虽然腰在钻心地疼，腿在不听使唤地动，可心里却十分甜蜜，脸上常常挂着幸福的微笑。他们十分乐意用自己特有的生活态度和工作方式，去感染和激励每一个需要帮助的人，向社会播撒着他们无怨无悔、超常的情与爱。

辑六

战友情深

战友苏文革

我不敢相信自己的耳朵，血涌向大脑，声音有些变调地对着手机喊道：“你再讲一遍。”“文革肝部发现了一个3.8cm × 5.2cm的肿瘤，根据我的经验判断应是肝癌……”这是一位医生朋友，在对苏文革做完检查后，悄悄打给我的电话。

这怎么可能呢？他才四十四岁，身强体壮，正是精力旺盛、经验丰富、干事创业的年华，怎会与这种病有染呢？我不相信这可怕的结论。我就自作主张，没有将这一消息告诉任何人。为推翻这一结论，我悄悄与郑大二附院的表妹联系，让其安排有关检查事宜。为不引起苏文革的怀疑，我巧设“圈套”，让苏文革陪我一同前往郑州检查身体，并让他也在医院做了进一步检查，然而，检查结果还是让我沮丧地相信了这一冷酷的现实。我不得不将这一令人心寒的消息告诉局领导和他的妻子。局长戚绍斌、政委李勇得知这一消息后，当即表示：苏文革是我局优秀的中层领导，要不惜一切代价，全力以赴治疗。

“苏文革有病了。”这一消息很快在我们战友、同事之间传开，闻知者无不惊讶和叹惜。朋友来了，战友来了，上级主管领导也匆匆赶来……短短几天内，数不清的登门拜访和电话问询。苏文革不是什么领导，也没有显赫的家族背景，他只是一位从乡村走出来，普普通通的在公安战线摸爬滚打近三十年的公安民警，人送绰号：卫辉市公安局“第一倔”。他的职务是卫辉市公安局国保大队长。

我和苏文革是战友，也算上下级关系。五年前，我分管国保大队。在五年的相处中，有磨合，有碰撞，而更多的则是相互信任。在风风雨雨的岁月里，我们同心同德，并肩工作，面对繁杂无序的国保工作，克服了一个又一个困难，在工作中互相认知了自我，也结下了兄弟般的情谊。我对他也有了质的认识，认识了他棱角分明的个性，认识了他敬业好学的品质，更认识了他的倔劲儿，他一丝不苟的韧劲儿——认准了就会勇往直前，绝不妥协。

他干过通信员、治安民警、刑警队员，任过刑警队长、治安科长、派出所所长、国保大队长，荣誉始终伴随着他的足迹，立过功、授过奖，被评为优秀党员、先进工作者、优秀人民警察，每一项荣誉背后都有一段可歌可泣的故事。然而，苏文革从没有张扬过，从来都是以一种务实的态度处理每一件工作。当他得知自己的病情时，令所有人意外的是，他竟那样坦然，似乎有种意料之中的先知，没有丝毫的恐惧。对此，他的妻子李洋说：文革当治安科长时，由于无规律的生活，他患上了肝炎，但为了工作他没有休息一天，更没有因此去住过医院，就是这次检查，也是自己千催万逼才去的医院，哪知病情却发展到如此地步，今后我们娘儿几人的日子该咋过呀，孩子还小呀。说到这里李洋已泣不成声……

苏文革的病情牵动着无数人的心，国保大队的内勤李琴，在苏文革住院期间，一趟趟跑到医院看望，多次煲上可口的鸡汤、排骨汤送到医院。她说：“苏队长这个人是刀子嘴豆腐心，说话难听得冲死人，但对人却是真情实意，没有坏心眼儿。有一次，我写材料想应付过关，他看了以后，一把将材料撕个粉碎。事后，却连表歉意。我知道这是为我好呀，我写作水平的提高就得益于他。”

还有一位农民得知苏文革有病后，就四处寻方问药，当他听说癞蛤蟆能治这种病时，就召集亲戚朋友在村里村外连续五天五夜寻找了几只癞蛤蟆，马不停蹄地送到文革家里。这是苏文革二十年前在上乐村派出所当民警时交下的朋友。当时，这位农民是远近有名的调皮鬼，大错不犯小错不断，文革不但不歧视他，还给了他很多关爱，后来两人成为朋友。现在，这位农民已成为卫辉市乡村第一家中外合资企业的老板，他深有感触地说：“苏文革是一个心眼很细的人，说话办事实打实。如果没有遇到苏文革，也就没有我的今天。”

性格开朗的女儿得知文革的病情后，脸上失去了笑容，常常在自己房间里悄悄抹泪，当妈妈安慰她时，她懂事地说：妈妈你照顾好爸爸，我一定为爸爸争气，明年争取考上中国一流的大学，让爸爸妈妈放心。

平时爱说爱笑的妻子李洋，在苏文革患病短短的三个月里瘦了十余斤。提起苏文革的病情，她就泪流满面。她常说：文革命苦呀，早早参加了工作，因为父母和两个兄长早早病故，他二十岁就肩负起三家人的重担，他侄子、侄女都是跟他长大的。但他从不怨天尤人，不叫苦叫累，从不言败。我与苏文革生活近二十年来，遇到什么困难我都没有见他掉过一滴泪。唯有在他第一次介入化疗后，有一天他站在窗前，凝望着路上川流不息的人群，他哭了，我认为他是让病情压心了，就安慰他，他却告诉我，“过去工作繁忙，根本没有时间去思考人生哲理，这次生病后，让我感受最深的是，茫茫人海中有这么多爱我、帮我的朋友，这是无价的兄弟情、战友情啊。我只有尽快治疗，早日恢复工作来报答领导的关怀，朋友、亲人的关怀，去珍惜平时不注意、此刻才深深体会到的亲人般的情怀和友谊”。

日前，苏文革在上海动了肿瘤切除手术，局党委派我前去看望慰问。病床上的苏文革全身插满了管子，当他看到我后，紧紧握着我的手说：感谢领导的关怀，我要力争早日上班，来报答……我听着苏文革底气不足、断断续续的话语，心如刀绞般难受，但我强忍着难过，紧紧咬着嘴唇，泪水在眼圈中打转地安慰他：文革兄，你此刻重病在身，一定要静心养病，不要再考虑工作和他人对你的好，你是一位优秀的共产党员，是我敬佩的好兄长。苏文革，我的好朋友，好战友，愿你身体早日康复，你才对得起所有关爱你的人，这才是我们最大的心愿……

志广，你听

2015 年 4 月 2 日与 2017 年 8 月 25 日，时间相隔两年有余，两个普通的日子，不知是否因为你，出现让人不可思议的场景。无论是当年安徽合肥，还是当今河南卫辉，本来正值烈日炎炎的天气，突然，雷电交加，暴雨倾盆。

2015 年 4 月 2 日清晨，一声炸雷，你在安徽合肥与死神抗争七天后，带着许多不舍，乘着雷电风雨无言而去。2017 年 8 月 25 日，天刚微亮，河南卫辉开始由小雨逐渐到大雨不停。这一天，河南省公安厅、新乡市公安局以及卫辉市四大班子的领导，人大代表、政协委员，以及卫辉市公安局全体公安民警，都神色凝重，在卫辉市人民政府礼堂召开了卫辉公安史上第一个英模表彰会——追授刘志广同志为全国公安系统二级英模命名表彰大会。

是不是感动了天地，这两天为什么都是倾盆大雨？尤其是表彰会期间，大雨敲打房顶的响声，甚至淹没了话筒里领导赞美你的声音，冥冥之中，仿佛听到一个男人悲壮的哭诉声。突然，我明白了，这是志广你对人生的无限眷恋和对亲人、对朋友、对战友一往情深的不舍，是你不忍离别的号啕，是你一泻千里的泪水化作雨水，倾盆而下……

志广，你去了，尽管你不舍，你还是超凡脱俗了，清净脱离了这个繁杂世界。你可知道，自你离别后，亲人们、朋友们、战友们以及许许多多熟悉你的人，那肝肠寸断的悲痛情景吗？过去两年了，还有无数人念念不忘对你的亲情，深深惋惜你的英年早逝。

你去了，你母亲闻讯后，只说了一句“天塌了!”就瘫坐在地上。七十多岁的母亲怎能经受住这突如其来的噩耗呀！短短两年时间，她先后六次住院，整日以泪洗面，到了节假日足不出户。所有亲人看在眼里，疼在心上，都理解她，每逢佳节倍思亲啊。母亲平时虽很坚强，但她人生经历的不幸——中年丧夫，晚年丧子，心灵的创伤和精神的磨难，哪个常人能经受住这连续致命的打击啊！每当无人时，老人家就会自言自语哭诉：孩儿啊，你说走就走了，连个招呼都不打，我提醒你注意身体，早点去治病，你总是一句话，工作忙。根本没听娘的话。这可好，你转眼没了，你清净了，但害苦老娘了呀！我的晚年谁陪伴呢？老人家毫无掩饰的倾诉，让人听了无不动容。当她得知你将被追授二级英模称号时，她说梦到了你，你拿一个大奖杯回家了，还告诉老娘说，你想吃水饺。老人家执意包上一碗你最爱吃的饺子，要亲自送到你的坟头。志广啊，这就是生你养你、疼你爱你，能够为你奉献一切的老娘呀！

你岳母从你走之后，就很少走出家门，她不愿见人，不愿听到你一点信息，只要听到她就会瞬间泪流满面。为此，还要躲着女儿。由此落下了胸疼毛病，不吃药连饭都难以下咽。其实，母女俩心是相通的，女儿安慰母亲说：志广已经对你尽孝了，你不能老惦记着他，还要考虑自己的身体，你已经七十岁的人了，如今精心照料着他的一双儿女，这就对得起他了。如果他在天有灵，一定会趴下给您老人家磕头感谢！母亲听了总是苦笑着说：我心里没难受，只要你们一个个平平安安，我累死累活也心满意足。志广，你听你岳母的话外音，她多么放不下你呀！你的离去，对她的打击多大啊！当她听到你获得二级英模称号时，险些出了意外。当时，她正做着饭，却走了神，锅中油都快烧干也浑然不知，直至你的妻子冲进来急忙关掉气阀，母亲竟还没回过神来，整个人站在那里不知所措。

你的离别，对你妻子的冲击波不亚于一颗原子弹爆炸，她绝望、迷茫、困惑、无所适从。志广，你在时，拼命工作的同时，在家孝敬老人呵护家人，你的妻基本没操过家里、亲人们的心，有什么事就给你打一个电话，你总是任劳任怨，不折不扣将事情办得妥妥帖帖。可你的突然离去，让她始料不及，尽管她在医院陪伴了你整整七天，倾其全力救治你，最后亲手为你净面洗身，送你干干净净走完最后一程。精神上的痛击，使她近一年都处在一种精神萎靡、麻木恍惚状态，夜夜以泪洗面，不敢面对现实，又逃避不了这残酷现实。以往她无忧无虑，现在，油盐酱醋都要她操心安排；以往她一句话就能办成的事，现在需要她亲自去办；以往一双儿女她不用操太多心，现在都要她亲自去教育辅导；以往双方老人都是你一手照料，现在都需要她去安慰孝敬。志广，你过去像一座大山，任她依靠，为她遮风避雨，而今她却像一叶小舟在风浪中艰难前行，甚至随时面临着被波涛颠覆。她抑郁了，夜不能寐，胡思乱想，亲人们为她捏了一把汗，怕她生出意外。然而，她最痛苦不堪的是，年幼的女儿向她要爸爸。每当无人时，她都会撕心裂肺大哭一场。

志广，你的森儿，因身体原因，你感觉亏欠他，为他付出最多。森儿从小性格懦弱，不爱与人争锋，心理相对封闭。在你离去后，他没有像常人一样痛哭，而是独处一隅，低头不语。看到痛苦不堪的母亲，他不时安慰几句，主动照料妹妹，给妈妈减少麻烦，仿佛一夜之间长大了。意料之外的是，从没出过远门的他，坚持去了异国他乡历练自己。两年后他真像换了一个人，生活能熟练自理，谈吐条理清晰，面对陌生人不再害羞躲避，俨然一副男子汉的派头。回忆当初，他说："我决定出去，也是一种逃避心理，没有了爸爸，我认为自己一切都完了，不敢见人，不敢面对周围一切。为了不让妈妈生气，我常常在夜里哭着睡去。悲伤让我学习成绩急剧下降。当时我理科最好，我爸走了以后，尽管我学习更加努力，成绩却一下降了二三十名。我痛苦万分，精神到了崩溃的边缘，我恨自己无能，更怕别人看不起自己。因此，我决定封闭自己，自我锻炼强大。经过两年的历练，我学会了自己照顾自己，也懂得了付出和奉献，更深深体会到父爱的伟大。”你的英模会后，儿子深情地说道：“爸爸，我为你骄傲。今天听到你的模范事迹时我很激动，更为你自豪。你的感人事迹，比我想象的还好，我没想到你有七个三等功、一个二等功，在家里你从没提过你的英雄故事啊。我敬佩，我也希望自己能成为一名人民警察，并且我要干得比你更好！”刚过十八岁的森儿，真长大了。

你的女儿汐汐，你走时她刚两岁，到现在她还不知道你已经永远离她而去。全家人为了不在她幼小心灵上留下阴影，都在刻意隐瞒这一悲伤事实。大家认为只有两岁的她，对你不该有多深的记忆和依赖，随着时间渐渐流逝，她就会淡淡忘记。哪知，她至今没有忘记你，她不但不时提起你，还经常在家人面前，在学校老师、同学面前，自豪地炫耀说：“我爸爸是警察，是抓坏蛋的警察。”她还常常歪着小脑袋天真地向家人询问你的情况，并且越问越深，让家人越来越不好应对。

你走后不久，汐汐似乎觉察几天不见你了，拉着妈妈的手第一次问起你，爸爸呢？妻告诉她：爸爸出差了。她高兴得连蹦带跳说道：爸爸出差一定给我买很多好吃的。过了一段时间，汐汐学跳舞回来，兴奋地拉着妈妈的手说：我今天学了好多好看的舞蹈，等爸爸出差回来我要跳给爸爸看。说罢照着镜子认真练习起来。此情此景，妻心酸得无以言表，情不自禁地泪流满面。纯真的女儿哪会知道，爸爸已经永远看不到她优美的舞姿了。又过了一段时间，汐汐开始关注敲门声，只要听到敲门声，她就第一时间欢天喜地跑过去开门，有几次都是兴奋地喊道：爸爸回来了！然而，总是一次次失望，一次次沮丧地噘着小嘴走回客厅坐在沙发上，呆愣着一动不动。有时，大滴大滴的泪水顺脸而下。还有一次，你妻子在厨房做饭，突然听到汐汐在客厅里与谁说话，妻停下手中活儿静听。原来，汐汐对着沙发旁的座机话筒在说话：爸爸，你啥时回来呀？汐汐快想死你啦！人家爸爸就不出差，你为啥老出差呀！你再不回来，就不要回来了，汐汐生你气了。妻听后，心被刺疼，不可自控地趴在菜板上失声痛哭起来……

天真无邪的汐汐一天天长大，她逐渐有了自己的思想。一次她又问妈妈：爸爸出差太久了吧？他去哪儿了？是不是去美国了？她认为美国很远很远，因此，爸爸才会长久不回来。又问：哥哥怎么不去美国？妻回答说：哥哥英语不好。汐汐很认真地说：我好好学习英语，我学会英语就去美国找爸爸，让他早点回家，我们家不能没有爸爸呀！你不会料到，小汐汐说到做到，不到五岁就学起英语。由此可见，小小年纪的汐汐，思念爸爸心情是多么强烈啊！她哪里知道，今生她怎么努力，怎么设计自己的人生之路，也都见不到日思夜想的爸爸了。可爱的小汐汐，让大人怎么面对你对爸爸的挚爱呀！不敢设想，如果告诉她昼思夜想的爸爸将永远见不到了，又该是怎样的场景啊！

志广，你还不知，马义中副市长当初对你并不了解，但了解了你的事迹之后，对你由衷钦佩，参加了你的追悼会，看望慰问了你的家属，关照着你身后的一切。从英模称号申报，到审批过程中的流程，每个环节都安排专人关注，并亲自到公安部，向部领导专题汇报你的事迹。英模称号批下来之后，他又开始精心安排如何召开你的表彰会。逢年过节，马副市长都要安排专人看望你的亲人。马副市长之所以对你如此厚爱，就是看重你的人品、你的奉献付出和工作成绩的卓著。还有许许多多领导、朋友、战友惦记着你，你的在天之灵也该欣慰了，你的人生永远闪光。

志广，人的生命价值不在于时间长短，而在于他活着的时候所体现的价值的大小，在于自我完善的程度。你对生命有了最好的诠释。你的人生虽然只有短暂的四十一年，却是长久辉煌的，因为你永远活在了我们心中。

硬汉闫标

说闫标硬汉，并不是他长得高大魁梧，肌腱发达。看其高挑瘦弱的身板，白白净净的一脸书生气，你绝对不会想到他的职业是一名警察，并且是一名十八般武艺样样精通，每年全省比武他都要进入竞赛前列的特警。说其硬汉主要在于，在他普普通通的外表下，有着超人的刚强意志，他面对死神时能心静如水。

他的家乡在千里之外的安徽省阜阳市太和县的一座村庄，因为崇尚警察，他才背井离乡落脚新乡。出生于1982年10月的闫标，从记事起，脑海中留痕的就是：家乡穷，特别是自己的家，穷得整年都吃不了一顿白米白面。四个姐姐一个哥哥，没一个上过高中，其中两个姐姐还流落他乡谋生。他在家是老小，全家人都宠他，特别是父母更视其为掌上明珠。但他从未骄狂过，并且懂事好学，办什么事都是心中有数，不露声色，大小事都是丁是丁、卯是卯的。看着父母为了这个家庭整日劳累不停的身影，他在刚懂事时就立志将来一定要出人头地，当警察就是他的人生梦想。因为他曾看到过警察抓小偷，很受人民群众欢迎，并视警察为保护神。

外表柔弱，内心像火一样的闫标，从小的立志让他早早就崭露头角，他是全村第一个考上县重点中学的人。三年后，他再次轰动全村，又成为全村第一个考上大学的人，并且如愿以偿考上了安徽大学公安学院，全村人都为他高兴。

然而，一万多元的学费，又让他忐忑不安，他知道举全家之力，也凑不齐这个数字，因为全家不吃不喝年收入才四千多元。父亲虽然脸色凝重，但还是坚定地对他说：再难，我们也要让你上学。身为老大，且很要面子的父亲生平第一次求人借钱。父亲拉着他，这家三千、那家两千……对谁张口，都没被拒绝，并且告诉他们所借的钱三两年还不了，他们借了多家。父亲脸上那种不正常的笑容，深深刻在闫标的脑海里，让他心中五味杂陈，难以言表。此景、此情、此爱不是用金钱所能衡量的啊！

闫标终于踏进了校门，他暗暗立誓要对得起有恩于他的人。进入高校，又是一个全新的世界，由于各人家庭成长背景的不同，对待学习、生活的态度也因此千差万别。有上课漫不经心者，有下课任意玩耍者，可他除专心致志学习以外，还和一位武术教练成为好朋友，在校三年学武三年。别人在伙食上想吃什么要什么，或者挑肥拣瘦，而他定的生活标准则是早、晚各一元，中午两元。如此低的伙食标准，远远满足不了他生长发育的需求，常常饿得头昏眼花，临睡前，往往以自欺欺人的办法，一碗水撑起肚皮了事。假期回家，父母看到他说：又瘦了。他则说正是长个子的时候。他深知他所花的每一分钱都是父母借的钱，他舍不得呀！

2004 年 7 月，他以优异成绩，先后拿了三个嘉奖、两次奖学金走出了校门。然而，就在这一年，他面对的是高校毕业生停止分配工作，要工作就要考试。闫标并不惧怕，他在当年就参加了当地的招警考试，并取得了第三名的佳绩，他很兴奋，立即将这一喜讯告诉了家人。一路顺风顺水走来的他，仿佛有了进入公安队伍的感觉，自己做梦都穿上了警服。亲人们闻讯后无不为他高兴。然而，当一项项招录程序走下来时，他却名落孙山。他不敢相信眼前的现实，他又弄不明白这一切的一切，高分数、靠前的名次，一切通过……怎么会是这个结局？他沮丧到了极点。他无法面对对他充满期望的亲人啊！他一人闷在出租屋内整整两个月，与外界断绝了一切信息往来。

单纯、幼稚，性格内向但刚毅的他，品尝了人生中第一杯苦酒。两个月后，他见到了父母，才知道母亲为他的短暂“失踪”，念挂得生了一场大病。此刻，他又指责自己太自私了。父亲则拉着他的手说：“儿啊，爹知道你的孝心，爹娘不求你荣华富贵，只求你平平安安，外面不好混，你就回家待着，我们不要工作了。”此刻，他闷在心中多日的怨气和自责，一下爆发了，抱着父母撕心裂肺地大哭了一场。山高有顶，海阔有岸，父爱、母爱却是没有尽头的啊！无论何时何地，都有父母温暖的胸怀无私地向子女敞开。

闫标开始了打工生涯，先是站在街头为公司发宣传品，后为公司当业务员，但从同事到老板都没有发现他的一个秘密，就是夜深人静时偷偷上网，不为别的，就是搜寻何地招警察，他心有不甘。除了招警信息，其他招聘信息他不屑一顾，这是他的心结。警察梦是他的人生追求，他坚信自己的能力。终于有一天，他看到一个信息，千里之外的河南要招警察了。这次，他没让任何人知晓，他再不想让亲人跟着担惊受怕。自己找个借口，到河南新乡报了名。返回公司后，白天没有任何不同，东奔西走跑业务，夜晚则一头钻进书海，一切准备工作都是在不为人知的情况下悄悄进行。他终生都记得那一刻，2006 年 6 月，他再一次充满信心地踏进招警的考场，在新乡面对全国招收一百三十名警察而报考者数万名的情况下，他考了第十三名。但他没有将这一消息告诉任何人，直至最后确定他被录取了，他才将这一喜讯告诉了父母等亲人，他的入警梦终于在千里之外的新乡实现了。

当一个人爱上了一份职业，他就会动用自己的一切能量去工作。闫标进了警营，他拼命地参加各项业务培训和体能训练。有人抱怨特警工作太单调、清贫、太苦太累，又危险。而他又转调到训练最累的突击队，这是他发自内心的选择。有一次训练，他膝盖受伤，路都走不成，他就侧身慢慢退着下楼，坚持训练。出类拔萃的技能、体能，让他年年参加到全省的比武训练队伍之中。同志们常常竖着大拇指，夸赞闫标是位全能的特警队员。

天有不测风云，谁能想到体壮如牛的闫标，在年复一年的训练中，竟出现了时不时地昏眩，他自认为是累了，休息一下也就好了，并没有放在心上。2011 年 6 月 5 日，这是一个改变他人生走向的一天。整日以队为家的他，晚饭后与同事在办公室聊天，不知何故，他一头栽到了地上，失去了知觉，在同事的大声疾呼和救护下，过了好长时间，他才慢慢苏醒过来，对于先前发生的一切，他一点也不知道。他叮嘱知情的同事，对此事不要声张，免得支队领导、同志们费神操心。第二天，他悄悄到医院做了一个检查，结果出来后，医生看他一人，问他还有人陪伴吗？他说没有。他似乎感到了气氛不对，却十分淡定地对医生说道："有什么情况直接给我说吧，我是外地人。"医生犹豫了一下，以很平和的口气告诉他，他要进一步检查一下，脑部像是有个肿瘤。他听了没有丝毫惊讶，问医生：哪儿还能复查？医生说：到郑州好一些。第二天，他请了个假，就要去郑州，在知情同事的一再坚持下，才得以与他同行。郑州、新乡检查的结果是一致的，并且需要马上手术。孤身一人在外的他，没有丝毫的紧张和不安，用他的话说：谁不生个病啊？年龄再大，谁能不死呀！而他此刻想到的是自己的生死无所谓，但此消息不能让父母知道，父母为自己付出得太多了，自己的事自己想办法解决。就在此时，他的哥哥刚好出差到郑州，要来新乡看他，他不得不将情况告诉了哥哥，并再三要求哥哥不能对任何人声张。哥哥深知其利害，顿时六神无主，紧张得找处没人的地方止不住地大哭起来。他思前想后，还是忍不住将这一消息告诉了姐妹，唯一听从闫标的就是没有将这一消息告诉父母。直至今日，父母都不知闫标做过生死一瞬间的颅脑大手术。

一周后，闫标动了手术，手术进行了四个小时，非常成功。当闫标从手术室出来时，看到哥哥和姐姐们一双双红通通的眼睛，他深深明白亲人们对他的牵挂，他声音微弱地说了一句：不要告诉父母，我会报答你们的。他的手术费用全是哥哥、姐姐们出的。

手术后十一天，他就坚持出院了。医院费用太高，他不想多花一分来之不易的钱。支队领导和同志们知道后，深受感动，自发地纷纷为他捐款，支队政委又专门在北京给他联系一家医院，让他进京化疗。在姐姐、哥哥们的劝说下，他们进京了。他对哥哥要求，这期间的费用都要一笔笔记清，哪怕一毛一分。哥哥姐姐们明白他的心思，一再宽慰他说：现在生活好多了，不要有压力。到北京后，他们没住医院，而是找了一处窄小的出租屋，闫标化疗完就回出租屋躺在唯一的床上休息，哥哥姐姐们都睡在床下的凉地上。他不忍心，却又无奈，还没有来得及报答他们，现在又连累了他们，心里倍感内疚。

三个月后，他就坚持要上班，他是想早日让亲人们放心。他的身体康复了，他更想要感谢组织、领导同志们的关爱，以工作业绩回报每一个曾经给过他爱的人。外表看似正常人的他，又有谁真正了解他的病情呢？一休息不好，他就头疼，常常一紧张就会出现暂时的昏眩，大脑一片空白，声音大了也会刺激他大脑眩晕。但他没有与任何人透露过，仍坚持每天第一个走进办公室；中午同寝室人的呼噜声，让他休息不成，他就坐到办公室，宁可自己忍受痛苦，也不影响他人休息。病后上班以来，他没有请过一天病假，就是在上下班的路上摔断胳膊、手臂，他也仍坚持上班，领导让他在家休息，但他“我行我素”，仍坚持上班。单位备勤不让他来，他坚持像正常人一样备勤。他没有向组织和同志们提出过一次特殊的要求，总是默默工作，并且常常悄悄帮助别人做许多工作。有时，同志们为让他开心，就约他吃饭，可多次他都早早将账结了。每当有人劝他多休息时，他就会淡淡一笑：我欠同志们的太多了，一线工作干不了，后勤保障工作再做不好，就愧对同志们对我的关爱！

他的直接领导评价他说：如果不是闫标生病，他将是一名特别优秀的特警队员。他虽不能在一线展露身手，但他在后方仍是一位对工作严谨、认真负责的优秀特警。他挚爱工作的高尚品质，刚毅坚强的性格，无私奉献的精神，决定了他对待工作、对待人生的态度。

闫标内敛刚毅的性格，善良博大的内心世界，赢得了支队上下每一位同志的尊敬，也迎来了他美满的婚姻。在他病前，曾有人给他介绍了一位在法院工作的政法同行，短暂的接触之后，因突然的病情，他放弃了一切奢望，特别是对婚姻的憧憬。自己将来如何，还不得而知，再有任何企求，只能给别人带来痛苦。三个多月的化疗期间，医生不让他动用手机，他服从命令。三个月后，他打开了手机，就看到了这位心地善良的美女的询问：怎么消失了？闫标思前想后：应声吧，不敢想将来；沉默吧，又对不起别人，也不想让对方对自己有误会，就简单地将自己的病情向女孩说了一下。女孩得到了他的信息之后，就马上和他联系沟通，闫标十分感动，一再讲明自己的病情，总怕伤害了她。女孩的父母得知情况后也担心独生女儿的选择，但她对父母这样说道：这也许是我的命，我相信他一切都会好的。因为他很无私，总想着别人，总考虑着报答付出，他是一个面对困难从不退缩的人，正是我心目中真正的男子汉，我认为好人一定会有好报。父母被说服了。如今他们的孩子已经三岁了。

闫标面对他的贤妻，常常无言以对，除了微笑就是微笑。当别人关注他的病情时，他则淡淡地说道：死亡不可怕，可怕的是你怎么面对。人活在世上就要努力、进取、奉献。珍惜每一天，过好每一天。遇到困局，不要回避，更不要恐惧，精神是支撑一切的唯一。人往往都是被吓死的，天无绝人之路，就看自己的心态。

好一个闫标，三十三岁，年纪轻轻就对人生有如此深刻的认识。愿更多遇到挫折的人有此情怀，直面人生，静心看世界。好人必有好报，好人一定会平平安安！

解读史科长

我到特警支队工作后，经常听到一个与警队编制不相称的称呼——史科长。一些已经离开特警支队到其他警种工作的同志，也常常将史科长这个称呼挂在口头，这引起了我的留意。史科长名叫史治华，特警支队勤务保障大队教导员，“史科长”则是警改前任职人教科副科长的称号，警改已经两年有余，她也由副科级职务升迁为正科级了，为什么人们还喜欢称她“史科长”？随着时间的推移，我慢慢理解了同志们对她称呼不改的背后，还包含着一种敬重的情愫。

初次见史治华，不会给人留下太深的印象。她年近知天命，中等身高，齐耳短发，上班就是一身普普通通的警服，说话轻声慢语，举止言谈中常显露着一丝疲倦之态。我调任特警支队上班第一天，开完交接见面会之后，她就手拿一本全体民警的花名册，来到我面前，轻轻说道：“支队长，你先了解一下我们队伍的基本情况吧，这是同志们的个人简历，有什么事喊我。”没有更多的表达，说罢悄悄地离去。这是我与史治华的第一次接触见面，让我感觉到她的心很细。

特警支队是一支充满生机，以 80 后、90 后年轻人为主的队伍。为了营造浓厚的工作氛围，激发大家爱岗敬业的工作热情，支队党委开展了一次全体同志参与的“比工作、比学习、比纪律，爱支队、爱特警，争当优秀特警”演讲比赛活动。在十名参赛队员中，没想到就有两三名同志，在爱岗敬业演讲中所提到的学习榜样都是史治华。我印象中，还记得一位同志说道：我们都乐于和史科长一起工作，与她在一起感到十分的踏实，她没有领导派头，和我们一起工作、学习，更像一位师长或者母亲一样对我们关爱、照顾。我们加班时，她陪着我们一起加班，当我们饥肠辘辘的时候，不承想早过了吃饭的时间，她则自己掏钱，为我们买来热气腾腾的饭菜；当我们遇到困难的时候，她耐心地为我们分析解说，及时排忧解难，像母亲一样对我们百般呵护。人的本质往往就是在点点滴滴的小事中显现出来，我想史治华也是如此吧！

我喜欢在单位居住，一是可以干点白天没干完的活；二是家离单位过远，可免去每天的奔波之苦。每天清晨，她经常是第一批在我视野中出现的上班一员，下午也往往是较晚的在我视线中消失的下班同志之一。平平常常的普通，普普通通的平常，没有多余的语言表达，看到她的都是忙忙碌碌、有条不紊处理着日常工作的身影。对此，我不免有些疑虑，已步入中年的她，上有老，下有小，这样忘我地投入工作，是否会对家庭产生影响？爱人、孩子、父母她是怎样照顾的呢？做女同志不易，女同志既要照顾好家庭，又要干好工作，其付出常常是男同志的数倍。然而，我从没听其谈论过一丝半句的辛苦和抱怨。为此，我在与同志们的沟通交流中，有意了解了她的工作之余及家庭状况。

她的爱人在一家金融部门担任领导职务，孩子正在上大学，母亲因病已经去世，其父亲也是公安战线的老领导，现退休在家，已年近八旬，多病在身。与父亲一起生活的还有一位智力有障碍的姐姐，生活尚不能完全自理，同时，姐姐还有一个正在上学的儿子，也由她照顾资助，压在她肩头的家庭负担并不轻松。让我惊讶的还有，她的居住地距离支队驻地，远达十余公里，横穿整个新乡市区，由最南端到最北端的郊区。并且，她每天都是骑自行车上下班，她每天需要比别人提前两个小时动身，才能确保上班不迟到。我梳理自己两年余的记忆，在每天雷打不动的早点名中，她没有迟到过一回，也没有听到过她请一次私假。这让我感叹，更令我感动。在一次过节之际，我与支队一班人去慰问看望了她的父亲。她父亲近乎耳聋，必须大声说话才能听到，身体相当瘦弱。她父亲看到我们一行，有些激动，连连道谢，并说要多批评治华，要严格要求她，让我们体会到老人的家教和思想境界。在与老人的谈话中，我们获知，治华每天下班后都要来家照顾老父亲，为老人打理家务，做一些可口的饭菜，照顾智障的姐姐。老父亲说，治华是个好闺女，他怨恨自己让治华受累添了辛苦。说着满脸沧桑的老人流下了眼泪，姐姐则在旁边吐字不清地哽咽着说道：妹妹好，妹妹太好了。我们听了不由得鼻子发酸，潸然泪下。

临近春节了，为了让我们的家属更直观地了解我们特警工作情况及同志们在特警支队的生活状况，支队党委决定筹办一次亲人进警营活动，来进一步融洽亲人关系，赢得亲人们的更大支持，同时，增强同志们的工作热情和归属感。此项工作交由警务保障大队筹办，治华又唱起了主角。此刻，时间短，科目多，但她没有推托，更没提任何条件和抱怨，当即就进入工作状态，从礼宾哨站位到人员接待、装备参观、表演节目编排、场地选择等，她都一丝不苟，定人定位，逐项安排。为了烘托节日氛围，让亲人们高兴而来，欢心而去，她又悄悄将同样工作繁忙，有着书法功底的爱人喊到支队帮忙，与支队同志一起，连续加班加点，写出三百余副春联，活动结束后，赠送给每一位到场的家属。这一副副精美的对联，不但代表着特警支队党委的一片心意，也沉浸着治华及家人幕后的无私付出与奉献。

在近期的教育实践活动中，曾有人给她提意见：爱揽活，管得太细、太具体，快五十岁的人了，还在没日没夜地干，该歇歇脚了。她听了无语一笑。她在为谁而干？她在为谁揽活？她在为着特警支队的整体工作而劳作，全体特警队员不都应该如此吗？她管得确实很细，她经常会提醒我本月的工作绩效进度，我们应该完成哪些了；绩效在全省的位次是什么；近期我们的哪些案件又要办理了；哪个民警生病需要支队领导看望；谁家又发生什么事，支队领导该慰问帮助了；黑板报评比的结果是什么；等等。每当有会议通知，我都会接到她的电话，提醒我离会议时间还有多少分钟，不要迟到了，特别是午后的提醒，我知道她为此又没有休息。这一切都是她必须办的吗？我也见到过她因工作失误而自责流泪的一幕。有一次，在上午临近下班时，省厅突然发了个会议通知：下午 3 点，召开电视电话会。她当时忙于其他公务，没有上网，而几个办公室人员也疏忽了中午看网，结果当她看到通知时，已经快 3 点了，就是与会者坐飞机也赶不到会议现场了。她皱着眉头走进我的办公室，还没有说话，就掉下了眼泪……

年底了，开始了年度各种评比，公务员工作的评定是有比例的，特别是优秀公务员评定数量较少，其结果又与工资挂钩，人们都有一搏的念头。而她又高票当选，为此，她悄悄找到我说：支队长，有些同志今年进步很大，把优秀的名额让给他们吧，应多鼓励年轻人，我就不要了。我听了，心里荡起层层涟漪：多好的同志，这类优秀品格的人已经不多见了。看当今社会，无处不充斥着自私、浮躁，争名夺利。还有一些人不思奉献进取，整天满脑子算计着别人该如何如何，从不定位自己应该去做些什么。而她从不张扬，静静地踏踏实实干着自己的工作，没有惊天动地的壮举，也没有引人注目的大手笔，干的都是小且平凡但说不完的润物无声。社会的有序运作，不恰恰就是得益于这些默默无闻、不计得失的小人物的支撑吗？现在，我读懂并明白了同志们之所以延续称呼她史科长的意义内涵。

职务不在高低，金钱不在多少，只要无私、有益地付出和作为，就必然会被人所尊重和爱戴。当今，我们的社会不正需要出现更多这样的人吗？

同事小窦

我注意到一位部下，名叫窦志蕊。她看上去二十多岁，清秀的面庞上嵌着一双水灵灵的大眼睛，言语不多，却给人一种办事干练的感觉。

初夏，我市公安系统展开了一场轰轰烈烈、脱胎换骨式的警务体制改革，我被调到洪门派出所任职。原来十四人的派出所，一切都安排得井然有序，但是伴随着这次改革，一夜间拥来了一百余人，一下子打破了昔日的平静。科室要重新分配，住宿要重新安排，原所人员的安逸状况瞬间被打破。作为他们的上司，我能深深理解他们此时的心情，因此，我尽可能地在工作安排上给予照顾。

小窦当时是派出所内勤，从办公到住宿本有自己的一片小天地，因新的体制变革，一切角色都要重新分配。然而，当我第一次见到小窦时，就留下不错的印象，因为在她忙碌的搬"家"过程中，脸上始终带着微笑，没有一丝怨气。当我让原所领导提供辖区情况及治安现状时，又是她在第一时间很快给我送来了文字材料和各类案发数据。看着条理清晰的段落和一目了然的数据，我随口问了一句这是谁整理的，她有些羞涩地说："是我。不妥之处，我立即改正。"

六十年警务体制运作模式打破了，为了让各警种都能充分体现一警多能、综合执法的改革初衷，利用早上上班前的一个半小时，我们在全局开展了交通手势和擒敌拳等技能培训。在一次队列行进训练时，主训教官突然喊停止前进，正当人们莫名其妙时，站在队列外的我看到在队列中的小窦，被战友们摇摇晃晃扶出了队列。只见她脸色苍白，大汗淋漓，连连干咳、呕吐着。我连忙上前询问怎么回事。她的队长告诉我小窦发烧几天了，让她休息，她说没事，晚上输输液，白天照常工作，训练没耽误一天。顿时，我明白了一切。

小窦的队长告诉我，小窦家住郑州市，毕业于河南科技学院，在校期间任班干部、学生会干部。2005 年招警考试时，名列前茅进了警营。她工作上兢兢业业、勤奋好学，干任何事情从不甘于落后别人，尤其她人缘很好，是位人人争着要的内勤。她今年二十六岁，据说她曾有很短暂的婚姻史，什么原因导致离婚，外人无人知晓，她也闭口不谈。她很少回家，全身心地扑在工作和学习上，同事们都说她是一位性格内向、十分优秀、很有上进心的同志。

有一天，她的队长向我报告，小窦的母亲哭着给他电话，说小窦喉部有个肿块，全家人心焦得要命，在省会郑州从医院到医生，一切都联系安排好了，住院手续也都办妥了，小窦就是不去，说年底太忙，等过了元旦再去检查做手术。看病能推吗？母亲劝她，甚至求她，可小窦就是坚持元旦后再去医院。万般无奈下，母亲才给小窦的队长打电话，让一起做做小窦的工作，尽快看病。我听了当即让队长给小窦下命令，必须停止一切工作，马上住院治疗。同时，安排单位的同事照顾好小窦。两天后，队长告诉我，小窦还是没在郑州住院，而是在我们当地住院了，她说这样有什么事她能随时处理。此刻，我心里感慨，有些发酸，多么负责任的一位部下啊！她对本职工作到了忘我的地步。

小窦手术时我出差在外，回来后第一时间就和她的队长到医院看望，小窦突然看到我们有些激动，慌忙下床迎接，我疾步上前制止了她。看她精神状态还不错，只是脸色有些苍白，我才稍有些放下心来。这时，小窦向我们介绍了站在她旁边的母亲，当我刚对小窦的母亲说了句“小窦工作很出色”时，她母亲眼圈就红了，哽咽着说道：“我不知道怎么培养孩子好。”没有头尾的一句话，一时竟让我难以明白她的意思。这时，小窦却拉着母亲的手，摇晃着连连制止，不让母亲说下去。

这时，我看到小窦的母亲有种见到我想一吐为快的劲头，我就笑着阻止小窦，让母亲有话就说。小窦的母亲就长长地出了一口气，她哽咽着，一边流泪一边告诉了我们小窦许多鲜为人知的工作生活上的幕后故事……

“小窦太要强了，上星期五动的手术，这星期一就要出院，说年底忙活，又是改革的关键时刻。我和她爸从小就培养她勤奋、有责任心，这下可好，一说工作啥都不说了。因为忙工作，结婚没两个月，老公被气跑了。人家走时还说，我要的是女人，是生活，不是要一个工作狂。我不知道该怎么培养孩子。不勤奋不努力吧，对国家无用，勤奋努力吧，又成这样。平时她总说忙，几个月不回家一次。前一段她难得回家，刚进家门电话就响了，她就告诉我，俺领导要个报表，我得回去。我做了一桌她喜欢吃的饭菜她没吃一口，甚至连家里的热水都没喝一口，就又走了。看着她来去匆匆的样子，我说个啥好？抱怨她吧，她为了工作。她走后，我心疼难受得大哭了一场。

“不瞒你们说，我有个亲戚在你们市里是一个领导，我让小窦有事去找他，可她在这里工作五年，没去找过一次。让她去，她就说自己很好，无论做什么事靠自己努力更好，你说我该怎样培养孩子。快六十岁的人了，到现在我不知道该怎样培养孩子了。”

听着老人家的话，我竟愣在了那里。我该怎样安慰这位母亲，又该要求小窦怎样做呢？眼圈有些发潮的我，思绪万千。

此刻，小窦对母亲说道：“不要说了不要说了，你不知俺领导多辛苦，天天吃住在局里，比俺付出多多了。”

我的心头涌起一股激情，不是我影响了部下，而是小窦感染了我。多么难得的一位部下！我们工作上的点滴起色，不就是这些人默默无私奉献的结果吗？一个小小的基层单位如此，一个民族的昌盛同样也是如此。世界在不停地前进，推动其前进的正是这些勤奋努力的人。

小窦虽身处基层，但她的高尚情操和忘我精神，却是各个阶层学习的楷模。赞美你们，像小窦一样无私奉献、忘我工作、不计名利的同志们，是你们推动了改革与发展，造就了繁荣昌盛的世界。

是是非非说会亮

会亮，姓王，大号王会亮，今年四十三岁，任卫辉市公安局城内派出所所长，从警二十余年备受争议。

王会亮身高一米八，是一位身材高大魁梧的警察。但他穿衣打扮不修边幅，脸庞上常挂着不屑一顾的神态，一张口常有脏话夹带其中，言谈举止往往给初识的人留下形象不佳的印象。他嗓门大，发音频率快，吐字不太清，正常说话也像吵架似的，几十米开外都能听得清清楚楚。他脾气倔强，性格独特，处事与众不同。领导交办任务，他认为不妥，就会不分场合地要说个明白，甚至争个面红耳赤，不少同事、领导对他都有看法。他对部下同样没大没小的，高兴时，经常与手下人嘻嘻哈哈开玩笑，说恼了随时就会吵起来，吵完了他哈哈一笑，没事人似的，该干啥干啥。全所上下喊王所长的很少，都是直呼其名——会亮。

关于他的传言就更多了，什么抓贼抓到开封，拎枪从公路局抢回被扣车辆，父亲病危，他闻知后放下手头工作，却对身边同事说了一句极不雅的话“老人要蹬腿了”，等等。对他了解不深的人就此能说出他很多是是非非，甚至说得一无是处，仿佛他是一位被清出公安队伍都不解恨的警察。而知道他的人会说，王会亮说话看似不经大脑过滤，实则是一个很有心机的人，他只是歪嘴骡子卖个驴价钱——吃嘴上的亏了。与他共事多年的同事评价说：大家往往看到会亮的都是一些表面的现象，真正的王会亮是一个胆大心细、思维敏捷、手段超人、很有心计的警营铁汉。

他的真正内涵让不留心他的人难以发现。有一组数字可以说明王会亮人生的另一个方面。他任城内所所长七年，抓获违法犯罪嫌疑人八百九十六人，破获各类刑事案件一千零五十七起，查处治安案件两千六百四十二起，摧毁违法犯罪团伙三十一个。多年来，全辖区没有一起涉法控审案件。其战果多年来一直位居全局各单位榜首。时任新乡市副市长、公安局局长的丁保东闻知，当时都难以置信，立即指示治安部门调研，结论是：没有丝毫水分，战果货真价实。对此，王会亮的同事介绍了他很多鲜为人知的故事。

王会亮管辖的区域是卫辉最古老的城区，地形复杂，新老建筑相互交错映衬，大街小巷错综复杂，人员居住密集，不少犯罪嫌疑人曾视此地为一方犯罪乐土，梦想在此捞上一把。他们哪里料到貌似嘻嘻哈哈的王会亮，将这一方土地看管得严严实实，早已不露声色地把他的手下、特情、耳目，安排在进出卫辉的几个交通要道——路口、汽车站、辖区内的旅社宾馆。发现形迹可疑、身份不明者，就主动跟踪盯梢，基本都是抓现行。就这一招，在七年里就抓获违法犯罪嫌疑人近九百人，其中有抢劫、盗窃、诈骗的，等等。

王会亮还有一个习惯，进了办公室就爱上网，他可不是上网聊天、寻求刺激，而是浏览公安内网，查看全市近期刑事、治安发案情况，然后根据发案特点研判对策，制订自己的工作计划。有一次，他在网上看到新乡市有一批“碰瓷帮”连续作案而未抓获。当时在卫辉区域还没有一起这类案件，他马上敏感地意识到这帮人在新乡连续作案，已受到警方关注，肯定要转移犯罪阵地，他当即安排手下，密切关注此类案件动向。果不出所料，两天后，手下人发现一辆可疑车辆拉了四辆自行车悄悄进入卫辉，他们立即跟踪观察，发现可疑车辆走到一偏僻地方停下来，从车上下来六个穿戴极普通的人，他们将自行车卸下，然后，分头直奔农业银行。结果刚刚“碰瓷”成功，就被王会亮当场抓获五人。这五个“碰瓷”高手始终没明白，到了全部起诉判刑，也没想通他们伪装得如此巧妙，是如何栽在卫辉警方手里的。从此，再无人敢来卫辉“碰瓷”。

王会亮还有一个毛病，有点“人来疯”。只要有谈吐对象，他就会胡吹乱侃，但很多人没见过他无人时的神态。无人时，他最爱眯着并不大的眼睛，静静地琢磨事情。这时你如果见到王会亮，反而会感到王会亮出“毛病”了，他怎么会像一位学者一样，单独、安静地思考问题呢？这就是王会亮的又一个侧面。卫辉宾馆曾发生连专家都认为很难破获的两起盗窃案，就是他在夜深人静时反复琢磨，制定出周密方案而破获案件的。

卫辉宾馆曾在两个月时间内，在黎明时分被盗两次，单看时间跨度很大，不留心是不会将这两起案件串起来的。但惊人相似的作案手法，让思来想去的王会亮兴奋起来，王会亮想：这是一伙人所为，肯定会再次下手。于是，他悄悄喊来了手下秘密守候。这一守就守了两个月，手下人叫苦连天。第一次怀疑王会亮是在戏弄他们，王会亮似乎也察觉到他们的情绪，还没等他们抗议，他先说了话：弟兄们，“菜”马上就来了，心急吃不了热豆腐！他还真神，就在他说过的第二天黎明时分，一辆挂着军牌的“广本”轿车停在了宾馆大门西侧，从车上下来两个人，一前一后轻车熟路地直奔宾馆主楼。目睹这一切，苦苦等待两个月的弟兄们顿时兴奋起来，狡猾的狐狸终于出现了。但狡猾的狐狸万万想不到数百公里的长途奔袭，会是自投罗网。

在铁的证据面前，面对王会亮没有任何退守的突审，常某、张某不得不交代他们是一伙专偷宾馆的，趁黎明时分，客人早起洗漱、解手之际，迅速出手，在全省各地已连续作案八十多起。从没失过手的江洋大盗，栽在了名不见经传的王会亮手里。事后，他们被判了无期徒刑。

在社会上，对王会亮还有一番评价：犯事别栽在王会亮手里，他太狠。王会亮是狠，狠得这些人都不敢来辖区找事。曾有这样一件事，兄弟所被几个喝醉酒的人围攻。起初，民警们以劝说为主，哪知这伙人变本加厉，不但不领情，反而动手砸了一些办公用品。打击任务交给了王会亮。王会亮面对一伙失去理智的暴徒，脸黑了，他有些沙哑的大嗓门放开了：“对不起弟兄们了，你们今天做过头了。”他带领同志们当即下手抓获了为首的四人，并一鼓作气刑拘、批捕、起诉，直至判刑，谁说情也不行。王会亮曾面对某领导的说情，掷地有声地说道：“原则问题我决不手下留情，谁砸公安的牌子，我就送他进监狱。”

王会亮在原则问题上确确实实能经受住情与法的考验。一次，其外甥与别人打架，姐姐给他打电话让赶快过去，他却说：“我过去干啥，又不能帮你打架，有事赶快报警。”姐姐失望地大哭起来。事后，对方要求赔偿，姐姐又找到他，他说：“打伤人就应该赔钱。”姐姐说：“他们先打了孩子，怎能赔他们钱?”王会亮说，打架过程只作为处理案件时参考，关键是结果。姐姐听了痛斥王会亮：“兄弟呀兄弟，姐供你上学，盼你有出息有能耐，你现在有本事了，你竟这样对姐……”

这就是一个被争议多年、真实的王会亮。他的人生之路，演绎了人间的复杂多样。这也让我们体会到，人是一个多面体，看人不可只看现象和表面，一定要透过现象看本质。

让我感动让我爱的特警

连日来，我一直为发生在单位的一件事感动着，不自觉地会泪眼婆娑。因为这件事让我浮想联翩，又回忆起他们一路走来成长的过程。在他们身上，我看到了新乡特警的未来，新乡公安机关未来的脊梁，乃至共和国牢不可破的长城。与我三年前对他们的认知，发生了一个颠覆性的逆转。

郝红星，二大队一位普普通通的特警，圆圆的脸庞，中等身材，不善言谈。还是他的战友杨芳在支队网页“警营文化”栏目写了关于他的一篇文章后，他的事迹才为我们所知，我感动、愧疚，甚至不安。

几个月前，郝红星正在值班，突然接到母亲的电话，说父亲在去湖北送货的路上，感觉身体出了问题。母亲有个习惯——父亲为了节省开支，常常一人驾车送货，她放心不下——每隔两小时就会给父亲打个电话，问一下情况，确认父亲平安。他听后连忙给父亲打电话，电话里，一向性格刚毅的父亲似乎说话有点吃力，红星一再询问父亲有什么不舒服，而父亲一口否认自己生病，仍坚持继续开车上路，但红星真切地感受到父亲身体确实有情况。然而，红星深知千里之外的父亲的性格，又知父亲日常血压高，很可能因血压高而身体出问题，这可怎么办呢？无计可施的他在值班室坐卧不安。陡然，他想到了同行，便拿起电话向当地警方报警求助，由于说不准父亲的确切位置，只好劳驾湖北警方多方寻找，跑了不少冤枉路。一个小时后，终于在一服务区内找到了红星的父亲。但红星的父亲并不认为自己有病，坚持要继续开车，湖北警方费了许多口舌，说尽了好话，才将其劝到医院检查。到了医院，他的半个身体已经开始出现僵硬，行走有些不便，CT 检查结果是脑梗塞。时至今天，郝红星对于湖北警方认真、负责的态度还在感叹不已。否则，后果不堪设想啊！

然而，郝红星并没有将这一切告诉支队任何人，趁着轮休，他将在医院只住了短短七天的父亲接回家疗养。为了不影响工作，又能照顾父亲，他向大队领导请求坚持值夜班。支队的同志都知道值夜班是一件苦差事，整个夜晚都要眼观六路耳听八方，单调而紧张。就这样，在父亲身体恢复过程中，他硬是没请一天假。祸不单行，正当其父亲病情渐渐好转时，郝红星唯一的姐姐，年纪轻轻又突发急病，不幸去世。此刻的郝红星六神无主、不知所措，不到三十岁的他哪遇到过如此的场面？告诉父亲吧，他的病情刚刚有所转机；不说吧，又该怎么办？铮铮男儿为难得找了一处无人的地方，放声痛哭了一场。但他思来想去还是决定，再难的事自己也要扛起来，既不给组织增添麻烦，也不再给亲人添痛苦。他就依靠舅舅、叔叔们，只在姐姐安葬的当天向大队领导请了一天假，还没言明事情真相，安葬了姐姐。

我得知这些情况后，当即带领支队班子看望了郝红星的父母。此刻，红星的儿子还在家发着高烧，而他又没请假，还在街头武装巡逻。他父亲说："红星在家常说，单位人手太少，不少同志都借调出去了，现在反恐形势又十分严峻，一人一岗位，如果请假甚至班都转不开。我们都理解，我们都支持。"我听了不由得喉咙有些发紧，眼圈发热，多么值得敬重的老人，多么可爱的战友啊！

张小菲，是一名女警。我到特警支队工作时，知道她已婚当妈妈了，除了日常工作中的接触，没有更多了解。2015 年大年初一一早，我到餐厅就餐，一眼看到张小菲与几位同志围坐在一起就餐，我马上想到她还有一个年幼的孩子，就问她孩子呢，她笑着说道："我让孩子和他爸爸回老家了。”看似轻轻松松的一句话，却让我心里沉甸甸的。她的孩子才刚满一岁啊！我接着问道：“你家在外地，怎么不调休一下?”她还是笑着说道：“我们队外地的队员比较多，平常他们回家很少，过节了让他们回家多团聚几天吧!”作为支队长，此刻我该怎么评价自己的战友、同志呢?一股暖流充满着自己的胸膛。就是这位女特警，让我看到了一位年轻母亲的情怀。

政委沈树民，曾是我的老领导，年长我五岁，我们到一起工作后，都很开心。他曾经当过兵，上过战场，干特警工作如鱼得水。我们相处之中相互支持，他处处以老大哥身份以身作则，为我和同志们做出表率。他爱人身体不太好，他为了不影响工作，就找了几位亲戚到家轮流照顾妻子。在支队封闭训练时，他又突然扭伤了腰，我劝他回家休息，而他则到医院用绷带将腰固定好，又到单位继续工作。他父亲病重期间，我多次让他静心照顾老父亲，而他在医院值完班，就又来到队上。我劝他注意身体，他却开着玩笑说：“我已经快退休了，就是让我拼命干，还能干几天?说句心里话，受党教育多年，让歇也歇不住呀。”政委的言行，极大地激发了全体民警积极向上的工作热情，起到了标杆示范作用。

周朋，一位警龄不长但处事冷静、稳重的同志，在家排行老小，哥哥们都在外地工作，照顾父母的重任就落在他的肩上。有一天，父亲身体感到不适，想到焦作一医院去诊断一下。周朋满口答应陪父亲一起去，但一系列的安保任务让他一时无暇脱身。父亲没有抱怨，很理解儿子的工作性质，就自己悄悄乘车前往，在车上才给周朋打了个电话。周朋站在武装值守的岗位，满眼含着泪水，很内疚地在电话里一再赔着不是，叮嘱父亲路上要小心，到达后报个平安。父亲则对周朋说：“放心吧，儿子，爹理解你的工作，干好工作就是对爹的孝敬。”

周龙飞，看似腼腆的一位小伙子，却是支队武场上的尖子。他家在外地，常年与亲人们两地相隔，母亲因病要做手术了，很希望子女们陪伴在周围，然而，周龙飞作为支队省厅大比武的种子选手，要代表支队参加全省比武比赛。于是，他对支队隐瞒了母亲的病情，仅仅请了一天假，病床前只陪了母亲几个小时，又匆匆赶回支队。夜深人静时，他流下了热泪……

杨国勇，算是一名老警了，也不过三十岁。在散打训练对抗中，不慎将脚扭骨折，打着石膏躺了两个月，刚能走动，他就来到单位，主动请缨，又是担起内勤工作，又是帮助保洁员打扫卫生。领导让他休息，他却说："歇我一个等于减少两个警力，我们人手多紧啊……"像这样公而忘私的民警在支队里不胜枚举，魏宗跃、王飞、范铮、武秀、张民隆、殷凯、李昊、孙伟伟、王晓珂、贾宾、史正琪、李红超、褚迎旗，等等。他们有的因工作繁忙一再悄悄推迟婚期，还有的因工作常常向妻子作"检查"；还有些同志，自己有病却咬牙坚持在岗，轮休时才到医院治疗……许许多多感人至深的故事在我们身边上演着……

看着他们一个个充满朝气的身影，我心潮澎湃。回望三年前，这些80后、90后，他们抱着不同的追求，通过招警考试踏进了警营，当时的状况令人无语。让他们参加一些菜地劳动，他们怕苦怕累；出勤时，过了下班时间就牢骚满腹；给他们安排工作，部分同志不是想方设法克服困难、解决问题，而是举步不前，左顾右盼，叫苦连连；特别是组织他们训练时，强度稍有增加，就喊痛叫痒，逃避训练，曾将教官曹江舟难为得掉泪，找到支队领导说："我从武警到特警训练了多少人，第一次遇到这样一批人。"他们多数人都是以自我为中心，很少有人去换位思考问题，但他们又博学多才，思维敏捷，知识面很宽，充满了活力。他们的处世和作为，让人深深感受到的是缺失传统教育、社会责任感，没有崇高的政治信念和理想追求。对此，支队党委因情施策，开展了一系列的政治思想教育工作，比如"比工作、比学习、比纪律，爱支队、爱特警，争当优秀特警"的"三比两爱一争"活动，组织观看《英雄儿女》《董存瑞》《雷锋》等英雄事迹影片，以先进、英雄模范人物引导他们，等等。这些举措并不是立马见效的灵丹妙药。在教育活动前期，仍有人说怪话，有人说董存瑞献身炸碉堡不可能，是杜撰出来的，是假英雄，有人说雷锋是个大傻瓜，等等。但随着以老带新、言传身教、理论结合实际等润物无声、有针对性的、入脑入心的教育训练，令人欣慰的效果显现了。在新入职的民警中，好人好事开始不断出现，门灯有人关了，垃圾有人主动捡了，饭菜不再浪费了，有人开始主动到操场跑圈了。支队接着就以身边先进影响身边人，奖罚分明。由此，他们开始正视自我，发挥正能量，让人感动和振奋的事情开始层出不穷。短短三年时间，除一名同志外，一百一十余名民警全部加入了中国共产党。这就是当今新乡特警的真实写照，我为此而感动和自豪！我认为，他们就是当今最美的人民警察！

兄弟走好

第一次见他，是在十年前的一个夏季。那一天，经朋友介绍，我们来到了他开的一家小饭店。这里生意不错，四五张桌子坐满了人，据说由于饭菜质量好，价格低廉，赢来了不少回头客。尽管很忙，他还是忙里偷闲招呼我们，话语不多，但能让人感到他没有虚情假意，而是真诚、热情。初次接触，就对他留下了很厚道的印象。

1995 年初，卫辉市公安局争先创优气氛空前高涨，同时，从优待警也摆上了党委议程，为此，市局党委决定，尽快找一位优秀炊事员来提高民警的饭菜质量，这个任务交给了我。我前前后后想了很多人，最后定格在他的身上。他目前生意很好，每年收入万余元，这在当时可谓高收入，而到公安局每月只有三百元左右，他能来吗？我怕直接说被拒绝，就先通过朋友告知他意向，信息很快反馈回来，他很乐意接受这份工作，因为他很崇拜人民警察这个职业。没有任何客套，说来就来。短时间内，他就将饭店的家当处理得一干二净。

从此，公安局多年顿顿都是“汤面条”的局面一去不复返了，开创了每顿饭不少于四菜两汤的宾馆式服务，很快赢得了领导、同志们的赞扬。不进宾馆就能吃到星级水平的饭菜，这让管后勤的我心里十分欣慰、踏实。

时间一长，我对他有了更深一步的认识，他性格内向，不善言辞，常常只做不说。他体壮如牛，却心细如丝。当时局里工作量很大，从局领导到普通民警都没有节假日，每天工作到深夜更是家常便饭。他不但认真对待每日三餐，深夜的加班饭同样是精心烹制，看到同志们加班忘了吃饭，他就楼上楼下一遍遍提醒同志们开饭了。很快，大家都与他成了好朋友。

1995 年秋，全局一年一度的集中军训开始了，全体民警加之联防队员近千人要集中就餐，成为后勤保障的一件大事。他当时只有一名助手，按正常需要十余名炊事员，才能完成任务，当问他有什么困难时，他却腼腆轻松地说道："我再找一名帮手就行了。"为此，我很担心，他却坚定地说道："请领导放心，保证完成任务。"七天军训期间，同志们一日三餐，顿顿按时吃上了热气腾腾的饭菜，并且人人对饭菜质量感到满意。三个炊事员却累得个个胳膊肿得粗如碗口，并且每天睡眠不超过三个小时，感动得主管局领导拿上白酒找到伙房，为他们每人斟上一碗表示真挚的慰问。对此，他却很不好意思，面红耳赤地连连说道："麻烦领导了，这是我们应该做的。"

平凡的工作，使他不可能轰轰烈烈。把好饭菜质量关，服务好每一位民警，便是他朴素的愿望。这一点，他完美地做到了，每一位吃过他饭菜的人也都这么认可。特别是一位省公安厅主要领导尝了他做的饭菜后问道："你们是否专门请了宾馆的厨师？"局领导肯定地回答："这是我们局自己的师傅。"

突然有一天有人发现，一向精神抖擞的他有些萎靡，并且明显消瘦了不少。我连忙让他去医院检查，一查让人大吃一惊，他患上了直肠癌。他当时并不知情。而我和他的家人也善意地瞒着他。接下来是安排他住院、手术，一切顺利，死神暂时离开了他。接着定期复查、化疗、服药，医疗效果很好。他又恢复了往日的精气神，似乎忘记了自己的病人身份，就要求上班。虽然领导坚持让他再疗养一段时间，但他放不下工作，就坚持上班了。我们看着他整日又开始不停忙碌的身影，劝他多休息，他就是不听。我们心疼，但又无法言表，因为他还不完全了解自己的病情。2000

年，劳累让病情复发，他再次住院了，然而，心胸开阔，从不把病当回事的他，经过医务人员的精心治疗，又渐渐壮实起来，同志们对他的康复也充满了信心。

2001年，休息了几个月的他，再次迫切要求上班，局领导看他精神状态不错，为减轻他工作量，就让他到交警队工作。这时，我已经到交警队任队长，战友重逢，并肩工作，皆大欢喜。经过近十年的交往，我已十分了解他的为人秉性。他家境贫寒，母亲早逝，下有两个弟弟、一个妹妹，他很早就到饮食公司当了一名小厨工。他十分呵护自己的弟弟妹妹，渐渐挑起了家里的大梁。也正因此，他从小就养成了一种不屈不挠的性格，对工作总是忘我投入，不甘人后。他到交警队后，我曾多次提醒他注意身体，并且交代与他一起工作的炊事员要多照顾他。而他为了工作，早把自己的一切置之度外，忘记了自己身患重病。他上班没有一周时间，交警队的同志就对他高质量的饭菜发出一片赞扬之声，我既担心又欣慰。

2002年春季的一天，有同志告诉我，他没有请假，并且已经两天没上班了。我听后十分恼火，就想等他上班后，严厉批评他一顿，却把他还是一个病人的事忘到了脑后。当他第三天上班后，我批评他，他没有辩解，只是连连表示自己做错了，今后再也不会出现这样的情况，事情就这样很快过去了。可我越想越感觉事情有些不对头，就私下向后勤人员了解。他们反映说，近一段时间他经常肚疼，也从没有对人讲过。听后，一股凉气袭上我的心头，不祥之兆马上传入大脑，他的病是否复发严重了？我十分内疚，怎么这么粗心，把他是个病人的事给忘了。我当即让人又找到他，命令他马上到医院检查。让我意想不到的是，医生告诉我他的病情已严重恶化。让他休息，而他只歇了两天，就又坚持上班，并且已达整整一个月。这期间，他没有向任何人提起过病情。医生还说：他已将全部积蓄花光，正在卖房子。他也同样没有对任何人讲一句。当时，我的心情十分复杂，有伤感，有内疚，更多的是感动，我将身上所有的钱一把掏出来交给了他的妻子。局领导得知他的情况后也很感动，马上安排从紧张的资金中挤出近万元给予他帮助；交警队的同志闻讯后，自发地争先恐后为他集资近三千元，第一时间送到了他的病床前。他哽咽着向队领导连连表示，病好后就立即上班，回报领导和同志们对他的关怀。他此刻仍然不清楚自己真正的病情，一再谈工作，说自己工作没有干多少，却给同志们添了麻烦，等等。我们看着他的神情，心如刀割。我的好战友、我的好朋友、我的好兄弟，都到这份儿上了，还没有一刻考虑到自己，还是想着为他人多做点什么。

转眼到了6月初。一天凌晨，我床头的电话突然响起，我拿起话筒，听到里面传出微弱的声音："哥，我怕是不行了……"说着，声音哽咽起来。我顿时惊出一身冷汗，是他，我的战友、兄弟，一定出了严重问题。这是他第一次主动打电话报病情。我顾不得多问，带上几名同志直奔他所住的医院。到医院后，医生告诉我，他现在已经汤水不进，并且手术后刀口近一月时间也不愈合，昨天他坚持出院了。对于他的病，医生已无回天之术。我们急忙又赶到他家，当踏进他的房间时，我一点也不敢相信自己的眼睛：仅仅个把月的时间，体重曾近百公斤的他，如今骨瘦如柴，肚子上的刀口直淌粪水。那一瞬间，我的泪水夺眶而出。同时，也懊恼自己，工作再忙，也该抽时间来看看兄弟呀。

他看着我悲伤自责的样子说道："看来，我真不能与你并肩工作了，我感到时间不长了，才麻烦你……"此情此景，让在场的人全都泣不成声。我泪流满面地拉着他的手说道："兄弟，坚强！你一定能闯过这道坎！"

8月6日，连续多日的高温之后突然迎来一场阴雨。有预感而又不愿听到的噩耗，凌晨时分还是通过话筒传来了。我匆匆赶到他的床前，看到他渴望人生、渴望工作的双眼竟还微睁着，我的泪水止不住夺眶而出。他的两个弟弟也早哭成了泪人，哽咽着对他倾诉："哥哥呀，你虽然是位兄长，但尽的却是父母的责任啊!”他的妻子全身颤抖伏在他的身上悲恸欲绝，女儿拉着他的枯手痛哭着：“爸爸呀！你不能死呀，你还说陪我上大学呢……”

他去了，尽管我们找过最好的医生，可还是没能留住他。他短暂的一生普普通通，但他朴实、善良，时时考虑着他人的品质早已深深感动了我，他的身影永远留在我的心头，对他的思念也将永远埋在我的心里。

普通而又平凡的他，短暂的人生像流星一样划过天空，没有留下炫目的光辉，也没有留下太多的灿烂。但他的逝去，却给所有认识他的人，留下了值得珍藏的怀念。

他叫金福生，卫辉市公安局的一名炊事员，终年三十九岁。

敬东，我们来世还做战友

敬东走了。尽管无数人做了努力，他还是带着许多不舍，在与死神打斗了十五个昼夜后，永远定格在2019年7月12日清早6时45分，享年五十岁。

早已经将泪水哭干的妻，哭诉道：敬东啊，你命好苦啊，你陪我报答养育之恩，照顾我的奶奶将近二十年，直到奶奶九十多岁仙逝。你毫无怨言，像对待自己的亲奶奶一样，精心呵护。还没有消停两年，婆母又病了，你为了不让母亲遭一点罪，昼夜守候，照料老人两年，让老人很安详地走了。三个月不到，该享享福了，你却扔下我们母女俩和八十岁的老父亲，自己走了……面对此情此景，在场的人无不动容。虽然没有挽留住敬东，但在他生命最后的一刻，多少亲人、朋友、战友以及各级领导，无不时时刻刻在牵挂着他，为能挽救他的生命都做了最大努力。

6月27日下午4时45分，新乡市交警支队纪委书记臧丽娟，突然收到一条短信：王敬东快不行了……臧丽娟猛地一惊，当即转告我。作为支队主要领导的我，毫不迟疑安排臧丽娟及王敬东所在大队负责人王丽媛火速赶往医院。

二人赶到医院后，王敬东已住进ICU（重症监护室），其妻杨霖看到匆匆赶来的二人，痛哭流涕地说："快救救敬东吧，昨天还好好的，今天说不行就不行了……"臧丽娟边安慰着杨霖，边了解着情况。敬东的病情来势凶猛，看似突然发病，实则早已病入膏肓，谁能想到，他全身脏器已感染衰竭，院方一时束手无策。

当晚，在多方运作下，省内多名有关专家对王敬东病情进行会诊后确认：敬东多个脏器感染，功能弱化，免疫力基本丧失，生命危在旦夕。为挽救敬东的生命，随即转入目前全省医疗条件最好的郑州大学一附院。

7 月 2 日中午，家属突然告知我，敬东急需输血小板，而省血库告急。我马上发动全体交警为战友献血，正当我们组织人员赴郑时，得知这一难题又解决了。

傍晚，心有余悸的我，带着杨俊杰市长“不惜代价，全力救治”的嘱托，匆匆赶到了郑州，慰问了家属，并探视了昏迷中的敬东。专家告诉我们：敬东的病情十分危险，医院已动用了全省最好的设备和药品，指定专人二十四小时看护。对此，我代表市局党委和全体民警对他们的精心治疗表示深深的感谢。更让我感动的是，在 ICU 家属休息区，敬东的亲人、朋友、战友有数十人之多，个个神色凝重，焦虑不安。他的妻子则是不停痛哭，跪在专家面前，久久不起……

我对敬东了解并不多，但看到他病倒之后，这么多朋友、战友能自发地赶来，亲人们更是一次次没有顾忌的真情流露，我深深体会到敬东的人品所在。作为支队领导，我深受触动，回到单位就对敬东进行了深入的了解。

王敬东是三大队民警，今年五十岁，性格内向，不善言谈，在单位大伙常喊他敬东哥。他工作任劳任怨，领导安排工作他从不讲条件，同志们求助他从不拒绝，很受同事们尊重。曾与他共事二十余年的赵晓江介绍说：敬东对人实在，爱较真，但心地善良，对朋友有着火一样的热情和真诚。六年前，赵晓江在抓捕一毒贩时，从三楼摔了下来，造成肢体多处骨折。敬东面对战友如此的英勇行为，除了敬佩，就是从那一刻起，日夜守护在赵晓江身边，端屎端尿，给予他亲人般的关爱照顾。赵晓江感动不已地说道：我们仅仅是同事关系啊，就是亲兄弟，也难做到这么无微不至呀！

王敬东的主管副大队长张克栋介绍说：敬东是一位孝子，两年前，他年近七十五岁的母亲得了老年痴呆，只认敬东一人，只要敬东不在身边就狂躁不安，敬东随叫随到，常常半夜从家中跑到母亲住处陪伴。妻子杨霖看在眼里，疼在心上，想帮帮丈夫，结果被婆母抓得伤痕累累。为便于照顾母亲，敬东将母亲接到自己家里，与母亲共住一室，虽然母亲情绪稳定了许多，但到了晚上，只有敬东在，她才能安定下来。为此，敬东日渐憔悴，为照顾好母亲，常常大量喝咖啡，一天最多能喝上几十包。有时难免影响工作，敬东总感觉愧疚，能不请假就自己尽力克服困难。

去年，我市创文工作如火如荼，单位的同志们都在加班加点工作。而敬东的母亲理解不了这些。有一次清早，正当敬东准备上班时，母亲却抱着他的双腿不让走。敬东知道队上人手少，他如果缺岗，就会影响大队整体勤务安排，面对年迈的母亲，他无计可施，只好将母亲抱到车上，拉着母亲一起上班……多么无奈而又真挚的母子感情啊。这样的日子，敬东熬了整整两年，直到今年 4 月，老人离开了人世。老人走得很安详，因为有敬东的精心照顾。

母亲走了，一向身体强壮的敬东却突然消瘦下来，没几天，头发也变白了，脸部也不知何故有些浮肿。克栋队长曾劝他休息几天，他说：我们近期任务太重了，我不干，同志们任务就更重了。他主动承担起车辆源头清零这一任务。看似一项没有压力的任务，实则是一项繁重的工作，说白了就是一项清除路上“炸弹”，保障群众安全的工作。他首先接手的就是一件互相推诿多年，而没能解决的棘手难题。十辆旅游客车应该报废了，然而，历经几个单位，都因种种原因而没有兑现。爱较真的敬东依法处理、以理服人，硬是克服种种困难，连续加班加点工作，仅用一个月时间，就将多年没能处理结束的这批车辆全部销毁。接着他又充分运用自己干刑警时掌握的经验，通过查轨迹、查外围、查关系人等手段，对一百三十余辆货车进行攻坚，直到病倒前，只剩三辆车，别的全部予以销毁，从而消除了一批危害群众安全的公路“杀手”。这些工作都是说起来容易，做起来难啊。

进入6月，敬东不但脸浮肿，还整日发烧，身上又出了癣一样的皮肤病，痒得他夜不能寐。有一次，敬东为止痒，竟拿上一壶快要滚开的热水浇向胳膊，疼得他龇牙咧嘴，妻子心疼得抱着他痛哭。

克栋队长、丽媛教导员看到敬东的病情没有好转，就一再劝他休息看病，可他坚持说：干不了重活干轻活，能值值班也行，不能常请假。直到6月22日，他还坚持值班，妻不放心到队上看他，他竟烧到了近40摄氏度。妻发火吼道：你还要不要命？必须跟我去看病。6月23日，他面部肿得眼睛成了一条缝，还要上班，被丽媛教导员拒绝了。6月24日，他才动身去北京看病，6月26日晚10时又从北京返回。不承想，6月27日清早6时许，敬东突然病情加重，不能说话，他不得不住进医院。中午时分，又突然恶化，人出现昏迷。

医生告诉我们，这是一起不常见的病例，慢性感染，急性发作，免疫力基本丧失，多脏器感染，功能衰竭，特别是脑、肺感染严重，出现溶血，血小板极低，敬东的生命极其危险。但亲人们、朋友们、战友们，没有一个人相信这残酷的现实，都在充满希望地祈盼敬东能平安度过这生命中的一劫。其中还有一位特殊人物，在关注着敬东，这就是他患有精神疾病的岳父，已七十多岁，他听说敬东病了，竟只身从新乡跑到了郑州，谁都想象不出他是怎样经过一天的寻找，竟然找到了医院。他到医院后，就连声说道：“我女婿是个好女婿，他不能死呀，他死了我们全家咋办呀……”多么深厚的父子情呀！没有长期的付出，又怎会让一位日常思维不清的老人有如此的真情显现？

此刻，我才真正认识了王敬东，他是一个普普通通的人，与他一起警校毕业的同学许多都当了领导，而他依然是一个民警。他没有干出什么轰轰烈烈的事情，也没有惊天动地的壮举，但他活得平凡而扎实，干的每一件事情都是认认真真用心去做的。他犹如一粒微不足道的水晶，却折射出人生中的七彩光芒，这就是本本分分、实实在在的王敬东。

此刻，我难以按捺自己澎湃的心情，只想说：王敬东，我亲爱的战友，你一路走好，我们来世还做战友！

辑七

杂感随笔

走出卫辉话卫辉

哪承想，在卫辉工作了三十年，因工作需要又换了地方。当我走出生我养我的卫辉那一刻，一种难以割舍的纠结和情愫难以言表。同志情、兄弟情、战友情，执手相看泪眼的分别场景，永刻在了我的心中。离别卫辉两年有余了，但关于卫辉的点滴信息，都在我的关注之中。因我时时都在企盼着卫辉腾飞发展，繁荣富裕。为此，也总想把走出卫辉两年来的感受向家乡的父老亲人一吐为快。

刚走出卫辉时，有些不太适应。总感觉都市里的人少有卫辉人坦诚的礼节和实在。想想，市里人都是天南地北汇聚一起，文化风俗各有不同，平常又在不同地域散居，少点人情味也实属正常。后来我才知道，在新乡工作的卫辉人还真不少，可以说各行各业、各个层面无所不有，还有很多人已身居要职。那种他乡遇故知的欣喜，令人血液沸腾的彻夜长谈，面对面推心置腹的沟通，以及不同场合推杯换盏的欢聚，让我了解了很多卫辉人不俗的业绩，以及令人感叹的创业故事，相当一部分人都在不同岗位独当一面和担当重任。同时我也知道了新乡人眼中的卫辉人，是好朋友、仗义、哥们儿、实在、有能力，他们乐于和卫辉人交往。然而，随着日月的推移，我渐渐感受到卫辉家乡人日常之间的交往并不多，老乡之间似乎缺少了一点什么东西。

反之，让我感受颇多的是封丘县“朋”的浓浓亲情。封丘人喜欢“朋”，“朋”就是朋友，一旦结为朋友，无论官至何位，朋友家只要有了红白喜事，“朋”必然到场，甚至灵堂下一起跪守先人。那种不论贵贱的浓浓真情，令人感慨万千。日常生活中更是你来我往，亲如兄弟，一人有难八方支援，其凝聚、团结，卫辉人自叹不如。

还有长垣县，我们从小都有印象的讨饭人最多的地方，颤颤巍巍的身影，开口就喊大爷、大娘，给上半个馒头、半碗剩饭，就连连鞠躬作揖感谢半天。如今的长垣，在河南乃至全国都大名鼎鼎，全县出了多少大款老板，我说不清，在我认识的几位老板中，他们也都经历了当初乡下人那种贫穷的酸楚。

一位侯姓老板在郑州发展，前不久才买了一辆千万元的汽车，全省数一数二，有谁知他十三岁时就提着一个油漆破桶下矿闯天下了，三十五年的打拼，让他现在成为集化工、房产开发、金融、餐饮等行业于一身的集团化大老板。还有一位唐姓老板，十五岁与其父的朋友闯关东，历经三十年，如今东北三省，提起唐老板，无人不知，还常常成为省领导的座上宾，他的水力发电资产已达数十亿元。这只是长垣众老板的一个缩影。他们之所以成功，是奇迹，又不是奇迹，其中奥妙令人回味。在他们身上都会让人感受到一股睿智、大气、豪气、苦干、实干、忍辱负重、不服输的气场，也许这就是他们成功的秘诀。对此，我将卫辉与邻县比对了很多，卫辉的历史比它们悠久，卫辉的文化底蕴比它们深厚，卫辉的人脉关系比它们广泛，卫辉的交通比它们便利，卫辉的经济基础比它们要好，卫辉的地理位置比它们优越，可如今的卫辉从经济发展到城市建设和投资规模，却没有显现出多少比它们超前、比它们突出的地方。这又原因何在？

前不久，新乡一位搞了多年房地产并且与卫辉有着复杂人脉关系的经济人士，动情地与我交流说：卫辉是一个好地方，有山有水，有文化底蕴，交通便利，经济基础良好，民风淳朴，并且人情上从不排外，一块少有的要山有山、要水有水的风水宝地，如今却没有显现出她应有的魅力。依我看，卫辉缺乏战略规划，水是卫辉一大特色，这是豫北地区乃至全省都不多见的。然而，依水做了多少文章？数千亩水面犹如一位大家闺秀而深屋藏娇。名胜古迹，也是卫辉一大特色，以此又做了多少动作？一个个景点破烂不堪，独居一隅，犹如一位风烛残年的孤寡老人，令人心疼不已。如果以不同形式连成片，穿成串，景色又会如何？如果把卫辉方方面面的优势都发掘出来去整体谋划，卫辉至少在河南独步无双。既有自然景观的优美显现，又有人文景观的壮观存在，古今并存，实属难得。然而难得的优势资源却给浪费了，让一个有独特优势的县城变成了一个平庸无味、毫无特色的地方。并且卫辉人眼高手低，好内耗，这是一大陋习，也是影响卫辉发展的一大因素。

朋友的一席话，让我这个卫辉人陷入深深的沉思。这位朋友与卫辉人有着千丝万缕的沟通联系，他熟知卫辉的天文地理、人情世故，所言不无道理，我似乎也从中找到了些答案。

由此，我联想到在卫辉的新乡医学院，一座百年老校，因为扩校征地不顺，搬离了卫辉，这是一个在省内外知名度都很高的高等学府啊，在卫辉留存了百年，就这样悄悄离去。想来他们的生存环境是差点，多少卫辉人不是想为她做点什么，让她健康壮大，而是都想在她身上捞点好处，蹭点油水，至今门前的一条行人路还是半截路。面对如此发展环境，她能不走吗？如果新乡医学院一附院再搬走，卫辉西部将人稀车少，直接倒退三十年。

还有一座百年老校，新乡一师，在卫辉人眼里并没有多少人把她看得多么重要，然而又有多少卫辉人知道，这里孕育出了一大批政界精英，官至部级厅级领导不计其数，并且至今在位。可他们也许想不到母校多少年后仍面貌依旧，至今蜷缩在一条狭窄小巷深处的角落。又有多少卫辉人利用了她的存在及人脉，彰显了其价值和能量？同时，谁又想过去为其做些什么，进一步扩大其影响？得天独厚的人文资源，我们都没有去充分利用。

华新纱厂，一座卫辉人曾为之骄傲的万人百年国企，因为工人的“革命”而被贱卖给一个私企老板，从此华新人犹如无娘的流浪儿般，散落到全国各地，寄人篱下，打工保命，往日公主般的高傲自信荡然无存。一场“革命”，卫辉没有受益，华新人又有几人从中获得好处？冲动的折腾，造成华新不可逆转的衰败，几乎每个家庭都和华新有联系的卫辉人是否也应思考些什么？想当初，冲动的人们是否应理性地去选择更好的办法来应对当时的危机呢？

这一切的一切都是卫辉人的切肤之痛，历史不能重演，教训可以从中吸取。纵观卫辉的历史演变，细看走出卫辉的人的德行，再想家乡父老乡亲的现状，迷茫中我仿佛找到了答案。制约卫辉发展的根本原因，人的因素至关重要，更重要的是支配人言行的思想观念。古时，有个故事讲得好：三个和尚没水吃，两个和尚抬水吃，一个和尚有水吃。是否反映了部分卫辉人的心态？由此，让人感觉卫辉人多了点什么，又少了点什么，更缺了点什么。

理性的思维，应该让我们认识到，卫辉人多的是唯我独尊，心浮气躁，等、靠实则为懒的状态，少的是凝心聚气、踏实苦干的态度，缺的是昂扬向上、忘我拼搏的精神和持之以恒的韧劲。

卫辉的优势很多，卫辉的人脉很广，卫辉的基础很好，卫辉的当政者更是佼佼者，何不经常性、有计划、分层次、有步骤，将身在他乡的名流、贤者请过来沟通座谈，集思广益，让他们献计献策，共同谋划卫辉的发展呢？

我曾听说：部分卫辉籍人士对家乡并不热心。探其究竟，他们并不是不关心家乡，而是家乡人伤了他们的心。在外地，他们对家乡人一百个热心，可当他们回到家乡时，家乡人不但没感情，还借口躲避，特别是对他们求助的推诿，麻木不仁，让他们伤心了。由此，我又体会到长垣人做事风格，长垣人能设法将车开到飞机的停机坪接客人以示重视，而当这些发展很好的游子回到家乡时，书记、县长都能百忙中抽身陪同或看望他们。良性的互动，让长垣的发展日新月异，走进长垣，你绝不相信这是黄河滩上的一个县级城市。

发展卫辉是当政者的职责，更是所有卫辉人的企盼和责任。为了卫辉更好的明天，卫辉人应该自上而下，统一思想，群策群力，放下身架，敞开胸怀，众志成城，少折腾，多苦干，整体科学谋划，发展优势特色，多引进像“百威”一样的超强企业，创收增利，让卫辉真正成为休闲宜居、美景如画、人人富裕、经济雄厚、可游山玩水的商贸旅游胜地。

这是卫辉人的梦想，更是卫辉人的企盼，我们卫辉人要有蚂蚁啃骨头的精神，来一步步实现我们的梦想，只要我们走出了第一步，就一定会走向成功。

我对卫辉的明天充满信心。

感叹拆迁

有多少卫辉人曾梦想过，把顺城关拆迁了，建一个水上公园，那该多美呀；把环绕市区的水系打通，驾一叶小舟荡游其中，那该多惬意呀；把沿河地带再开发利用起来，那才叫豫北水城；把比干庙好好扩建扩建，那才叫旅游景区；把比干大道北段打通，修一条直通比干庙的大路，那才叫景观路。然而，又有多少人去计算思考过，打通比干大道北段、扩大比干庙景区、拆迁顺城关，仅这三项工程，就要拆迁民居两千余户，投入资金将达数亿元。数十年来，曾有多少在卫辉任职的决策者，面对如此工作量，都是瞻前顾后，无一人在短短的任期内，去触及这一不可预测后果的矛盾。因此，卫辉人的梦想推迟了几代人。

如今，当这些美好的期盼，在现任决策者大手笔的运作下，突飞猛进地变为现实的时候，热爱家乡的卫辉人又应该做些什么呢？又有多少卫辉人知道，为实现卫辉人梦想的劳作者，在那些鲜为人知的背后，遇到了多少艰辛和苦涩，付出了多少心血和汗水？

现辑录几组镜头让每一个卫辉人来品味和感受。

镜头A：郭某，比干大道六百余户被拆迁者之一，曾多次将前去其家做工作的拆迁人员拒之门外，并煽动四邻说，不给多少多少钱都不能走。一天中午，他醉酒后跑到拆迁指挥部，拍桌子，摔凳子，砸烂玻璃窗，辱骂工作人员，搅闹得拆迁指挥部乌烟瘴气。但有着严格纪律要求的工作人员，极力克制着自己，劝说着他，要他喝水，要他冷静。事后，当有人提

拆
迁办公室

出让警方介入处理时，指挥长反对说：他们几代人在这里生存，突然让搬走，不理解，言行有点过激是正常的，处理人不是目的，要用真诚感化他。

镜头 B：魏平，是拆迁工作中最年轻的女同志。一次，在她做完工作返回途中，遭到拆迁户赵某的冷言辱骂。她没有吱声，一忍再忍，因为纪律要求，打不还手，骂不还口。但赵某依旧不依不饶，既不提问题，又不说原因，就是逞能充大，无事生非。年轻的魏平忍无可忍，还是回敬了他一句：骂人就是骂你自己。话刚说完，身强体壮的赵某竟气势汹汹地冲上来，照着文静而瘦弱的姑娘脸上就是两耳光。当公安机关要依法行政拘留赵某时，哭了几天的魏平却说道："他只要把房拆了，我受点委屈没啥。"

镜头 C：大年三十了，比干大道还有四户居民没有草签拆房协议，指挥长望着围坐在一起，已经整整奔波了一年的弟兄们，心里的滋味难以言表，但他还是咬着牙下达死命令："同志们，再辛苦，也要在 12 点以前签下这四户。"王增新，这个三十六岁的汉子，面对自己所包的对象，七十多岁的李某，无计可施。一年来，他说尽了好话，讲完了道理，可老人既不谈条件，也不说搬迁。王增新望着手腕上的时针一分一秒地行进，眼看着除夕马上就要过完了，僵局还没打开，他心急如焚。此刻，李老太太为他端了一杯开水过来，他忽然领悟到李老太太不是无理纠缠者，你看她的眼神多么慈善，一年来，她从没说过一句过头的话，她是在留恋陪伴了她一生的故居呀！王增新想到这里，突然双膝一跪，趴在地上给老人磕了个头，动情地说道："大娘，你认我当干儿吧，我陪你后半生，今天儿给娘提前拜年了。"

当夜 11 点 45 分，当王增新最后一个回到拆迁指挥部，将拆迁协议交给指挥长时，大家的眼睛全湿润了，此时的心情是往日从没有体会过的，辛酸、委屈、兴奋、成就感……十几位汉子此刻忘记了家人还在等待着他们吃年夜饭，忘记了往日冷嘲热讽的难堪，忘记了自行车轮胎被扎的烦恼，忘记了提着礼物登门做工作而被拒之门外的尴尬，他们相拥而泣。当新春的钟声敲响时，他们在指挥部只吃了几块点心，以不寻常的形式结束了辛劳而不平凡的一年。

镜头 D：寒风中，身为顺城关拆迁指挥长的程献民，在顺城关南端九孔桥头已经站立了整整一个小时，这是多少次了，他难以说清。他心里难免有些酸楚，拆迁顺城关，建造水景园，这是卫辉几代人的梦想，然而，拆迁过程中一系列让人难以理喻的事件，还是让他欲哭无泪。

建造九孔桥，自然要运输、堆积一些物料。住在附近，本应尽快拆迁的个别人，却出人意料地站出来阻拦道：不能施工。理由是影响走路了。当工作人员王长新前去做工作，让行个方便，让其理解“这是全市人民都在关注的工作……”话未说完就被人打断，并大言不惭地反驳道：“少讲大道理，我不管全市不全市，影响我就不行。”无奈的工作人员在好话说尽而无效果的情况下，只好绕道而行。

顺城关拆迁初期，由于街道狭窄，居住密集，施工车辆难免在转弯处擦碰居民，或在拆迁过程中掉块砖瓦，然而，就会出现个别人阻拦施工不依不饶，让给有些划痕并且很快就要拆迁的墙面再抹上一层灰。更有甚者拉着施工人员，不分青红皂白就挥起拳头动粗。还有个别拆迁户，住房只有几十平方米，破烂不堪却张口就要二十万元补偿，就这还不走，还要在原地开茶社。这些难以一一表述的心寒场面，曾一度让拆迁人员中止了拆迁。

形形色色、心态各异的拆迁户，让这一民心工程至今还在艰难进行中。为了早日实现卫辉人的梦想，程献民只好边拆迁、边求人、边建设，确保加快施工速度。

当然，在拆迁过程中，也有许许多多深明大义、舍小家为大家、无私奉献的拆迁户，一次次让拆迁者感动得热泪盈眶。

镜头 A：八十二岁的景俊田是全国模范教师，当他听说打通比干大道，需要拆迁自己的住房时，他二话没说，第一时间让老伴来到指挥部，不提任何条件，便草签了拆迁协议。有人不解地问他：“你是全国劳模，家庭情况又不好，为啥不让政府照顾你，多要几个钱?”他笑着说：“公益事业人人有责，我如果借机敛财，良心不忍呀。”同时让老伴每天到拆迁办看看有什么需要帮忙的事情没有。老模范清贫而又明理的义举，感动了工作人员陈艳芳，她自己悄悄地拿出七百元钱，为老模范在新的居住地安装了水表、电表，只为向可敬可佩的老人献上自己的爱心。

镜头 B：华新棉纺织厂退休工人孟庆保，家庭并不富裕，但在赔偿过程中没有提出任何附加条件，而妻子认为赔偿有些过低，要求提高赔偿标准，孟庆保就多次做妻子的工作：“这是统一的赔偿标准，如果大家都去破坏规矩，那么拆迁工作就很难继续下去，因为一家的利益而影响了全局工作，这是不对的。”而妻子坚持认为自己的要求并不过分。受党教育多年的孟庆保看自己做不通妻子的工作，又怕因为他家而影响了整体工作推进，就偷偷拿出自己的“私房钱”，交给拆迁工作人员，让他们再转交给自己的妻子。

镜头 C：唐岗村村民李志木，五十多岁，在拆迁过程中，不小心从房上掉了下来，摔伤了腰部，他就躺在床上自己悄悄治疗。七天后，当村干部得知后去看望他时，他才说出自己的心里话：“村干部整天没明没夜地工作，有时还得不到理解，甚至有些人还上访告状。如果自己再一声张，怕影响了全村二百余户的整体拆迁，更怕别有用心的人借题发挥，给村干部添麻烦。”村支部书记李力听了李志木朴素而饱含深情的话语，情不自禁拉着李志木的手说道：“谢谢我的好兄弟，有你这样的好兄弟支持，我们一定能按期完成任务，理解万岁。”

镜头 D：八十多岁的郑老汉，在顺城关住了一辈子，生在此，长在此，对顺城关的感情是无法用语言表达的。当身为土地局副局长的儿子告诉他要修建水景园，需要搬出顺城关时，郑老汉尽管流露了难舍之情，但没有提出任何反对意见。他告诉家人，这是全市人民的大好事，我们要带头支持、树立大局观念，并以最快速度，随家人一起搬出了顺城关。然而，有一天中午，快要吃午饭时，家人却找不到郑老汉了。深知父亲秉性的儿子，连忙跑到顺城关，映入眼帘的是：烈日下，年迈的父亲，默默地呆坐在已经成为平地的旧址上……当父子俩四目相对时，没有任何语言交流，双双流下了热泪。

同住一座城市，同圆一个梦想，都是卫辉人，为何在大是大非面前，在个人利益与全局利益面前，一些人的言行却有着如此之大的差别？人活在世上，就是仅仅为自己吗？目前，比干大道已经贯通，比干景区已经扩建，卫辉人都切切实实感受到它的美、它的倩、它的顺畅、它的壮观。就连曾在拆迁初期进京上访的史某，在目睹了身边的巨变后，也发自内心地说道：自己错了，太自私，眼光太短了。

每一个热爱家乡的卫辉人，还有何理由不为建设自己的家园而做出自己应有的贡献呢！

打车随想

元旦刚过不久，一次下班回家，偶遇坐车不便，就信步走到公交车站停车处。露天的停车牌下，候车的人并不多，站立不久，就切身感受到冷。真是冷，寒风轻轻一动就钻透厚厚的棉衣，不自觉的一个冷战，让人就地跺起脚来。看着来来往往的车流，我不敢大意，使劲睁大双眼，紧紧盯着一辆辆寒气中驶来的大巴。突然，在一辆大巴前窗下，一行熟悉的字样映入眼帘，“新乡—卫辉”，顿时，情绪高涨，兴奋地疾步上前挥手相迎。然而，司机目视前方，对此没有任何反应，车辆就在眼前，却眼睁睁地看它擦身疾驶而过。看着渐渐远去的车影，我有些说不出的沮丧，是该抱怨司机傲慢，还是自责挥手太迟？说真的，平时自己乘公交车的次数并不多，对这一群体的酸、辣、苦、甜了解得并不多，也就在心里暗暗自我宽慰，大家不都如此吗？何苦自找烦恼。

等，继续等！只不过感到周围的寒气更重了，无奈，将脖子往棉衣里缩得更紧了，再冷，眼睛却没敢往他处瞄一眼，始终紧盯着每辆通过面前大巴的车牌。大约 20 分钟后，自己又是猛地一喜，又看到了眼熟的字：“新乡—卫辉”，情不自禁地快速冲出了等车的人群，向司机招手呼停。司机却依然目视前方，好像根本没留意到他眼前站着一个高高大大的人，并且手还在不停地招呼，又是一脚油门，车又从身旁一闪而过。是车辆太多无法停靠，还是……？我正摸不着头脑，四处张望寻找些什么时，身后陡然 传来了一声带有怒气的骂声：“操他×，如果是他爹在这儿等车，看他

新乡—卫辉
TAXI

小子停车不停车！一个大巴司机就这点权力，也来给老百姓耍耍威风，现在社会成啥样了。”我听了，说不上来心里是什么滋味，是赞同，还是反对？无法确切表述。但听得出来，骂人者有种侠胆义胆的范儿，是为我没乘上车在鸣不平，同时，也感觉他在借题发挥，他心中似乎有股怨气。我对声援者微微一笑，轻轻瞄了一下他壮实的身影，又默默地退回到等车的人群里。刚站稳不久，就看到一辆出租车，向等车的人群方向疾驶而来，一个急刹车，司机摇下副驾驶位置的车窗，右倾着前身，高声招呼道：“卫辉卫辉，十块十块。”我没有任何迟疑，连忙应声跑到后车位，拉开车门坐了进去，这时才看清里面已经坐了两个乘客，原来是一辆卫辉出租返程车。我上了车，司机没有任何表示，全神贯注地又驾车疾驶而去。没走多远，他看到路边有几个人站在那里，又迅速靠了上去，又是一通响亮的呼喊：“卫辉卫辉，十块十块。”见没有任何人应声，他又一打方向盘将车驶上主车道，飞速离去。这时，坐在前排的那位乘客有些不耐烦地说话了：“师傅，已经三个人了，不要再喊人了，快走吧，挣不完的钱。”司机不屑地反问：“多挣个钱有啥不好，如果是你又愿意在寒风中多站会儿吗?”话毕，车里全没了声音，没有赞成，也没有反对，耳朵里只充斥着车辆疾驶的风声。此刻，在狭窄的车体内呈现出滑稽的一幕，四个互不相识的人，各怀心态，个个目不斜视，面无表情地坐在那里，没有对抗，也没有联盟，也许，都对刚才的争执有各自的想法。

视野里又出现了一个停车牌，只见一位女孩手拿一个手机，独自站在那儿，低头专心地看着什么。车忽地停在了她的面前，然而，却没引开她的视线，司机说：“卫辉。”女孩头也没抬地随声问道：“多少钱?”司机道：“十块。”女孩道：“不坐。”司机急问：“多少钱坐?”女孩道：“大巴价。”至此，一连串的问答，女孩的眼睛却始终没有离开手机的屏幕，连瞟一眼司机都没有。坐在后排的我看出司机有些恼火，只见他顺手推上挡位，车又飞快地离去，嘴中却不干不净地骂道：“妈个 ×，看那高傲劲，说一句好话就让你坐了，连个眼皮都不抬，冻死你个兔孙。”

我茫然了。今天怎么了？我坐车不顺，心里有些纠结，怎么遇到这么多人心里好像也压着一股怒气？我甚至不明白刚才的等车女孩，宁愿寒风中挨冻也不坐只要十块钱车费的车，是否差价太大？我实在忍不住了，轻轻问了一下司机：“大巴价多少钱?”“七块钱。”司机一听有了接茬的声音，有些激昂地接着说道，“你看那妞德行，穿得怪时髦，十块钱都拿不出来，还要清高。我跑一趟容易吗？返程车拉人，价不敢要高，还提心吊胆，不知运管处定的啥规矩，抓住一次就罚五六千。”

我无语地静静靠在车座的后背上，仿佛感到街头的空气中弥漫着一股淡淡的火药味。今天，所偶遇的一幕幕场景和一个个形态各异的人物，让我难以自控地思绪万千，当今的社会怎么了，怎么看不到儿时那种人与人之间的亲情了？相互之间的礼貌尊重以及一人有难众人相帮的场景都跑哪儿去了？解放思想、改革开放三十余年了，经济的高速发展让人吃穿不愁，各行各业都在日新月异地发展，繁荣景象随处可见，但今天，在平平常常的现实中，我却真实看到了，也深深体会到了，人与人之间的冷漠，社会各个角落沉淀着的戾气和人人自以为是的不屑。中华民族几千年的传统美德，关爱、包容、理解、尊重、担当、奉献，在今天的一幕幕行程中，显得特别的苍白逊色，甚至缺失。谁之过？

今天，假如大巴司机有一点点职业道德，明示一下等车人，我心中的不快也就不存在了；假如女孩有一点点礼貌的言行，也许就免了寒风受冻之苦；假如司机有一点担当、多一份关爱，也就成为双赢。然而，这一切都只能是假如。

一个没有核心价值观的社会，是一个没有凝聚力的社会；一个没有信念支撑的灵魂，犹如一具没有生机的僵尸。我们的老祖先给我们留下了许许多多宝贵的精神财富，其珍贵的思想精髓，让我们立足于世界文明之林。然而，当今我们却在不少环节缺少核心价值观的支撑，人心浮躁，勇于担当的人越来越少，扶不起的现象层出不穷。经济高速发展，个人修养水准却在下降，不少人缺失了大局意识、民族意识、国家意识。由此，我想起一个友人所讲的一件事。有一位在台湾土生土长的商人，来大陆考察投资项目，到了上海他大吃一惊，连呼出人意料，真没想到上海这个国际大都市如今更加繁华，大陆的富有让他连连咋舌。考察七天后，这位商人说道："上海的城市规模真是一个国际大都市，然而，让人感觉缺少内涵。"他的话让我想起一篇新闻花絮：泰国很喜欢中国人的到来，但不少人却又讨厌中国人。为什么？原来，他们喜欢的是中国人大把大把地在泰国花钱，让他们赚足外汇；讨厌的是部分中国人修养水准的低下，随地吐痰，大声喧哗，不讲秩序，没有排队的习惯，等等。别人已将我们的陋习看得一清二楚，然而我们的好多人还在自我沉醉状态，妄自尊大，这将会让一个人、一个民族走向衰败。我们何不以此为鉴，静心反思一下？思想解放，不等同于思想混乱，更不等同于行为放纵，随心所欲。价值多元，不是让价值扭曲、人性磨灭，更不是让价值沉沦、传统美德丧失。

生活富裕安逸，相处和谐团结，国家强盛文明，是我们每个中国人的愿望。然而，在现实生活中，每一个人对于这一愿望的实现又去做了些什么？对此，我们应该举国上下有组织、有计划地强化共同的价值观教育和传统美德教育，强力而有序地规范化、系统化推进社会管理。具体到我们每一个人，都要恪守中华民族的传统美德，不怨天尤人，去伪存真，确立目标，人人都从自我做起，从现在做起，从生活、工作中的点滴小事做起，长期不懈，持之以恒，我们的愿望就会很快实现。

偏失的道德

20 世纪 90 年代，曾旅游去过越南、缅甸、泰国，可以吧？但都是他们的边陲小镇，是他们国家的缩影。纵观他们的城市建设，经济状况并没有比我们预想的好多少，甚至让人有些失望。还发现，我们一拿出人民币时，他们的眼睛就发出了灿烂的光芒，不及腰部的顽童则伸出脏乎乎的小手，讲着不太流利的普通话追缠着你，要钱要物。听说欧洲整体较富，却没有去过；美国更是世界消费强国，但同样没有领略过。生在中国版图，长在卫辉这块热土上的自己，热爱祖国，眷恋家乡，对于国家的过去、现在以及未来，对于家乡，充满了真情的忧虑的遐想。新中国成立五十年来，特别是改革开放二十余年来，我国可以说发生了翻天覆地的变化。由此，东南小国的一游就切身体会到中国在世界上地位的提高。家乡卫辉的演变同样印证了国家的整体变化。比如，曾让数代人向往的楼上楼下、电灯电话，大米白面、蒸馍肉菜，卫辉人不知不觉中都“身临其境”了。对此，本人的成长经历也印证了国家的富强和发展，但同时在人的思想观念上也感受到一些微妙的变化。

20 世纪 80 年代初，我在教育局工作时，有名王姓炊事员，当时五十有余，饭间大发感慨：我要是当官了，要天天吃鸡蛋糕。今天的人听了会捧腹大笑，但在当时折射出的是一种生活的高水准，老王身为炊事员，还以改善生活为最大愿望，可见当时的生活状况。继而，又想起自己上小学时，一分钱两个鸡爪，五分钱一个兔头，三角钱买上一个大猪蹄。有时，自己牺牲几个中午休息时间，在城河中扎上多少“猛子”，摸上几两虾米，拿到农贸市场去换来无数次日思夜梦的“美味大餐”，然后，还要在嘴里含上半天，至今还难以忘怀这些“卫辉特产”。而现在的小学生吃鱼吃肉还有山珍海味，吃了多少还有印象吗？

20世纪80年代，与几个朋友结伴去南京，动用亲朋好友，想尽各种办法，就是设法免费坐车。下了火车，五角钱一张的汽车票没有一个舍得花钱去买，而是异口同声地说：开自己的“两轮”走。不走不知道，一走才知道南京是一个大城市，半个晌午下来，个个腰酸腿疼，口干舌燥，这才走了多远？有一朋友仰头遥望着蓝天说道：将来有钱一定买个“三轮”坐坐……今天，这位朋友没有食言，早将“两轮”换“四轮”了，听说最近，还要买辆漂洋过海来的“洋四轮”呢。

童年的好多愿望，现在基本一一都实现了，童年许许多多想都不敢想的，也在生活中变为现实了。吃穿不愁，行路有车，住房有楼，电话随身，无纸办公，遥控操作……生活，经济，科技，文化，一切确确实实发展了。然而，又有多少人在这物质生活丰富、科技日新月异的年代去思考另一个深层次的问题：物质条件变化了，精神状态又如何呢？

上小学时，老师让做好事，到了礼拜天，自己和同学们不是到福利院或五保老人家中干活就是跑到卫辉的黑木桥旁边坐等，看到谁拉的车上不去坡就跑过去推，直至送到家。现在不要说僻野荒坡，就是闹市街头，有多少人看到上坡的车有困难时能上前帮一把呢？

上初中的时候，学校有校办工厂，老师安排干活时，如果不让谁参加，就意味着这是有严重问题的学生，他自己就会无地自容。只有品学兼优的同学才能参加义务劳动，脏活累活一个个都是发自内心地去干，去抢着干。而现在如果派谁去多干点活，又有几人是心平气和、没有怨言地去完成呢？

20世纪70年代初，我刚七岁，随母亲下乡。一天夜晚，我听到生产队实验室有响动，我就出来看，发现本队社员五宝在偷几个烧杯，我就大声喊抓贼，五宝连忙从窗口爬出来，跑到我身边说道：不要喊，别管闲事。我当时初生牛犊不怕虎，厉声说道：我就管，好人好事有人夸，坏人坏事有人抓，你为什么偷公家的东西？他听了一下软了很多，刚好我母亲听到喊声也跑来了，马上批评他做了坏事还狡辩。五宝连连承认错误，并保证今后绝不再犯，求我们一定不要将此事声张出去。打那以后，五宝见到我们就理短地低下头。如果是现在呢？

人生沧桑，阅历不同，感悟人生也会从不同角度，从而有不同结果，但是否人们有个共同感受：当今社会实实在在发展了，而人们的道德水准却真真切切下降了。否则，为什么会出现碗中吃肉，口中骂娘？这是否说明，物质生活提高了，人们的精神世界却颓废滑坡了？

我们都共同生活在一个地球上，面对如此状况，我们每一个人是否应该去做些什么，是否深层次地思考点什么呢？

透视警察

我没干警察之前，十分向往警察这一职业。在我心目中警察的形象几近完美，人人都是铁打的硬汉，人人都是无所不能的英雄，有危难他在，有困难他帮，有危险他上，十八般武艺样样精通。然而，当自己真的干了警察之后，才真正了解了警察，又看到了警察的另一面——警察也有缺点，也有家庭和亲人，也有生老病死，也有喜怒哀乐，也有很多的无奈……

警察的家属有句最耳熟的话：今天加班不回去了。对此，很多家属都有这样一个感受过程：疑惑——不理解——无可奈何——容忍的理解。因为，曾经无数次目睹了他们到家后的疲倦，还忍心责怪他们吗？

我分管多个部门工作，包括卫辉市公安局马市街派出所。该所所长梁岩是一位不善表达的年轻人，虽对妻儿非常疼爱，但在语言表达上却反应迟钝。特别是自从他当了所长，在妻儿面前的失信一次次地出现。母子俩对他意见很大。有一次，他的儿子过生日，本来说好全家欢聚一下的，他下班正准备回家时突然接到任务，让他紧急排查辖区内的一名犯罪嫌疑人。他急忙给妻子打电话通报，妻子不理他，他又打给儿子接听，在电话里他很歉意地给儿子唱《生日快乐》歌。儿子在电话中哽咽着说：别唱了，你不是好爸爸，就会骗人。此刻，儿子哪知爸爸双眼同样也满是泪水，内疚得无言以对。

在一线工作的民警最怕的是晚上接电话，电话一响，往往就是发生突发性案件，因此，睡个觉也是睁只眼闭只眼，心安静不得。在一次新乡市公安局组织的所长培训会上，就发生过这样一件事。所长李宏军刚躺下午休不久，就在大家昏昏欲睡时，他突然坐了起来，手指前方大喊道：“抓住他，抓住他！”同寝室的其他所长都急忙坐了起来，惊恐地看着并没有外人的房间，疑问道：“抓谁呢？”李宏军说：“那位穿西装的。”此刻，大家才恍然大悟，原来是梦呓。

长年的精神压力和超负荷的体力透支，让不少看似体格强健的警察早早就染上了各种疾病。我曾让人在全局做过一次统计，四十五岁以下的民警患癌症的就有十名，患有高血压、肠胃等各种疾病的人数达民警总数的百分之八十以上。疾病他们并不惧怕，但巨额医疗费让他们难以承受。局党委每年都要拿出数十万元给予补贴，可对于众多的病患，补贴的医疗费只是杯水车薪，只能解一下燃眉之急。然而，我们的民警没有因此而讨价还价，职业的责任感让他们义无反顾地加班加点，忘我工作。

卫辉市公安交警大队副大队长宋贤昌在秋季严打中，为了追捕嫌疑人，夜以继日地工作，年迈的母亲看他整日忙得不着家，就让人捎话要他注意休息。妻子更是放心不下，劝他注意身体，他一边应着一边让妻子费心多照顾母亲。谁能想到年纪仅仅四十岁，从不言病的宋贤昌竟倒在了追逃的路上。母亲不敢相信这残酷的现实，当贤昌的遗体运回家时，她老人家拼命冲上前，抱着他哭喊，然而孝顺的儿子再没回应。母亲痛不欲生，一病不起，三个月后就随儿而去，留下了孤孤单单的儿媳和年幼的孙女。宋贤昌的妻子悲伤地说：贤昌因公牺牲，组织上给予了很多荣誉，也激励了我，而我今后将面对的则是更多更现实的生活难题。荣誉崇高，生命更无价啊！

这就是每一个民警家属随时都会面对的真实生活，这就是当今我们真实版的警察生涯写照。

呼唤精神

日前，市委宣传部的同志约我写一篇关于“城市精神”和“城市发展定位”方面的文章。当时我正在出差路上，通完话，我脑海中就情不自禁地闪现出一系列英雄前辈的光辉形象。董存瑞舍身炸碉堡，黄继光胸膛堵枪眼，邱少云烈火中默默忍受焚身等一大批有着超常毅力和勇气的英雄楷模。在当时的历史背景下，支撑他们的精神信念就是：为了共产主义事业，为了全人类的解放，他们置生死于不顾，无怨无悔，前赴后继，其壮举永留后人心中。

由此可见，精神力量是多么强大。人只要有了精神，在一切艰难险阻面前都不会低头言败，面对再强大的对手，也敢无所畏惧地拔刀亮剑，一显身手，刹那间释放一切能量去挑战极限。

然而，精神又是什么？我认为，精神是一种意识和面貌，是一种理想和信念，是一种境界的升华和道德的提炼。

在此之前，每当闲暇时我经常思考一个问题，卫辉要发展、要振兴，可怎么发展？尽管近几年卫辉城市面貌发生了翻天覆地的变化，然而经济收入始终没有彻底翻身，那么，是什么原因制约了卫辉的发展？推动卫辉发展的力量又来自何方呢？

纵观卫辉的历史与现状，制约发展也罢，推动发展也罢，我认为根本问题还是精神状态问题。在中国历史上留有浓墨重彩的忠孝文化，奠定了卫辉历史文化名城的地位，名胜古迹随处可见，文人骚客不胜枚举，这是卫辉人的财富，同时也成了卫辉人的包袱。祖上的老本让卫辉人在自豪中自傲起来，在自傲中浮躁起来，大事谋不来，小事不去谋，有机会就拍着胸膛大谈卫辉历史悠久，文化底蕴浓厚，炫耀自己的先人多么伟大。怎么不拍着脑袋想想，当今自己有何作为？当今的卫辉经济如何？在嘲笑兄弟县市没有文化品位的时候，人家的经济收入却超过了我们的几倍。精神的支撑点失衡了，躺在历史的功劳本上自我陶醉，那只能望梅止渴。仔细想想，在不少卫辉人身上，我们是否或多或少地看到了鲁迅先生笔下的阿Q精神胜利法？有这样的精神支撑，卫辉能发展吗？

因此，谈精神意在谋发展，这是决策者看准了症结。无论卫辉精神也好，还是城市定位也罢，这些都要靠人的精神来体现。人的精神状态决定了事物发展的走向。因此，调整人的精神状态，用精神凝聚人心，将是发展卫辉的当务之急，重中之重。尽快理清思路，树立一种脚踏实地、说不如干的精神信念，弃陋扬新，充分发挥每一个人的主观能动性，实干、苦干加巧干，卫辉的发展还能滞后于别人吗？

历史的厚重让卫辉具有他人无法比拟的优势，然而现实又必须让卫辉人来理性面对。因此，我认为卫辉的城市精神应体现在“传承古风，继往开来；厚德崇文，求实鼎新”上。

同时，卫辉城市发展定位表述语，也应该体现在现实与历史的结合上。水是卫辉得天独厚的优势，卫辉城市发展首先要开发利用好水资源，并将这一优势发挥得淋漓尽致，那么，豫北地区任何一座城市都无法与卫辉媲美。比干文财神又是卫辉独一无二的文化品牌，是其他地方所不具备的亮点。因此，我认为以“魅力水城，休闲居住佳境；财神之乡，尚德崇文胜地”表述较为贴切。

文字的表现只是一种形式，关键还在人去做，去干，去继承，去发扬光大。卫辉的先人为后人留下了许许多多宝贵的精神财富，我们如何把这些精神财富转化为求发展、谋发展和建设美好家乡的动力，这才是定位

"城市精神"目的之所在。一种精神的确立，将会成为一种无形的动力，长此以往，坚持不懈，卫辉的发展一定会有一个质的飞跃。

裴春亮的文化情结

裴春亮文化程度不高，初中没上完就辍学了。原因是他家太穷了，九岁之前他一年四季都没穿过鞋。酷暑，他赤脚踏着暴晒下滚烫的山石上学；寒冬，他赤脚踩着刺骨的冰雪回家，这就是他童年的生活缩影。后来，家里又发生了一系列意想不到的不幸变故，更是逼迫他不得不弃学，早早承担起家庭生活的重担。为此，他自卑得害怕见到同学，可他内心又十分渴望上学，就常常一人偷偷跑到教室外的围墙边，痴痴地听同学们的读书声……文化上的缺失，成为他心中永远难言的伤痛。

虽然春亮读书不多，悟性却很高，他学啥会啥，在艰难的岁月里，他不但学会了电气焊、电机维修，还会理发、炒菜做饭，最后，竟自学上了长江商学院。他渴望文化的情结可见一斑。

对命运的不屈和对事业的不懈追求，让春亮的手里终于有钱了，他做的第一件事就是把自己的孩子送到国内最好的学校就读。他是这样想的：孩子将来如何选择是他自己的事，但再不能像他这样从小辍学，一定要让孩子们多读书，有文化。不仅如此，他又先后拿出近一百九十万元，帮扶三十九户贫困家庭，资助了周边乡亲们二十八名失学儿童和十三名大学生。为鼓励村中入学孩子们积极上进，他又设立专项奖学金，凡是考上高中、中专、大学的学生，均可得到奖金。这些激励举措，在文盲不在少数的山村，犹如扔了一颗炸弹，久久震撼着学子们的心。

春亮在自己的成长过程中，虽然没有走进高等学府，获得高等院校的学历，但熟知他的人都了解他是位很有文化品位和文化情结的人。他投资数十亿元组建的春江集团，在他的精心谋划下，无处不体现着浓浓的文化氛围。办公室内悬挂着由名家书写的警言格句；走廊里张贴着一块块励志名言；办公楼前好几个玻璃橱窗构成了多彩的宣传栏，内容丰富多样，有企业的科技人才简介，有职工的精神文化抒情，有健康生活的提示，有闲情雅趣的幽默笑话，还有企业发展的宏伟蓝图，等等。图文并茂、庄重大气的《春江视窗》企业报，更是让职工争相传阅，因为上面有很多与他们息息相关的知识和信息。春江集团不光有自己的厂徽、厂歌，还定期开展企业文化周活动。每到厂庆时，更是热闹非凡，春亮会请来国内许多知名的演员与职工一道登台献艺，尽情地唱，尽情地跳，尽情地说。每到此刻，集团上下喜气洋洋，这已成了春江人生活中的经典时刻。自编、自排、自演的节目，让春江人唱出了厂威，跳出了士气，舞出了尊严，浓浓的文化气息让春江人自上而下精神抖擞，精诚团结，职工无不心情舒畅。厂兴我荣，厂衰我耻，成了春江集团上下坚定的信念。

在一次集团联欢会上，刚好春亮的女儿从美国归来，有幸得以参加。目睹了春江集团从高管到职工个个意气风发、忘情演唱的神态，她万万想不到爸爸的企业文化搞得这么好，她激动得情不自禁、满眼含泪地跑上舞台，颤抖着双手拿起话筒哽咽着说道："谢谢叔叔、阿姨们对我爸爸、妈妈的支持，感谢老爸为我和弟弟求学之路付出的心血和操劳，我们一定不辜负老爸、妈妈对我们的期望，一定会成就学业，凯旋归来，报效祖国。老爸、老妈我爱你们！叔叔、阿姨我爱你们！爱你们对春江的无私奉献！"此刻，全场上下掌声雷动，裴春亮更是泪流满面，女儿直白的表达让他万分欣慰。

裴春亮对文化的理解，还在于他以一种新的思维方式，深深理解文化的精髓和内涵。文化的实质是创造，是创新，是一种胸怀，更是一种境界，而不是挂在口头或印在名片上的什么学历或什么文凭，那些中听不中用的噱头。

裴春亮富了，他口袋里有钱了，他没有个人去“烧”钱，而是做出了一个让全村人听了目瞪口呆的决定：拿出三千余万元为全村每户村民盖起一栋小洋楼。我不知道这是不是春亮的文化情结，但我坚信建设社会主义新农村需要这样的大爱，需要“富而向善”的社会担当。我认为，这就是对中国文化的最好诠释。

文化就是这样，看不见，却能感受得到。它常常在不知不觉中塑造着不一样的人格，提升着不一样的精神，历练着不一样的风骨，滋补着不一样的血脉。有着这样一种博大的文化心胸和文化情怀，我们有足够的理由期待着，裴春亮的事业会走得更远，裴寨人和春江人的生活也会更幸福。

卫河在叙说

几日暴雨，卫河水陡涨了很多。

1994 年 7 月 15 日下午 2 时许，卫辉市孙杏村王奎屯学校四年级学生张元中与同学崔志刚一起来到卫河岸边，与早候在这里的十余个同学聚集在一起，在岸边浅水区玩水嬉闹。突然，十一岁的申祖军不小心滑进了深水区，顷刻间沉入水中。在水中游玩的张元中，看到申祖军被河水淹没的情景，他没有丝毫犹豫，转身扑进河水里，迅速潜入水中将申祖军托起，送向岸边。然而，由于堤滑水深，岸上十三岁的申晓伟几次欲拉申祖军上岸都没有成功。此刻，身单力薄的张元中体力消耗很大，但他仍一手死死托着申祖军，一边大声对岸上的申晓伟说："我在下面推，你在上面拉。"说罢，已经无力托举申祖军的他，再次潜入水中，用头顶起申祖军。申祖军终于被拉上了岸，然而，张元中却在水中再没露面。岸上的申晓伟一看情况不妙，慌忙跳入水中寻找，其他几个同学也急忙跑回村喊人。

一向欢快的卫水河畔，此刻站满了心情沉重的父老乡亲。村中会水的老少爷儿们几乎全下水了。张元中的班主任张水老师为了救出自己的学生，一次次潜入水中，然而，结果还是让人失望了。他和乡亲们焦虑得个个满眼含泪，顺水走了二十多里，还是一无所获。小元中你在哪里啊？人们面对静静流淌的河水悲痛地呼喊。刹那间，在场的乡亲、师生哭成了一片。

十一岁的张元中，为救同学自己身沉水底，这一举动深深震撼着乡亲们的心。他们表示不惜一切代价也要找到我们的小英雄，哪怕跑到天津海边。

第二天天刚亮，数十名乡亲再次自发地下到水中，沿着小元中沉没的地方开始顺水打捞。直至 17 日凌晨 6 时，守候在四十里开外的下马营回水湾处的申学胜和乡亲们，才发现了从水中浮上来的小元中。面对着此刻还紧紧握着小拳头的小元中，全村的乡亲、同学们个个哭成了泪人。

涛声依旧，卫河之畔又恢复了往日的宁静。然而，轻轻东去的河水，似乎在叙说这里曾发生的动人一幕。小元中，你走好！你的壮举已深深刻在了乡亲和同学们的心里。

文化名城话文明

三千年前的比干庙，春秋战国时期的孔子击磬处，以及千年古刹香泉寺，明朝万历年间的望京楼、镇国塔等人文景观，造就出了卫辉这座省级历史文化名城。千年前卫辉就已南通十省、北拱神京，声名远播。当今还有新乡医学院、新乡一师、华新棉纺织厂等享誉百年的历史，再为卫辉增彩添色。107 国道、京珠高速、京广铁路横贯全境，区位优势明显，同时卫辉人实在、好客、义气，民风淳朴，底蕴厚重。加上徐世昌、嵇文甫、李修敏、王锡彤、刘知侠、秦岭云、卢光照这些卫辉籍当代名人闻名遐迩，更印证了卫辉的地杰人灵。古城卫辉的工业实现规模化生产。“万里长城永不倒，卫辉水泥质量高”，“虎头、虎头、称霸全球”，造纸、电机、工具、水泥等四大“金刚”企业也曾让卫辉成为豫北工业城市的领头羊。

对此，卫辉人无论迎接新朋，还是外出访友，常常如数家珍，无不以此而引以为荣。这是卫辉人的骄傲，这是卫辉人的自豪。不过，这只是昔日的卫辉人，为卫辉历史挥就的一段辉煌篇章。

改革开放多年了，昔时雄风威震的“四大金刚”现在却自身难保，产品多少年如一日再没新技术献世。而曾让卫辉人不屑一顾的周围县（市）财政，如今却让我们不得不屈尊向人家讨米。

辉县人提出一个口号：打开山门，广迎四方。企业如雨后春笋，财政收入直线上升。

卫辉人提出一个口号：开放的卫辉，喜迎天下宾朋。二十年只冒出个效益不错的玻璃卡纸厂，新厂名、新产品，还都是出自一个个私营企业。

辉县很多人在经商办企业，而卫辉人呢，市政府给了许多优惠政策，人们却仍然无动于衷。卫辉人没有反思为何落后了兄弟县（市），却开始怨声载道，顺口溜编了一套又一套，来讽刺挖苦他人，似乎卫辉经济的停滞与己无关。有谁去想过卫辉经济为什么滞后？其“症结”何在？骂能骂出发展？骂能骂出现代化吗？馅饼是不会从天上掉下来的。

比干诞辰纪念会上曾有几则笑话，反映了卫辉部分人当时的素质。一位企业领导向一位外宾介绍本厂产品时，这位外宾提出上洗手间，这位领导急忙殷勤地端来一盆清水，并让供销科长快拿新毛巾，外宾无言地摇头一笑，洽谈中止了。

比干庙有位守门人，对于自己的工作十分负责。当林氏后裔祭祖完毕，为感谢守门人拿出一千美元表示谢意时，守门人拿着钱看了半天，摇头不要。他认为外宾在欺骗他，当外宾又拿出一百元人民币给他时，他满脸笑容地连连表示感谢……

对此，作为文化名城的卫辉人，自己又应该思考些什么，做些什么呢？是否知道自己已经成为井底之蛙？

几年前，出差北京，正当我们向北京人大谈特谈卫辉人怎么豪爽、怎么实在、怎么义气时，北京人却讲了一个卫辉人真实的“故事”：卫辉人在北京有很多朋友，为了卫辉的经济发展，这些朋友都鼎力相助，立下汗马功劳。厚道的卫辉人心里过意不去，为了表示感谢，就拉上满汽车的卫辉特产——粉皮、鸡蛋、小米、香油，浩浩荡荡送进了京城，在家属院中一站，吆喝着又扛又抬，弄得对方哭笑不得。不收吧，情面上过不去；收下吧，所有人都知道自己在“受贿”。

现在，已经进入了网络时代，卫辉人却还在仰慕着“桃园三结义”，还在拍胸脯自豪着自己的“虎头”。卫辉有山，但比不上珠穆朗玛峰；卫辉有水，但比不上大海。卫辉人还在骂娘，因为工资没有开；卫辉人还在编顺口溜，因为痛恨贪官污吏。几年前，上级组织部门曾来考察我市和邻市两名县处级干部，考察人员还没有离开卫辉，上访告状的卫辉人就进了省城，结果我市的干部落选了，而邻市的干部却在一片赞扬声中荣升。事后，却是这位干部为该市的经济发展立下大功。由此事我想起一个故事：两位中国人赛跑，甲首先跑了出去，而乙奋力直追，就在乙要超过甲的一瞬间，甲伸腿将乙绊倒了，甲轻松到达终点。有人说这是国人的聪明，有人说这是国人的悲哀，有人说这是我们发展缓慢的根源——喜欢窝里斗。

卫辉人爱讲，多交几个穷朋友。反之，多交几个富朋友又有什么错？多几个吃饭门路不更好吗？

卫辉人喜欢直来直去，然而有多种逆向思维又有什么不好呢？文明不是一种平面，它有许多内涵。

灯不明，路不平，市容差，水常停，有文化的卫辉人总结了卫辉的市政状况，渴望灯明、路平、市容美、水不停。这是卫辉文化名城的基本品位。但当这一切实现了，卫辉人又做了什么？

豫北一景——水上长廊，最南端小花园中有一对“快乐少年”的塑像，象征着卫辉人民对美好生活的向往。然而，少年的手却没有了。

建设路灯塔下的小花园中，小鹿塑像的耳朵少了一只。

水上长廊的双亭本是一个最美的景点，汉白玉护栏却被人砸碎。

孟姜女河改道成功后，在河边修建的纪念亭本是一处供人们休闲的好去处，可所有的椅背全部被人砸坏。

新修的人民路四个仿古大花坛摆了八十盆鲜花来点缀着水上长廊的秀丽，一夜之间被偷个精光；市政人员又种上月季等花草，又被偷个精光。连续栽种五次都是如此结局，市政部门在万般无奈的情况下，只好种上廉价的冬青。

去年初，卫辉大道投入了一百个蘑菇形的垃圾箱，肩负着卫生职责的它，不知又得罪了谁，一夜之间被人砸坏十二个，现在几乎已伤亡殆尽；

今年初，又投放了十个不锈钢的垃圾箱，现部分又被破坏。

为了全市人民的公益事业，市政部门在卫辉大道等地承做了二十个公益广告牌，不到半年时间，又不知被哪位“文明使者”全部撕烂。

好端端的一个厕所，也被一些“开放者”将男、女厕所的隔墙挖成“瞭望孔”。

豫北最大的水资源——护城河，像一条玉带一样将卫辉紧紧环绕，可以说是“无价之宝”。但又有谁知道，每天有九百八十七户人家直接将垃圾倒入护城河，水中的果皮、矿泉水瓶、纸屑每天打捞十船都捞不完。

街面自行车、摩托车、商品占了便道，再占人行道，乱摆、乱放、乱占成了卫辉城市一道“亮丽”的风景线。

全市共有一百五十余名清洁工，全年三百六十五天没有节假日，每天早上4时起床工作，要对城区八十三万平方米的面积进行清扫，人均五千余平方米，每天清除垃圾一百三十吨，可敬可佩。然而，却有人在女清洁工面前故意撒尿，有人甚至是别人在前面扫，他在后面扔。有人在掏粪工被瘴气熏倒时，不但不救护，还捏着鼻子骂道：臭东西！转身扬长而去……

决策层的市委、市政府没有无动于衷，而是采取了一系列措施：法纪政策下乡，搞文明市民公约，搞道德大讲堂，周末放电影办晚会，搞“古诗新韵吟唱会”，等等。文化名城的卫辉人是否也应该反思一下自己，我们的文明素质是否也亟待提高？

那么，文化名城的振兴靠什么？

有人说，工业。然而受技术、资金等因素所限，并且需要周期，不好办。

有人说，旅游业。卫辉条件得天独厚，但同样需要基础工作，需要资金投入。

卫辉人是有品位的，历史已经印证了这一切。前人已经创造了卫辉的辉煌，当今的卫辉人同样不会沉沦，会自强、会奋斗、会拼搏、会超越，这是卫辉人的优良传统。乡镇党委书记的好榜样吴金印，已经再次成为卫辉人的骄傲。相信卫辉人定会以吴金印书记为旗帜，强素质，比团结，讲实干，比文明，吃大苦，耐大劳。只要伸出我们勤劳的双手，迈开我们坚定的双脚，力争把自己的家园建设得更加美好，就能再创卫辉新的辉煌。

名叫“拐子”的小狗

前不久，一件在别人看来与我无关的事，却让我心神不宁、郁闷了好几天。

一天清晨，我信步上班，刚走出家门三十多米远，突然看到路中央躺着一个动物模样的东西，走到跟前才看清是“拐子”。我连忙蹲下，摆动它的头部，一点点反应都没有，已经没有了生命体征。看着“拐子”躺在血泊中惨死的模样，止不住心头一紧，鼻子有些发酸，眼泪险些掉下来，不敢相信往日见了我就围着我跑来跑去的“拐子”就这样不明不白地走了，但现实就是这样残酷，它的确已经死去。看现场应该是被什么车辆撞死的，头部有些变形，虽然已经死去，但还怒瞪着已经没有光泽的双眼，仿佛心犹不甘地看着远方。因为要开会，我没有过久停留，但心里像被什么东西堵了，憋得心慌，没走几步，眼泪还是流了下来。

一连几天，稍有空闲，脑海里就止不住地闪现出“拐子”的身影。“拐子”是一条小型狗。它不是我家的狗，但它是我看着、喂着长大的狗，是一条两年前被别人遗弃的残疾流浪狗。

两年前，一个滴水成冰的清晨，当我打开门要出去上班时，眼前的一幕让我一震，一只整个皮毛锈在一起，并且骨瘦如柴、两三个月大的小狗，蜷曲在我家门洞的一角，右后腿整个皮毛不知何故被撕脱，血淋淋的骨肉暴露在寒风中。它见了我，上翻着一双惊恐的眼睛，颤抖不止，用头紧紧地贴护着伤口。看到我，它更加颤抖不止，低声呻吟着，警惕地死死盯着我的一举一动。看着它奄奄一息的模样，我莫名有些生气，这是谁家的伤狗，不负责任扔在我家门前？我跺了一脚，企图轰它离开，它看到我的举动后不知所措，惊恐地尖叫着，一蹦一蹦拖着后腿离开了门洞。目睹此景，我突然又生出一丝怜悯，这是一个多么需要救助的生命啊。于是我又转身进了家门，拿了一个馒头，放在它刚卧过的地方，并随口喊了句："拐子，过来。"它好像听懂了我说的话，真的过来了，又静静地卧在了原地，狼吞虎咽地啃起我放下的馒头。看来它多时未吃到东西了。

时间一天天过去了，我每天坚持给它放些剩馍剩饭，它竟活了下来。伤残的后腿也全部愈合了。

随着它一天天长大，我发现了它许多与众不同的地方。它虽有残疾，但体格出奇的强健，这也许是它大难不死的原因。它整天风餐露宿地游荡在街头，却没有染上任何疾病，而其他狗又是打疫苗又是吃药，好吃好喝还生病不断，甚至稍不留意就会死亡，而它不但不生病，还以自身强大的免疫力自愈了伤腿。

它体格不大，但目光刚毅。我从没发现它惧怕过任何同类，哪怕是比它高大几倍的同类，它也敢主动进攻，尽管有时是力不从心，边咬边退，也没见它夹着尾巴落荒而逃过。因此，常见它拖着一条伤残的后腿，领着一群四肢健全的同类嬉闹玩耍，一派驰骋疆场的常胜将军派头。

它身上有一种精神。它常常后腿着地，前腿支撑，蹲在街口，双目炯炯有神，傲视着来来往往的行人和车辆，看护着我家住地所在的百米长街道和它所熟悉的车辆、人员，俨然一副身经百战、傲视天下的将军神态。当它发现异常情况和陌生人时，就毫不客气地狂吠不止，步步紧逼，如果陌生人胆怯地落荒而逃时，它就会狂吠着，拐着残腿飞快地追赶到百米外的街口。这期间，如果有任何熟悉的人，制止它一下，它就会马上停止追赶和狂吠，并且会很温顺地摇着尾巴来到你的面前，即刻摇头晃脑成为一只乖巧的小宠物，趴在那里听候你的指令。因此，大家都喜欢它，并称它为“拐子将军”。不少街坊邻居只要有了好吃的剩菜剩饭就会放在门前，供它食用。我对它更是喜欢有加，见了它就喊“拐子”，但从内心没有一丝歧视的意思，只是当初随口喊出，并得到它的认可，才喊了下去。它总会十分温顺地卧在我面前，我用脚挠它的痒痒，它会毫不客气地很舒服地四腿朝上，尽情享受。它懂得知恩图报，白天，在百米长的街道上走来跑去，夜晚就在路边或停在路旁的车下，履行着自己的职责。稍有动静，它就狂吠报警，勇于出击，据说还真吓跑过行动异常的外来人员。尽管它没有言语，却充满灵性，能让人感受到它的无比忠诚。因为，你无论何时看到它，它都是神采奕奕的神态。

我哥家定了一份牛奶，每天上午哥都将灌奶瓶子放在门前的石礅上，送奶人来了就将瓶子灌满，再放回原处。刚开始，大哥对“拐子”不放心，总怕它贪嘴，将瓶子碰碎。赶走它几次，但它总不跑远。哪知大哥的担心是多余，错怪了“拐子”。大哥偷偷观察发现，每当他将瓶子放下后，“拐子”就蹲在了石礅旁，等待送奶人将瓶子放回原处时，它越发寸步不离。有一次送报纸的刚好来到跟前，并停下看了一下奶瓶，“拐子”一下蹦起来，咬住了送报人的裤子，送报人急忙撤离，“拐子”就穷追至街口。从此以后，只要送报人出现，它就狂吠不止，甚至进攻。大哥不解其故，这是过去从未有过的情况啊。它从不主动进攻街道上任何熟悉的人呀！最后送报人将事情的缘由告诉了大哥，大哥明白以后，拍着“拐子”的脑门告诉它，送报人不是坏人。此后，“拐子”才对送报人不那么凶，但仍存戒心地死盯着送报人的一举一动。

我还曾目睹过一次“拐子”当新郎官的过程，动作滑稽但令人欣慰。由于它后腿残疾，在与母狗交配时，总是站不稳。因此，历经数次都是失败，急得小母狗在它面前跑来跑去地撒欢、跳跃，它更是双眼冒着火光，张着大嘴，气喘吁吁。看着这对恩爱“小夫妻”的一次次交欢失败，我真想弯腰帮它一下，但有些不好意思，最终没有采取行动。我心有怜惜地想说：“拐子”呀，天不怨地不怨，就怨你自己不争气，命中没有这艳福。哪知就在我感到遗憾时，没有气馁的“拐子”一鼓作气，最后竟交配成功了。我不可自控地鼓起了掌，并坚信，“拐子”的后代一定健全并且健壮异常，因为“拐子”的超强体魄将会遗传下来。后来真见到小母狗领着几只与“拐子”一模一样的小狗娃在街头嬉闹，“拐子”就静静守在它们的旁边，欣赏着……

现在，虽然“拐子”不在了，但它留下了自己的后代。“拐子”的一生，可以用八个字概括：忠诚、感恩，从不言败。它的后代一定会秉承它的一切，并比它更强壮和超脱。

“拐子”不幸的结局让我悲伤，但我会找到邻居讨要一只它的后代，来转化我的情思。“拐子”将军，你走好！

泄露“天机”

星期日一大早，一处休闲广场上聚了不少人，锻炼身体的，说书唱戏的，广场周围还摆着各类小吃摊，好不热闹，诱惑着人们情不自禁地驻足，想吃吃、看看，人是越聚越多。

在广场的一角，另有一个场景，有一对年过半百的盲人男女席地而坐，面前铺着一张鲜红的纸，上面写着“测生辰八字，算未来祸福”等字样。两人手中各拿着一个渔鼓，不停地“梆梆”敲着，引得游人围观。

不一会儿，一对穿戴时髦的青年男女，手拉着一个神情活泼的女孩，径直来到盲人面前，屈膝蹲下，求盲人占卦。女盲人问得时尚女郎的生辰八字后，手掐八字，口中念念有声，稍停片刻，便开始批讲，旦夕祸福、过去未来，说得女郎连连点头称是，并不时回头向四周围观者赞叹道：“真神，都说对了。”女盲人不紧不慢的占卦声和时髦女郎的夸赞声，引来了更多人的围观。真是天下奇人啊！在人们议论纷纷的当儿，时髦女郎一下从钱包中掏出两张百元钞票，塞给了女盲人，顿时，不少围观者都挤向女盲人，以求得一卦。

这时，站在女郎身边的小女孩却突然冲到女盲人面前，一把拉住女盲人接钱的手，连连说道：“妈妈，妈妈，这是俺姐的钱啊……”

一封信引发的思考

一天中午，我突然收到一封信，信是一位女孩子写来的，信中充满了感激，称我给了她第二次生命，是今生再生父母，等等。落款名字我已经淡忘了，但她所叙述的事情，我却记忆犹新，特别是对她父亲见到我那一幕尤为深刻。

这是我在洪门任职时所处理的一件事情。

我在洪门工作的两年里，让我最为关注的是，在一块不足十平方公里面积上，一个特殊群体——新乡四所高等院校近二十万名师生，分布在这里。这里所发生的点点滴滴都牵动着我的心。我深知这个群体的特殊性，在这里发生任何事情，其后果都不可预测。也许在其他辖区并不敏感，但在这里发生任何一件事或许都将是我们辖区的大事，乃至新乡市的大事，影响着新乡形象，甚至社会稳定。高校事情无小事。为此，作为维护一方平安的我，对高校安全防范尤为重视，将分局最有能力的同志分配过来，强化警务室力量；在车辆短缺的状况下，优先将市局配置的新防控车调集一辆分配到警务室，加强各高校之间警务联动；并对高校保卫部门能抓获盗、抢、骗等违法人员的，每月定期给予奖励。在各高校课程中，还将安全、消防、防盗等内容贯穿到教学之中。毫不夸张地说，尽管自认为做的工作很细了，但校园安保、师生安全，还是让我无时无刻不在担忧。

秋末的一天，我正在办公室审阅文件，突然一位老者推门进来，看衣装像农村人，他黑黑的面庞上刻满了皱纹，不太合体的衣服罩着他不足一米六的身材，更显矮小。他有些怯怯地一边向我走来，一边低声问道：“你是局长吧?”我连忙站起来说道：“是，什么事情?”他听了，双眼猛地一亮，说道：“我女儿给你们添麻烦了，真是丢了我祖上八辈子脸……”话没说完就开始号啕大哭，一双粗糙的大手捂在满是泪水的双眼上，仍止不住泪水涌出。他这一不着边际的言语，让我一时摸不着头绪，连忙安慰他坐下慢慢说。他坐下后，还是停不住哭泣，我一再安慰他，有话慢慢说。过了好大一会儿，他连叹了几口长气，才操着一口浓重的豫南口音，哽咽着说起来，我听一半，猜一半，渐渐明白了。日前，河南科技学院学生宿舍发生电脑被盗案，系其女儿所为。目前，其女儿已被刑事拘留。此案我了解，该案的破获影响很大，有效震慑了当时校园内接连发生的盗窃案势头，为此，分局党委还大张旗鼓表彰了有关破案人员。老者还说道，他家住在豫南一个深山区，家有四个孩子，这个女儿是老大，算最有出息，自幼学习就好，去年考上了大学，这在山村可是光宗耀祖的事。其他三个孩子都还在家，爱人一身病。为了供养这个女儿能出人头地，为全家人撑面子，他当父亲的整年打工在外，不舍得吃不舍得喝，爱人看病都舍不得花钱，一家人把女儿视为全家人的希望。可万万没料到她竟这样不争气，做出如此令人不齿的事，如果让乡里乡亲知道了，全家人还咋在村中待下去。对女儿期望值很高的他，无法接受这一事实，感到无脸见人，死的心都有了。

他说到这里，我想安慰他两句，此刻，他却突然停止了哭诉，抹了抹泪眼，瞄了一眼半关的房门，看没有他人，速度极快地从上衣口袋里掏出一卷皱巴巴的百元人民币，塞到我手里。我明白老者的心思，就批评道：“你如果这样处事，这个事情我就不管了。”他听了一愣，扑通一声跪在了地上，连连磕着头说道：“我错了，都是我不好，你要救救我女儿啊，我求求你了，我没脸见人啊。”历经过无数场面的我，此刻，竟没有良策应对。面对一位救女心切的老汉，急不得，推不得，这是一件棘手难办的事，不管感情上又有些过不去。我只好先将其拉起来，扶坐到沙发上，安慰他将情绪平稳下来，告诉他先找个地方住下，对于案件的情况，我再具体问一下，刑事案件是要走程序的，让他耐心等一下。

老人似懂非懂地被我送走了。然而，当我再次坐在办公桌前，心却久久不能平静下来。可怜天下父母心啊，为了女儿的成长他含辛茹苦，省吃俭用，积攒下来分分毛毛血汗钱，供其上学；如今，为保女儿平安，又日夜兼程，千里奔波，不惜丧失自我尊严向人下跪，只求女儿免受牢狱之苦。纯朴、善良、无辜的父母，为孩儿总能舍身忘我，倾其所有，甚至献出生命。这种无私的父爱，让人动容。而这个女生也许正因为家里太穷了，深知父母不易，不忍再向家里提出任何额外需求，才做了不应该做的事情。一边是情，一边是法，还真是一道让人纠结的难题！我当时想让办案人员去检察院协调一下案件，无论结果如何，给老人一个交代。然而，老人泪流满面下跪的一幕，却久久在我脑海里挥之不去。思来想去，我还是决定，亲自去办这件难办又担责的事。

第二天，我首先找到学院保卫处领导，了解该女生情况，该女孩确系初犯。又与她的班主任沟通，班主任告诉我，该学生平时表现尚可，人比较老实，能吃苦，也不爱说话，发生这样的事，从老师到同学都感到出乎意料。因此，在对案件的整个沟通处理过程中，冲击我耳鼓的是一片惋惜声和求情声，就连同寝室受害人也出来为她求情，这极大坚定了我帮下去的决心。于是，我又马不停蹄和院领导座谈沟通，探讨如何面对高校学生初次违法的处理等。大家从不同角度分析、发表了意见，学校方方面面意见都是一致的，要求给其一次重返校园的机会。虽然案件在本校造成了极坏影响，但该生出身穷苦，又系初犯，如果一棍打死，实际上对社会和她本人都不是最佳的处理结果。为此，学院向公安机关和检察机关写了一份请求书。至此，我充分掌握了该生基本情况，也深深体会到人生命运瞬间转身的可怕，收一步是人间，进一步是地狱。关键的一步之遥，却是两种天地的反差。这时，我也在思想上有了质的认识转变，由感性变为理性，由单纯的帮一把，从轻处理，到抱着治病救人，对她人生负责的心态，来看待处理此事。由此，我多次与检察院有关领导沟通，交换意见，谈法理，谈社会效果等。如果按照正常的法律程序处理此案，此女孩必判无疑；如果站在对社会、对其本人负责的司法效果角度，那么，该女孩就有了可能重返校园的希望。功夫不负我们的汗水，经过连日多方协调，最后，统一了学院、公安、检察院等部门意见，对该女孩免予刑事处罚，终于给了这位女孩一次“重生”机会。此刻，我心情十分复杂，首先是兴奋，然后又思绪万千。

公安机关本是以打击犯罪为己任，而此次公安机关却为一个犯罪嫌疑人去四处游说求情，免其法律刑处，看似不该，因为，将来还会出现另一个女生或者男生，又该如何？那么，如果这个女孩因此被依法处理了，对社会、对家庭、对其本人又有多少好处呢？如果疏于打击，无疑渎职。那么，我们一味强调打击就是稳定社会的唯一最佳手段吗？看中央的政策、法规，无不是将人民放在第一位，而在实际的实施中，又有几人不是机械执行，而是将人民利益放在首位，灵活并不失原则地去做呢？又是什么因素造成如此局面？为此，一旦出现问题，又有谁去为担当者说话、担责？看似一个简单的话题，实则是一个复杂、严肃的社会走向话题，更是一个能否担当为民、为党负责的话题。

我想，只要我们努力，时间会解决一切。

跋一

有哥若邻

刘向东

据说，不少少女在怀春的季节里，会有一个奇怪的梦想：有个邻家大哥该多好啊！

不知道是不是大哥当得久了，偶尔我也在想，哥应该是个什么样子？什么样子的哥才是哥？不是我矫情，虽然我是家中长子，但在生活中，对那些敬重的兄弟，真是要叫声哥的。

叫声哥，是礼貌，类似于出门在外与人擦肩而过时叫声“同志”或“师傅”；更多时候的那声“哥”，是在真诚中透着尊敬或敬仰，比如，面对张新平这个长我两岁的兄长时。

一

认识新平，是在2010年初。

记得那个冬日的一天，单位一位领导找到我说“跟我去写一个警察”时，我还有些犹豫——此时，《河南日报》人物版已开版四年多，几乎每期都会推出省内各行各业三四个先进典型，但四年多的时间里，从没推出过一个警察典型。倒不是缺少警察的先进事迹材料，而是在我个人意识里，警察这个行业，能让我浓墨重彩的人物似乎并不多。

身为一名记者、编辑、作家，二三十年的新闻采访或文学写作历程中，我接触过的人形形色色，但警察却真不多。在潜意识里，有着这样的想法：又不是啥坏人，没事儿跟警察打啥交道啊。

心有抵触，更有好奇。真正用心接触了一个警察，会有怎样的感受呢?

第一次见到新平，是在此后多年一直被他笑着挂在嘴边的那个叫“中国卫辉”的地方。那一天，新平没有穿警服。初见面，立在我面前的是一个看上去比我这一米七八的个子高了足足半头的魁梧汉子，而且他居然腰板挺直，长相英俊，近视镜后透着笑意和和善。

呀，这明明就是个可以靠颜值吃饭的嘛！你看看这本书的前面，他的朋友老牛为他拍的那些素颜照，哪一张拿出来登到影视海报上，不是个正能量主旋律的角色？他这样的人物形象，其实可以在万人大广场上享受小女生尖叫的，但怎么，他就偏偏是个穿着职业装、维护法治形象的警察呢？要知道，警察这个行业，在和平的年代里，高危，且辛苦。

这种发自内心的暗自感慨，杂陈着五味不能形容的羡慕、嫉妒和无法用语言表述的恨意。

容貌若斯，怎么就是个警察呢？不是我叨叨，而是我想不出他这样子怎么去面对持刀掂枪的歹徒立威？怎么能让宵小鼠辈体若筛糠坦白从宽呢?

事实上，新平这个警察当得确实颇有柔情——

有十多年的样子，他在繁忙的工作之余，像对待自己的家人一样悉心照顾着一个卧病在床的老人，并为她操办了身后事；从那时直到今天，他仍像一个亲生父亲一样，牵挂着这个老妇的一双儿女……这看似简单的一个警察和一个贫困家庭的故事，感动了我，于是就有了《河南日报》2010年1月22日人物版的头题文字《咱们是一家人》，也有了随后数日读者不断打来的电话，他们几乎众口一词：这个警察，太好了！

二

感谢新平。是新平让我改变了对警察的看法，尤其是一些偏见。在随后的日子里，我不断和警察接触，并和诸多守护法律尊严的执法者成了朋友。他们中的不少人，还成了《河南日报》人物版报道的对象。

感谢新平。他不仅让我改变了对警察的看法，还在我儿子高考后，让我们聆听了他对警察这个职业的见解，下定了我为儿子推介警察学院的决心。记得儿子选择志愿的那天晚上，我们父子俩相对饮茶时，我给他讲得最多的，就是新平的故事。

儿子有次对我说：我怎么觉得，他这样子不怎么像一个警察啊！

在他的意识里，警察，该是一个狠角色。于是我说，你别看新平貌似柔情，其实还真是个“狠角色”——在我所知的故事里，新平有着这样的警察故事：

有一天，一群不明真相的群众手持棍棒甚至铁械把几个县乡干部围了起来，接警赶到的执法人员再三劝说无效，眼瞅着肢体冲突在即，是新平这个虽然个子大，但因为戴着眼镜显得有些文弱的汉子立在了双方中间，无畏无惧地吼了句“有事儿冲我来”并讲起了法律……

类似这样的事情，仅我知道的，估计就不是一天一夜能讲完的。在这样的故事里，因为有胆有识而“人狠”的新平，绝对不是“话不多”的主儿。他每一次“狠”的背后，都有着让人怦然心动的理由：

那一次，当防暴队员面对持枪歹徒，他放出的狠话是“如遇抵抗，直接击毙”，理由是“我不能因为穷凶极恶的歹徒，让兄弟们受到伤害”；

那一次，有醉驾的司机开车撞伤了执法交警后逃逸，他的狠话是“掘地三尺也得把人翻出来”，他发狠的理由是“不能让我的兄弟流血又流泪”……

一次又一次的发狠，何尝不是一个警察对职责的尊敬，对兄弟的亲爱呢？

柔情。发“狠”。亲如兄弟。从认识新平至今的十年里，其实我一直也在思索着这样一个问题：一个警察，在职场里，在生活中，到底该是什

张新平在执勤

么样子呢？平心而论，至今我也没想太透彻。

不过，每每想到一个警察应有的形象时，我总是在第一时间想到张新平，这个从“中国卫辉”走到“中国新乡”的警察。

算来，1995 年弃文从警的他，该是把自己的大半个职业生涯融入了公安这个行业里。在新乡，他由县局的政委到分局领导，再到先后几个支队的领导，职务的变迁，始终没有改变这个人的，是这样一点：一名警察，一名在我心目中可以代表警方形象的警察。

三

相识十年，年年都会与新平聚首。相见地，十有八九是在新乡某地。

我相信，因为工作的关系，新平会经常出现在郑州的；我更相信，工作和职责的关系，让他每次都是来去匆匆。经常地，他悄无声息地来，再悄无声息地回，一如诗中的“不带走一片云彩”。他来郑州时，能看几眼郑州的蓝天白云呢？

这些年，《河南日报》人物版每次报道新乡的人物时，哪怕是我在新乡最偏远的县、最偏远的乡采访，甚至从豫北返回郑州的途中，不知道为什么，当我身在新乡地界时，总能第一时间想到新平。

想到新平，不是因为我在采访并编发了那篇《咱们是一家人》后，当晚接到他的电话，听到了一个男子汉的哭声："我们干警察的，其实真的不容易……"

想到新平，不是因为我在随后的日子里听到他越来越多的警察故事。

想到新平，不是因为他每换一个新的岗位，都会在第一时间把新单位的先进典型推介给我："兄弟，他们在基层真的很辛苦，你看能不能把他们的事迹宣传宣传……"

想到新平，自然少不了要有一个电话或一条短信。每每此时，总会有一个霸气的声音传来："今天你无论如何不能走！"

朋友相聚，自然少不了三五两酒。在新乡，在新平那里，酒还真没少喝。不过这些年，能够和新平干杯的时候却越来越少——

每每，我面前的杯子倒满了，新平会有一句："兄弟，晚上我值班。"

后来每每，我面前的杯子倒满了，我会主动说一句："哥，你晚上甭喝了。"

俗话说，人在江湖，身不由己。新平则是人在职场，职责所系，不能含糊，不敢侥幸。新平说："假如一声警令响起，我不能及时赶到，我会愧疚！"

这些年，他常请我喝酒而他自己又几乎不怎么沾酒，我能理解，是因为，其实我每次想到新平，都会想到他说过的一些话，比如这句："假如一声警令响起，我不能及时赶到，我会愧疚！"

由是我想，每每我酒他茶，一饮再饮，不是因为他不善饮不好饮，而是他有着一个警察的声誉和一个警察的职责，有些事、有些时候，他必须冲锋在前，哪怕是刀山火海，在群众利益受到伤害时，警察的选择必须是义无反顾……

热情好客的新平，这些年虽然不怎么和我对饮了，但却常让我从新乡返回郑州时，享受着酩酊大醉的疼和快乐。每每回过神儿回放当时的镜头时，总能发现一个问题：我这哥，学坏了，居然学会了挑起“群众斗群众”——甭看他不喝，但他会拉上三五好友与我把酒言欢。于是不知不觉中，我飘飘然而归。以至，我家老婆一听说我要到新乡出差，就会来一句：“是不是又要找新平喝酒啊？”

我笑而不答。

四

相识十年，一河之隔。

经常地，一个电话来去，一声哥，一声兄弟。那份亲热，就若邻家兄弟，可能被城市的格子间阻隔着，可能因各自的匆忙恍若在楼梯间相遇，只是一声问候，却谁知，饱含了几多情义？

其实在很多年前，我倒是问过一个恋爱中的女孩：你为什么想要一个邻家大哥？我记得那个女孩说：有一个亲爱的邻家大哥，可以有安全感，在遇事儿的时候，他能够挺身而出。

男人不若女人，可以有个“男闺蜜”，男人与男人相处，更多的是哥好兄弟好，再亲近一些，那就让互相一口干的酒杯来诉说衷肠吧。

实话说，我觉得，对大多数男人来说，女孩儿所说的“安全感”，其实是做男人的失败。不过，当我决定以《有哥若邻》为题写下这篇文字时，我满脑的想法很简单：我与新平，一河之隔；兄弟与哥，亲爱若邻。

岁月不居，时节如流。五十之年，忽焉已至。晴好的日子里，聆听一个电话，一声哥哥，一声兄弟，所有的情义，都有了。

跋二

说说张新平和他的散文

王建德

大凡好鼓捣文字的人都有一种自恋情结，总想着能有一个好的读者缘——自己的名字让人记着，写的东西让人议着，走在大街上让人指指点点着，被那些少男少女左一个老师右一个老师毕恭毕敬地叫着。这种好事谁不想呢？但很多时候你想也白想。说来也邪乎了，在卫辉，偏偏有一个人就愣是有这福分。一些人看报纸翻杂志，愣是像喜欢喝胡辣汤吃豆腐皮卷油条一样上赶着去找这个人的文章来读，一读便陷进去拔不出来，眼泪稀里哗啦的；一段时间若瞅不见这个人的文章，便跟“托儿”似的满群里嚷嚷，有的还把电话打到报社甚至打到家里进行盘问，整得就好像我们不团结似的。

这个人就是张新平。

其实，新平的文章我也爱看，尤其是写人物，我写不了他那么好。

我一直认为，衡量一个地方的文化品位，不是看它有多少大楼，而是有多少大师。你楼房建得再富丽奢华，又怎能超过古城墙的历史标高？古往今来，从卫辉这片土地上出生或走出去的文化名人很多，这是古城软实力的源头。无论是贺铸、王恽那些先贤的虔诚跋涉，还是秦岭云、卢光照这些名家的灵魂锻造，以及刘知侠、尹雪曼、王绶青、李洪程他们在新时期的作品中所达到的高度，无一不体现出对人类命运的忧思和对文化理想的逼近，他们的经典作品以及对真善美的执着追求，滋润并喂养着卫辉淳朴的民风与文脉的传承。

一方水土养一方人。文化形成的原因不同，繁衍的脉系各异，因此与生俱来带有鲜明的地域特色。有的地方宜催生政治家的勃勃雄心，有的文化则适合企业家的生长培育，而卫辉的文化属性，注定是诞生文人和才子的摇篮。具体到张新平身上，他祖籍河北邯郸，属慷慨悲歌的燕赵之都，是出英雄出壮士的地方；他生于卫辉长于卫辉，这里又是崇尚诗文出想象力的热土，这两种文化在他血液中兼容并且碰撞，形成他为人为文上的独特视角和鲜明个性。

文学是我们这代人的共同理想。我跟新平刚认识那会儿，他还在县文教局当通信员，十七八岁，个子大，颜值又高，人也勤快，在单位很讨人喜欢。每天清早坚持习武打拳，白天干他的杂活，到了晚上，才不声不响地把自己关进寝室，用报纸将窗户一遮，一门心思读书。我们那时候看书都很杂，管他什么刘心武、路遥、汪国真还是金庸，逮谁看谁，脑袋里像塞了一块海绵，吮吸着各种思潮各个流派的文学营养，这都为他日后的创作铺下了牢固的基石。

一眨眼三十年过去了，当初的毛头小伙儿如今都到了中年，那一根根早生的白发，不近情理又目中无人地张扬着，这种磨炼既是生活的，也是心灵的，没有人能胜得过时间。但回忆起往事，谈起诗，谈起文学，谈起青春的狂热，彼此仍能从对方眼中看到那种亮晶晶湿润润的东西。

新平最早是以一篇篇文采飞扬的通讯报道和报告文学之类的作品驰名卫辉文坛的，当时在国内各大报刊上经常能见到他铅印的名字，这给他带来了很高的声誉。特别是当他从市委宣传部调到市公安局以后，曾经的“发稿状元”又摇身一变而成“公安才子”，火热的警营生活使他的文学天赋更得到长足的拓展。他先后发表了诸如《青纱帐遮不住的罪恶》《“贼王”与公安局长》《省道缉匪》《从肇事者到杀人犯》《“摧花恶魔”雪夜就擒》《破译界碑沟之谜》等一批力作，这更加确立了他在文化圈无可争议的地位。这是一个很会讲故事的人，以至于有人戏言：天上又掉下个海岩哥哥。不过，仔细阅读以后你会发现，新平的故事里自有一种非常特别的东西，那就是对兄弟情、战友情的牵肠挂肚。他对于警们身上所彰显出的那种侠骨义胆的关注程度，远远超出了他对案情本身的具体描述。连不少细节和悬念的设置也基本上是靠情感的张力一步步推进的。读到精妙处，揪心的已不再是破案的过程和情节的跌宕，而是灵魂的震撼与思想上的共鸣，一种说不出的代入感和认同感会在心底油然而生。

就我个人的喜好而言，我更喜欢他收录在“战友情深”一辑中的文字，真挚、饱满而又内敛。无论是《硬汉闫标》，还是《同事小窦》《解读史科长》，包括先抑后扬、明贬暗褒的《是是非非说会亮》，这些人物都被他写活了，给人留下很深的印象，读后恨不得马上结识他们，至少把他们先拉进朋友圈再说。但当读到《战友苏文革》《志广，你听》《敬东，我们来世还做战友》，禁不住让人泪流满面，扼腕叹息。我想象得出，新平在写他们的时候，一定是流了无数次泪才完成的，与其说是在诠释警察这个职业，不如说是在拷问自己的灵魂。

这些年来，新平手里的那支笔几乎一直没闲着。他至今不会玩电脑，不会上网发邮件，但这丝毫没有阻隔他由衷的精神言说和与世界的深情对话。即使是调到新乡市公安部门以后也同样如此，他的文章大都是熬夜熬出来的，白天是“拼命三郎”，晚上是“夜余作家”。我一直都在想，是什么力量使得他能把这两种看似相互冲突的东西和谐地融于一身呢？

我在这里想说的是，千万不能把文品和人品断然分开。作者成熟不成熟，诚实不诚实，格局大不大，这都能从作品中反映出来。为什么有的人做文章总是陈词滥调千篇一律人云亦云？要么鸡汤味，要么太监腔，要么发牢骚泄私愤一会儿这儿疼了一会儿那儿痒了，反正我是一见这号东西就瞅一眼便撤，咱谁也别伤着谁。而有的人码字却不一样，走心。人家敢于坦诚地打开自己，不躲闪，不回避，不跟风，不标榜，也不局限，以淡定心态审视万物，以朴素文字展示情怀。如果悟不出其中的差别，你即便天天写也是白写。

然而，文学毕竟是件苦差事。当年和我们一块“出道”的文友们如今在卫辉几无残存：有的“离经叛道”，有的“走火入魔”，有的腰缠万贯，也有的早沦为“九袋老叫花子”。唯独张新平是个例外。文学是他出发的地方，也是他应该抵达的地方。尽管如今这年头当作家横竖不吃香了，不像以前，连征婚启事上也必注明“爱好文学”，就跟今天的“有房有车”差不多，但新平照旧守望在这片园地里，只管把亲人的事讲给亲人，把朋友的事说给朋友，把自己的事写给自己。不写出来他会一连几天魂不守舍，直到把它们倒出来才浑身通泰，块垒顿消。写好也就放那儿了，也不急着发表，尽管他在这个圈子里有许多很铁的哥们儿。有时被他们看到了非要拿去发，发也就发了，他也不怎么当回事。

真实，是文学的生命。应该说新平深谙此道。这种真性情不光体现在他写文章的不哗众取宠上，也体现在他对亲情的一往情深以及与朋友的真心交往中。熟悉新平的人都知道，这是个出了名的孝子。他母亲在世的时候，他每天清早上班前都会到母亲床头立一会儿，说上几句话，免得老人挂念。他也是一个称职的父亲，不忙时他会把儿子叫到跟前，像朋友似的促膝谈心，引导儿子树立正确的人生观和价值观，有时一聊就聊到深夜。他还是一个喜欢念旧的人，每隔一两个月他会把发小和老同学召集到一块儿，说说话叙叙旧，喝点酒，问问弟兄们今后的打算。他活得很纯粹，很豁达，视野也很放得开，就跟他写文章一样，看似信手拈来，一气呵成，实则是用心良苦，他对人与人之间弥足珍贵的那份美好与善良进行认真打捞和梳理，告诉人们好好生活、工作、奉献，才是一种实实在在的幸福。

新平喜欢交朋友，属于一旦认准了便会掏心掏肺的那种，这从他的不少文章中都可以看出来。比如《走出大山的裴春亮》《一曲挽歌祈献民》《结巴老雍》《五哥》《村医王长利》等，字里行间所流露出的真情实感和穿透力，堪与周华健那首老歌的分量相媲美。这些人有的我们认识，有的不认识，但这不重要，重要的是能让我们记住有这么一个人，他经历过什么事，他干成过什么事，他有过什么样的感受，这些感受对我们有什么启示意义，这就足够了。

事实上，别看我跟新平认识时间长，平时见面并不多，都知道他是个大忙人，卫辉的不少难事险事棘手事他都得往一线冲，人称“灭火队长”。谁叫他个子高呢！可一见面，准能听到一个个感人的故事。包括他后来调到新乡市局以后，干什么事仍然还是全身心投入，不干则已，干就非得干出个样子不可，有时打电话也说不了几句话，我常说他是奔波的命。

但他毕竟又是新乡市作协副主席，倒是作协开会的时候往往被我逮个正着。在一块聊得最多的还是文学，很多观点我们一致，有了分歧也断不了掐来掐去。但不得不承认，这是一个勤于思考、敢于亮明观点、从不会藏着掖着的人。读一读他的《走出卫辉话卫辉》《偏失的道德》《呼唤精神》《打车随想》等，你不难发现，他的想法和感觉仍然那么鲜活、率真、理性而又不失深刻。他把我们平常司空见惯又见怪不怪的社会现象都指出来了，他把我们想说而又不敢说或还没来得及说的都替我们说了，这便是新平一贯的作风和担当。敢作敢为，爱憎分明，好就是好，不好咱摆在桌面，从不两面三刀，更不大言欺世。相反，让他昧着良心不讲原则做事，你求爷爷告奶奶也白搭。所以说他首先是一个男人，其次才是一个作家。

新平的散文以写人物居多，也以写人物见长。他笔下的人物有的层次很高，但更多的是生活在底层的弱势群体，这些人当中有理发的、搓澡的、扫地的、把大门的、下岗的、失业的、摆地摊做小买卖的。他很乐意和这些人打交道或做朋友。他常说，自己就是一介布衣，质地是纯棉的，虽说沾有生活的尘，贴着肌肤有点凉，但穿着舒服。因此他有意识地把聚焦点调试到对民生问题的关注上，成功地为我们构建了一个个血肉丰满的小人物画廊。其中不少篇章，准确把握社会转型阵痛中的痛点，努力挖掘出人物的精神境界，有的甚至具备铜镜品质，这是难能可贵的。这也是他为自己这本书取名《草根情愫》的原因。

与那种居高临下的审视不同，新平对那些草根人物命运的体察与悲悯是真诚的，他不光写出了小人物的迷茫、困惑和无奈，还写出了他们的期待、拼搏和希望。通过展示这些普通人的生存状态、生活信念和心路历程，折射出弱势群体生命的尊严以及不服输、不言败，敢与艰难困苦拼命抗争的胆识和血性，这正是当今社会需要发扬光大的。

新平在向我们讲述这些人和事的时候，叙事流畅，不过多雕饰文字，个别地方甚至会给人留下风尘仆仆、气喘吁吁的错觉，但他顾不了这么多了，谁叫他管着交警呢？因此他文中的段落就跟公路上的交通标识一样，一眼看过去全是事，而且每个路口都有提示，要的就是语速的平稳感，绿灯一亮，直奔主题，笔锋一转，直指人心。

今后的路还长，关键是要一直走下去。不管前方是什么，只要有对文化的坚守，一切就有意义。我了解新平，无论做任何事情，他都不会轻言放弃。就像一个人走远路，最终还得回到自己家里，他不会摸迷路，不会敲错门，更不会找不着钥匙。因为家里有妻子为他亮着一盏灯，就像他在散文中所营造的意境一样。当你真正读懂了他，也就等于读懂了你自己。

后 记

写作是一件苦差事。

从20世纪80年代我就喜欢上文学，三十年来积习难改，无论工作多忙，几天不趴那儿写点什么，会浑身上下不舒服。一有闲暇，便将自己关在屋子里，让几天来的所见所闻、所思所想落到纸上变成文字，这才如释重负长出一口气。写作中，苦并快乐着，自己始终不曾放弃。

一方水土养一方人。我祖籍是河北邯郸，属于慷慨悲歌的燕赵大地，是出英雄出壮士的地方。但我出生在河南卫辉，这里又是一方崇尚诗文、才子辈出的文化热土。这两种看似截然不同的精神气质，就这样并不冲突地贯穿于我的职业和爱好之中，这不能不说是我的造化。

刚鼓捣文字那会儿，踌躇满志，血气方刚，第一次看到自己的文章和名字出现在报纸上，会兴奋得几天睡不着觉，恨不能拿着对全天下朗诵。后来随着阅历的增长和对文学认知的逐步加深，对所谓的名利看淡了，写好了也就冷静地放那儿了，有时被热心的朋友看到了，认为不错就拿去发表，发了也就发了，没太当回事。但我也因此交了许多朋友，其中不少还是生活在社会底层的“小人物”，有理发的、搓澡的、扫地的，也有开小饭馆的。他们活得都不容易，既不是时代的骄子，也不是命运的宠儿，但他们有血性、有担当，咬紧牙关不向命运低头，收获了不同寻常的人生。我喜欢听他们的励志故事，他们讲的时候我很少去打断，不知不觉就听进去了，听着听着便听出了点道理，自己的心灵也随之净化，境界随之升华，泪水随之流淌。我想把这些写出来，让更多的人从中受到启发。多少年过去了，这些人和事还不时地从脑海中浮现出来，一颦一笑历历如在眼前。

在这个世界上，我应该感激的有很多：党的多年培养，改革开放的好政策，继往开来的新时代，身边的战友和朋友，以及自己非常热爱的本职工作，等等。但我更应该感激的，还是火热的现实生活。是生活教会了我懂得谦卑，懂得感恩，懂得如何做人，同时也是生活赋予了我用手中之笔去讴歌人民的不竭动力。

码字这么些年，写的东西不能算少，但令自己十分满意的作品并不多。好在我们还有明天。中间曾有朋友多次劝我，让我整理出一本书做个人生阶段小结，因工作太忙一直拖到现在。今天，当我从已发表过的散文里筛选出七十余篇即将付梓时，心中竟有几分忐忑。如果拥有此书的读者能从中得到哪怕少许感悟，我也就知足了。

非常感谢著名诗人王绶青老师百忙之中亲自为该书作序，也感谢支队的同事张磊、孙坤等为此书编校做的大量工作，真诚地感谢你们！

张新平

2020 年 6 月于卫辉